Te espero en el fin del mundo

ANDREA LONGARELA

Te espero en el fin del mundo

CROSS BOOKS

Obra editada en colaboración con Editorial Planeta – España

Bajo el sello editorial CROSSBOOKS M.R.
Avenida Presidente Masaryk núm. 111,
Piso 2, Polanco V Sección, Miguel Hidalgo
C.P. 11560, Ciudad de México
www.planetadelibros.com.mx

Primera edición impresa en España: octubre de 2021
ISBN: 978-84-08-24718-0

Primera edición impresa en México: marzo de 2023
Décima primera reimpresión en México: diciembre de 2025
ISBN: 978-607-07-9815-3

Impreso en los talleres de Corporación de Servicios Gráficos Rojo S.A. de C.V. Progreso #10, Colonia Ixtapaluca Centro, Ixtapaluca, Estado de México, C.P. 56530.
Impreso en México –*Printed in Mexico*

A Julieta,
ojalá un día sientas el vértigo y vueles sin miedo

Prefiero que la gente me odie por ser quien soy a que me ame por lo que no soy.

KURT COBAIN

Nunca dejes que nadie te diga que no puedes hacer algo. Ni siquiera yo, ¿vale? Si tienes un sueño, tienes que protegerlo. Las personas que no son capaces de hacer algo te dirán que tú tampoco puedes. Si quieres algo, ve por ello y punto.

EN BUSCA DE LA FELICIDAD (2006)

Los niños que soñaban sin miedo (1993-1999)

LEVI

1993, Levi

—Muchacho, no sabes que se trata de la gran historia de tu vida hasta que te encuentras en su final.

Esas palabras me las dijo un hombre al que no conocía en el entierro de Maude Ferguson. Ella tenía treinta y cuatro años y había muerto por una infección respiratoria. Había sido fulminante. En solo dos semanas su estado había pasado de ser estable a comatoso. Tres días más tarde su corazón ya no latía. Una muerte inesperada que había dejado una familia rota y dos niños huérfanos de madre. Pete, el mayor, iba conmigo a la escuela y era capaz de correr un kilómetro más rápido que cualquiera. Hasta aquel día, en el que lo vi llorando sin parar con la vista clavada en una caja de pino, lo había envidiado.

Tenía diez años y ese era mi primer entierro. No conocía a Maude, pero su marido era electricista y trabajaba para mi padre, así que me habían obligado a ponerme el traje de los domingos y a ver por primera vez a un muerto postrado en un ataúd abierto.

Nunca olvidaré su palidez, mal escondida bajo una capa de maquillaje tan excesiva que lo único que lograba era acentuar más aún que ya no vivía. Tampoco, el olor, mezcla de sudor, del aroma característico a incienso y madera de la iglesia y de lo que aún no sabía que se debía al cuerpo inerte del féretro.

Cuando salimos, mi padre se quedó en la entrada para despedirse del señor Ferguson. Yo bajé la escalinata de piedra para esperarlo bajo la sombra de los alerces. Era verano y el sol pegaba con fuerza.

El hombre desconocido que me había revelado una verdad sin pedirla frenó sus pasos al llegar a mi lado. Su mirada estaba perdida en algún lugar que nadie más parecía conocer. Tiempo después supe que cultivaba maíz y que frecuentaba el bar de los Baker las noches de música en vivo y pastel de moras negras.

—Exprime la vida, muchacho. Hazlo antes de que llegue el final y tengas que aceptar lo que has perdido.

—¿Qué ha perdido usted? —me atreví a preguntar.

Él me sonrió, pero sus ojos estaban llenos de lágrimas. No me respondió. Solo palmeó mi hombro y se marchó.

Maude Ferguson no era su mujer. O quizá sí lo fuera y solo él lo supiera. Él y una muerta que ya jamás podría contarlo.

Mientras reflexionaba sobre los consejos del hombre triste, la vi. Le daba patadas al tronco de un árbol. Vestía una falda de retales de colores y una casaca roja. Llevaba un sombrero de copa con una pluma amarilla que la hacía destacar como un rayo de sol en medio del luto que nos rodeaba. Enseguida me recordó a un personaje de circo.

Me acerqué y me fijé bien en ella. Era pequeña, estaba seguro de que aún no tenía diez años. También de que no iba a mi escuela. Hice memoria, pero nunca la había visto por la ciudad y Whitefish era tan pequeña que resultaba fácil reconocer a casi todo aquel con el que te cruzabas. Solo se trataba de una niña desconocida que destacaba con su estrafalario atuendo en aquel paisaje de polvo y muerte. Antes de darme cuenta de lo que hacía, ya me encontraba a su lado y le hablaba por primera vez.

—¿De qué vas disfrazada?

Se volvió, observó su falda con desconcierto y sacudió la cabeza un poco ofendida.

—No voy disfrazada, tonto. Quiero ser diseñadora de moda. Algún día me iré de aquí y seré famosa.

Pensé que no llegaría muy lejos, aunque no se lo dije. Nadie que no estuviera loco querría pagar por una ropa como esa. Pese a ello, acabaría descubriendo muy pronto que me había equivocado, porque aquella niña diminuta y un tanto excéntrica llegaría tan lejos como se propusiera.

Me senté sobre la tierra y la vi dar patadas a la gruesa raíz del alerce hasta que arrancó una rama que nacía salvaje en su base.

—¿Qué estás haciendo?

—Necesito esto. Voy a hacerme un bastón.

Apoyó la rama en el suelo y simuló que era una cachava.

—¿Estás coja?

Se rio y comenzó a caminar con gestos exagerados.

—No necesito estar coja para llevar un elegante bastón. En eso consiste la moda.

No la entendía, pero tampoco podía dejar de mirarla. Es lo que ocurre cuando ves una estrella. Era una niña flaca, desgarbada. La ropa le colgaba en un cuerpo sin formas como si fuera un perchero cubierto de retales viejos. Sus ojos eran muy negros, al igual que su pelo, que estaba mal cortado y le llegaba casi hasta la cintura. Su mirada, un poco rasgada, me hacía pensar en almendras. Su piel, demasiado morena para la gente de las montañas. Al lado de mi pelo rubio y mis ojos claros sus rasgos se intensificaban. Parecía salida de un cuento. De un mundo que no existía. No de Whitefish, una pequeña y aburrida ciudad de Montana donde lo más increíble que había sucedido en los últimos años había sido la infidelidad de David Howard a su mujer con un monitor de esquí.

Se colocó delante de mí y, cuando sonrió, descubrí que le faltaban un par de dientes.

—¿Quién eres, niño de las preguntas?

Me señaló con su bastón improvisado.

—Levi. Levi Manson.

Me tendió la mano con aparente formalidad. Los niños no se daban la mano; al menos, no donde yo vivía. Me fijé en que sus uñas estaban llenas de tierra y en que tenía una gran quemadura que deformaba su piel en la mano derecha.

—Violet Daphne Rose Cassavetes.

Me la estrechó con firmeza y después se sentó junto a mí a estudiar ese trozo de madera recién arrancado. Yo repetí su interminable nombre en mi cabeza hasta que perdió el sentido.

Violet Daphne Rose Cassavetes. Violet Daphne Rose Cassavetes. Violet Daphne Rose Cassavetes.

Era tan extraño como me lo parecía ella. Nadie que yo conociera respondía a uno semejante.

—¿Cuándo es tu cumpleaños, Levi Manson?

—El diez de marzo.

Ella abrió los ojos asombrada y lanzó un chillido de emoción.

—El mío el siete. ¡También de marzo! ¿No es increíble? ¿No te parece una señal?

Me encogí de hombros. No entendía qué importancia podía tener eso. No comprendía qué podía significar para ella que hubiéramos nacido en dos días y años diferentes, pese a que compartiéramos el mes, pero por su expresión deseé averiguarlo.

—¿Cómo te has hecho eso? —le pregunté, todavía mirando la cicatriz que brillaba rojiza entre el pulgar y el índice.

—Fue un oso. Entró en casa y me enfrenté a él con la escoba.

Me reí y sacudí la cabeza. Resultaba imposible sobrevivir a un oso con una escoba. Menos aún si eras una niña tan diminuta como Violet Daphne Rose Cassavetes. Me costaba decir su nombre sin trabarme.

—¿Tú sabrías hacer un bastón?

Miré la rama y asentí.

Nunca había hecho uno, pero pensé que no sería muy difícil. También, que así tendría un motivo para volver a verla.

—Te vendría bien. Por si el oso regresa.

Ella sonrió.

Ese día comenzó la gran historia de mi vida. Esa fue la primera vez que tallé algo para Violet. También, la última que escuché su nombre completo. En Whitefish siempre se la conoció como Vi, la hija del Loco Luke. Para mí fue Vértigo por un tiempo. Para el resto del mundo se convertiría en la gran Vida Rose unos años después.

Ese día, gracias al consejo de un hombre que acababa de enterrar al amor de su vida, yo conocí al mío.

Información adicional

Violet Daphne Rose Cassavetes, también conocida como Vida Rose, nació en Helena (Montana) el 7 de marzo de 1985. Su madre, Rose Mary Cassavetes, falleció en el parto por una hemorragia severa. Su padre, Luke Cassavetes, la crio en la capital hasta que aceptó un empleo en Whitefish, donde contaban con una casa de herencia familiar. Se mudaron allí cuando Vida Rose tenía ocho años. Se dieron a conocer en la zona muy pronto, aunque no por los motivos adecuados. Luke Cassavetes perdió el empleo como consecuencia de sus recurrentes problemas con el alcohol y acabó siendo conocido por sus vecinos como el Loco Luke. A pesar de ello, Vida Rose siempre mantuvo una buena relación con él. En más de una ocasión ha hablado de su padre públicamente en términos cariñosos, aunque no hay documentos de archivo que constaten que se hayan visto en los últimos años.

Extracto de la biografía no oficial
de Vida Rose (distintos medios digitales).

1994, Levi

—No voy a tirarme.

—Eres un gallina.

—Y tú estás loca.

Vi me sacó la lengua y echó a correr hacia el borde de las rocas. Pensé que pararía y que solo quería asustarme, pero, al llegar al límite, se volvió, me sonrió y desapareció. Mi corazón saltó contra mi pecho con tanta fuerza que lo sentí palpitar en los oídos.

Corrí lo más rápido que pude y me asomé. Abajo, el agua se mostraba impasible, profunda, helada. Ella no estaba. Joder. Mis padres iban a matarme.

Nos encontrábamos en el Parque Nacional de los Glaciares. Era verano y mis padres solían llevarnos a mis hermanas y a mí unos días al camping. Me habían dejado invitar a un amigo, como cada año, y yo los había sorprendido a todos eligiendo a Vi en vez de a Markus. Ya había sido para ellos complicado aceptar mi amistad con la hija del Loco Luke como para encima tener que cargar con la responsabilidad de su muerte.

Descendí por las primeras rocas como pude, sintiendo mi estómago del revés y un temblor incesante en el cuerpo.

Odiaba las alturas. Odiaba la sensación de tambaleo que siempre me acompañaba cuando la seguridad del suelo quedaba lejos. Por eso estábamos allí, claro. Nos habíamos desviado de la ruta de senderismo para investigar por nuestra cuenta. Estaba prohibido, pero para Vi las normas nunca tenían sentido. Nos habíamos encontrado con una pequeña cascada que daba al lago. El agua era de un azul cristalino por el deshielo de los glaciares, aunque debía de estar tan fría que era imposible pensar que un cuerpo raquítico como el de Vi pudiera sobrevivir. Me había retado a tirarme desde arriba y yo le había dicho que estaba loca. Y en esas estábamos. Yo buscando su cuerpo y ella arruinándome la vida.

Descendí otra roca, pero me di cuenta de que no podía bajar más. Era complicado y un suicidio. La única solución era lanzarme al agua como había hecho ella o dar la vuelta por la ruta del sendero hasta llegar abajo, pero para ello tardaría al menos una hora.

Me senté en la superficie y me tapé la cara con las manos. Entonces sentí un soplido en la oreja y me estremecí. Me volví y me encontré con su sonrisa.

—¡Buh!

Abrí los ojos, un poco por el alivio que sentí al verla sana y salva y otro poco por la rabia que me inundó a toda velocidad.

—¿Qué narices hacías?

Vi se rio y se sentó a mi lado. Sus piernas quedaron colgando sobre el vacío.

—¡Me parece increíble que te lo hayas tragado, tonto! ¿No viste la cueva?

Señaló un metro a nuestra derecha y vi la abertura que quedaba entre las rocas. Había espacio para un par de personas. Me la imaginé saltando sobre el pequeño saliente y escondiéndose con una sonrisa maliciosa. Era un estúpido.

Me levanté y ella me siguió hasta que quedamos resguardados y más seguros en aquel escondite.

—Perdona por no fijarme en los detalles, estaba intentando pensar en cómo recuperar tu cuerpo.

Su risa me enfadó aún más.

—Desde aquí, mal lo ibas a hacer —me recriminó por no parecer más decidido a salvarle la vida.

Fruncí el ceño. No me gustaba que creyese que era un cobarde; ya lo pensaba yo solo la mayor parte del tiempo. Ella golpeó mi hombro con el suyo y me rodeó la rodilla con la mano. Su cicatriz brillaba. Tenía algo que siempre me hacía mirarla. El miedo que había sentido minutos antes me hizo pensar en qué pasaría si un día Vi se hacía daño de verdad. La imaginé toda ella una cicatriz, desde su frente hasta los pies, y me tensé.

Alargué la mano y rocé la suya. La piel era más suave sobre la vieja herida.

—¿Cómo te la hiciste, Vi?

Ella sonrió y miró al frente. Sobre nosotros, un hilillo de agua caía de entre las rocas. Una cascada diminuta solo para nuestros ojos por estar en aquella gruta improvisada.

—Me picó una serpiente. La mano se me hinchó tanto que me explotó este trozo de piel. El veneno era de un color púrpura tan intenso que jamás he visto uno igual.

Asentí. No era verdad. Nunca lo era cuando se trataba de su mano, pero me encantaba oír a Vi inventarse historias en las que siempre era una niña valiente y temeraria capaz de superarlo todo. Así que me callé. Porque lo era. Era la persona más valiente que yo había conocido. Y también estaba loca. No eran cualidades incompatibles.

Cuando regresamos con mi familia, mis padres no parecían muy contentos. Al final, entre travesuras y saltos al vacío, había comenzado a anochecer.

—¿Dónde demonios os habíais metido? He venido aquí a descansar, ¡por todos los santos, Levi!, no para que me provoquéis una úlcera.

Escondí el rostro ante la regañina de mi padre, un poco avergonzado, pero Vi se metió un trozo de pastel de manzana en la boca y le sonrió con esa picardía que rebosaba en ella.

—Lo siento mucho, señor Manson. Me lancé al lago desde una cascada y Levi tuvo que buscar todos mis huesos y montarlos uno a uno hasta volver a ponerme en pie. —Movió sus brazos como si fueran de gelatina y las risas de mis hermanas rompieron el silencio—. ¿Lo ve? Aún queda alguna pieza suelta.

Mi padre sacudió la cabeza y fue en busca de mi madre. No obstante, oí que se reía entre dientes.

—¿Has oído eso, Sarah? Esa niña está como un cencerro.

Miré a Vi, que me sonreía con complicidad, y le devolví la sonrisa.

Ellos no comprendían mi relación con Vi, era cierto. Veían en ella a una niña que vestía con ropa vieja que nunca era de su talla, que no se cortaba el pelo desde hacía una eternidad, que estaba malcriada y que tenía un futuro dudoso por su situación familiar. Una mala influencia para un chico algo introvertido, responsable, de buenos modales y familia respetable que tenía una empresa de renombre en el condado con una reputación que mantener.

No obstante, en el fondo, nadie era inmune a los encantos de Vi. Ni siquiera mi padre. Lo supe cuando volvió a salir de la caravana con una cerveza y una sonrisa en los labios que pocas veces nos dejaba ver. Se sentó a mi lado y abrió la lata. A lo lejos, Vi analizaba con mis tres hermanas un hormiguero que acababan de encontrar entre la hierba. Shannon la odiaba, no era un secreto que la miraba con una envidia que ninguno por entonces comprendíamos. En cambio, Anna y Elisa, que tenían siete y seis años, la observaban con una admiración palpable.

—¿Qué le pasó a su padre?

Me incomodó un poco la pregunta. No me parecía bien compartir con nadie las confidencias que Vi me había hecho solo a mí, pero era mi padre. Y quizá que conociera un poco más su vida ayudaría a que la mirase con otros ojos.

—Su mujer murió. Antes de eso no bebía. O eso dice Vi, porque nunca la conoció. Fue en el parto.

Chasqueó la lengua y le dio un trago largo a la cerveza. Henry Manson siempre ha sido un hombre compasivo.

—Aparte de un borracho, ¿cómo es? ¿Es de fiar?

Pensé en Luke Cassavetes. Lo había visto poco, pero siempre me había tratado bien; casi me miraba con orgullo por ser el único amigo que tenía su hija. Los rumores sobre él llenaban las calles de Whitefish y ya se había metido en algún problema en los bares, pero parecía inofensivo. Además, Vi hablaba de él como si fuera una especie de superhéroe retirado.

—Yo diría que sí.

Asintió y después suspiró profundamente. Cuando mi padre hacía eso significaba que acababa de tomar una decisión.

—Cuando volvamos, ve a hablar con él. Dile que tiene una oferta de empleo de mi parte.

Parpadeé sorprendido. Miré a Vi y luego a mi padre. Sin saber por qué, se me empañaron los ojos; me sentía conmovido. Y, sobre todo, orgulloso del hombre que tenía a mi lado. Algún día, yo sería como él. Me prometí que lo haría sentir de igual modo. Sería el mejor sucesor que pudiera imaginarse para Construcciones y Reformas Manson. Jamás lo decepcionaría.

—Gracias, papá.

En cuanto regresamos a casa, dos días después, Vi y yo le contamos a Luke la buena noticia. Él se mostró emocionado y agradecido. Esa tarde se afeitó y, junto a Vi, revisaron las prendas que guardaban polvo en el armario.

Era posible. Que la vida de Vi mejorase estaba a nuestro alcance.

Tenía once años, pero estaba aprendiendo que las decisiones que tomamos, por muy mínimas que sean, tienen consecuencias enormes en la vida de los demás. Mi padre contrataba continuamente a obreros para reformas según el nivel de trabajo que tuviera. Sabía que los trataba bien y que el sueldo era digno. Era un hombre muy respetado y querido en la zona. Le daba igual que fuera Luke o cualquier otro, pero lo había escogido a él, incluso conociendo los riesgos. La admiración que siempre he sentido por mi padre echó raíces en mí en ese instante y jamás desapareció.

• V •

El lunes siguiente, Luke Cassavetes salió de su casa con una sonrisa y con el almuerzo que le había preparado su hija de nueve años en una fiambrera escolar de flores. No había bebido ni una gota de alcohol en todo el fin de semana. El martes, cuando llegó de trabajar, se premió a sí mismo abriendo una botella de vino para acompañar la cena. «Solo una copa», se dijo. Había sido un buen día y le gustaba sentirse un hombre renovado. El miércoles, a las seis de la tarde, estaba tan borracho que Henry Manson, mi padre y la única persona que había creído en él, tuvo que recogerlo con su coche con ayuda de otros dos compañeros y llevarlo a su casa.

El jueves ya no se levantó de la cama. Había perdido el trabajo, su hija no le hablaba y, como castigo, le había tirado toda la bebida por la taza del váter. Pese a ello, encontró una botella de licor de hierbas en el trastero. A las cinco de la tarde ya se la había acabado.

El viernes todo seguía igual en el hogar de los Cassavetes, como si nada hubiera ocurrido. Como si no hubiéramos creído todos, por unos instantes, que lograrlo era posible.

—Gracias por creer en él —me dijo Vi unos días después.

—Es en ti en quien creo —respondí.

Pero eso no importaba, porque ambos sabíamos que Luke era su padre y que de él dependían las posibilidades de Vi. Era duro, pero así funcionan las cosas.

—Algún día me iré muy lejos de aquí.

No era la primera vez que me lo decía, pero sí la primera ocasión en la que pensé que no era una fantasía ni un deseo infantil. Sino que, un día, Vi haría realidad esa promesa que sonaba casi a desafío.

—Te echaré de menos.

Asentimos. Luego jugamos a las cartas y olvidamos lo sucedido como solo pueden hacer los niños.

A los once años, gracias a mi padre, a Luke y a Vi, aprendí que las decisiones que tomamos no solo influyen en los demás para bien, sino que también pueden joderles la vida.

1995, Levi

El viejo Russell era un cascarrabias. Vivía en un rancho enorme en el que un día había criado a siete hijos, pero todos habían volado del nido hacía demasiado tiempo. Su esposa había muerto años atrás y desde entonces él habitaba solo ese gran espacio en el que había hasta eco. Muchos creían que estaba más loco aún que Luke Cassavetes, pero evitaban decirlo, porque Russell era la clase de pirado que te recibe en su porche con una escopeta.

Yo no creía que estuviera loco. Únicamente era un hombre viejo y solo que se cubría las espaldas, pero lo cierto es que tampoco hacía mucho por no parecerlo.

Como era de esperar, a Vi le caía bien.

Es una de las cosas que he aprendido con los años, que las personas especiales tienden a comprenderse, aunque no puedan ser más diferentes. Quizá lo que sucede es que se respetan de un modo que los demás somos incapaces. Siempre nos provoca recelo aquello que no podemos entender.

Entré en su propiedad, disimulando que no me asustaba la posibilidad de que me echara a palos, y me encontré con su rostro arrugado asomándose por la puerta entreabierta.

—¿Se puede saber qué haces aquí, Manson?

—Me manda Vi. Está resfriada y no quiere acercarse a ti. Dice que eres tan viejo que podrías morir de un simple constipado.

Russell bufó y yo sonreí. Maldijo entre dientes, pero en el fondo se alegraba de que alguien se preocupase por él, aunque fuera una niña impertinente de diez años que lo trataba como a un igual. Por ese motivo lo hice del mismo modo. Después me invitó a seguirlo y entramos en la casa. Había acompañado a Vi alguna vez a verlo, pero nunca pasaba del porche, así que cuando descubrí todo lo que ocultaba Russell entre las paredes de su hogar pensé que solo existían dos opciones: o ese hombre era un genio, o estaba como una regadera.

Había trastos en cada rincón. En las paredes no cabía un cuadro, una lámina, cartel o adorno más. A los lados del pasillo descansaban cajas repletas de objetos y prendas. Atisbé una con piezas de ajedrez, no de un solo juego, sino que había cientos de diferentes formas y tamaños entremezcladas. Otra guardaba periódicos tan antiguos que intuía que, de tocarlos, desaparecerían entre mis dedos. Había oído rumores que padecía un trastorno llamado síndrome de Diógenes, pero hasta ese instante no comprendí qué era exactamente lo que le ocurría a la cabeza de Russell.

Lo seguí hasta la cocina y desde la puerta que daba al exterior nos dirigimos a su granero. No sabía qué buscaba él exactamente ni qué esperaba encontrarme yo allí, lo que sí es cierto es que jamás imaginé que Russell escondía el alma de un soñador.

Cuando abrió el portalón, me quedé sin voz.

—Joder...

—Chico, esa boca.

—Lo siento.

Apartó una bolsa de latas de refrescos vacías con su bastón y me indicó que lo acompañara. La luz entraba por los ventanales superiores e iluminaba algunos de los tesoros que allí guardaba. Porque eso era; un puto tesoro encontrado debajo del mar. Solo tenía doce años, pero no era tan tonto como para no saber que algunas de esas reliquias valían mucho dinero. Había de todo, desde lavabos antiguos con sus vasijas, pasando por máquinas de escribir y hasta un piano cubierto por una manta de terciopelo en una esquina. Espejos, maniquíes, un guiñol de marionetas. Y, pese al polvo y las telarañas, allí reinaba el orden. Estaba sumamente cuidado y no tenía nada que ver con lo que transmitía su casa.

Miré de reojo a Russell y me animó a traspasar un biombo que escondía la parte de atrás del granero con una sonrisa cómplice. Todavía no lo sabía, pero no solo me estaba regalando su secreto, sino también su confianza. Aún desconozco los motivos, pero ese viejo siempre supo que podía fiarse de mí. Quizá que Vi lo hiciera ya era un motivo suficiente para él.

Di dos pasos y me quedé fascinado.

Me gustaba el cine. Vi y yo a veces íbamos con el dinero de mi paga y después jugábamos a reproducir los diálogos de la película. Ella se los inventaba y creaba los suyos propios; si no le gustaba el final, lo cambiaba y yo le seguía el juego, porque sus historias siempre eran más divertidas. A veces fantaseaba con la idea de convertirse en el próximo icono de Hollywood y me obligaba a leer escenas que ella misma escribía y en las que se veía como una Brigitte Bardot de los noventa. Lo que nunca me habría imaginado era que un pequeño rincón de Montana, nada menos que en el granero del viejo Russell, albergara un museo dedicado al séptimo arte.

Se agachó frente a un tocador y encendió sus luces. Un arco de bombillas nos iluminó. Sobre él descansaban cabezas de maniquíes con pelucas; rubias largas y sedosas; morenas con ondas; pelirrojas con flequillo. En una mesa lacada un tocadiscos comenzó a sonar cuando Russell colocó su aguja con dedos temblorosos.

Somewhere over the rainbow, way up high...

La canción me resultaba familiar, aunque por entonces no sabía que era la banda sonora de la mítica *El mago de Oz*. Observé a Russell cerrar los ojos bajo el influjo de la suave melodía y apretar sus rugosos dedos sobre el bastón. Aquello era importante para él. Ese lugar lo era.

—No sabía que te gustara el cine.

Negó con la cabeza y se sentó sobre un aparador. Me fijé que a su espalda descansaba el traje de una famosa película del espacio. Una cantidad indecente de chiflados habrían matado por tenerlo.

—Nunca me lo has preguntado.

Asentí, sintiéndome un imbécil. Supuse que Russell tenía razón. A veces las cosas son más simples de lo que parecen y ni yo ni nadie le habría preguntado jamás a ese viejo cuál era su pasión. Era más sencillo juzgar. Siempre lo es.

—¿Por eso le gusta tanto a Vi venir aquí?

Me resultaba fácil imaginarla allí, con una boa de plumas sobre sus hombros, una de las pelucas y bailando apoyada en el piano. Dando rienda suelta a sus fantasías. Siendo feliz en un lugar en el que todo parecía posible.

Una parte de mí envidió a Russell, aunque no tuviera mucho sentido, por compartir con ella un secreto que me excluía.

Pese a ello, negó y sonrió al pensar en Vi.

—Aquí puede soñar sin miedo. Aquí no importan las cicatrices. —Frunció el ceño y se mostró molesto, pero con esas simples palabras me di cuenta de que Vi le importaba—. Y es tan insistente que siempre acaba por sacarme algo. Con tal de que se calle, le regalaría la maldita casa entera.

Sonreí. Así era Vi. Pero la sonrisa se me borró al recordar las tonterías con las que aparecía siempre después de visitarlo; una caja llena de pinzas de madera rotas; un ukelele roído por las polillas.

—No es que hayas salido perdiendo con su compañía.

—¿A qué te refieres?

—Solo le das basura.

Russell me miró fijamente durante unos segundos. Pensé que había metido la pata, que cogería su escopeta y me sacaría de allí con un perdigonazo en el culo, pero, como siempre, estaba equivocado. Tenía la sensación de no entender el mundo que me rodeaba, de estar a años luz de lo que los demás sabían. Y era angustiante.

—Que tú veas basura no significa que lo sea. Esa niña tiene ojos mágicos. Ve lo que los demás somos incapaces de ver. No debe perder eso. No permitas que suceda.

Asumí que esa descripción encajaba a la perfección con Vi. Ojos mágicos. Yo no la hubiera definido mejor. Y me di cuenta de que Russell y yo compartíamos algo sin quererlo: ya por entonces ambos estábamos dispuestos a lo que fuera para que Vi siguiera siendo Vi. No podíamos tolerar que la parte fea del mundo la devorase.

—Pero... todo esto... —señalé ese pequeño universo que nos rodeaba.

—Esto no son más que los recuerdos congelados de un viejo. Lo importante es ser capaz de crear nuevos con lo que tengamos, aunque para otros solo sea basura.

Me recriminó con una mirada severa y bajé la cabeza.

Después salimos de allí.

Ya en su cocina, me dio una caja. Dentro había una jaula

de pájaro oxidada y sucia. Más basura. No entendía nada. Quizá era mejor así o acabaría tan loco como ellos.

• V •

Cuando llegué a casa de Vi, ella estaba esperándome en el porche bajo una manta. Tenía la nariz colorada e hinchada. Sus ojos estaban un poco cerrados.

—¿Cómo está Russell? —preguntó con voz gangosa.

—Ese viejo está loco.

Ella se rio y después tosió.

—¿Te ha amenazado con la escopeta?

—No, me ha enseñado su granero.

La sorpresa tiñó su rostro.

—¿En serio? Eso es que confía en ti, Levi.

—¿Y a mí qué me importa?

Me encogí de hombros. Porque, importara o no, me costaba encajar las piezas y odiaba esa sensación. Si los ojos de Vi eran mágicos, sentía que los míos siempre estaban velados. Dejé la caja a sus pies y su mirada se iluminó.

—Vaya. ¿No es increíble?

Sacó la jaula y la estudió emocionada. Yo solo veía un trasto viejo y medio roto que no servía de nada. Pero Vi..., ¿qué narices vería Vi? Respondí a su pregunta mentalmente. La jaula era una mierda, pero ella sí que era increíble, de eso no tenía dudas. Cogí un trapo que se secaba en el alféizar de la ventana y comencé a limpiar la dichosa jaula.

—¿Para qué la quieres? ¿Estás pensando en comprarte un pájaro?

Su tensión fue inmediata y me arrepentí de esa pregunta tan estúpida.

—Jamás pagaría por un ser vivo. Mucho menos lo encerraría en una cárcel. ¡Es para hacer un joyero! ¿No te parece una idea genial? Aquí —señaló la parte alta— voy a poner un colgador para los pendientes. Y aquí —acarició con dos dedos la base— quiero que salgan unos apliques donde colocar los anillos. Solo tengo dos, pero me servirán para hacernos una idea de cómo quedan. He pensado crear una línea de artículos de tocador con objetos de jardín. En dos años espero ser conocida en toda Montana. En cinco, Winona Ryder tendrá uno en su casa. ¡Tenemos mucho trabajo por delante, chico de las preguntas!

Parpadeé, intentando encontrar el modo de decirle que no creía que funcionara porque era una idea realmente estúpida, pero no pude. Así que continué limpiando la jaula mientras ella me contaba su plan y soñaba tan alto y con tanta fuerza que conseguía silenciar todas las voces que gritaban «no» en mi cabeza.

Cuando ya me despedía para regresar a mi casa antes de que se pusiera el sol, volví a pensar en Russell y en su museo del granero.

—¿Por qué guarda todo eso ahí? ¿Por qué deja que los demás piensen que vive rodeado de porquería? ¿Por qué esconde algo por lo que muchos lo admirarían? Lo tratarían mejor, Vi. No lo juzgarían como lo hacen ni lo mirarían con lástima.

Ella me observó como si no me entendiera. Sucedía poco, pero en ocasiones nos encontrábamos el uno al lado del otro sintiéndonos dos extraños, totalmente opuestos, dos piezas que pertenecían a puzles distintos. No me gustaba; intuyo que porque siempre me sentía mil peldaños por debajo y, cuando estás abajo, todo consiste en subir y subir hasta que ya no puedes más.

—Porque es su sueño. Y los sueños hay que protegerlos. Russell ha escogido hacerlo de ese modo.

Pude preguntarle cuál era el suyo, pero ya lo sabía porque Vi no dejaba de repetirlo. Su sueño se hallaba muy lejos de allí. Lejos de lo que para mí era mi hogar, entre esas montañas, con los míos, con la tranquilidad de una vida familiar y sencilla. Lejos de mí.

¿Y el mío? ¿Cuál era mi sueño? ¿Alguna vez lo encontraría?

1996, Levi

—Toma, Levi. Ayúdame con esto.

Vi me colocó entre las manos un rollo de celo y un montón de revistas viejas. Nos dirigimos a la parte de atrás de su casa. La mesa de madera estaba llena de rotuladores y recortes.

—¿Qué estás haciendo?

—Un diario de viaje. Para cuando me vaya. He apuntado lugares, moteles baratos, consejos... ¿no te parece genial?

Nos sentamos y me enseñó el cuaderno en el que había estado trabajando las últimas semanas. Lo había cosido ella misma, uniendo trozos de cartulina de colores con hilo de pescar y adornándolo con una cinta roja que en su día había sido un lazo con el que sujetar su pelo. En su interior, las páginas eran un caos de colores, palabras, trozos recortados de las revistas de moda que le regalaba Alison, la chica que lavaba cabezas en la peluquería, cuando ya eran tan viejas para que las clientas se quejaran y las sustituía por números actuales. Para cualquiera no era más que un diario infantil que acabaría olvidado en un cajón en cuanto su dueña madurase un poco más. Sin embargo, al tratarse de Vi, yo sabía que era mucho más importante. Era un sueño envuelto en papel de seda. Más aún, era una esperanza de sobrevivir. Una oportunidad de ser feliz a la que agarrarse.

En su portada, el título brillaba cubierto de purpurina azul. Me di cuenta de que también tenía rastros de ella en los dedos y hasta en las cejas.

La extraordinaria vida de Violet Cassavetes

Tragué saliva. Ella miraba las letras, un tanto torcidas, con una ilusión un poco adormecida. Fui consciente en ese momento de algo que me había pasado desapercibido. Y es que, según volaban los días, las semanas, los años, las fantasías y las ganas de escapar de Vi crecían, pero la tristeza en sus ojos al pensar en ello también. Según maduraba, sus expectativas de lograrlo menguaban. Estaba dejando de creer. Violet, la persona más valiente que yo conocía, comenzaba a flaquear y a dejar que el miedo y las dudas se materializaran en su cabeza.

No podía consentirlo. Como me había ordenado Russell el día que me mostró su granero, no podía permitir que sucediera. Necesitaba que Vi siguiera creyendo en sí misma, en sus posibilidades, en que su vida de verdad iba a ser extraordinaria. En ese instante me prometí que haría todo lo posible para ayudarla. Iba a echarla de menos cuando se marchara, era mi mejor amiga, pero jamás pondría ningún obstáculo para que consiguiese todo lo que anhelara.

—Es muy bonito, Vi. —Su sonrisa ocultó ese halo de desesperanza—. ¿Cómo está Piggy?

—Hambrienta.

Nos reímos. Piggy era el nombre que le había puesto a su hucha.

—Toma. Tengo algo más de un dólar para su almuerzo.

Me saqué las monedas que guardaba en el bolsillo y las

coloqué encima de la mesa. Ella me miró con una dulzura que era poco habitual en la Vi de once años, siempre más dura de lo que debía ser la mirada de una niña.

—Gracias, Levi. Y, ahora, recórtale la cara a Kate Moss.

Observé la imagen que me daba y me ruboricé cuando Vi se rio de mí al pillarme con los ojos clavados en los pechos de la modelo. Cogí la tijera de malos modos.

—¿Para qué demonios quieres que le recorte la cara?

—Porque voy a poner en su lugar la mía. Cuando sea rica, pienso comprarme ese vestido que lleva. Mira, lo he combinado con estos guantes.

Me enseñó la fotografía de unos guantes dorados hasta el codo. Eran tan elegantes que, si se los ponía con ese minivestido lleno de transparencias, resultaban estrafalarios. Con los años aprendería que Vi podía vestirse como quisiera, porque el efecto siempre era rompedor y adecuado, pero a mis trece años no pude evitar echarme a reír.

—¿Para qué ibas a ponerte eso?

Puso los ojos en blanco y me sacó la lengua.

—No tienes ni idea de moda, no voy a perder mi tiempo explicándotelo. Además, con esos guantes no se me ve la cicatriz.

Mis ojos volaron hasta su mano y la curiosidad se me escapó por la boca.

—¿Cómo te la hiciste, Vi?

Dejó el rotulador en el aire y supe que ya estaba muy lejos. En algún lugar donde esa herida era la consecuencia de una aventura memorable y no de lo que seguramente sería un accidente que era mejor no recordar. Quizá jamás descubriría la verdad, pero me encantaba que Vi liberase conmigo esa locura que a mí me faltaba.

—Antes de venir aquí, mi padre y yo vivíamos en Australia. Un día, naufragamos con nuestro barco en una isla perdida. Estaba poblada por los *Guisus*, unos feos hombres peludos como orangutanes que se alimentan de cangrejos y estrellas de mar. —Sonreí—. Conseguimos escapar antes de que nos mataran, porque los *Guisus* odian especialmente a las niñas y a los hombres sin pelo en el cuerpo.

—Enloquecerían al veros a Luke y a ti —le seguí el juego y ella asintió emocionada.

A veces pensaba que llegaba a creerse sus propias historias. Como si moldeara la vida a su manera para hacerla más bonita. En el fondo, un poco así era, porque Vi siempre tuvo esa capacidad. Al fin y al cabo, convirtió una vida de mierda en un rincón de Montana en una extraordinaria haciendo el mundo entero un poco suyo.

—¿La cicatriz te la hicieron los *Guisus*?

Levantó su mano y la piel deformada brilló bajo el sol. Negó con la cabeza.

—No, ellos me sacaron este ojo. —Se señaló el ojo izquierdo y abrí la boca confundido cuando se lo tocó con un dedo sin pestañear ni provocarse las lágrimas—. En realidad, el que llevo ahora es de cristal.

Fruncí el ceño, pero, pese a que fingí que no la creía, no podía dejar de mirarlo. Con Vi era fácil confundir la realidad con la ficción. Se movía como pez en el agua entre ambas, pero yo no, así que, en algunas ocasiones, me perdía.

—Una noche, conseguimos escapar de su campamento. Corrimos hasta la playa y lanzamos una bengala al cielo. Un barco nos vio y nos rescató. Yo me quemé la mano con la bengala.

Se encogió de hombros por su supuesta torpeza y suspiró. Le recorté la cara a Kate Moss y la arrugué hasta que desapareció entre mis dedos. Cuando volví a mirar el ojo de Vi sin poder evitarlo, ella rompió en carcajadas. Era un estúpido. ¿Cómo iba a ser de cristal? Todo lo que me contaba siempre era mentira. Debía dejar de ser tan ingenuo.

Sabía que lo del naufragio nunca había sucedido, porque Vi jamás había salido de Montana, y también que los *Guisus* no existían, pero era habitual que colara ciertas verdades entre sus cuentos, así que había sufrido un poco por ella. Una parte de mí había creído que su ojo podía haber sido víctima de un desafortunado accidente igual que su mano. O algo peor.

Y mientras me preocupaba por ella, Vi se reía tanto que se le saltaban las lágrimas.

—Eres una mentirosa.

Dejó de reírse y se irguió orgullosa.

—Que algo no haya sucedido no significa que sea mentira. Es una historia, tonto. Como los libros. Que algo no haya pasado ahí fuera no lo hace menos real. Ni tampoco lo sientes menos aquí.

Puso su mano sobre el corazón. Yo apreté los dientes. Si ya estaba enfadado, me molestaba más aún que ella tuviera razón. Porque quizá era verdad que Vi no contaba cosas que hubiera vivido, pero sí que era la mejor inventándose historias que acababan por pertenecernos. Ella me regalaba continuamente eso. Quizá lo único que tenía para ofrecer, y yo acababa de despreciarlo.

Suspiré y le pedí perdón del único modo que supe.

—¿De quién era el barco que os rescató?

Sus ojos brillaron.

—De Mitch Buchannon, ¿te lo puedes creer?

Fue inevitable, la risa explotó en mí tan fuerte al imaginármela con el famoso vigilante de la playa que Vi dio un brinco. Después me acompañó y acabamos los dos riendo tanto que todo lo demás dejó de importar. Hasta los secretos que ocultaba.

1997, Levi

Recogí a Vi una tarde en la puerta de su casa. Era mi cumpleaños y, pese a que ella y yo ya lo habíamos celebrado juntos unos días antes disparando a latas oxidadas con la vieja recortada de mi padre, había quedado con mis amigos para ir a tomar un batido y una hamburguesa al bar de la familia de Markus. Nunca la incluía en los planes con el grupo, pero, por primera vez, me apetecía juntar las dos partes en las que se dividía mi mundo.

Según caminábamos por el sendero de su casa hacia la carretera, me di cuenta de que parecía nerviosa. Llevaba el pelo oscuro recogido con una diadema de flores que había hecho ella misma. El peto vaquero sobresalía como un saco sobre su jersey negro. Había decorado los laterales de sus ojos con purpurina. A Vi siempre le encantó brillar, del modo que fuese. Estaba preciosa. Puede que lo estuviese a su manera, una que nunca encajaba con las modas del momento o con lo que se consideraba adecuado para una chica de su edad, pero a mí eso me parecía que la hacía aún más bonita.

—Me gusta tu diadema —le dije.

Ella suspiró con evidente alivio y se rio.

—¡Menos mal, Levi! No sabía si sería demasiado elegante para una hamburguesa en el bar de los Baker.

Sonreí. Me di cuenta una vez más de que con Vi no había que callarse las cosas. Con Vi podía decir que me gustaba una diadema de flores a los catorce años y que estuviera bien. Los chicos se habrían reído de mí y las otras chicas me habrían mirado raro por no halagar sus ojos o su vestido, sino una diadema hecha a mano que parecía más propia de una niña de ocho años que de una que rozaba la adolescencia. Pero con Vi no. Con Vi, era fácil.

Sin embargo, en cuanto llegamos al encuentro con mis amigos y contemplé la expresión en sus rostros, supe que me había equivocado. Fui consciente de que hay cosas que jamás deben juntarse.

• V •

La adolescencia nos hace crueles y egoístas. Creemos que el mundo es nuestro, que la única verdad es la que defendemos y que el universo respira para que nosotros lo habitemos. Pocas personas pasan esa etapa sin demostrar que son rematadamente idiotas. Yo no me libré en algunos aspectos; si bien es cierto que nunca fui un mal chico, la cagué de vez en cuando, como nos sucede a todos.

—¿Por qué la has invitado?

Markus me pasó el brazo por los hombros y me susurró esa pregunta al oído. Lo aparté de un manotazo y lancé un bufido.

Habíamos merendado en el bar de sus padres. Los Baker tenían un local en el que podías comer las mejores hamburguesas del condado, beber hasta vomitar e incluso disfrutar los fines de semana de música en directo, así que era habitual que su clientela fuera un batiburrillo de grupos de diferentes edades.

Todo había ido más o menos bien, obviando las miradas

poco disimuladas de alguno de mis amigos hacia Vi. Incluso habían intentado incluirla en alguna conversación. A pesar de ello, en un momento dado se había generado cierta tensión en el ambiente. Quizá cuando Gillian le preguntó dónde se había comprado esa diadema y Vi se lanzó con un discurso de los suyos sobre cómo iba a hacerse famosa y a triunfar con complementos de flores que fabricaría ella misma.

—No lo decía porque sea bonita —murmuró Gillian una vez que Vi se calló y centró su atención de nuevo en el gigantesco batido que había pedido.

O puede que lo que nos incomodó a todos fuera la pregunta de Dave.

—¿Qué te ha pasado en la mano?

Vi se retiró la manga del jersey con lentitud y su cicatriz quedó expuesta. No tenía sentido, pero noté que algo no estaba bien. La herida de Vi era algo visible para todos. En la escuela los niños le preguntaban a menudo cómo se la había hecho y ella contestaba lo que le venía en gana. Pero allí, aquel día, fui consciente de que esa pregunta desnudaba a Vi; era demasiado íntima, aunque nunca pronunciara la respuesta verdadera. Si yo me sentía así en ese momento, ¿cómo se sentiría ella?

La edad te enseña que hay preguntas que es mejor no formular, palabras que no se deben decir y promesas que no se pueden cumplir. Pero a los catorce años ninguno de los que estábamos allí lo sabíamos. De haberlo hecho, nuestras vidas habrían sido muy diferentes, empezando por la mía.

Miré a Vi. Sus ojos estaban más oscuros de lo normal. Sus hombros, tensos. Su cuerpo flaco parecía más pequeño aún dentro de ese enorme jersey. Ya no era la chica indestructible capaz de todo, sino una débil, vulnerable y más cercana a la versión que la gente del pueblo tenía de ella que a la que yo conocía y admiraba.

No podía soportarlo. Esa no era mi Vi. No iba a permitir que la redujeran a eso. No iba a tolerar que nadie apagara su magia. Así que hablé.

—Le cayó un rayo.

Todas las miradas se dirigieron a mí, incluida la suya.

—¿Qué? —preguntó la dulce Grace, igual de impactada que los demás.

No sabía si sería capaz de hacerlo tan bien como ella, pero intenté convertirme en Vi por una vez e inventarme una historia a la altura de lo que merecía.

—Sí, le cayó un rayo justo en la mano. Ocurrió poco antes de mudarse aquí. Se desmayó. Estuvo inconsciente durante quince minutos. ¿O fue más, Vi?

Parpadeó. Sus ojos se iluminaron. Le sonreí, animándola a continuar mi relato, que ya era suyo. Por primera vez era yo el que le regalaba uno y eso me gustó. Curvó sus labios, lanzó un suspiro y leí un gracias implícito en su boca que solo vimos nosotros dos.

—Fueron diecisiete minutos. Estuve prácticamente muerta.

—¿Y viste algo? ¿Hay un túnel? ¿Un hombre encapuchado? ¿Un esqueleto con una guadaña? —preguntó Markus, que tenía fascinación por las historias del más allá, pese a ser un miedica.

—Hay... —Todos se agarraron a la mesa, esperando que Vi desvelara ese secreto universal; ella abrió muchos los ojos y por su teatralidad supe que estaba a punto de tomarles el pelo—. ¡Hay un puesto de perritos calientes!

Todos bufaron y Markus se echó a reír. Yo lo acompañé y pedí la cuenta. Vi se llevó todos los caramelos que había en un cuenco en la barra.

Pese a que ya se había disuelto la tensión del ambiente, a partir de ese instante comencé a darle vueltas a un pensamiento que no me gustaba, pero que me parecía bastante certero. Hay cosas en la vida que no deben mezclarse. Personas. Sentimientos. Lo que sea. Y me di cuenta de que Vi era una de esas cosas. Ella y yo funcionábamos bien juntos, por separado, en soledad. Y supongo que, ya por entonces, nada más me importaba.

Miré a mi mejor amigo y dije la única respuesta que servía a por qué la había invitado. La única que podía explicar lo que había intentado que sucediera esa tarde entre dos partes de mi mundo que jamás encajarían.

—Es mi amiga, Markus.

Él torció la boca y me palmeó la espalda.

—Ya lo sé. A mí me gusta. Siempre se ríe de mis chistes. Pero sabes que los demás no están cómodos. Es... rara.

Me encogí de hombros.

—Me gusta que sea rara.

No quería hablar de Vi. No quería analizarla. No tenía sentido. De repente, solo quería que el día acabara, esconderme con Vi en algún rincón del bosque que rodeaba su casa y fumarme con ella mi primer cigarrillo. Se lo había robado a mi padre y me moría de ganas de saber cómo se sentía el humo en la boca. No pensaba dejar que lo probase, Vi solo tenía doce años, pero me gustaba la idea de compartir con ella un momento que para mí era importante.

—¿A Grace no le importa?

Fruncí el ceño ante la pregunta de Markus. A mi espalda, la risa de Grace me provocó un cosquilleo.

—¿Por qué iba a importarle?

—Joder, tío. ¿Estás ciego? Grace está loca por ti.

Me ruboricé. Sabía que Grace me buscaba a menudo y que me prestaba más atención que a los demás, pero me costaba dar el paso con ella. Había besado a una chica ese verano, la prima de Markus, que había venido unas semanas de vacaciones. También le había tocado la teta a Gillian ese curso sin querer, aunque había sido suficiente para fantasear durante meses. Sin embargo, con Grace me sentía inseguro, porque con ella era diferente. Grace me gustaba. Era la chica más guapa que había visto nunca. Siempre sonreía, era amable y divertida. Me gustaba cuando venía con nosotros, porque hablaba de películas y no se metía con nadie. Ni siquiera la había oído criticar a Vi, cuando las demás susurraban a menudo comentarios despectivos sobre su aspecto. Era la única que había mirado su diadema aquella tarde con una sonrisa. Grace era una chica con la que no solo deseaba enrollarme, sino con la que me veía saliendo y hablando de ella a mis padres.

No obstante, las palabras de Markus me hicieron reflexionar sobre algo que nunca había meditado. Algo que se convertiría en una de las constantes de mi vida.

—Grace me gusta, pero si le molesta que Vi sea mi amiga, dejará de hacerlo.

Markus asintió y volvió a juntarse con el grupo. Yo sería un idiota más que estaba a punto de engancharse a la nicotina por propia iniciativa, pero a leal jamás me ganaba nadie.

En un bordillo, Vi estaba sentada y observaba fascinada el interior de una alcantarilla. Tenía el peto manchado de batido de chocolate. Había comido tanto que mis amigos la habían mirado asombrados. La diadema había comenzado a deshacerse por un lateral y llevaba el cordón de una zapatilla desabrochado. A simple vista, era un desastre. Las otras chicas charlaban y reían de pie a un palmo de ella. No le hacían mucho caso, pero Vi les mostraba la misma indiferencia. Sus melenas estaban onduladas a la perfección y decoradas con mariposas de clic. Llevaban vaqueros ajustados y camisetas de colores claros que dejaban el ombligo al aire, pese al frío que hacía. Sus párpados, pintados a escondidas en el baño del bar, brillaban. No entendía que se maquillaran, pero Grace estaba guapa igual, con unos polvos rosados que resaltaban sus ojos azules.

Me fijé en su pelo, rubio y suave. En sus labios, cubiertos de un brillo pegajoso. En su ombligo.

Suspiré y me senté al lado de Vi, ocultando lo que se había despertado dentro de mis pantalones.

—¿Lo has pasado bien?

—Ajá.

La empujé con mi hombro.

—No mientas, Vi.

Ella dejó de estudiar el mundo invisible que habitaba en la alcantarilla y me observó con sus ojos oscuros muy abiertos.

—Son terriblemente aburridos. Solo Markus se salva. Y porque se sabe muchos chistes. ¿Podemos irnos ya?

Sonreí. Miré una última vez a mis amigos y a Grace. Sobre todo, a Grace.

Acababa de cumplir catorce años y mis prioridades comenzaban a cambiar. Pese a ello, asentí y me dije que ya llegarían oportunidades de quedarme con Grace a solas y hablar con ella. Quizá pronto me atreviese a pedirle salir. Puede que, incluso, un día lograra besarla sin morirme de miedo. Pero esa tarde no. Esa tarde me despedí de ellos y escogí a Vi.

De algún modo, nunca dejé de hacerlo.

• V •

Una hora después estábamos tumbados en mitad del bosque. Solo se oía el siseo de las ramas sobre nuestras cabezas y el susurro de las montañas. Hasta que conocí a Vi nunca lo había percibido, pero ella me había descubierto que esas formaciones rocosas que rodeaban nuestro hogar hablaban, si te parabas a escucharlas. Nosotros lo hacíamos a menudo. Nos escondíamos entre los árboles, levantábamos una tienda de campaña con unos palos y una sábana y nos resguardábamos en su interior del frío.

—¿Las oyes, Levi? —me susurraba Vi.

Y yo asentía, muerto de miedo, porque las oía. Joder si las oía. Aunque no fuera posible. Con ella aprendí pronto que cualquier cosa lo era. Con ella me di cuenta de que el mundo era mucho más del que alcanzaba solo con mis sentidos.

Aquella noche a mí no me apetecía escuchar qué tenían que decirnos las montañas. Estaba inquieto. No solo por lo sucedido con mis amigos ni porque no me sacase a Grace de la cabeza, sino porque no dejaba de juguetear con el cigarrillo cada vez que metía la mano en el bolsillo y una parte de mí tenía miedo de sacarlo. Era una estupidez, pero sentía que tenía el paso a la adolescencia entre los dedos. Si lo encendía, si lograba salir con Grace, si llegaba a la segunda base con una chica antes de que lo hicieran mis amigos, me alejaría de un salto de la Vi que aún me lanzaba retos que no dejaban de ser juegos un tanto infantiles. Si lo guardaba, quizá me mantendría por más tiempo a su lado.

Era consciente de que mis pensamientos carecían de lógica, pero así me sentía, como si ese cigarro encerrara una decisión mucho más importante. Ansiaba crecer al mismo nivel que me asustaba.

—¿Qué tienes ahí?

La pregunta de Vi me hizo sacar la mano y fingir que estaba centrado en observar el cielo. Al instante, noté sus dedos colándose en mi bolsillo y hallando mi secreto. Sacó el cigarrillo y lo alzó sobre nuestras cabezas. Me volví y estudié su perfil. El pelo le olía al bar de los Baker, una mezcla de parrilla, batidos dulces y madera.

—Se lo he robado a mi padre.

Vi rio, aún con el objeto del delito girando entre sus dedos.

—¿Por qué dudabas?

—Yo no... —suspiré y me sinceré, porque con Vi las mentiras no existían—. No lo sé. Me daba miedo lo que pudieras pensar.

Entonces Vi se volvió también y nos miramos, tan cerca como para leer en los ojos del otro demasiado. No sé qué vio Vi en los míos, solo puedo decir que en los suyos podía distinguir el reflejo de mis temores.

Al final fue ella la que decidió por los dos. Tirando de mí, como siempre. Atreviéndose a dar los pasos que a mí me hacían dudar.

—¿Tienes un mechero?

Aquella noche Vi y yo compartimos el primer cigarro que nos ataría durante años a ese vicio espantoso. También me demostró que la distancia que a ratos nos separaba no tenía importancia, porque ella siempre estaría dispuesta a avanzar dos años de golpe para encontrarse conmigo.

Información adicional

—Buenas tardes, Vida Rose. Soy Mathew Turner, corresponsal de *Young People*. Ya hemos hablado mucho de tu último proyecto, así que me atrevo a lanzarte una pregunta que tus admiradores se hacen sin cesar y que nunca llegas a desvelar. ¿Cómo te hiciste esa cicatriz?

(La señorita Vida Rose observa su mano. Luego se levanta y se marcha de la sala sin despedirse.)

GRABACIÓN DE LA RUEDA DE PRENSA ORGANIZADA CON MOTIVO DEL ESTRENO DE *LAS CHICAS BUENAS NUNCA GANAN*, SEGUNDO PROYECTO CINEMATOGRÁFICO DE VIDA ROSE, OCTUBRE DE 2006.

1998, Levi

Grace estaba tumbada sobre mi cama. Tenía la falda subida por los muslos y los labios hinchados. Sus ojos azules me miraban brillantes y muy abiertos. Alrededor de su rostro redondo, el pelo rubio le caía revuelto. Qué guapa era. Claro que, con quince años, la belleza perdía el sentido lógico y las hormonas mandaban.

—Levi, ¿quieres que paremos?

No, por supuesto que no quería. Solo necesitaba un segundo para serenarme y no explotar dentro de los pantalones antes de tiempo.

Me coloqué entre sus piernas y la besé. Caímos sobre el colchón y me perdí de nuevo en su boca, en las curvas que palpaba por debajo de su blusa, en el olor al perfume que desprendía su cuello, el que le robaba cada tarde a su madre, y en que estábamos cada vez más cerca de tocar el cielo.

—Levi, ¡mira lo que me ha regalado el viejo Russell!

La puerta se abrió con tanta fuerza que Grace chilló y tapé como pude el comienzo de su pecho descubierto.

—¡Joder, Vi! ¿Qué te crees que haces? ¡Lárgate!

Entró como un vendaval y nos miró con una ceja alzada, aunque sin asomo de vergüenza. Vi jamás conoció eso. Llevaba en las manos lo que parecían trozos de neumático. Tenía la cara con restos de suciedad, al igual que las perneras de sus pantalones cortos.

—¿Otra vez estáis así? Pero ¿qué narices os pasa? Parecéis mandriles.

Ignoró mi orden, se acercó al escritorio y apartó todo lo que había para colocar su nuevo tesoro. Fuera lo que fuese lo que quisiera hacer con ello, intuía que solo era basura. Seguía sin comprender la relación entre Russell y ella. Mucho menos, lo que ellos veían en los supuestos tesoros que compartían. Con el paso de los años, había dejado de importarme. Al fin y al cabo, toda mi capacidad cerebral se encontraba en ese instante en mi entrepierna.

—Me marcho, Levi.

Miré a Grace, ruborizada y enfadada bajo mi cuerpo. Se incorporó y se colocó con cierta modestia la ropa. Yo también me recoloqué el bulto clavado en mis vaqueros antes de lanzar a Vi por la ventana. Iba a matarla. No merecía menos. No era la primera vez que nos interrumpía cuando estábamos enrollándonos. Intuía que, tratándose de ella, tampoco iba a ser la última. En ocasiones como esa, era como tener una garrapata de la que jamás lograba desprenderme.

—Te acompaño abajo.

—No hace falta.

Grace se marchó sin mirar atrás y supe que, como siguiéramos así, lo nuestro tenía los días contados. Iba a morir virgen por culpa de una niñata entrometida.

Segundos después escuché el portazo de mi novia en el piso de abajo. Me volví con la intención de echarle la bronca a Vi, pero, al verla ahí sentada, observando su descubrimiento con esa sonrisa que siempre despertaba en ella cuando se ilusionaba por algo, me olvidé de todo y me coloqué a su lado.

—¿Qué pretendes hacer con esto? —Aspiré el olor que desprendía el caucho y cerré los ojos—. Joder, Vi, huele a pis.

—El pis se lava, no seas remilgado. Además, tú hueles a...

Me ruboricé y sacudí la cabeza, sintiendo aún mi cuerpo demasiado sensible.

—No lo digas.

Vi ladeó el rostro, centrándose de nuevo en esa extraña adquisición, y sus ganas llenaron la habitación entera.

—¡Voy a hacer una colección de joyas recicladas! ¿No es una idea genial?

Sonreí. Lo era. Siempre lo era. Las ideas de Vi siempre me parecían geniales. La creatividad no era su problema. Sin embargo, sus aptitudes distaban mucho de lo que algunas habilidades requerían. Desde que la había conocido cinco años atrás, cuando soñaba con ser diseñadora de moda, habíamos pasado por muchas fases, entre las que se encontraban la de compositora, bailarina y espía.

—Y ¿cómo vas a hacerlo?

—Necesitamos cortar el caucho en tiras. He pensado en entrelazar cintas finas con las cuentas de cristal de la lámpara que me regaló la señora Hudson.

—¿La que cuelga de tu salón?

Me lanzó una mirada rápida que pretendía ser inocente, pero en Vi había poco de eso incluso a los trece años.

—Ya no. Papá me la bajó el otro día. La he desmontado entera. ¿Tú sabías que de un chispazo puedes quedarte dormida un par de minutos?

—Vi... —susurré preocupado. No era la primera vez que pensaba que un día iba a tener un accidente por sus imprudencias. Pero ella se rio.

—Estoy bromeando, tonto. Solo fueron diez segundos.

Sonreí. Esa era Vi. Mi mejor amiga. Mi hermana. La única persona del mundo a la que permitiría que me estropeara una cita con Grace. También la única capaz de dejar en mi cuarto al marcharse olor a meado de gato y que no me importase.

Solo era una niña, pero, para mí, estaba a un paso de convertirse en mi todo.

• V •

El hogar de los Cassavetes estaba en la ladera de una montaña a las afueras de Whitefish. Los frondosos árboles tapaban en su totalidad la entrada, lo que hacía que las trastadas de Vi pasaran inadvertidas para cualquiera que anduviera cerca. Se trataba de una antigua edificación que había pertenecido a la familia de la madre de Vi. Sus tíos abuelos habían criado ganado unas décadas antes, por lo que contaban con una gran extensión de terreno. No obstante, no valía gran cosa. Montana está plagado de lugares así, la casa se caía a pedazos y el prado estaba tan descuidado que parecía una jungla cuando lo atravesabas.

Sonreí al ver que Vi había pintado de nuevo el viejo abrevadero de piedra de los caballos; en su interior pequeñas flores de colores crecían donde un día habían bebido animales. Su padre se balanceaba en la mecedora del porche con el rostro alzado al sol. Tenía los ojos cerrados y una botella de *whisky* entre las piernas. Llevaba la misma ropa vieja que la última vez que lo había visto deambulando por la ciudad tres días antes.

Suspiré y me dirigí a la puerta.

—Señor Cassavetes.

—Señor Manson. —Me reí por su saludo y él sonrió aún sin abrir los ojos—. Violet está en la parte de atrás. Dice que va a comprarme una destilería para mí solo con lo que gane vendiendo sus joyas.

Tragué saliva, incómodo por el sentido del humor que

compartían Vi y su padre. Era habitual que hicieran bromas sobre el alcoholismo de él, las circunstancias en las que vivían o cualquiera de sus defectos, pero a mí me resultaba desagradable. Al fin y al cabo, que ellos se rieran de sus miserias tenía un pase, pero que lo hiciera yo estaba mal, así que nunca sabía cómo reaccionar sin sentirme una mierda. Además, aún me irritaba saber que mi padre y él se evitaban desde el incidente con el puesto de trabajo.

Empujé la malla metálica y me dirigí a la parte de atrás de la casa. Todo se encontraba como siempre, lleno de polvo y de trastos que Vi se negaba a tirar. Algunos de sus inventos inservibles se mezclaban en los estantes con botellas vacías y fotografías antiguas que constataban que Luke Cassavetes, en algún momento de su vida, había sido un tipo normal junto a una mujer preciosa y no un borracho dejado e inútil cuya hija de trece años, a duras penas, lo mantenía con vida.

Salí por la puerta de la cocina. Vi estaba en la mesa del jardín. La rodeaban un montón de piezas de caucho y cristales de colores que lanzaban destellos bajo la luz del sol. Cuando se volvió, rompí en carcajadas. Llevaba un monóculo con el que estudiaba sus creaciones.

—Bienvenido, señor Manson. Pase y tome asiento, por favor.

La obedecí. Con Vi, era la decisión más sensata.

—¿Qué va a enseñarme, señorita Cassavetes?

—Bueno, antes de nada, debo decirle que es usted un privilegiado. Está a punto de ser el primer ser humano en ver la colección de joyas que revolucionará el mundo de la moda. Dentro de unos años, se hablará de este momento en los libros.

Tensé los labios porque era incapaz de mantenerme serio. Frente a mí, Vi fingía que era un instante grandioso para la humanidad. El cristal de esa lente, que no sabía de dónde habría sacado, hacía que su ojo derecho pareciese enorme. Tenía el pelo recogido bajo uno de sus sombreros y unos guantes, que un día fueron blancos, le cubrían hasta los codos.

Carraspeé y me metí en el papel que ella me había otorgado en esa ocasión.

—Gracias por permitirme este honor. Le prometo que asumiré tal responsabilidad como merece.

Asintió con teatralidad, entonces retiró un pañuelo y me mostró las joyas. Eran un espanto. Ni siquiera comprendía bien qué era cada pieza y cómo se colocaban. Solo veía trozos de caucho mal cortado con cristales pegados. La silicona sobresalía bajo cada pieza y había pegotes por todas partes. Tragué saliva y me enfrenté a la mirada ilusionada de Vi.

—Son preciosas.

Eran lo peor que había visto en mucho tiempo, pero ella no. Aquella versión de Vi era una de las que más me gustaban. La chica soñadora que se esforzaba sin parar, pese a que no tuviera muy claro cuáles eran sus sueños; solo deseaba volar tan alto como para huir de ese agujero que le había tocado por hogar.

—Prosiga, no se corte.

Cogí aire, me pasé la mano por el mentón en actitud pensativa y me esforcé por seguirle el juego, pese a que me aterraba la posibilidad de hacerle daño. Con Vi siempre me sucedía eso. Se entusiasmaba tanto por las cosas, se embarcaba en tantos proyectos, que deseaba que algo le saliera bien. Sin embargo, parecía destinada a perder.

—Son tan bonitas que... —Las palabras se me quedaron a medias.

—¿Qué? ¿Qué pasa?

Chasqueé la lengua y entonces encontré la salida. Crucé los dedos en mi cabeza para que funcionase.

—Mira, Vi —frunció el ceño y rectifiqué—, perdón, señorita Cassavetes, veo un gran problema con su talento. Su creatividad es tan diferente que nadie va a entenderla. Vive adelantada a su tiempo. Lamento decirle que estas joyas deberían guardarse hasta que la humanidad esté preparada para admirarlas y entenderlas como merecen.

Vi pestañeó. Se quitó el monóculo y cruzó los brazos. Su ojo recuperó su tamaño y volvió a ser normal, de color negro, un poco triste, pese a que fuera una experta en camuflar ese sentimiento. Luego suspiró con resignación.

El juego había acabado.

—Tienes razón, Levi. Soy demasiado buena para el noventa y ocho. Vamos. Las esconderé en el granero hasta el nuevo milenio. Además, me he cortado con los dichosos cristales. Son peligrosas. No quiero rajarle el cuello a una supermodelo y que me demande.

Me mostró su mano tras desprenderse de los guantes y vi una pequeña gasa cubriendo el corte que se había hecho a la altura de la cicatriz.

—¿Cómo te la hiciste?

Sonrió.

—Ah, ¿esto? Es una larga historia. Está relacionada con un corzo, un batido de vainilla y un autoestopista fantasma.

Me reí. Era inevitable.

Nos levantamos y nos colamos en la cocina. Su padre seguía dormitando en el porche mientras la botella de *whisky* se consumía entre sus piernas. Su vida también lo hacía, aunque fingíamos que no nos dábamos cuenta.

—¿Quieres tomar algo?

Vi abrió la nevera. Como casi siempre, estaba vacía. Los botellines de cerveza relucían entre dos yogures de chocolate. Su rostro ya no brillaba; la energía que desbordaba un rato antes se había evaporado. La realidad había vuelto a golpearla con fuerza. Sus joyas no eran más que chatarra en vez del camino hacia un futuro mejor. Su padre seguía borracho. El techo de la cocina tenía un agujero que acabaría por desplomarlo y hacía días que no comía en condiciones. La dieta de Vi se basaba en bollería, aros de cebolla y alubias enlatadas. A duras penas se mantenían con una ayuda estatal y los favores de algunos vecinos.

Su vida era una mierda. Solo era una niña y Vi ya odiaba con todas sus fuerzas lo que era. Yo lo sabía, pese a que ella fingía ser feliz de un modo que pocos comprendían. Y quería a su padre más que a nada en el mundo, eso tampoco lo dudé jamás. Es posible que Vi, a la tierna edad de trece años, amara y odiara su vida con la misma intensidad. El equilibrio con ella no servía, porque siempre le recordaba que seguía habiendo carencias. Quizá por ese motivo fue siempre tan extremista. Puede que aprendiera demasiado pronto a luchar en esa dualidad.

—¿Quieres que nos acerquemos a la pastelería? Linda ha hecho hojaldres de limón. Se olían por toda la calle.

Eran sus favoritos. Solo tenía dinero para comprar uno, pero no me importaba si con eso Vi volvía a ser la de siempre, si conseguía sacarla de ese agujero por unas horas, si la hacía sonreír con la ilusión del que cree que todo es posible.

Suspiró y cogió un *pack* de botellines de cerveza. Sentí que una oscuridad nueva la rodeaba.

—¿Sabes? Tengo una idea mejor.

Sonrió, nos escabullimos por la parte de atrás hacia el bosque y nos emborrachamos juntos por primera vez en la vida. Antes de que se metiera el sol, ella ya había vomitado entre unos matorrales. Pese a ello, su sonrisa parecía imborrable y, mientras le sujetaba el pelo para que no se le manchara, pensé que era mil veces mejor estar allí con Vi pálida y echando las tripas por la boca que en una cama con Grace.

• V •

Luke Cassavetes no era un mal hombre. Me había costado, pero había llegado a asumirlo. Supongo que en algún momento de su vida había sido uno mejor y todos sabíamos que no era un padre ejemplar, pero quería a su hija. Vi sonreía diferente cuando estaba con él. De alguna forma, ella lo admiraba, aunque yo nunca encontré nada admirable en el Loco Luke. Quizá su capacidad para beber tal cantidad de *whisky* sin desmayarse.

Era un hombre alto y delgado. Su rostro estaba curtido y su pelo comenzaba a clarear por los laterales. Tenía los ojos verdosos y una sonrisa siempre dibujada en sus agrietados labios. De no ser por lo que castigaba su cuerpo, podría decirse que era un hombre apuesto. No parecía infeliz. Puede que tampoco feliz. Solo tranquilo y resignado a una vida que disfrutaba del único modo que sabía.

Vi no se parecía en nada a él. Había heredado los rasgos de su madre, cuyos orígenes argelinos le daban un aire felino y muy distinto a como eran las chicas por allí. Cuando la miraba, algo dentro de mí agradecía que así fuera; de ese modo evitaba que al mirar a su padre viera un reflejo de en lo que podía llegar a convertirse.

Pese a que había llegado a respetar a Luke por ser una parte fundamental en la vida de Vi, a ratos lo odiaba. No podía evitarlo. Cuando me fijaba en la ropa gastada y vieja que llevaba Vi, la rabia me consumía. Cada vez que se burlaban de ella, como hacía a menudo el cretino de Pete Ferguson, por su falta de recursos, por su pelo mal cortado o por sus excentricidades, yo culpaba a Luke en silencio. Si la tripa de Vi sonaba con fuerza porque ese día su nevera estaba vacía, me imaginaba formas de partirle la cara a su padre por no ser capaz de cuidar de lo más valioso que tenía.

Después del incidente con el puesto de trabajo que mi

padre le había ofrecido, había evitado cruzarme con él, pero, con el tiempo, acabé acostumbrándome a que las cosas fueran así, por mucho que no me gustaran.

«Las personas no cambian, Levi. Podemos darles la oportunidad de hacerlo, pero somos como somos. No hay mucho más. Después de eso, solo nos queda la fe.»

Esas habían sido las palabras de mi madre. No quería creerlas. Prefería pensar que no todo era estático, sino que la vida podía girar tantas veces como quisiéramos, regalándonos posibilidades.

«Ese hombre está condenado.»

Mi padre había sido mucho menos esperanzador. Quizá, más realista.

No obstante, Vi nunca se mostraba enfadada, ni siquiera triste o avergonzada por las burlas. Vestía ropa de hombre habitualmente porque su cuerpo crecía y su padre se olvidaba de que necesitaba prendas nuevas. Ella no le daba importancia y decía que no le faltaba de nada. Siempre que se ocupaba de hacer la compra, guardaba una parte del dinero para gastarlo en la licorería, aunque se quedara sin otras provisiones más necesarias. Cuidaba de su padre, lo hacía a su manera, pero lo quería y se lo demostraba.

Entre ellos siempre hubo una conexión especial. Solo con verlos juntos sabías que se entendían a unos niveles que pocos hacían. Su complicidad era tan pura que una parte de mí la envidiaba. Pese a que los míos eran unos padres modélicos al lado de Luke Cassavetes y que eran una parte esencial de mi vida, yo nunca sentí nada parecido al relacionarme con ellos. Los respetaba y quería, pero los silencios eran difíciles de romper cuando estaba a solas con mi padre, un hombre parco en palabras y de los que sentían hacia dentro, y con mi madre siempre hubo un límite impuesto, una especie de muralla que no tenía con mis tres hermanas. Para ella los hombres y las mujeres se relacionaban de un modo distinto. Una familia tradicional que no comprendía otro modelo de crianza que no fuera el suyo, mucho menos uno basado en la absoluta libertad como el del Loco Luke con su hija Violet.

• V •

—Mamá, voy a ver a Vi.

Entré en la cocina y me encontré con mi madre preparando masa para empanada. Aprovechando que me daba la espalda, metí un par de fiambreras de la nevera en mi mochila para que esa noche Luke y Vi cenaran algo decente. Lo hacía a menudo y ella fingía que no se daba cuenta, aunque ambos sabíamos que últimamente cocinaba de más y el motivo era obvio.

A mi madre nunca le gustó Vi. No lo decía abiertamente, pero era fácil adivinar que no era la compañía que deseaba para su único hijo.

Sentí que se tensaba y noté su ceño fruncido sin verlo.

—¿Otra vez? ¿No estuviste ayer? —Suspiró y me sentí mal; odiaba decepcionarla, pese a que ella jamás reconocería ese sentimiento por ninguno de sus hijos—. Podrías salir con Markus y los chicos. ¿Hace cuánto que no sales con ellos?

Más de una semana. Había visto a Grace a solas, pero había preferido pasar el resto de mi tiempo libre con Vi en vez de con los demás. Al pensar en mi amiga, recordé nuestra escapada con las cervezas el día anterior y lo que me había reído viendo a Vi bailar descalza con ojos vidriosos por su primer contacto con el alcohol antes de acabar vomitando. Luego pensé en mis otros amigos. En Markus, Grace, Dave, Gillian y en todos los demás, con los que había compartido clase desde la infancia y a los que seguía muy unido. Los apreciaba, me gustaba estar con ellos, sin embargo..., algo en mí tiraba siempre un poco más hacia Vi.

—El otro día llevaba un vestido de novia, Levi.

Las palabras de mi madre me hicieron volver a centrar la atención en ella y en esa conversación que no esperaba.

—¿A qué te refieres, mamá?

Sacudió la cabeza y continuó amasando, mientras me contaba con cautela que se había encontrado con Vi y que no aprobaba lo que veía en ella.

—Estaba en el supermercado. Iba vestida con un traje blanco que le quedaba tan holgado que lo había sujetado con una cuerda a su cadera.

Me imaginé a Vi con el vestido de novia de su madre y me estremecí. La conocía tan bien para saber que se lo habría puesto orgullosa, como un homenaje a esa madre que nunca conoció o algo parecido, pero Vi se olvidaba con asiduidad de que no todo el mundo comprendía su manera de entender las cosas. Y lo que no se entiende asusta, de toda la vida.

Pese a que mi madre había sido amable, sus palabras me dolieron y me puse a la defensiva.

—¿Te molesta que me vean con ella? —La pregunta me salió sola y me arrepentí en el momento. Puede que lo hiciera porque la respuesta era obvia y le dolía más a ella pronunciarla que a mí por lo que significaba.

Sus manos dejaron de amasar la mezcla de harina, levadura y agua. Entonces se volvió y me sonrió con ternura. Sí, a mi madre no le gustaba Vi, pero me quería y nunca supuso una traba en nuestra relación, pese a que hubiera cosas entre nosotros que jamás se hablasen.

—Quiero que seas feliz, Levi, pero ten cuidado. Cuando erais más pequeños tenía su encanto, pero has crecido. Y ella solo tiene trece años.

Me ruboricé ante la advertencia implícita en sus palabras. ¿Mi madre me estaba hablando de sexo? ¿Entre Vi y yo? Era una locura. Yo quería a Grace. Me encantaba besarla, descubrir su piel por debajo de la ropa y cómo ella me tocaba con manos tímidas por encima del pantalón. Si había alguna posibilidad de cagarla con una chica como para que mi madre tuviera que prevenirme sobre las consecuencias, esa chica era la dulce Grace.

—Es mi amiga, mamá. Es una cría. Está muy sola y necesita que alguien cuide de ella, ya lo sabes.

Mi madre sonrió para sí. Continuó amasando. Me serví agua en un vaso y me lo bebí mientras meditaba sobre lo mal que mis palabras habían sonado, como si hicieran de menos lo que Vi era para mí. También, sobre esa insinuación que se había quedado flotando en la cocina.

Vi era una chica. Siempre lo había sabido. Pero hasta ese instante, con mi madre canturreando una canción y las manos llenas de harina, no me había dado cuenta de lo que aquello implicaba. Vi un día crecería. Un día conocería a un chico y él querría hacerle todo eso que yo soñaba con hacerle a Grace. La besaría. La tocaría. Apartaría el sujetador de su pecho para acariciarlo. Vi lo rozaría a él hasta ponérsela dura. Quizá, pasarían rápido a la siguiente base.

Apoyé el vaso de cristal con tanta fuerza sobre la encimera que se cayó y el agua que quedaba se derramó.

—Joder —susurré.

Mi madre lo oyó, pero no dijo nada.

Iba a matarlos a todos. Mataría a cualquiera que le hiciera daño. Porque los chicos la cagábamos a menudo, era un hecho constatable.

Me marché de casa confuso, nervioso y deseando llegar a la suya y encerrarla en su granero. Deseé que el tiempo parase, que pudiéramos congelar el momento y que no creciéramos jamás. Ser los Levi y Vi que éramos en ese instante para siempre. Sin miedos. Sin elecciones. Solo soñando con un futuro que jamás llegaría y que ya no podría decepcionarnos.

Pero para eso había un problema, y era que Vi deseaba alcanzar ese futuro más que cualquier otra cosa, así que no me quedaba otra posibilidad que la de aceptar que la vida se nos complicaba.

Antes de cerrar la puerta, escuché el murmullo de mi madre como una canción de fondo que se repetiría en mi cabeza años después, cada vez que una nueva herida se abriese.

—Cuídate, Levi, por lo que más quieras. No te ates a alguien que no está hecho para cuerdas.

Quizá mi madre sí que me conocía. Quizá siempre lo supo. Quizá ese fue su modo de avisarme de todo lo que estaba por venir.

1999, Levi

La llegada del año 2000 fue determinante para nuestra generación. El nuevo milenio, que en teoría empezaba un año después, pero que la mayoría identificábamos con el año 2000, venía precedido de un montón de teorías apocalípticas que vaticinaban el fin del mundo, el efecto 2000 atemorizaba a todos con la posible rebelión de las máquinas y el país estaba sembrando las primeras semillas de una guerra.

Pese a todo, en un bosque de Montana dos adolescentes decían adiós a los noventa en una burbuja donde nada ni nadie podía hacerles daño.

—Mañana se acaba el mundo.

Puse los ojos en blanco y le pasé el cigarrillo.

—No empieces otra vez con eso, Vi.

Estábamos tumbados en el suelo de su habitación. Hacía tanto frío fuera que apenas salíamos de su casa. En la mía, con tres hermanas pequeñas y unos padres que cada vez veían con peores ojos mi relación con Vi, era complicado encontrar un espacio en el que evadirnos, así que solíamos encerrarnos en la suya mientras su padre dormitaba frente a la chimenea en el piso de abajo. Allí nadie nos juzgaba. Allí teníamos la sensación de que solo existíamos nosotros y de que el mundo se había ido al carajo.

Llevábamos semanas escuchando las noticias y Vi se había obsesionado con la idea de que íbamos a morir. Tenía varias teorías, pero su favorita era que, de repente, explotaríamos en una nube de polvo. A mí me parecían tonterías, pero cuando Vi se tomaba algo en serio, no había quien se lo quitara de la cabeza.

Se levantó, se llevó con ella la manta que nos cubría y apagó el cigarrillo dentro de una lata antes de asomarse a la ventana. Fuera la nieve resplandecía. El invierno había llegado más duro que el año anterior, aunque a mí siempre me había gustado el frío. En Montana no tienes muchas más opciones.

—¿Por qué no quieres hablar de ello? ¿Y si es cierto? ¿Y si en cuanto den las doce todo explota y nos convertimos en copos blancos como los que ahora cubren las montañas? —Sonreí, aunque mi sonrisa se esfumó cuando ella se abrazó y sentí sus miedos—. Moriré sola. Mi padre estará tan borracho que ni siquiera se enterará de lo que ha sucedido y yo no podré contarte que me hice la cicatriz de la mano subiendo el Kilimanjaro ni echarte en cara que tenía razón sobre esto y tú no.

Me incorporé y la miré. Se había subido al escritorio y sus ojos seguían perdidos en el exterior. Su melena oscura rozaba el borde de madera, tan larga y despeinada como siempre. Sus hombros, rectos y huesudos, sobresalían. Sus brazos largos rodeaban sus rodillas. Me fijé en sus manos, de uñas mordidas y siempre sucias por no estarse quieta ni un minuto, y me di cuenta de que eran bonitas, de dedos finos que no solo servían para arrancar ramas o inventar objetos inservibles, sino también para acariciar.

Vi había crecido. Ambos lo habíamos hecho, pero en su caso era demasiado obvio. A punto de cumplir quince años se había convertido en una chica a la que algunos miraban sin disimulo cuando se cruzaban con ella. En la escuela los chicos susurraban obscenidades porque era la única que no parecía percatarse de que su pecho se había redondeado y de que sus curvas se marcaban si no llevaba sujetador. No es que tuviera muchas, pero sí contaba con algo que nadie más poseía: Vi se movía por el mundo sin esconderse, sin miedo, sin mirar atrás, con una seguridad que ganaba a la de cualquier adolescente. Tan confiada en su propia piel que era imposible no quedarse eclipsado. No sería la chica más guapa, pero era distinta. Y lo diferente no solo asusta, sino que también atrae como pocas cosas lo hacen.

Entre nosotros nada había cambiado. Seguíamos siendo inseparables. Amigos. Casi nos comportábamos como hermanos. Nos pasábamos las tardes por ahí, fumando cigarrillos, bebiendo cerveza que le robábamos a su padre, alquilando películas que veíamos en un viejo vídeo que le había regalado Russell y sobreviviendo como sabíamos. De vez en cuando yo desaparecía unos días para salir con Markus y el grupo. Ella no me lo tenía en cuenta, pero nunca volví a pedirle que me acompañara y tampoco mostró ganas al respecto. En el fondo, temía que los que también eran mis amigos nos juzgaran, a Vi, a cómo nos comportábamos cuando estábamos juntos..., lo que fuera. Prefería no mezclar lo que éramos con el resto del mundo. Quizá, la quería solo para mí. No lo sé. Puede que me diera miedo que alguno de ellos viera lo que yo había comenzado a atisbar en ella.

Lo mío con Grace había pasado a ser historia hacía tiempo. Lo nuestro se había estancado después de unos meses en los que ella me exigía más de lo que yo estaba dispuesto a darle. No era que no me gustara, solo que la juventud tiraba de mí hacia otras prioridades entre las que ella no se encontraba. Grace era divertida, inteligente, considerada y guapa a rabiar. Su cuerpo despertaba el mío sin esforzarse demasiado. Nos entendíamos. Su familia y la mía se conocían y respetaban. No teníamos impedimentos para que lo nuestro funcionara y, sin embargo, un día nos habíamos despedido sabiendo que era lo más sensato. El duelo nos había durado poco. Al fin y al cabo, al año siguiente yo comenzaría a hacerme cargo de la empresa de mi padre y ella se habría marchado a Seattle para empezar sus estudios universitarios.

Pese a que Grace era la única novia que había tenido, no me faltaban las oportunidades. Si me apetecía, no me resultaba difícil acabar el día acompañado. Por eso no comprendía por qué mirar a Vi se había convertido en una afición oculta que me avergonzaba.

La observé a conciencia sentada sobre la mesa mientras ella reflexionaba sobre teorías apocalípticas. Estudié con detenimiento el mismo perfil que había tenido delante tantas veces, pero que de pronto me parecía otro. Uno que me hacía pensar en la forma de su nariz, en sus ojos levemente rasgados, en el tono aceitunado de su piel. En la curvatura de sus labios. Detalles que siempre habían estado ahí, pero que habían cobrado fuerza en los últimos meses y que destacaban por encima de todo lo demás que habíamos sido hasta entonces.

Se volvió y me puse nervioso.

—Si el mundo se acabara, no podrías echarme nada en cara porque estarías muerta. No pensarías. Nada de eso te importaría.

Abrí una cerveza y me encendí otro cigarrillo. Me prometí que sería el último antes de marcharme. Aún quería pasarme a ver a Markus; había comenzado a trabajar en el bar de su familia de forma esporádica y siempre me servía una cerveza a escondidas. Si finalmente ella tenía razón y se acababa el mundo, qué menos que despedirme del mejor amigo, aparte de Vi, que tenía.

—No entiendes nada, Levi Manson.

Chasqueó la lengua y se escondió en sí misma, dándome la espalda. Su tensión me hizo darme cuenta de que había algo que le importaba. Me levanté de un salto y le rocé el hombro.

—Eh, ¿qué te pasa?

Vi suspiró. Se apartó el pelo de la cara y sus ojos se encontraron con los míos. Estaban llenos de tanto que asustaban. Siempre fueron mucho más valientes, pese a que me recordé una vez más que seguía siendo demasiado niña.

Yo estaba a un paso de los diecisiete, salía y entraba de casa cuando quería, y había comenzado a trabajar después de las clases en la empresa de mi padre para continuar con el legado familiar; tenía responsabilidades más propias de un adulto que de un adolescente. A menudo conocía a chicas que no me duraban más de un par de meses y me sentía lejos de aquel niño que había tallado un bastón para ella hacía una eternidad. Vi, en cambio, seguía buscando una salida, aferrándose a ideas locas que se le ocurrían con las que conseguir sus sueños, viviendo a menudo en un mundo de fantasía que correspondía más al que habitaban los críos que jugaban en los parques que a una joven de catorce años. Apenas se relacionaba con nadie. No tenía amigas. Las chicas de la zona la rechazaban porque no encajaba con lo que ellas esperaban de una igual y a Vi no le importaba, ya que sus inquietudes eran otras muy distintas. Pasaba más tiempo con el viejo Russell buscando trastos en su granero y compartiendo secretos que con cualquiera de su edad. Nunca había mostrado interés por ningún chico. Solo nos tenía a su padre, a Russell y a mí. Y no parecía necesitar nada más; al menos, nada que pudiera encontrar en las calles de Whitefish. Se conformaba con poco, aunque lo ansiaba todo. En eso radicaba su fuerza.

Pese a ello, aquella tarde la sentí más cerca que nunca, como si entre esos dos años que nos separaban, y que en la adolescencia siempre se antojan un abismo, hubieran tendido un puente en el que encontrarnos a medio camino.

Me acerqué más y le tiré de un mechón de pelo. Vi suspiró y me confesó lo que no dejaba de darle vueltas en la cabeza.

—Si mañana se acaba el mundo, hay demasiadas cosas que no he hecho, Levi. He perdido casi quince años de mi vida y tú te ríes.

Sonreí de forma inevitable y fui consciente una vez más de lo diferente que era Vi a todo lo que conocía. Los jóvenes estaban deseando que llegara la noche para acudir a una fiesta que se había organizado en un depósito de heno abandonado, una excusa para beber alcohol a escondidas, darse el lote con cualquiera, jugar un rato a ser adultos y creerse invencibles, mientras ella se cuestionaba a sí misma y su corta existencia.

Me crucé de brazos y supe que, pese a que me moría por acabar la noche quitándole el sujetador a Katherine, una chica un poco mayor que yo con la que llevaba semanas tonteando, no iba a acudir a esa fiesta. Mis planes habían cambiado.

—Vale, ¿qué te gustaría hacer antes de que el mundo explote, Vi?

Su sonrisa lo llenó todo. Dio un salto y se convirtió de nuevo en otra. Se quitó esa desesperanza de encima y volvió a ser la Vi que guardaba tantas ganas que podría hacer estallar el mundo ella sola.

Rebuscó en su armario y comenzó a cambiarse de ropa sin importarle mi compañía. Lanzó su camiseta al suelo y yo aparté la mirada de su sujetador deportivo. Era fino, blanco, sencillo a más no poder, un poco infantil comparado con los encajes que yo ya había visto en otras y, sin embargo, sus pezones marcados despertaron algo en mí que jamás ha vuelto a dormirse al tratarse de ella.

—Quiero triunfar.

Aparté la mirada de su estómago y le sonreí con ternura. Siempre sería el primer propósito de su lista. Para Vi siempre fue la única posibilidad de dar un vuelco a su vida y salir de ese agujero en el que había caído junto con su padre. Y no le valían las medias tintas; si soñaba, lo hacía sin límites. No sabía cómo llegaría, pero estaba segura de que lo conseguiría. Y yo también. Las personas como ella están destinadas a cosas grandes, a que los demás las miren y deseen lo inalcanzable.

—No sé si para eso tenemos mucho tiempo.

Se encogió de hombros como si no importara y se deshizo de sus pantalones. Llevaba unas bragas amarillas. La había visto infinidad de veces de ese modo, pero, por primera vez, sentía que abría los ojos a lo que tenía delante. A sus piernas largas, morenas, perfectas. A la redondez de su trasero. A su delgadez, que ya no expresaba torpeza, sino otros sentimientos que jamás creí que irían dirigidos a mi mejor amiga.

Mi cuerpo se tensó y me sentí mal.

Escogió unos vaqueros y dejé de ver tanta piel.

Me sentí peor.

—Quiero tirar huevos a la ventana del imbécil de Pete Ferguson.

Me reí y ese sentimiento de culpa desapareció. La lástima que había sentido en el entierro de la madre de Pete se había transformado en odio cuando él había tomado por costumbre burlarse de Vi. Era un imbécil que disfrutaba humillando a los que eran diferentes.

—Eso sí que podemos hacerlo.

Encontró un jersey mostaza entre las sábanas revueltas de su cama sin hacer y se lo puso. Era de lana gruesa y le quedaba grande.

—Quiero que mi padre deje de beber.

—Vi...

Su sonrisa triste se escondió en las vueltas de una bufanda de colores. Sentí una punzada en el pecho. Me dolía. Me dolía que tuviera que lidiar con cosas que solo deberían martirizarnos siendo adultos y no desde niños. No era justo.

Me lanzó mi abrigo y se dirigió a la puerta con el suyo sobre los hombros. Y con la cabeza alta, porque Vi era así. Una de cal y otra de arena.

—¡Quiero emborracharme contigo y gritarle al mundo que le jodan, porque somos inmortales y vamos a demostrarlo!

Se deslizó por la barandilla de la escalera con los brazos en alto mientras gritaba ese deseo, que sonaba más a promesa, y yo la observaba aún desde el piso de arriba. Se volvió y nos miramos así, a dos años y veintisiete escalones de distancia.

Era muy bonita, Vi. Joder, era única. Era el mismo fin del mundo contra el que ella, esa noche, luchaba. Y yo tenía la suerte de que me hubiese escogido para hacerlo a su lado.

Suspiré y acepté que algo en mí había cambiado. No sabía cuándo había sucedido exactamente, ni por qué, solo que debía asumir que mis ojos, pese a ser los mismos, cuando la tenía a ella enfrente, eran otros.

Desde aquel día, no volví a mirar la vida del mismo modo.

—De acuerdo. Hagámoslo.

La voz de mi madre me llegó como un eco lejano.

«Cuídate, Levi, por lo que más quieras. No te ates a alguien que no está hecho para cuerdas.»

Pero no la escuché.

Tenía dieciséis años. Estaba destinado a caer.

• V •

Vi y yo dimos la bienvenida al nuevo año muertos de frío en mitad del bosque. La nieve caía a nuestro alrededor y a ella le castañeaban los dientes. Podíamos habernos colado en la fiesta del depósito abandonado. Podíamos habernos comportado como dos adolescentes más. Podíamos haber fingido que disfrutábamos de otras compañías brindando con ponche casero y bailando. Pero no lo hicimos. Vi y yo entramos en el año 2000 mirando el cielo encapotado bajo una manta roída mientras hablábamos de todos los sueños que íbamos a cumplir.

—Ahora que no se ha acabado el mundo, podemos seguir soñando —me dijo. Después apoyó la cabeza en mi hombro.

—¿Con qué sueñas tú, Vi?

—Ya lo sabes.

Era cierto. Ella no tenía problemas en compartir sus aspiraciones conmigo, y con cualquiera que se molestara en escucharla. Vi jamás dudó en su empeño y aceptó siendo muy joven que lo que uno ansiaba siempre suponía un gran esfuerzo. Nunca se rindió. Ahora pienso que quizá por eso lo obtuvo todo, porque nunca se planteó la posibilidad de no lograrlo.

Pese a que me había mostrado miles de veces los pájaros que habitaban dentro de su cabeza, me gustaba oírlos de sus labios.

—Cuéntamelo.

Sentí su sonrisa rozar mi brazo antes de que alzara la mirada al cielo. No había estrellas fugaces a las que pedir deseos, pero Vi nunca necesitó de la suerte ni de la magia. Ella misma fue suficiente.

—Un día me marcharé, Levi. Cogeré una mochila y me iré de aquí sin mirar atrás.

Tragué saliva, porque de pronto percibí que ese futuro cada vez era más cercano.

—¿Cuándo?

—No lo sé. —Se encogió de hombros y supe que estaba pensando en su padre—. Cuando llegue el momento.

—¿Adónde irás?

—A Europa. París... Londres... Milán... O puede que a Los Ángeles.

Era fácil imaginársela. No había cumplido los quince y ya me parecía capaz de coger un tren y buscarse la vida dondequiera que esta la llevara.

—¿Y si llegas a Los Ángeles y no hay sitio para ti?

Vi se rio. Cuando lo hacía su flequillo se movía bajo el gorro de lana. Siempre lo llevaba demasiado largo y mal cortado, ya que se lo arreglaba ella misma frente al espejo.

—Dicen que siempre hay sitio en Los Ángeles para quien está dispuesto a todo.

«Dispuesto a todo.» Esas palabras y la verdad que escondían me aterrorizaban.

—Y cuando lo logres, cuando triunfes, ¿qué harás entonces?

Su mirada se oscureció.

—Me ocuparé de que mi padre esté bien. Y volveré a por ti, Levi Manson.

Sonreí. No me había dado cuenta de que estaba conteniendo el aliento esperando esa promesa. En aquel momento me sentí un crío caprichoso y asustado. Y ella... ella parecía estar de mí a años luz.

Suspiré pensando en mi propio futuro. Era uno que me agradaba, que siempre había estado ahí para mí, esperándome, pero nunca habíamos hablado abiertamente sobre ello. Lo habíamos dado por hecho, como muchas otras cosas. Sin embargo, aquella noche me importaba saber qué opinaba Vi de mí y del hombre que aspiraba a ser.

—Estaré atado a la empresa. Seré un hombre de negocios serio y aburrido.

—Tu padre no es serio ni aburrido.

Sí que lo era, aunque me gustó que ella no lo viera así.

—Solo lo dices porque él usa sombrero y te encantan.

Nos reímos. A menudo Vi intentaba convencerme para salir por ahí con uno de sus estrafalarios sombreros, pero siempre me negaba.

—¿Es eso lo que quieres, Levi? ¿Esa es la vida que deseas?

Medité la pregunta. Me permití un tiempo para enfrentarme a ella. Principalmente, porque nadie me la había hecho nunca. Mis padres siempre habían pensado que sería lo mejor para mí. Todo el mundo daba por sentado que el legado de los Manson continuaría bajo la tutela de su hijo mayor. Incluido yo. Sonaba sensato, lógico, práctico. Pero ¿lo ansiaba por mí mismo o simplemente había aceptado ese destino como algo inamovible?

Aquella noche Vi me abrió los ojos y me obligó a mirar dentro de mí. Y lo que encontré me gustó.

—Sí, creo que sí.

Tras perderme unos segundos en su sonrisa, me lo imaginé.

Me vi a mí mismo más adulto, más el hombre que se esperaba de mí y menos el chico que aún era. Una versión más joven de mi padre, con el peso de toda una familia sobre mis hombros, con responsabilidades. Me vi trabajando sin parar hasta tarde, llegando a una casa en la que me esperaban una mujer y unos niños sin rostro. Me vi satisfecho de conseguir proyectos, de levantarlos con mis manos o a través de las de otros. Me vi formando una familia, siendo su sustento, sus cimientos, la raíz de un hogar a medida, igual que había logrado mi padre con nosotros. Ese era el hombre que deseaba ser. Ese era un futuro que me atraía, que encajaba para mí.

Entonces la miré de nuevo y nos imaginé a ambos. Un Levi y una Vi cuyos caminos se separaban poco a poco hasta formar un abismo entre ellos. La divisé cogiendo una mochila y diciéndome adiós. Marchándose lejos. Cumpliendo sus sueños. Brillando allá donde fuera. Disfrutando de una vida plena mientras yo creaba la mía propia entre las únicas montañas en las que me veía levantándome cada mañana. Contemplé a mi yo adulto recibiendo llamadas de Vi desde la otra punta del mundo contándome lo bien que le iba, lo feliz que era, y echándola tanto de menos que lo sentí en ese instante en la base de mi estómago. Doloroso. Punzante. Asfixiante.

¿Cómo podía ser el futuro al mismo tiempo tan desolador y reconfortante?

—Cuidaré de él cuando te vayas, Vi.

Noté que ella cogía aire y lo soltaba. Su mano rozó la mía con una timidez que nunca había estado ahí.

—¿Es una promesa?

Asentí. En realidad, era una promesa más para mí mismo que para Vi. Como si necesitara algo a lo que aferrarme que me conectara a ella cuando un día se marchara. Aunque ese algo fuera su padre.

La miré y reparé en que estábamos demasiado cerca. No era nuevo, entre nosotros jamás hubo espacios ni distancias, pero sí que era la primera vez que yo pensaba que mi boca estaba a un palmo de la suya y que eso podía llegar a ser algo muy bueno.

—¿Qué más deseas, Vi? —Tragó saliva y le recordé con una sonrisa lo que habíamos hecho antes de que se acabara el mundo y la nada nos engullera—. Ya hemos tirado huevos a la ventana del imbécil de Pete. Hemos robado una botella de coñac en la licorería para compensar el gasto que has hecho allí estos años. Hemos hablado de los sueños bajo las estrellas, aunque hoy no se vean. Te he prometido que Luke estará bien.

Ella también observó mi boca. Se pasó la lengua por los

labios y los entreabrió lo justo para susurrarme las palabras que nos mostrarían un camino diferente que jamás creí que tomaríamos.

—Pero seguimos vivos. No vamos a morir. Mi teoría estaba equivocada. No hace falta que cumplamos nada más hoy.

Su voz tembló.

—Quizá estar vivos sea una razón mejor para llevar a cabo todos los deseos que queramos.

Vi dudó. Su mirada se perdió en mi rostro. Estaba asustada. Cuando tenía miedo no se alejaba, sino que esperaba, se enfrentaba. Y, en ese instante, Vi estaba aterrorizada.

—Quiero besarte, Levi.

El corazón se me subió a la garganta.

—Vi...

Joder, yo también quería. Me había preguntado sin parar cómo sería. En ese momento no podía pensar en otra cosa que no fuera a qué sabía su boca.

De repente, estábamos aún más cerca. Apenas cabía un dedo entre nosotros. Iba a suceder. Vi y yo íbamos a besarnos y una parte de mí sabía que aquello lo cambiaría todo.

¿Y si nos arrepentíamos? ¿Y si nos equivocábamos y nos hacíamos daño? ¿Y si teníamos la posibilidad de cambiar el futuro en ese instante en nuestros labios?

Vi era mi amiga. Y más joven que yo. E inexperta. Y tan bonita que ya se me había olvidado la primera razón para apartarme.

Su aliento rozó la base de mi cuello.

Pensé: «¿Qué deseas, Levi? ¿Cuál es tu sueño? ¿Qué parte de ese futuro hipotético eliges? ¿Cuál es más importante para ti?».

No había elección. Si me imaginaba un futuro sin Vi cerca, todo se quedaba en blanco. No había nada. Mi propia teoría del fin del mundo empezaba y terminaba en ella.

Me sentía al borde de un acantilado. En la cuerda floja y con la decisión de caer y descubrir qué había abajo entre mis manos o con la de apartarme y anclar los pies de nuevo en terreno seguro.

Sin embargo, fue Vi la que acabó por empujarnos a los dos, como hacía siempre. Entrelazó sus dedos con los míos y nos lanzó de cabeza hacia el precipicio.

—Podía soportar la idea de morir sin haber besado a nadie, pero no sé si podré seguir viviendo si no hago lo que últimamente no dejo de imaginarme.

Cerré los ojos un segundo. Cuando los abrí, los suyos eran lo único que podía ver. Tardaría mucho tiempo en poder mirar hacia otra dirección.

—Vi...

Rocé sus labios y lo sentí por primera vez. Bajo mis pies. En mis tripas. En todo lo que me rodeaba y sostenía. El temblor. El desequilibrio. El vértigo.

Tenía dieciséis años y acababa de descubrir cómo sería lanzarme por un acantilado con los ojos cerrados.

Ella sonrió. Vi, la misma que hacía un momento era todo miedo, acarició mi mejilla con dos dedos y mordió mi boca como si lo hubiera hecho mil veces.

—Si lo hago mal, dímelo, Levi.

Tan segura. Tan decidida. Tan valiente.

Suspiré, rodeé su cuello y la besé.

Aquella noche no se acabó el mundo.

Solo lo hicimos nuestro.

La teoría del fin del mundo
(2000-2003)

LEVI & VI

2000, Vi

Cerraba los ojos y lo veía. Lo sentía. Me picaba la punta de la lengua, y las manos y la tripa, y entre mis piernas crecía un calor imparable que ni siquiera comprendía.

Levi me había besado. O yo a él. O lo habíamos hecho los dos. Ya no recordaba los detalles. Estaban revueltos. Mezclados como una paleta de colores que forma uno nuevo. Indescriptible. Único. Que solo los que lo protagonizan perciben. ¿De qué color es un beso? El nuestro se parecía al del cielo en Montana cuando nevaba; tupido, cargado de intensidad a punto de rebosar, inmenso.

Le había mordido los labios como un pastel antes de conocer a qué sabía su boca. Su sabor era parecido. Dulce. Adictivo. Tan bueno que tenía que volver a hacerlo. Por eso llamé a su timbre. Fue su hermana Anna la que abrió. O quizá fue Elisa. Se parecían tanto como dos gotas de agua y no les prestaba la atención necesaria para diferenciarlas. Solo sabía que la mayor de las tres era Shannon, porque tenía el pelo oscuro y no rubio como el sol. Lamentablemente, era a la que menos le gustaba. Me miraba con el mismo recelo que a los perros del vecino que siempre ladraban al verlas.

—Hola, Vi. —Se volvió y lanzó un grito hacia la escalera del piso superior—. ¡Levi, tienes visita!

Cuando oí su nombre, temblé. Puedes escuchar una palabra tantas veces que pierde el sentido, la importancia y acaba por resultarte del todo indiferente. Una cadena de letras con el fin de encerrar una idea. Un medio. Un instrumento de comunicación vacío. Sin embargo, escúchala después de un momento vital. Como un beso. Entonces las cosquillas son inevitables. La palabra crece, se expande dentro de ti, se clava, se convierte en algo con la capacidad de hacerte trastabillar.

Pum.

Levi apareció por el hueco del segundo piso y me aceleré. ¿Qué pasaría si corría hacia él y lo besaba de nuevo? ¿Si me lanzaba contra su pecho, rodeaba las piernas en sus caderas y no lo soltaba jamás? Eso quería. Nunca había necesitado tanto algo. Me picaban las manos de las ganas de tocarlo. Y el corazón. Jamás había sentido nada parecido.

La noche anterior nos habíamos despedido casi nada más separar los labios.

«Te acompaño a casa, Vi.»

Eso había dicho. Yo estaba tan atontada que había asentido y lo había seguido, ambos rodeados por el silencio de las noches de invierno. En mi interior, en cambio, la música tronaba tapando todo lo demás.

Ya en mi porche, nos habíamos mirado con confusión. Nada era distinto al día anterior, seguíamos siendo los mismos, pero, cuando mis ojos se cruzaron con los azules de Levi, hacía calor entre la nieve. Y no era por el asqueroso coñac que habíamos robado en la licorería, sino porque el beso había dejado brasas encendidas.

—Feliz año, Vi.

Su voz vibró. Asustada. Perdida en algo que no entendíamos del todo. ¿Cómo había sucedido? No me importaba. Las razones no tenían peso para mí, solo podía sonreír.

—Feliz año, Levi.

Cuando se marchó, me quedé un rato en el salón mirando el fuego casi apagado de la chimenea. Papá roncaba a pierna suelta en el sofá. Para él era un día cualquiera, uno más en una larga lista de días sin sentido: no se avecinaba el nuevo milenio, ni la posibilidad de que el mundo se acabase, no había nada que no fuera el letargo que proporcionaba el *whisky* en sus venas y que lo acercaba al olvido. Ese estado en el que conseguía sobrevivir a la ausencia de mamá. No obstante, para mí todo había cambiado. El efecto 2000 existía. *Boom*. No había máquinas enloquecidas, ni incendios en las calles, pero, en mi interior, se había pulsado un botón de reinicio.

Mi primer beso había detonado una explosión.

Nuestro propio fin del mundo.

Por eso, al día siguiente, me encontraba en la puerta de su casa mordiéndome una uña y con el corazón en la boca, cuando evitaba dejarme caer por ahí cada vez más a menudo. Nunca me sentí bien recibida y, aunque no me importaba, sabía que a Levi sí le dolía que la gente me viera diferente. Más aún, cuando quienes me juzgaban eran sus seres queridos.

Todo o nada. Así era yo. Así lo he sido toda mi vida. Y Levi me había regalado un pequeño todo al que no pensaba renunciar con facilidad una vez descubierto.

—Hola.

Bajó la escalera y me miró con la duda pintada en su rostro. Qué bonitos eran los ojos del Levi adolescente, vivos, asustadizos, inteligentes. Se asomaron a la doble puerta que daba a su salón y dio un paso hacia mí que me obligó a salir al porche. Cuando cerró la puerta, escondidos de su curiosa familia, su mirada tensa se tornó dulce. Quise besarle los párpados. La nariz. La base de su garganta. La pequeña cicatriz que se había hecho en la barbilla el invierno anterior cuando nos deslizamos sobre un trozo de cartón por las laderas cubiertas de nieve. Solo había dado un beso en mi vida y ya me estaba recriminando por haber perdido tanto tiempo sin conocer cómo sería usar mis labios en cada rincón de su piel.

«Tonta. Tonta. Tonta. ¿Por qué has tardado catorce años y nueve meses en hacerlo?»

En vez de dar rienda suelta a mis deseos, hablé sin control, porque nunca se me ha dado bien dominar lo que digo, ni lo que hago, ni lo que soy. Mucho menos bajo la inexperiencia y la ingenuidad de la adolescencia.

—Nunca he tenido novio. Hasta ayer, nunca había besado a nadie. Tampoco lo había querido. Nunca me había imaginado que sería así. Nunca voy a olvidarlo, Levi Manson. Ahora, cada vez que pase por delante de una pastelería y huela a coco, y a canela, y a azúcar quemado, y a cacao, pensaré en ti.

Levi tragó saliva. Su boca se tensó en una fina línea. Le sudaban las manos, lo conocía bien porque se rozaba las palmas con los dedos cuando le sucedía. Estaba nervioso. Yo también. Yo quería saltar, y gritar, y tantas cosas que me costaba pensar con claridad.

Su suspiro denso rompió mi discurso.

—Vi, no deberías haber venido.

Alcé las cejas, sorprendida. Eso no era lo que me esperaba. No me molestó, pero me confundió. Aunque sabía que Levi era así. Levi tenía miedo, y meditaba, y su cabeza daba tantas vueltas cuando algo le importaba que se podía ver humo saliéndole de las orejas. Y yo lo hacía; yo le importaba más que nada. De eso no dudé jamás.

—¿Te arrepientes de nuestro beso? ¿Tan mal lo hice?

—Fruncí el ceño. Me había gustado tanto que no me había planteado la posibilidad de que a él no; pero tenía arreglo; pocas cosas en la vida no lo tenían—. Podemos intentarlo de nuevo. Tú has besado a muchas chicas, puedes enseñarme. O puedo aprender con otros antes de probar una segunda vez contigo. Porque va a haber una segunda vez, Levi. Me da igual ahora o dentro de un millón de años. Es imposible que en este universo tú y yo no nos besemos nunca más. Creo que por eso ayer no terminó el mundo, ¿sabes?, porque nos ha querido dar una oportunidad a nosotros.

Su expresión fue cambiando. Cada vez estaba más pálido. No sé si por las tonterías que salían de la boca de la cría que era o porque estaba conteniendo una carcajada. Quizá, un poco de cada. Siempre fui su talón de Aquiles. Daba igual que estuviera enfadado, decepcionado, confundido o triste; Levi siempre acababa encontrando una sonrisa para mí.

—No estuvo mal, Vi.

Una sonrisa tímida despertó en mis labios. Sus ojos brillaron con picardía. Esa mirada se convertiría muy pronto en una de mis favoritas.

—¿Me estás tomando el pelo? ¡Fue grandioso!

Se rio. Luego se apartó un mechón de pelo de la frente y suspiró mirando al cielo. Yo hice lo mismo. Era muy posible que nos nevara encima en apenas minutos. El cielo estaba encapotado y tan cargado que casi sentíamos su peso sobre los hombros. Pese a ello, nunca volvería a mirar las nubes de ese modo sin recordar su boca sobre la mía. Saqué la lengua y atrapé uno de los primeros copos que nos cubrieron.

Cuando volví a mirarlo, estaba serio y yo... yo pensé que podría quedarme a vivir en esa sensación de mareo que Levi me había descubierto. Ese desequilibrio. Ese cosquilleo sin fin que, de forma inexplicable, para mí era calma y seguridad. Ese vértigo que nos perseguiría para siempre.

—No deberías haber venido, Vi. —Negó con la cabeza y dio un paso hacia mí. Contuve el aliento. Mi corazón latía como una bomba a punto de explotar—. No tenías que haber venido a mi casa, con mis padres al otro lado de la pared y mis hermanas espiándonos desde la ventana. No tenías que aparecer por aquí, porque, después de lo que sucedió ayer, es imposible que te vea y no haga esto.

Me agarró la mejilla con firmeza y atrapó mis labios con los suyos. Cálidos. Fuertes. Levi me besó aun sabiendo que su familia podía vernos y que no lo aprobaría. Levi rodeó mi cuerpo con el suyo y me prometió sin palabras que ese no era el fin del mundo, sino el comienzo.

Cuando las risas de sus hermanas ya eran demasiado obvias, cogió mi mano y salimos corriendo. Nos marchamos. Huimos de la vida real. Nos escondimos en un refugio construido a nuestra medida del que no saldríamos durante los tres años siguientes.

En ese instante no fuimos conscientes, pero acabábamos de aceptar nuestra historia de amor.

2000, Levi

Vi era muy joven. No había cumplido los quince cuando la besé por primera vez. La edad no debería ceñirse a un número, pero, en ocasiones, importa. Vaya si lo hace. Aunque solo sea por falta de tiempo. La intensidad de los sentimientos es única cuando es la primera vez que los descubres y te enfrentas a ellos. La inexperiencia te hace demasiado ingenuo, te crees invencible y eso solo puede acabar en decepción. Las personas no somos seres de luz, tenemos sombras, pero con los ojos de los niños es difícil ver algo en lo que ni siquiera crees.

Y nosotros..., joder, nosotros deslumbrábamos.

No era la primera chica que me provocaba deseo, ilusiones y emociones, pero sí era la primera a la que quería. Y no hablo de que estuviera enamorado, es que lo había hecho siempre. Desde el primer instante en el que la vi le hice un hueco dentro de mí y no dudamos de que entre los dos había algo que merecía la pena proteger.

Amigos. Confidentes. Familia. Habíamos sido todo eso y nos estábamos convirtiendo en otra cosa.

Amor. Es una palabra pequeña. Corta. Concisa. Apenas cabe en un aliento. Pero es inmenso. Aterrador. Tenía dieciséis años cuando me di cuenta de que después de besar a Vi no había otra opción para mí que quererla. Lo acepté rápido, aunque eso no significa que todo fuera perfecto. Nunca lo fue. Quizá por eso fue mejor, porque nos hacía reales. De carne y hueso.

Vivir de fantasías no marca una vida, pero sobrevivir a la realidad sí. Y nosotros dejamos tantas huellas el uno en el otro que quedó poco espacio para nada más.

• V •

—¡Levi, tengo que irme!

Vi se rio y le mordí el cuello antes de arrinconarla en mi porche y enredar mi lengua con la suya. Quería más. Siempre me sabía a poco.

—¿Te lo has pasado bien?

Ella asintió. Habíamos ido al cine. Nos habíamos colado en una película que no estaba permitida para su edad, pero que ella se moría por ver. Le había comprado tantos caramelos que le había empezado a doler el estómago antes de salir de allí, pero ni por esas había parado de comer. Noté que disfrutaba como una niña con los ojos muy abiertos fijos en la pantalla y yo lo hacía observándola a ella, mordiendo un regaliz poco a poco y sorprendiéndose de cada escena como si fueran reales. La conocía tan bien que sabía que para ella lo eran. Para Vi, todo aquello que te provocara algo se convertía en una verdad; el nudo que te nacía en el estómago en la bajada de una montaña rusa, la emoción de una escena de amor inventada por Hollywood, un beso que se daba como si fuera el último.

Se lo di. La besé contra el muro de mi casa como si no nos fuéramos a ver de nuevo a la mañana siguiente y tembló entre mis manos.

—Levi, mi padre está esperándome.

Apoyé la frente en la suya y suspiré. La solté y la dejé marchar.

Tenía buenos motivos. Luke había comenzado a asistir a un grupo de apoyo para personas con adicciones en Columbia Falls. Iba dos tardes a la semana y parecía que en solo un mes su aspecto había mejorado. Seguía bebiendo, pero había comenzado a levantarse temprano por las mañanas y Vi se había emocionado al comprobar que su padre había hecho algunos arreglos en la casa. Su jardín había dejado de ser una selva y casi se intuía la sombra de un hogar agradable. Unos meses atrás yo me había ocupado de reformar el techo de la cocina, aportando lo que podía para que su situación mejorase.

Esas tardes, Vi corría orgullosa a la parada de autobús a esperarlo. No me dejaba acompañarla, quizá porque era un momento demasiado íntimo entre Luke y ella, o porque no quería que su padre se sintiera humillado o juzgado y diera pasos atrás. El caso es que me la imaginaba impaciente bajo el poste de espera. Con una sonrisa enorme al verlo descender la escalera. Con la esperanza siempre pintada en su rostro. Con una emoción desbordante que deseaba que no produjera el efecto contrario en Luke, que tal vez sintiera toda esa ilusión como una responsabilidad demasiado grande para con su hija y le fallase de nuevo.

Antes de llegar al final del sendero que marcaba la entrada de mi casa, Vi se paró, se volvió y echó a correr hacia mí. Su melena negra volaba al viento. Sus piernas me rodearon antes de que pudiera reaccionar. Estampó su boca en la mía y me susurró entre dientes antes de soltarse y desaparecer tan rápido como había regresado.

—Me vuelves loca, chico de las preguntas.

Sonreí y la vi correr calle abajo para llegar a tiempo. Luego entré en casa y recordé la primera vez que me había llamado así, hacía una eternidad, cuando solo éramos dos niños que jamás habrían imaginado que un día se convertirían en mucho más.

Entré en la cocina y saqué el zumo de la nevera. Me había sentado frente a un vaso cuando mi padre se asomó y se quedó ahí parado, mirándome fijamente. De algún modo, lo supe. Supe que estábamos a punto de tener una conversación trascendente. Una que se repetiría en el futuro, aunque fuese de formas diferentes, pero que me perseguiría.

—¿Puedo hablar contigo, Levi?

—Claro.

Me erguí y le di un trago al zumo. Me supo amargo. Él se sentó frente a mí, al otro lado de la mesa, y apoyó los codos antes de suspirar y soltar aquello que parecía preocuparlo.

—Tu madre está intranquila.

Alzó la mirada y lo vi en sus ojos. La vi a ella. Con su pelo oscuro rebelde, sus ojos rasgados, su risa ronca y todas esas excentricidades que los demás sentían fuera de lugar y que a mí me parecían adorables. Vi a Violet y comprendí que no todo era tan bonito como nos parecía, por mucho que cerrásemos los ojos.

—Todo está bien, papá.

Él asintió y meditó sus palabras antes de compartirlas conmigo. Es algo que siempre valoré en él y que aprehendí con los años. Lo hice mío. Mi padre nunca abría la boca si no estaba seguro de que lo que iba a decir era sensato y adecuado a las circunstancias. Las palabras siempre me han parecido un arma y él sabía muy bien utilizarlas.

—Sé que parece divertido, yo también he tenido dieciséis años. —Ni siquiera tuvo que nombrarla; su imagen flotaba entre los dos como la de un fantasma; su locura; sus besos; lo que yo sentía solo al pensar en Vi—. Pero es mejor terminarlo cuanto antes. —Me tensé y él lo notó; se irguió y me habló con cautela, aunque con firmeza. No era una orden, solo una realidad frente a la que no tenía cabida ninguna otra—. Ella es muy joven. Tiene cargas. Su vida no es compatible con la tuya. Quizá ahora no se note, pero cuanto más tiempo pase las diferencias solo generarán problemas.

—No vivimos en el siglo pasado, papá —respondí con cierta acritud que él pasó por alto.

—Y os conocéis demasiado. Vais a estropear lo que teníais por cuatro besos, hijo. No merece la pena.

Me bebí su discurso como pude, algunos trozos a tragos lentos y otros de sopetón. Reflexioné sobre lo que mis padres defendían y negué con la cabeza antes de pronunciar palabra, porque nada parecía tener sentido. O quizá sí. Puede que plantearme que las razones de mi familia para dudar de lo nuestro fueran sensatas fue lo que me hizo renegar de ellas de inmediato.

—Sí que lo hace. Sí que merece la pena, papá.

Mi voz tembló. Casi como si supiera que una parte de todo aquello sería verdad. Porque, de repente, una voz en mi cabeza no dejaba de susurrarme que Vi, un día, se marcharía, así que, quizá, mi padre no estaba tan equivocado. Porque dolería. Aun así, estaba dispuesto a intentarlo.

—No, Levi. Antes o después, terminará. Y uno de los dos sufrirá.

Tragué saliva. Intenté serenarme terminando el zumo de mi vaso, pero solo conseguí que me cayera como ácido en el estómago. Nunca he llevado muy bien decepcionar a los demás. Sé que es humano, sé que es inevitable, sé que es parte de madurar y de cualquier relación idealizada, pero la capacidad de influir en los sentimientos de los demás con mis decisiones personales me provoca un malestar inmediato. Por eso, aquel día, me odié. Lo hice porque fui consciente de que ya no era el hijo perfecto que siempre había sido para ellos. Tuve que aceptar que, a partir de ese momento, una parte de mi vida los haría sufrir, porque siempre estaría ligada a ella.

—No tiene por qué hacerlo. No tiene por qué terminar, papá. Yo... yo la quiero.

Sonrió a medias y asintió. En el fondo, intuía que creía que aún era demasiado joven como para saber qué significaba eso, aunque me gustó que no hiciera de menos mis sentimientos. Sentí calor en mis mejillas, pero no me avergonzaba confesar aquello. Sí que lo hacía el darme cuenta de que era la primera vez que lo decía en alto. Y no a ella. No a Vi, que era quien merecía escucharlo.

—El primer amor siempre es importante.

—¿Cuál fue el tuyo?

Su expresión soñadora me hizo sonreír. No era habitual ver a mi padre recordando el pasado con nostalgia, mucho menos uno en el que no estuviera mi madre.

—Caroline. Me dejó por un soldado.

Frunció el ceño y me reí. Aún le picaba el orgullo.

—¿Todavía piensas en ella?

—No; al menos no de ese modo. —Suspiró y supe que seguía recordando a aquella chica que un día creyó querer; lo hacía con una sonrisa que rara vez le había visto—. Solo digo que no se olvida a la persona que te descubre el amor, pero sí que debes aceptar que solo te abre la puerta al que está por llegar. Te prepara para el auténtico amor de tu vida.

Era bonito. No era la primera vez que escuchaba teorías sobre el amor ni sería la última. Las personas nos pasamos la vida intentando comprender, quizá con la ilusa intención de poder controlar algo tan abstracto y complicado como es el amor.

Pese a ello, nada me servía. Para mí en aquel momento no existía nada más que Vi. Llevábamos dos meses saliendo, pero casi media vida recorriendo un camino juntos. Nada me importaba. La simple idea de pensar en tenerla lejos me ponía enfermo.

Noté que mi enfado crecía, que mi ansiedad se hacía palpable entre los dos, que no era capaz de gestionar lo que significaba aceptar que lo que mi padre decía no era ninguna locura, y escupí las palabras sobre la mesa.

—No voy a dejar de verla.

Negó con la cabeza y chasqueó la lengua. Sentí que esa cercanía que rara vez compartíamos se había evaporado en un segundo, como si yo no hubiera entendido nada de lo que él pretendía compartir conmigo.

—No vamos a prohibirte nada, Levi. Nunca hemos sido de esa clase de padres. Pero nuestro deber es hacerte ver aquello por lo que estás ciego.

—¿Y qué veis en Vi?

Por primera vez, me atreví a hacer la pregunta que llevaba años atormentándome. Me arriesgué a escuchar lo que había evitado por miedo a entenderlo.

—Es complicada.

—Nunca me ha gustado lo fácil.

Inesperadamente, mi padre lanzó una carcajada.

—En eso te doy la razón.

Me dedicó una última mirada y se levantó sin más. Me dejó solo. Yo medité sobre todos aquellos consejos, o quizá advertencias, hasta que llegué a la conclusión de que las cosas que merecían la pena solían costar un esfuerzo. Al menos, así había sido para mí. Una buena calificación media. Aprender a tallar madera. La felicidad de una chica bonita que parecía destinada a perder. Sí, esa conversación me sirvió para sentirme aún más seguro de mis intenciones con Vi, pese a que la vida al lado de ella no fuera sencilla.

Sin embargo, jamás pensé que sería tan jodidamente difícil.

2000, Vi

Oí un ruido fuera. Lo primero que se me pasó por la cabeza fue que sería mi padre. Había durado mucho su cambio de actitud como para que hubiera vuelto ya a las andadas. Me lo imaginé peleándose con el tronco de un árbol por una botella de vino imaginaria, pero me equivoqué.

Las pisadas sonaron subiendo la escalera. También, cuando se pararon frente a mi puerta. Una respiración pausada golpeaba contra la madera.

El corazón me latía cada vez más deprisa, pero no me moví. No tenía miedo. Solo sentía ilusión. Ese temblor, ese cosquilleo, esa sensación adictiva que solo despertaba con él. El vértigo de volar tan alto que todo lo demás desaparecía.

Levi.

Una parte de mí lo había reconocido.

Me mordí los labios y esperé.

La puerta se abrió.

Sonreí, abrazada a la almohada, cuando él se colocó de rodillas junto a mi cama.

—Vi...

Me retiró el pelo de la cara y mi sonrisa se intensificó. Abrí los ojos.

Era la primera vez que se colaba en mi casa de madrugada. Habíamos pasado juntos muchos ratos cuando ya se había escondido el sol, también muchos otros encerrados en mi cuarto y solos, pero ninguno así. Ninguno con Levi colándose a hurtadillas a las tres de la mañana en mi casa con el pijama bajo la ropa de abrigo.

Pasó los dedos por mi mejilla. Por mi nariz. Por mi boca.

Yo disfruté de mirarlo tan cerca. El azul de sus ojos. Su nariz, un poco respingona. El tacto de su piel. Era tan guapo...

No hablé, solo dejé que Levi me mirase, que me tocase, y que hiciera lo que fuera tan urgente como para no poder esperar hasta la mañana siguiente.

Se humedeció los labios y arrugó la frente. Cuando Levi hacía ese gesto, también se le arrugaba algo muy dentro, lo sabía porque casi podía sentirlo. Su corazón estrujado entre unos dedos invisibles.

—Te quiero, Vi.

Tragué el nudo que se había formado en mi garganta y asentí. Me quedé esas palabras para mí. Las recogí, las envolví en plástico de burbujas para que jamás se rompieran y las abracé muy fuerte. Eran las primeras. Nunca me las había regalado nadie. Ni siquiera mi padre. Hasta ese instante, no sabía cómo golpeaban ni el terremoto que provocaban dentro de ti.

Me aparté y le hice un hueco a mi lado.

—Ya lo sé, tonto.

Levi sonrió, pero lo hizo negando con la cabeza para rechazar mi invitación.

—No, no podías saberlo, porque hasta hoy yo no era consciente de cuánto.

Lo miré y comprendí su miedo solo por un segundo, porque para mí el miedo no era algo oscuro y tóxico que me atormentara, como le sucedía a Levi en ese momento; para mí el miedo era empuje y nuevas posibilidades, para mí el miedo era un motivo para saltar. Lo comprendí, porque yo también lo quería tanto que a ratos me costaba que me cupiera dentro.

Y a la mierda la edad. El amor a los catorce años es tan lícito como a los cuarenta si no más. Más de raíz, más instinto, más animal. Más limpio.

—Pero ahora sí —le respondí—; ahora sí lo sé.

Levi asintió, me dejó un beso suave en los labios y desapareció de nuevo, silencioso como un ladrón, dejando tras su paso la estela de un precioso recuerdo.

Información adicional

—Tu vida sentimental ha generado siempre gran expectación, muchas veces incluso por encima de tu carrera profesional. Conocemos algunas de tus relaciones, pero ¿quién ha sido en verdad tu gran amor? ¿Quién ha sido la persona capaz de robarle el corazón a Vida Rose?

—Tenía catorce años. Me dio mi primer beso.

—Qué bonito. Y ¿cómo fue?

—El mundo reventó.

—Pero seguimos aquí.

—Quizá los que reventamos fuimos nosotros, así que puedes hacerte una idea de cómo acabó lo nuestro.

—Supongo que esto encaja con eso de que el primer amor nunca se olvida.

—Mucho menos si jamás te lo devuelve.

—¿Hablas de tu corazón?

—Hablo de que, a veces, las historias que vivimos tienen más peso en nosotros del que imaginamos. Y, cuando te das cuenta, siempre es tarde.

—Si pudieras viajar al pasado, ¿cambiarías algo?

—¿Sabes, Jean? Lo curioso es que no cambiaría nada de mi vida. Ni un jodido segundo.

—¿Y el último? ¿Quién te ha dado el último beso?

—¿Te soy sincera?

—Por favor.

—Ni siquiera lo recuerdo.

FRAGMENTO DE LA ENTREVISTA REALIZADA
EN EL PROGRAMA LA NOCHE DE JEAN S., AGOSTO DE 2008.

2000, Vi

Lo teníamos todo. Nunca había creído que el universo pudiera caber en una mano, pero lo hacía en la de Levi, cuando la entrelazaba con la mía. En su boca, cuando yo se la mordía. En su espalda, cuando me llevaba a caballito por el bosque y compartíamos sueños.

Las tardes de juegos y confidencias se habían llenado de silencios solo rotos por gemidos que se nos escapaban.

No solo lo teníamos todo, sino que lo queríamos.

No nos saciábamos.

Cumplí los quince frente a una tarta de chocolate que hice yo misma y que compartí con mi padre y Levi. Mi mundo era pequeño pero inmenso en lo que de verdad importaba. Daba igual que papá estuviera borracho, que ya se hubiera olvidado de su intento de rehabilitación y que tuviera que ayudarlo a acostarse al terminar la celebración. Tampoco que nadie más me felicitara. Ni que hubieran vuelto a pintar en nuestro buzón la palabra «loco». Esas cosas me resbalaban cuando subía a mi cuarto con Levi y él me desnudaba. Me despojaba de la ropa y, con ella, se llevaba también lo malo, lo complicado, lo triste que apenas miraba para que no doliera.

Nos habíamos visto desnudos antes. A mis ocho años nuestros cuerpos eran dos juncos sin formas que mirábamos con la naturalidad de la infancia cuando llegaba el verano y nos zambullíamos en el río. Según crecíamos, los límites se marcaban solos, pero más como una respuesta a la vergüenza de que estuviéramos cambiando y el otro lo notase que porque viéramos algo malo en mostrarnos. Levi y yo nunca tuvimos tabúes, ni normas, ni moralmente nos cuestionamos si algo era adecuado o no, solo éramos de una forma natural e innata que resultaba más sana que cualquiera que hubiese conocido.

No obstante, aquella era la primera vez que nos desnudábamos con la intención de admirar al otro. Habían transcurrido tres meses desde nuestro primer beso y Levi había querido esperar a que yo cumpliera los quince antes de dar un paso más. Si ahora echo la vista atrás, sé que ese detalle no cambiaba gran cosa, pero para él era importante dejar de sentirse culpable por verme tan niña. Su cumpleaños era tres días después, así que, en un breve período de tiempo, yo tenía quince y él, dieciséis años.

Nos tumbamos sin ropa sobre la colcha y nos miramos.

—Estás temblando —me dijo, apoyando su mano en mi ombligo.

—Son las ganas.

Levi rio, pero no era mentira. No estaba nerviosa, no se trataba de eso. Era demasiado curiosa, demasiado entregada a todo lo que supusiera novedad, por lo que no había espacio en mí para las dudas o el miedo. Y menos aún con él.

—Voy a besarte, Vi.

Lo hizo. Se acercó despacio y cubrió mis labios con los suyos como tantas veces. Yo me perdí. Me ocurría siempre. Cerraba los ojos y todo desaparecía. Nuestro propio fin del mundo. El vacío nos engullía. Uno en el que no había padres borrachos, ni una casa que se caía a pedazos, ni neveras vacías, ni un futuro gris e incierto, pese a que me agarraba a la esperanza de cambiar eso último. Un vacío en el que solo estaba Levi. Mi Levi. El que siempre me sonreía, me apoyaba, me cuidaba, me tomaba en serio, se reía cuando a mí me costaba y me quería.

—Voy a tocarte, Vi.

Pero lo hice yo primero. Alargué la mano y lo acaricié. Levi gimió y echó la cabeza hacia atrás hasta que no pudo más y se volvió para acoplar nuestros cuerpos.

He tenido muchas relaciones en mi vida. He follado con personas de las que no recuerdo el rostro ni el nombre, con otras que fueron importantes para mí y a las que a veces echo de menos, con algunas que no me gustaban o por los motivos inadecuados. Me he divertido, he conocido mi cuerpo y me he corrido en bocas y manos ajenas más veces de las que recuerdo.

Sin embargo, la primera vez que Levi entró en mí, supe que nada podría jamás superarlo. Y no hablo de placer. Dolió, sangré y no llegué al orgasmo de ese modo hasta muchos intentos después. Hablo de que cuando Levi y yo hicimos el amor por primera vez, descubrí que siempre tendría un lugar al que volver, porque allí, en su abrazo, estaba en casa.

2001, Levi

La gente escribe novelas al primer amor. Canciones. Versos. Levanta monumentos o pinta lienzos. Lo que sea capaz de hacer con el talento que tenga.

Yo tallaba madera. Aún no se me daba especialmente bien, pero fue lo que Vi me pidió el día que la conocí y fui incapaz de decirle que no. Pidió un bastón y yo se lo di. De haberme pedido la luna, hubiera intentado arrancarla del cielo con la ingenuidad de los diez años.

Después de eso habían llegado más figuras. A veces me encargaba extrañas piezas para sus locos inventos que siempre resultaban inservibles, y en otras ocasiones era yo el que dejaba alguna en la poyata de su porche antes de irme. Formas sin sentido, pero con cierta estética. Flores. Bellotas. Pequeños animales. Una colección que acabó decorando cada rincón de su dormitorio sin darnos cuenta, hasta que hubo demasiado de mí en aquel cuarto.

—¿Un pingüino? —jugaba ella a adivinarlo.

—Un pingüino.

Me miró provocativa.

—¿Sabías que los pingüinos cuando eligen a su pareja la quieren para siempre?

Sonreíamos como dos bobos enamorados, creyéndonos dos pingüinos que han encontrado a su pareja de por vida, y después escogía un lugar en el que colocar la nueva pieza de su colección.

Al principio lo hacía por Vi, aunque con el tiempo me enganché a la sensación de desconexión que solo conseguía al sentarme con la navaja y la madera entre mis dedos. El tiempo se evaporaba. Mi mente, siempre activa, se quedaba en blanco por unas horas. Si lo pensaba bien, era Vi la que me había regalado ese escape de la realidad y nunca se lo agradecí como merecía.

Lo que aportamos a los demás es inmedible.

Siempre fui demasiado reflexivo. Desde niño me preocupaba en exceso por las cosas. Sentía una gran responsabilidad hacia mi familia; ser el único hijo varón me otorgaba unos deberes en una comunidad demasiado tradicional como para que aún se creyera que era así. Un chico con tres hermanas pequeñas debe cumplir con unas obligaciones. Jamás se planteó que mi hermana Shannon pudiera desear trabajar en la empresa de mi padre. Ella tenía dos años menos que yo, como Vi, y su destino era otro de forma innata. Odiaba influir en los demás tanto como para hacerles daño, incomodarlos o provocarles cualquier sentimiento negativo, así que tendía a actuar como se esperaba de mí. El equilibrio y el control siempre me habían parecido importantes. Notaba un peso sobre los hombros del que yo mismo tiraba hacia abajo con tanta fuerza que era imposible dejar de percibir su existencia.

Con la madera todo eso desaparecía.

También con Vi.

• V •

—Tengo una cosa para ti.

—¿Es tu forma de decirme que quieres hacerlo? Mi padre está en la cocina.

Me hizo un guiño y tiró de mi mano escalera arriba. No me parecía mala idea, pero no se trataba de eso. Había estado trabajando las últimas semanas en algo y había llegado el momento de enseñárselo.

Nos encerramos en su habitación y le tendí un pequeño paquete que había envuelto yo mismo. Muy mal, a juzgar por su aspecto, pero eso era lo de menos. Pese a todo, Vi dudó y no se atrevió a cogerlo.

—¿Qué es esto? No es Navidad. Ni mi cumpleaños.

Sonreí.

—Vi, los regalos no necesitan una razón.

Supongo que, en su mundo, sí. En ocasiones me daba cuenta de que la vida de Vi era muy diferente a la mía, en la que cualquier día mis hermanas podían sorprenderme con un regalo hecho por ellas mismas o alguna compra de mi madre que, simplemente, hacía porque había pensado en mí. En la suya, en cambio, las cosas más simples se convertían en actos que marcaban la diferencia. Las carencias que ella fingía que no importaban salían a flote y yo intentaba cubrirlas todas.

—No tengo nada para ti.

Pestañeó confundida y la miré con ternura. Parecía incluso molesta.

Es algo sobre ella que aprendí con el tiempo. Vi fingía que todo iba bien, que era feliz y que su vida era perfecta, pero, en su interior, luchaba permanentemente por esconder la realidad. Una verdad que dolía, que era triste, que irradiaba oscuridad. Para Vi era fácil vivir en su mundo de luz y color, de inventos, de excentricidades y de chistes que hacía sobre el alcoholismo de su padre. La risa tapaba lo que no quería ver. Pero, en ocasiones, lo que escondía con tanto ahínco se entreveía de repente. Como en ese instante. Que yo le hiciera un regalo porque sí solo le recordaba que ella no podía hacérmelo a mí cuando quisiera.

Pero no tenía ni idea. No se trataba de eso. El amor no funciona así.

Me acerqué y le retiré el pelo de la cara. Rara vez se peinaba y los mechones le tapaban los pómulos, pero a mí siempre me gustó de ese modo. Descontrolada. Un poco salvaje. Vi, sin más.

—No espero nada a cambio. —Observé su falda corta, que había hecho ella misma con una vieja cazadora de su padre, y sonreí con provocación toqueteando el borde inferior de la tela—. O casi nada.

Me golpeó en el estómago y entonces se convirtió en una chiquilla ilusionada. Saltó sobre la cama, me arrancó el regalo de las manos y su sonrisa lo ocupó todo. La tormenta ya había pasado y ella volvía a ser el sol. Vi caía tan rápido como después se levantaba, y presenciar eso era una pasada.

—¿Qué es?

—¿Por qué no lo abres?

—Porque, cuando lo haga, se acabará.

La miré sin comprender nada y su sonrisa se ensanchó.

—¿El qué?

—Esto.

Se palpó el estómago y lo entendí: el cosquilleo y la ilusión. Si Vi era adicta a algo era a las sensaciones, a la intensidad, a todo lo que la hacía sentir viva y capaz de lograr lo que se propusiera.

—No dejaré que eso se termine, Vi. Nunca.

Dejó de saltar. Su pelo estaba enmarañado por el movimiento y respiraba entrecortadamente. Me moría por besarla. Un año haciéndolo y no pasaba un solo día en el que ella sonriera y yo no quisiera morder su sonrisa. El deseo funciona así, pero el amor... el amor es otra cosa. Más visceral. Más de dentro.

—¿Lo prometes?

—Te lo prometo.

Arrancó el papel de regalo con nerviosismo y abrió la boca sorprendida al encontrar un pequeño colgante de madera. Era sencillo. No tenía nada en especial. Al menos para los demás. Pero ella lo entendía. Eran dos piezas superpuestas. Un triángulo bocabajo cuyo lado superior se movía hasta rotar hacia la derecha y convertirse en una línea vertical.

—Vi —susurró.

Tragó saliva y asentí. No era solo ella. Éramos los dos. Las dos letras que compartían nuestros nombres y que se escondían en una figura geométrica a ojos de los demás. Me había comido la cabeza durante meses para diseñarlo y que el mecanismo funcionara. Y lo había conseguido.

—¿Te gusta?

—Me encanta.

Cuando me di cuenta de que sus ojos estaban velados, tiré de su mano y se lanzó a mis brazos. Su beso me pilló desprevenido y me tropecé con la alfombra. Ella se rio cuando chocamos con la pared.

—No voy a quitármelo jamás.

—¿Ni cuando seas famosa y vayas de invitada a los Oscar?

—Ni siquiera entonces.

Otro beso húmedo y caímos sobre la cama.

—Te dejarán un collar de diamantes de tropecientos millones para que luzcas.

—Diré que no.

Sonreí y ella me lamió la boca.

—¿Ni cuando el artista más famoso del mundo quiera pintarte desnuda?

Mi camiseta desapareció y la lengua de Vi dibujó un mapa en mi estómago.

—La musa es la que pone las normas, tonto. Pondré como requisito que lo pinte entre mis tetas.

Sonreí. Cerré los ojos. Mis pantalones se deslizaron hasta las rodillas.

—¿Lo llevarás contigo cuando te marches?

Me mordí los labios, aunque ya era tarde. La boca de Vi dejó de acariciarme. Fue solo un segundo, pero ambos supimos que el tiempo corría, que el amor nos devoraba y que antes o después tendríamos que enfrentarnos a la vida. Porque nosotros, igual que ella, crecíamos. Vivíamos en una cuenta atrás constante que comenzaba a sobrevolarnos demasiado a menudo.

Sin embargo, aún no. Todavía estábamos en su cama. Teníamos tiempo para corrernos un par de veces antes de dormir; para abrazarnos sin miedo al reloj y para soñar sin pensar en que la vida, antes o después, suele ser una mierda.

Alzó la mirada. Tenía los labios húmedos. Acaricié su mejilla y sonrió.

—Y también cuando vuelva a buscarte.

Porque lo haría. Me lo había prometido.

Me dejé caer hacia atrás de nuevo y la boca de Vi hizo el resto.

• V •

Aquella noche pensé en las promesas que nos habíamos lanzado. Lo hacíamos demasiado a la ligera, a menudo sin darnos cuenta. Nunca les pusimos límites.

Cuando Vi se durmió después de que yo le demostrara con mis manos que iba a esforzarme porque sintiera cada día ese cosquilleo al que era adicta, aunque fuese entre sus piernas, medité sobre lo que nos habíamos dicho. Mi cabeza analizó las palabras. Son poderosas. Encierran mucho más de lo que parece a simple vista.

Dos horas más tarde, cuando me escapé en silencio para no despertarla y volver a mi casa, una nueva inseguridad se había asentado dentro de mí. Porque yo podía regalarle a Vi todas las emociones que quisiera, pero ¿qué sucedería cuando se marchara? ¿Qué pasaría cuando tuviéramos que enfrentarnos a la vida y tomar decisiones? ¿Quién le proporcionaría ese vértigo constante que necesitaba? Yo no. Y aunque no sabíamos cuándo llegaría ese momento, ya comenzaba a volverme loco.

Información adicional

La marca italiana Gia & Gia nos presenta su colección primavera-verano, basada en materiales sostenibles, líneas geométricas y cortes minimalistas. Su musa, la inspiradora Vida Rose, no solo pone imagen y voz a su campaña publicitaria, sino que ha participado en el diseño de algunos de los modelos, siguiendo la estela del icónico collar con el que siempre hace acto de presencia.

«La joya eres tú. El resto es meramente decorativo.»

Con este eslogan, ¿quién puede resistirse?

PRESENTACIÓN PARA MEDIOS PERIODÍSTICOS DE LA COLECCIÓN
NATURE DE GIA & GIA, 2007.

2001, Vi

No conozco a nadie que no recuerde ese día con exactitud. ¿Cuántas veces has preguntado: «Qué hacías el 11 de septiembre cuando el mundo se paralizó»? Yo dormía. Soñaba sin miedo. Me abrazaba a la almohada mientras la ciudad que nunca duerme se rompía. El corazón de un país hecho cenizas por el odio humano.

Oí el grito de papá. Me desperecé y bajé descalza. En Montana, no eran más que las siete de la mañana de un martes. Cogí aire y me preparé para encontrármelo tumbado en el suelo después de una de sus noches de insomnio. Recogería las botellas vacías a su alrededor en silencio para no despertarlo, lo taparía con una manta para que no cogiera frío y lo dejaría allí como si la imagen de un padre medio inconsciente sobre la alfombra fuera algo tan normal como preparar huevos revueltos para desayunar.

Pero me equivoqué.

Entré en el salón y lo vi. Estaba arrodillado frente al televisor encendido. No había botellas en sus manos. No había más que un rostro descompuesto y lleno de lágrimas clavado en la pantalla.

—¿Qué ocurre, papá?

Me acerqué y me dejé caer a su lado. No contestó. Solo cogió mi mano cuando comencé a temblar ante la imagen de la Torre Sur envuelta en llamas.

No sé el tiempo que nos quedamos allí, frente al televisor, unidos mientras el mundo ahí fuera se caía a pedazos. Solo sé que, el día que el *skyline* de Nueva York desaparecía tal y como lo habíamos conocido hasta entonces, yo asumía lo corta que era la vida. Lo imprevisible y traicionera que resultaba en ocasiones. Lo dolorosamente real.

Tal vez fuera un pensamiento egoísta, pero el miedo funciona así, como una rápida coraza, y según veíamos el desplome de las torres y las víctimas ya se contaban por miles, yo me prometía que mi vida sería otra. Que jamás dejaría que nadie impactara con tanta fuerza en ella para derrumbarme.

Ni siquiera el amor.

2002, Levi

A los diecinueve años mi vida era muy similar a como me la había imaginado.

El curso anterior había terminado mis estudios con unas notas lo bastante decentes como para que mi madre las dejara caer a menudo entre su círculo de amigos y había aprendido el oficio en la empresa familiar con maestría. Llevaban preparándome para ello desde que tenía uso de razón, así que me había resultado sencillo encajar en el molde que me habían dispuesto. Mi padre estaba cansado después de años trabajando sin descanso, así que cada día delegaba un poco más en mí. En apenas seis meses ya llevaba mis propias obras y una plantilla de trabajadores a mi cargo que solían doblarme la edad, pero me gustaba y me sentí respetado desde el primer momento. Por una vez en mi vida tener responsabilidades me agradaba, me hacía sentir bien, útil, realizado a unos niveles que no sabía que necesitara. Puede que fuera porque lo que hacía se me daba bien o quizá porque siempre he tenido predilección por esa sensación de control que en otros aspectos se me escapaba. No lo sé. El caso es que acepté que mis padres habían acertado y que mi lugar estaba allí, en Construcciones y Reformas Manson. Mi futuro estaba llegando y me gustaba, así que asumí que no me había equivocado.

Solo había un detalle que no había visto venir y que rompía esos planes que me habían acompañado desde niño; uno de sonrisa descarada y ojos rasgados. Lo mío con Vi nunca entró en mis objetivos y, sin embargo, se convirtió rápido en el más importante de todos.

Pese a que el trabajo me quitaba casi todo el tiempo que tenía, en cuanto terminaba la jornada iba a su encuentro.

—Hueles a hombre.

Me reí sobre su cuello y ella se estremeció.

—¿Eso es bueno?

—Mmm..., no estoy muy segura.

Le mordí la base del escote y Vi gimió antes de romper a reír. En realidad, apestaba a sudor porque ni siquiera me había duchado. Había estado trabajando hasta las siete en la vieja granja de los Johnson y al terminar me había acercado directamente a su casa. El tiempo que pasábamos juntos se había reducido tanto que no quería perder ni un segundo.

—¿Y ahora? —Metí la mano por debajo de su falda—. ¿Estás segura de esto?

Se arqueó sobre mis dedos y me perdí.

Vi y yo éramos pareja. Todo el mundo en Whitefish lo sabía. Supongo que no era fácil esconder que el hijo de Manson, un hombre respetado, que acudía con su idílica familia cada domingo a la iglesia y que tenía uno de los negocios más prósperos de la zona, se besaba en cada rincón con la excéntrica Vi, la hija del borracho y loco Luke. Ambos sabíamos que algunos vecinos susurraban al vernos. Los rumores sobre los Cassavetes nunca habían dejado de estar presentes. Nadie se relacionaba con ellos más allá de lo mínimo; algunos vecinos, como la señora Hudson, les ofrecían su limosna en forma de lámparas o muebles viejos antes de tirarlos, pero sus relaciones no pasaban de ahí. Luke no lo había puesto fácil a lo largo de esos años dejando tras de sí peleas en los bares de la zona y cuentas sin pagar, pero, siendo honesto, Vi tampoco. Odiaba la escuela y era una pésima estudiante. No daba grandes problemas, pero no encajaba en lo que se esperaba de ella y eso la hacía ser más visible a ojos de los demás de lo que resultaba adecuado.

No lo buscaban, pero parecían vivir con un foco alumbrándolos sobre sus cabezas.

—¡No necesito saber hacer ecuaciones de segundo grado, Levi! Lo que deberían enseñarme es a distinguir un buen contrato laboral para que no me engañen el día de mañana.

Quizá tuviese razón, no lo niego, pero su actitud desafiante a ratos e indolente a otros no ayudaba a que encajara en una comunidad tranquila y tradicional como era la nuestra.

Pese a todo, nada nos importaba demasiado.

Mi familia aceptó que lo mío con Vi siguiera adelante. Nunca hicieron intentos de incluirla en nuestra vida familiar, pero asumieron que la quería y respetaban que compartiera mi tiempo libre con quien me diera la gana. Las chicas dejaron de interesarse por mí. Después de un par de rechazos se dieron cuenta de que lo mío con Vi iba en serio y me convertí en una compañía poco atrayente. Mis amigos toleraron mis ausencias; incluso Markus, que parecía levemente decepcionado porque cada vez nos veíamos menos. Dejé de ser el Levi complaciente que ellos conocían y me convertí en uno que solo lo era con ella; con Vi.

Separé tanto mis dos mundos que acabé ensalzando aún más sus diferencias.

Quizá hice mal. A toro pasado todo se ve desde otra perspectiva. Quizá mis decisiones fueron tomadas desde el egoísmo que nos nace cuando estamos enamorados. Qué sé yo.

Quizá, al lado de Vi, todo se difuminaba e incluso mis seres queridos se convertían en polvo. No es bonito. No me deja en buen lugar. Pero soy honesto cuando digo que conocer a Vi hizo que mi mundo se redujera a lo que sucedía entre mi cuerpo y el suyo.

Sentía que no necesitaba nada más y tampoco lo quería.

Algunas noches nos perdíamos por el bosque que rodeaba su casa y nos permitíamos soñar. A lo lejos, en la parte central de la ladera de la montaña que colindaba con su hogar, la antigua cabaña de los Collins nos devolvía la mirada. Estaba abandonada y en venta desde que éramos unos niños. Años atrás nos habíamos colado en ella sintiéndonos dos exploradores para encontrarnos en su cocina un zorro muerto. Yo había notado la bilis en la garganta al ver los gusanos, pero Vi no; Vi se había arrodillado frente al cuerpo y lo había observado unos minutos en silencio. Dentro no habíamos encontrado nada que mereciera la pena. Años más tarde, su tejado había quedado destrozado hacía dos inviernos, las ventanas estaban rotas y era posible que algún animal salvaje que aún respiraba viviera en su interior. ¿Quién iba a querer comprar algo así? No valía nada.

Sin embargo, a mí me gustaba. Vi y yo fantaseábamos a menudo con comprarla. Según ella, construiríamos un porche en el que sentarnos cada noche bajo una manta a contar estrellas. Pintaríamos los muebles de colores alegres y no saldríamos de la cama de lunes a jueves.

—¿Y de qué viviríamos? —le preguntaba.

—De querernos.

Sonaba bonito. Ridículo pero bonito. Sobre todo, porque sabíamos que nunca sucedería. Aunque soñar es gratis y demasiado fácil. Los seres humanos nos pasamos la vida haciéndolo. Una casa, una familia, un trabajo, un premio de lotería, un amor imposible que acaba siendo correspondido.

Yo soñaba con Vi, pese a tenerla a mi lado. Porque, aunque nos manteníamos en una burbuja escondidos de la vida real, ambos sabíamos que el futuro nos alcanzaría y nos convertiría en otros. Unos que, quizá, no encajarían como lo hacíamos entonces.

El reloj que habitaba en mi cabeza no dejaba de repetírmelo.

Tictac.

Tictac.

• V •

Eran las tres de la mañana cuando un timbre me despertó. Mi padre me había regalado un teléfono móvil. Se habían convertido en una plaga y no había joven que no tuviera uno. Algunos de mis amigos ya juraban no poder vivir sin el suyo, pero yo no le encontraba el sentido viviendo en un sitio en el que las distancias eran insignificantes. Además, estar permanentemente disponible para todos me hacía sentirme atado de un modo que me asfixiaba. La libertad siempre tiene las alas demasiado cortas como para cargar con la tijera nosotros mismos.

Aún no me había acostumbrado a usarlo, solo lo llevaba encima en el trabajo para posibles imprevistos que surgieran en las obras o para contactar con algunos clientes, pero que sonara a esas horas, sin duda, no era una buena señal.

Un latido más rápido que los demás me dijo que se trataba de ella.

—¿Sí?

—Levi, soy yo. Soy Vi. Estoy en Kalispell. En el hospital.

Dejé de respirar.

2002, Vi

Odiaba los hospitales. No recordaba haber estado antes en uno, pero no necesitaba más experiencias para saber que mi odio sería para siempre. Olía a desinfectante y a algo turbio que me ponía los pelos de punta. La muerte no debería oler a nada.

Ni siquiera era capaz de comprender cómo habíamos llegado allí.

Papá.

Risas.

Un tropiezo.

Un golpe.

Una mesa rota.

Y una botella.

Un cristal clavado en su abdomen.

Sangre.

Gritos.

Cerré los ojos para apartar esas imágenes de mi cabeza.

Había tenido que salir corriendo hasta la carretera, donde paré el primer coche que vi y que me prestó un teléfono para llamar a emergencias. Nuestro agujero era tal que no teníamos ni una salida fácil si las cosas se complicaban.

Miré por enésima vez la entrada esperando ver llegar a Levi, pero aún era pronto. Estaba sola. Papá dormía plácidamente en una cama de sábanas blancas después de un lavado de estómago y quince puntos en su costado izquierdo. Una cicatriz nueva que podría ser un motivo más para dejar de matarse poco a poco, pero que intuía que solo sería un mal recuerdo. Era posible que ni siquiera eso, porque estaba tan borracho que apenas se acordaría de lo sucedido. El dolor que me comía las tripas en ese instante como un gusano hambriento no serviría de nada. Nada cambiaría.

Me abracé la cintura y me esforcé por alejarlo, por ocultarlo, por ignorarlo. Pero estaba tan asustada, tan enfadada, tan decepcionada, que mis intentos fueron en vano.

Las puertas se abrieron y me levanté de un salto. Ahí estaba. Con su anorak azul y su mirada limpia buscando la mía.

—¡Levi!

Corrí hacia él y me enterró entre sus brazos. Allí dentro nunca sucedía nada malo. Respiré contra la lana de su jersey. Cuando alcé la vista, él pasó los dedos por mi mejilla y susurró preocupado.

—¿Cómo está?

—Dormido. Cortaron la hemorragia en la ambulancia. No hay daños internos. Solo ha sido un susto.

Asintió, sin dejar de observarme, y entonces clavó los ojos en los míos, en un lugar oculto que nadie más era capaz de ver, pero él sí. No siempre. A veces lograba engañarlo, pero cuando bajaba la guardia era astuto. Como un lobo. Levi el lobo, un solitario bajo la nieve de Montana.

—¿Y tú? ¿Cómo estás tú?

Mal. Estaba mal. No era la primera vez que mi padre hacía una de las suyas y acababa necesitando un médico, pero sí la primera en la que yo había sentido miedo. Quizá porque mi edad me hacía ver las cosas diferentes. La madurez llegaba, lo quisiera o no, y lo hacía dejando la realidad mucho más visible y cruda. Y no solo eso. Estaba cansada de tirar de una familia rota durante diecisiete años. De actuar como la madre de un hombre adulto cuando ni siquiera sabía cómo se comportaría una madre en esa situación, porque no había tenido de quién aprender. De sonreír para alejar los fantasmas cuando lo único que me apetecía era hacerme un ovillo y desaparecer.

Estaba mal. Y no estaba acostumbrada.

Levi observó mi rostro sujeto entre sus manos y sentí que algo dentro de mí se desbordaba. Algo muy profundo. Algo que siempre había mantenido oculto, a salvo, silenciado para que él no lo conociese.

—Estoy bien.

Cerró los ojos un segundo, lo justo para asumir que le había mentido, y me prometí que no volvería a hacerlo.

—No me mientas, Vértigo. No me mientas jamás. ¿Me has oído?

Suspiré y los ojos se me llenaron de lágrimas. Aquella vez fue la primera en la que me llamó así. No le pregunté los motivos, porque, simplemente, me encajaba. Tenía sentido, porque era lo mismo que yo sentía cuando estaba con él. Una palabra que siempre asociaría con los dos, un puñado de letras que acabaría amando y odiando con la misma intensidad.

—Mal. Todo está mal, Levi. Sácame de aquí.

2002, Levi

Hacía frío. Era una noche de noviembre, las calles estaban nevadas y la temperatura bajaba de cero. Cuando salimos del hospital, me di cuenta de que Vi apenas llevaba ropa de abrigo; solo un suéter encima de su pijama y las botas. Me quité el anorak y se lo puse por encima; ella no se negó.

No teníamos adónde ir. Eran las cuatro de la mañana y la ciudad de Kalispell dormía, pero conocía bien a Vi para saber que solo necesitaba escapar de su vida. Una vez más. Un nuevo intento de no ser la chica que era, la que se veía obligada a cuidar de su padre y que no tenía dónde caerse muerta. Porque lo que esa noche Vi había dejado en una cama de hospital era su pasado, su presente y probablemente su futuro, lo quisiera aceptar o no. Su padre y ella siempre estarían unidos, fuera por algo fuerte y duradero o por un hilo fino. Mientras siguiera en Montana su existencia se mediría por las copas que Luke Cassavetes hubiera bebido ese día.

Paseamos hasta la entrada de un parque infantil. Los columpios vacíos y húmedos despertaban una triste sensación de abandono. Nos sentamos en un banco y observé a Vi, que miraba al infinito con una dureza extrema, incluso para tratarse de ella. Fue la primera vez que pensé que había algo demasiado oscuro en su mirada. Algo que me era desconocido y que nos alejaba.

Suspiró y soltó lo que la preocupaba casi más que el estado de su padre o el hecho de si tendrían que deshacerse de la casa para cubrir los gastos del hospital.

—Mañana tengo que hablar con un asistente social.

Chasqueé la lengua. Eso no pintaba bien. Durante años Vi se las había ingeniado para que nadie cuestionara la tutela de Luke y los servicios sociales no se interpusieran entre ella y su padre, pero, aunque no me gustase la idea, quizá había llegado el momento de que alguien la cuidase.

—¿Qué pueden hacer?

—No van a hacer nada. Ha sido un accidente. En cuatro meses cumplo los dieciocho.

Quise preguntarle qué significaba eso, pero ya lo sabía. El maldito reloj de mi cabeza no dejaba de repetírmelo con su tictac insistente. No obstante, es fácil no escuchar cuando lo que tienes que aceptar duele. Es sencillo mirar hacia otro lado y agarrarse a la esperanza de que todo salga como tú deseas. Incluso si para eso debes cortarle las alas a la persona que más quieres.

—Tal vez puedan...

—No necesito ayuda —me interrumpió a la defensiva—. No voy a permitir que nadie decida por mí.

Me tensé y me odié, porque una parte de mí quiso que sucediera, que el Estado decidiera por ella, le mostrara otras opciones y le quitara la idea de huir en cuanto pudiera. Que le diera una vida digna para que se olvidara de buscar ella misma una salida.

Pasé el brazo sobre sus hombros y la atraje hacia mí.

—Todo irá bien, Vi.

Sonrió, pero su gesto no fue dulce. Fue punzante. Un poco decepcionante. Quizá porque necesitó otra cosa en ese momento y no supe dársela, no lo sé. Empezaba a sentirme perdido frente a esa Vi que crecía y que parecía adelantarme. Solo sé que esa noche nos alejamos un poco, apenas unos milímetros insignificantes, pero marcamos una grieta que tardaría mucho tiempo en sanar.

—Sí. Tienes razón. Todo irá bien, Levi.

Apoyó la cabeza en mi hombro y no nos movimos de allí en una hora. Ni siquiera cuando la nieve comenzó a empaparnos.

• V •

Cuando regresé a casa ya era por la mañana. Dejé a Luke y a Vi en la suya, y me acerqué a la mía solo para cambiarme antes de ir al trabajo. Mis padres estaban esperándome en el sofá del salón. Mis hermanas se preparaban para ir a la escuela; sus risas en la cocina rompían la tensión que se respiraba en cada rincón.

Me acerqué despacio y me dejé caer en una butaca frente a ellos. Estaba agotado. Notaba la boca seca y me dolían los ojos enrojecidos por las horas en vela.

—Están bien. Solo ha sido un susto.

Mi padre asintió y mi madre arrugó un pañuelo que deslizaba una y otra vez entre sus dedos. No sabía qué más decir. Su decepción me dolía, pero no había nada que pudiera hacer para solventarla, porque se trataba de Vi.

El silencio se rompió con el portazo que dieron mis hermanas al salir. Me pasé las manos por el pelo y clavé los ojos en la fotografía que descansaba sobre la mesa acristalada. Era una instantánea de los seis de hacía un par de años. Mis padres sonreían, abrazados y rodeados de sus hijos. Mis hermanas, preciosas, con sus melenas onduladas. Yo, la imagen de un joven prometedor; incluso me había puesto una camisa. Una familia modélica. Una composición en la que jamás habría sitio para alguien como Vi.

Sin embargo, me equivoqué, como tantas veces con ellos, porque mi padre abrió la boca y lanzó una pregunta que hizo que se me saltaran las lágrimas por primera vez en años.

—¿Hay algo que podamos hacer?

• V •

Mi padre se ocupó de la factura del hospital. Vi no se negó, aunque le prometió un millón de veces que le devolvería hasta el último centavo. Mi madre se mostró dispuesta a hablar con el asistente social para corroborar que Luke Cassavetes era un buen padre y un hombre respetado en la comunidad. En apenas una semana, todo volvió a una relativa normalidad, si no fuera porque Luke seguía teniendo una herida fea en el costado de la que se quejaba sin parar.

Fue demasiado sencillo. Fue tan fácil esconder que la vida de Vi era una mierda que me di cuenta de que eso lo convertía en algo que no importaba. Y que ella no lo merecía.

Aquella revelación la empujaba un paso más lejos de mí.

2002, Vi

Siempre he creído que la lealtad es un sentimiento demasiado animal. No se aprende, surge sin más, como una raíz profunda imposible de arrancar. Y yo era leal a mi padre.

Él nunca fue el mejor ni tampoco lo quiso. Solo era Luke, un hombre herido que ahogaba sus vacíos en alcohol. No lo justifico, sino que intento entenderlo. Me he pasado la vida esforzándome para que no dejarlo morir sobre su propio vómito tuviera algún sentido. He llegado a la conclusión de que no se puede culpar a una persona que lo ha perdido todo y no sabe qué hacer con las migajas que la vida le deja.

Yo no era una migaja, pero sí un ser humano con piel, huesos, sangre, un corazón y sueños. Imagínate lo que tiene que acojonar enfrentarte a eso cuando no eres capaz ni de cuidar de ti mismo.

Durante mucho tiempo pensé que mi padre hacía lo que podía. Fui una niña feliz, pese a todo. Aprendí muy rápido a buscar indicios de luz entre las sombras por las que nos movíamos y logré encontrarlos. Me adapté a la situación que nos tocó vivir y acepté que mi padre era distinto a lo que todo el mundo consideraba que debía ser un padre. No peor. No mejor. Solo diferente. Único, a su modo.

En otros momentos llegué a odiarlo. Siempre he pensado que del amor al odio hay solo un trecho muy fino. Lo odiaba tanto que acababa deseando que muriera para ser libre. No obstante, saltaba de un lado a otro de ese abismo con la misma asiduidad, y después de odiarlo llegaba la calma. Recapacitaba y asumía que la libertad no era eso ni la alcanzaría por perderlo; la libertad ya era mía, aunque mi vida estuviera atada a la de mi padre hasta que pudiera largarme. Solo era cuestión de tiempo.

Algún día me iría. Cogería mis sueños y me marcharía. Encontraría un lugar en el que podría ser lo que quisiera y los demás lo apreciarían. La nevera nunca estaría vacía. Mi padre contaría siempre con una botella a su lado, si esa era su idea de libertad, pero también con los cuidados necesarios para que nunca volviera a correr peligro en su estado. La felicidad no me entraría en las manos. Lo tendría todo. Porque todo era lo que merecía.

Llevaba toda mi vida fantaseando con ello; tachando días de un calendario imaginario; viviendo el futuro en mi cabeza mientras el presente se consumía.

Sin embargo, no había tenido en cuenta que mi camino podía cruzarse con otro. Mucho menos con el de alguien como Levi, tan atado a sus raíces que hacía que las montañas que nos rodeaban le pertenecieran. Ese chico era cada maldito rincón de ese lugar que a mí tanto me asfixiaba. Lo que más quería se fundía con lo que más odiaba.

La primera vez que lo vi, supe que seríamos amigos. Hacía muchas preguntas y yo creía conocer todas las respuestas. Lo quise rápido. Fue un fogonazo y aquel chico rubio de ojos huidizos se convirtió en parte de mi mundo. La vida, las hormonas y el amor hicieron el resto.

Descubrí que estaba enamorada de Levi una tarde de invierno. Aún no me había besado. Aún faltaba mucho para entonces, pero me había llevado a la feria navideña y comprado dulces. No ocurrió nada en especial. Paseábamos por los puestos y entonces frenó sus pies. Se volvió, me miró y me rozó la punta de la nariz.

—¿Nieve? —pregunté.

Él negó con la cabeza y se llevó el dedo a la boca.

—Azúcar.

Sonrió y lo sentí. Dentro. Tirando de mi corazón hacia fuera, presionando mis costillas y poniendo mi estómago del revés. Tuve que sujetarme a su brazo para no caerme.

—¿Estás bien?

—Claro, me he mareado un poco.

Levi me riñó por haber comido demasiado. Luego continuamos dando vueltas por el mercadillo navideño, riéndonos de tonterías y matando el tiempo antes de volver a casa.

Hasta que no me vi sola en mi cuarto aquella tarde, no se disipó. Hablo del vértigo. Hablo del amor.

Que yo quisiera a Levi hacía que mis planes se complicaran, pero no cambiaba nada.

Que él me quisiera a mí lo cambiaba todo.

Sin embargo, ¿qué haces cuando la persona que más quieres es la única que puede impedir tu libertad? Cierras los ojos y esperas. Rezas para que nunca te haga escoger. Sigues soñando, aunque hacerlo, de pronto, duela.

Tenía que irme.

Debía hacerlo.

Y era una mierda.

Información adicional

Carta de postres del Caramel & Cream:
Gofres con chocolate
Tortitas con sirope y nata
Tarta de queso
Tarta de almendras
Tarta especial de la casa (frambuesa y crema)
Mousse de plátano
Brownie de chocolate blanco
Copa de helado (3 sabores a elegir)

El primer autógrafo que Vida Rose firmó fue en una carta de postres de una de las quince cafeterías Caramel & Cream que se encuentran ubicadas en Los Ángeles.

2003, Vi

—Chica, ya era hora. ¿Dónde está mi té?

Me colé en la cocina de Russell y me dispuse a hervir el agua. Olía a cerrado, así que abrí las ventanas. Él tosió en cuanto sintió la brisa, pero solo lo hacía por fastidiar.

Si pienso ahora en aquellos años, no recuerdo muy bien cómo se forjó nuestra relación. Un día me apuntaba con una recortada cuando intentaba llevarme un bidón que parecía abandonado en la entrada de sus tierras y al día siguiente estaba sentada en su cocina tomando té mientras él me contaba su vida.

La primera vez, solo tenía nueve años. Había pasado mucho desde entonces, pero Russell seguía siendo el mismo cascarrabias de pelo blanco y cuerpo enclenque.

—Aquí tienes. —Le serví una taza humeante y reparé en que había nuevas cajas pegadas a la puerta; cuando las dejaba ahí significaba que era el momento de deshacerse de lo que fuera que almacenaran—. ¿Has vuelto a hacer limpieza?

Asintió y se metió una galleta en la boca. Le temblaban tanto las manos que la mesa se cubrió de migas.

—He encontrado algo para ti.

Sonreí, aunque hacía meses que los regalos de Russell ya

no me emocionaban como antes. Siendo niña cada descubrimiento suponía un sinfín de posibilidades, pero a punto de cumplir los dieciocho años mis prioridades habían cambiado. O quizá solo estuviera cansada de soñar para nada.

—¿Qué es? Sabes que ya he dejado de inventar.

La dulzura de sus ojos me enterneció. Aquel viejo arisco me tenía el mismo cariño que yo a él, por mucho que se esforzara en ocultarlo.

—No es eso. He revisado las habitaciones de los chicos.

Sentí una punzada en el pecho.

Russell nunca subía al piso de arriba. Cuando lo hacía, era para exorcizar sus propios demonios. Tenía siete hijos y apenas se relacionaba con un par de ellos que rara vez lo visitaban. Estaba muy solo e imaginármelo revisando los cuartos de esos chicos con los que había cortado casi toda relación me enfadaba y entristecía a partes iguales. Ningún padre merece morir solo. Russell estaba vivo pero su cuenta atrás había comenzado y a mí me aterrorizaba que un día su corazón dejara de latir y nadie se enterase hasta que su cuerpo estuviera cubierto de gusanos. Odio los gusanos. Aún recordaba los que habíamos encontrado años atrás sobre un pobre zorro en la cabaña abandonada de los Collins; no había podido apartar los ojos de ellos, pero solo porque me daban miedo. No me veía capaz de enfrentarme yo sola a eso con Russell.

—¿Por qué no me has avisado? —le recriminé.

—¿Por qué debería haberlo hecho? No eres mi hija. Ni mi madre. Ni mi esposa. Deja de comportarte como tal.

Metí una galleta en mi té con tanta fuerza que lo salpiqué. Era un gruñón, menos mal que su dureza no me afectaba. Cuando se trataba de hacer daño, Russell y yo éramos dos erizos con las púas enfrentadas.

—Porque las cicatrices duelen menos cuando estás acompañado —le escupí con descaro.

Él observó de reojo la piel deformada de mi mano y chasqueó la lengua, pero asintió. Al fin y al cabo, era un consejo que él me había repetido a menudo, sobre todo cuando me encerraba demasiado en mis fantasías y me aislaba del resto del mundo.

—He encontrado algo en la habitación de Gerard.

Me tendió un papel. Era una especie de menú. En la parte trasera se leía la dirección de una cafetería. Eso era algo nuevo. No era la pata rota de un mueble antiguo, ni una revista de moda de hacía cincuenta años, tampoco un frasco de perfume vacío.

Mi estómago se puso del revés y me temblaron las manos.

—¿Qué es esto?

Lancé la pregunta con miedo, pero una parte de mí ya lo sabía.

—Mi hijo Gerard es el dueño de algunas de esas franquicias. He hablado con él. —Abrí los ojos por la sorpresa, porque Gerard no era uno de los que mantenían contacto con su padre, pero él se cerró en banda—. Te hará una entrevista cuando tú estés preparada, pero no temas, solo será una formalidad.

Intenté encontrar las palabras, pero no era fácil. Russell nunca llamaba a sus hijos, era el hombre más orgulloso que había conocido en mi vida. El simple hecho de coger el teléfono para ello ya suponía algo importante. Y lo era. Era un trabajo. Era una salida de aquel agujero en el que vivía. Era una oportunidad de empezar de cero con mis propios límites, no atada a los de otros. Era un sueño materializado en un trozo de papel.

Lo ojeé entre mis dedos y me di cuenta de lo que aquello suponía. De lo que Russell me estaba ofreciendo. Llevaba tantos años deseándolo que, una vez delante, me costaba asumirlo.

—Pero... esto... esto está en Los Ángeles.

Él sonrió. Su mano huesuda y arrugada se encontró con la mía sobre la mesa. Jamás nos habíamos tocado.

—Así es. Es una oportunidad. Para ti. Feliz cumpleaños, Violet.

Levanté la mirada hasta sus ojos y lo entendí.

Me iba a Los Ángeles.

Lo estrujé entre mis brazos como si el mundo estuviera a punto de acabarse.

De algún modo, así era.

O quizá, de nuevo, solo estaba a un paso de comenzar.

2003, Levi

Intuí que algo había cambiado en cuanto la vi.

Estaba controlando la obra de un nuevo hotel cuando escuché su voz.

—¡Jefe!

Algunos de los hombres se volvieron y rieron al verla. Llevaba un vestido negro corto, muy corto, unas botas de cordones y una flor amarilla en el pelo. Se acercó a mí y cerró los ojos antes de besarme con intensidad. Mi boca se abrió al sentir su lengua y las enredamos sin pensar en dónde estábamos ni en quién podía vernos. La dulzura de su sabor me atravesó.

—Vi, estoy trabajando.

—Perdona. Es que estoy...

Ni siquiera supo acabar la frase. Sus ojos brillaban. Mordía su labio a cada segundo con más fuerza. Su cuerpo gritaba, aunque no lograba discernir el qué. Ocurría algo. Algo importante. Algo que mantenía a Vi en un estado que solo la había visto cuando se emocionaba de verdad. O cuando se corría en mis manos.

—¿Qué sucede, Vértigo? Me estás asustando.

Parpadeó al escuchar esa palabra con la que me había

acostumbrado a llamarla y suspiró. Sus ojos se velaron. Vi se cerró, lo sentí, se plegó sobre sí misma y suspiró como si dejara ir en ese aliento mucho más.

Rozó su nariz con la mía.

—Que te quiero. Eso ocurre.

—¿Y te has dado cuenta ahora? ¿Más de tres años después? No sé en qué lugar me deja eso.

Sonrió y me abrazó con fuerza. Inhalé el olor de su pelo. Ignoré las advertencias que susurraban en mi cabeza que algo estaba cambiando. Tapé el sonido del jodido tictac.

—Te quiero, Levi. Te quiero. ¿Lo sientes?

Cerré los ojos y nos oculté tras una columna. A nuestro alrededor caía polvo y el sonido de las máquinas rompía el silencio. Casi lo agradecí. De ese modo, ella no podría escuchar que dentro de mí también comenzaba a romperme. Un agujero. Una duda. Un temor.

—Vi...

—Mañana es mi cumpleaños.

Asentí. Tragué saliva. El nudo se me enquistó.

El miedo se instauró entre los dos.

—No lo digas, Vi...

Cerró los ojos. Apretó su frente sobre la mía. Colé las manos bajo su vestido.

—Cumplo dieciocho años.

Sonreí. Mi chica. La niña de ojos mágicos se había convertido en un huracán imparable.

—No me presiones, hasta mañana no voy a darte tu regalo.

Se rio. Y luego lloró. Vi, la que nunca lloraba, la que podía con todo, la que nos sostenía a los dos, se derrumbó.

Lo supe. Joder, lo sentí en cada poro de mi piel. La apreté contra mí. Se marchaba. Aún estaba entre mis brazos y una parte de ella ya había volado sin darme la oportunidad de agarrarla para evitarlo.

—No lo hagas, Vi...

Supliqué. Y no me refería a sus lágrimas, sino a aquello que estábamos diciendo sin palabras.

—Aún no. Aún es pronto. Ni siquiera tengo billete de avión. Ni siquiera sé si puedo pagarlo. Es posible que jamás lo logre.

La besé para que se callara, pero eso no evitó que en mi cabeza ya oyera los primeros aleteos de una despedida.

• V •

Me tomé el día libre. Nunca lo había hecho, pero cogí a Vi de la mano y nos marchamos de allí sin meditarlo demasiado. No todos los días le rompen a uno el corazón. Caminamos sin destino mientras me contaba lo que Russell había hecho por ella. Tenía una posibilidad de irse a Los Ángeles con un trabajo esperándola. No parecía mucho y ni siquiera tenía por qué salir bien, pero era lo que Vi necesitaba. Un empujón. Una oportunidad. Una cuerda a la que amarrarse para no irse con las manos vacías. Y ya era mucho más de lo que yo había hecho por ella.

Compramos chocolate caliente y caminamos hacia su casa. Nos perdimos en la espesura del bosque mientras Vi soñaba más alto que nunca. Mientras yo notaba cada jodida terminación de mi cuerpo alerta, esperando una señal para saltar y pedirle que se quedara. Mientras el mundo se acababa lentamente sin que ella se diera cuenta.

—Tengo suficiente dinero para sobrevivir las primeras semanas. No sé cuánto me pagarán, pero siempre puedo pedir un adelanto el primer mes para asentarme. Russell sabe que soy de fiar. No creo que después me resulte difícil encontrar un piso compartido más barato que un motel.

La oía de fondo, del mismo modo que los árboles moviéndose por el viento o que el sonido de algunas aves, pero no la escuchaba. No quería. Estaba harto. Era la cantinela de siempre, las mismas palabras, las mismas ideas, el mismo plan repetido hasta la saciedad. Una locura. Un capricho. Quizá Vi no había tenido la vida más fácil de todas, pero debía poner los pies en el suelo y comportarse como una adulta, y su decisión de abandonar a su padre y marcharse tan lejos solo con un trabajo de mierda bajo el brazo era una tontería. Siendo pequeña, oírla parlotear sobre quién sería algún día tenía su encanto, pero ya no éramos unos niños y dolía. Cojones, claro que dolía.

—¿Me estás escuchando, Levi?

Parpadeé y la miré. Tenía las mejillas acaloradas de la emoción, pese al frío. Estaba preciosa. Tan jodidamente preciosa que la odié por aparecer en mi vida para marcharse años después.

—Hablaré con Markus.

—¿Qué?

Paladeé las palabras, tan inesperadas para ella como para mí, y creí de verdad en lo que decía. Me agarré a la única posibilidad que encontré sin ser consciente de que a cada segundo que pasaba Vi abría los ojos ante un Levi escondido que nunca había deseado que ella consiguiera lo que deseaba. No, si eso significaba perder lo que teníamos.

—Puede pedirle a su padre que te haga una prueba para trabajar en el bar.

Su mano se deshizo de la mía y me observó como a un extraño. Al fin y al cabo, eso era para ella en ese instante, un desconocido que se presentaba por primera vez.

—¿Qué demonios estás diciendo?

Me pasé las manos por el rostro y exploté. No debí hacerlo, pero el amor no se puede contener y el mío luchaba por defender lo que consideraba suyo. Lo que aún no había aceptado era que Vi no pertenecía a nadie. Ni siquiera a sí misma.

—No te vayas. No tienes por qué hacerlo. Menos, por un trabajo de mierda.

Sintió aquello como una bofetada. Arrugó el rostro y caminó más deprisa. Ya comenzábamos a ver la cabaña de los Collins a lo lejos. Ese día no sonreí al imaginarla nuestra en un futuro alternativo en el que Vi y yo nos abrazaríamos cada noche en su porche bajo una manta, sino que solo me parecía un montón de escombros.

—Siento no tener una empresa que heredar ni una vida organizada al milímetro ni una familia modélica —me escupió sin ocultar su enfado.

—Me da igual con lo que te ganes la vida, Vi, pero no tienes que dejarlo todo para irte a Los Ángeles a limpiar mesas. Eso no es triunfar. Eso es agarrarte a un sueño estúpido. —Frenó, se volvió y percibí que algo en ella se hacía pedazos; la ilusión se rompía como un espejo en mil trozos—. Lo siento, no quería decir eso.

Tragó saliva y sucedió. Vi me miró como nunca lo había hecho. Se colocó la coraza que usaba para enfrentarse al resto del mundo y sonrió.

—Sí, sí que querías.

—Vi...

Echó a correr, se internó entre los árboles y me dejé caer sobre una roca. Daba igual lo rápido que la siguiera; en ese instante, Vi era inalcanzable.

Me fumé un cigarrillo y la esperé. Como ya sabía, no regresó, así que me dejé llevar solo por el miedo a perderla, me dirigí hacia su casa y entré sin reflexionar qué era lo que pretendía.

Su padre dormitaba en el porche. Llevaba un viejo sombrero y tenía un cigarrillo apagado pegado a los labios. Lo miré unos segundos antes de cerrar la puerta con fuerza para que el golpe lo despertara. Dio un brinco y se incorporó. El pitillo se le resbaló y cayó al suelo.

—Señor Manson.

—Va a marcharse.

Me tembló la voz. Él suspiró y asintió. Su mirada se perdió en el infinito. No parecía triste, tampoco feliz. Sí, tranquilo. Resignado. No lo comprendía. Me sacaba de quicio.

—Le irá bien.

Chasqueé la lengua y le di una patada a una pequeña montaña de leña pegada al muro. Luke no se inmutó.

—¿Cómo puede estar tan tranquilo? ¿Cómo puede permitir que se vaya sin más? ¡No puede dejar que se marche! Es su padre, su deber es evitar que haga tonterías.

Cogió la botella que descansaba en el suelo y le dio un trago largo. Luego me la pasó. El ardor del *whisky* me revolvió el estómago, pero no frené; quizá el alcohol disolviera eso que estaba sintiendo. Eso que escocía, que se me enredaba y que me oprimía los pulmones hasta que me faltaba el aire.

Qué jodido es el miedo. Qué inmenso el primer amor. Qué putada cuando, además, sabes que será el único.

Me senté en la escalera del porche. Él recogió el cigarro del suelo y lo encendió. Un pájaro trinó en algún lugar. Entonces, cuando pensé que Luke estaba muerto por dentro y solo quedaba de él lo que veíamos, habló, y me demostró que, pese a todo, seguía siendo padre.

—Querer consiste en respetar los sueños y la libertad del otro. Yo no habré sido el mejor padre del mundo, pero quiero a mi hija. Jamás lo dudes, Levi Manson.

Cuando vi hacia dónde se dirigían los ojos de Luke, supe que la había fastidiado del todo. Me volví y ahí estaba Vi. Había entrado por la parte trasera y nuestras voces le habían llegado por la ventana entreabierta. Lo había escuchado todo. Mis súplicas. Mis reproches. Mi dolor. Su decepción me cayó encima y me golpeó las costillas.

No dijo nada. Tampoco hizo falta.

La seguí hasta su dormitorio. Estaba más desordenado que nunca. Me di cuenta rápido de que era porque Vi había comenzado a deshacerse de todo lo que no le importaba y a separar lo que deseaba llevarse. Aquello no era una negociación; se trataba de una decisión en firme. Siempre lo fue.

¿Cuál era mi sitio en todo aquello? Supongo que estaba a punto de descubrirlo.

Se sentó sobre el escritorio y su mirada se perdió en la ventana. Como tantas veces, aunque la notaba más lejana que nunca.

—Pensé que creías en mí.

Cerré los ojos y acepté su queja. No merecía menos. Sin embargo, ya no había tiempo para verdades a medias.

—Y creo en ti. Pero también creo en nosotros.

Suspiró y se escondió en sí misma. Pese a todo, en ese instante quise abrazarla, pero no me atreví. Dejé que el silencio se convirtiera en algo tan denso que lo sentía colándose en mí y arañándome por dentro. La habitación olía a decepción, a mi enfado, al miedo que sentíamos ambos porque lo nuestro se acabase y a una tristeza que se hizo aún más visible cuando Vi habló.

—Nunca te he contado cómo me la hice.

—Vi, no...

Alzó la mano y su cicatriz brilló. Recordé lo suave que era cuando jugaba a acariciarla.

—Era diciembre. Lo recuerdo porque por la ventana de casa veía las luces navideñas de los vecinos. Nuestro jardín era el único que no estaba adornado. Estuve esperando a papá toda la tarde, pero no regresaba. Últimamente hacía eso. Salía muy temprano y aparecía cuando ya pensaba que no lo haría y tendría que llamar a la policía. Decidí hacer la cena. No era la primera vez. Tenía seis años, pero ya sabía cocinar un asado mucho mejor que la mayoría de los adultos. Sin embargo, no había gran cosa, así que me decidí por unos huevos. Puse a calentar el aceite y, en el momento en el que rompí la primera cáscara con el borde de la sartén, oí la puerta. Sus pasos. Percibí su olor dulzón que con los años averiguaría que se lo aportaba el *whisky*. Era papá. Suspiré más tranquila y continué con la tarea. Le encantaban los huevos fritos y a mí también. Rápido reparé en que no había llegado solo. Una risa de mujer se coló en la casa. Yo sonreí. ¿Sabes?, por entonces creía en los cuentos de hadas. Fantaseaba con que un día una de esas mujeres de risa fácil y perfume denso se convertiría en mi madre. Supongo que no hace falta que te explique que eso jamás ocurrió.

La miré con ternura. Vi se bajó de su asiento improvisado y se tumbó en la cama. No fue necesario que dijera nada; cuando se apartó un poco, me coloqué a su lado. Nuestros cuerpos se tocaron, siempre imantado el uno por el otro. Clavamos la mirada en el techo desconchado y nos enfrentamos a un fantasma que llevaba años sobrevolándonos. Sus palabras bajaron de volumen hasta que no fueron más que un susurro ronco.

—Aquel día, papá entró en la cocina. Ni siquiera me miró. Abrió la nevera y rebuscó en ella mientras el aceite chisporroteaba en la sartén. Maldijo entre dientes cuando se le cayó un brik de leche y reventó contra el suelo. «¿Estás bien, papá?» Se volvió al oír mi voz, como si no la esperase. Como si se le hubiera olvidado que yo existía; que su hija de seis años lo esperaba en casa. Todo se precipitó. Estaba como ido. Resbaló con la leche y se abalanzó contra mí. Intentó agarrarse a algo para no caer y alcanzó el mango de la sartén.

Vi tembló.

Yo cerré los ojos para controlar todo lo que estaba sintiendo en ese momento.

La ira.

La angustia por no poder volar hasta sus recuerdos, cogerla en volandas y sacarla de allí.

El odio. Denso. Oscuro. Insoportable.

—Cuando la piel se quema es como si millones de agujas se te clavaran dentro hasta rozar el hueso. No solo eso. Se clavan, se retuercen y después las sacas y te das cuenta de que su punta no es redonda, lo que hace que te desgarres por el camino. Eso sientes. Es intenso. Es punzante. Quieres morirte, Levi. No puedo explicarlo de otra manera.

—Vi...

Busqué su mano con desesperación y la entrelacé con la mía. Acaricié esa rugosidad que siempre formaría parte de ella. Me la llevé a la boca y la besé. Odié tanto a Luke Cassavetes que pensé en matarlo y no me dio miedo.

—No sufras, chico de las preguntas. Lo bueno del dolor intenso es que no dura siempre. Al menos, no de la misma forma. Se diluye. Se convierte en otra cosa.

Vi se volvió y acarició mi perfil con ternura. Pasó los dedos por mis párpados, por mi nariz y terminó en mis labios. Hice un amago de colocarme en su misma posición para mirarla, pero no podía. De hacerlo, me derrumbaría. Vi me estaba demostrando una vez más lo fuerte que era y lo débil que parecía yo a su lado. Y no solo eso, sino también que tenía razón.

Debía marcharse.

—Me desmayé. Cuando abrí los ojos, una mujer me limpiaba la herida. Me había cambiado de ropa, porque había vomitado, y me había llevado a la cama. Incluso me arropó, ¿puedes creerlo? Se llamaba Tiffany, tenía los ojos pintados de azul cielo y olía a caramelo, aunque quizá fuese licor. Ella me lavó la herida, la cubrió con crema desinfectante y la tapó con una venda. También me hizo tomar un calmante y me explicó cómo limpiarme cada día para que no enfermara.

—¿Y tu padre?

Vi soltó una risa llena de tristeza.

—Estaba tan colocado que seguía en el suelo de la cocina. No se enteró de nada, Levi. Ni siquiera creo que lo recuerde. Al día siguiente le conté que me había quemado haciendo la cena y no volvimos a hablar del tema.

—Pero tu herida...

Noté que tragaba saliva. Era imposible que Luke no lo supiera. Era impensable que no se preguntara cada jodido segundo de su existencia qué le había pasado a su hija en esa mano.

—Lo sé. —Vi parpadeó y su dolor fue tan profundo que me di cuenta del ejercicio de contención que debía hacer cada día para ocultarlo—. ¿Te crees que esa noche él no cargó con su propia cicatriz? No se ve, pero seguro que es peor que la mía.

Asumí que así sería. Accidente o no, era el único responsable de esa niña de seis años que se vio obligada a crecer demasiado deprisa.

—Se lo merece. Tu padre se merece que duela. Que cada vez que te mire quiera ahogarse en una puta botella.

Para mi sorpresa Vi asintió. Después se perdió de nuevo en sus recuerdos con una sonrisa.

—No volví a ver a Tiffany. Me habría gustado darle las gracias como merecía. Pero antes de irse me dijo algo que me marcó para siempre. Me dijo que esa vida no era para mí, que nunca creyera lo contrario. Que estaba destinada a grandes cosas. Que nadie, ni siquiera un padre borracho o una fea cicatriz, podría jamás frenar mis pasos. Solo yo misma. Tiffany no me conocía, pero creía en mí. ¿Cómo no voy a hacerlo yo, Levi? ¿Cómo?

Su voz se rompió. Yo apreté los dientes. Escondí el rostro en su cuello. La abracé. Le pedí perdón. Me susurró que me quería.

• V •

Vi se quedó dormida. Parecía extrañamente tranquila; puede que al contar por fin su historia se hubiera quitado un peso de encima. La observé un rato; su respiración rítmica, el contraste de su pelo oscuro sobre las sábanas blancas, la peca de su oreja izquierda. Le dejé un beso en la frente y me fui.

Cuando bajé la escalera, lo oí. Trasteaba en la cocina. Quizá, si hubiera estado dormido en el sofá, yo no habría actuado como lo hice. Puede que, de haberme cruzado con él en el porche, mis pasos hubiesen sido distintos. Pero estaba en la cocina. No era la misma que en el recuerdo de Vi, pero era una cocina en la que se podía poner una sartén al fuego. Una casualidad que me hizo viajar a un pasado que me dolía como si el aceite me hubiera caído a mí en el puto pecho.

Entré y lo vi abriendo un paquete de lonchas de queso. Me miró por encima del hombro y sonrió.

—Señor Manson, no sabía que estaba aquí. ¿Un sándwich?

Todo era negro. Mirase donde mirase solo la veía a ella; pequeña, indefensa, ingenua. Y rojo. También había rojo. Rojo cicatriz.

Cuando Luke se dio la vuelta con su cena en las manos, alcé el puño y me abalancé sobre él.

Con el labio partido y chorreando sangre, fijó sus ojos en mí y vi en ellos el agradecimiento; la redención; la puta culpa escapando, resbalando, liberándose bajo el golpe de mi puño.

—Gracias —susurró.

Después lloró sin atisbo de vergüenza.

Acepté que Luke Cassavetes llevaba años esperando que alguien se atreviera a castigarlo por sus pecados.

• V •

Esa misma noche, ya en casa y después de coger un paquete de guisantes para aliviar la hinchazón de mis nudillos, me encontré con mi madre sentada en la butaca del salón. Tejía un jersey de lana. Alzó los ojos, miró mi mano y luego a mí. No dijo nada, solo esperó paciente una explicación que fue más concisa y directa de lo que pretendía.

—Va a marcharse.

Ella suspiró y apretó los labios en una línea. Me di cuenta de que formaban más arrugas de las que recordaba.

—Sabías que algún día lo haría.

Sonreí a medias. Quizá sí que lo sabía, tal vez siempre fue así, pero una parte de mí se agarraba a la esperanza de que no sucediera. En el fondo, siempre pensé que lo nuestro podría con todo.

—No sé qué puedo hacer. No quiero que acabe.

Mi madre siguió tejiendo. Me gustaba observar el movimiento de sus dedos meciendo las agujas con precisión.

—No depende solo de ti. No puedes hacer nada, Levi. Pasará. Dolerá un tiempo. La olvidarás. Y conocerás a otra. Así es la vida, hijo.

La voz de mi madre era dulce, pese a la dureza de esas palabras que no cargaban maldad, sino solo la resignación de quien ha vivido mucho y ha aceptado que ganar es más complicado de lo que solemos creer.

—¿Y si...? —Tragué saliva; lo tenía ahí, en la punta de la lengua, pero no me atrevía; no era tan valiente—. ¿Qué pasa si me voy con ella? —Sus dedos temblaron un instante antes de continuar tejiendo—. Solo un tiempo. Solo para probar. Quizá funcione. Quizá sea lo que necesitamos los dos y no lo sepamos.

Mamá suspiró y dejó la lana en su regazo. Se quitó las gafas y me miró. Lo hizo con ternura. Siempre fue una experta ocultando el miedo.

—¿Cuánto tiempo, Levi? ¿Y qué harías allí? ¿Qué pasaría con tu puesto de trabajo?

No lo sabía. No tenía respuesta para ninguna de esas preguntas. No me importaba el calendario ni el lugar si Vi estaba conmigo. Pero mi familia sí. La idea de abandonarlo todo, de dejar a mi familia en la estacada, me angustiaba. De lo único que estaba seguro era de que quería a Vi y de que me aterraba que se marchara; que conociera a otro; que dejara de quererme.

No sé si mi madre pudo ver a través de mis ojos el embrollo en el que me ahogaba. No sé si su pregunta fue casualidad o un acierto premeditado. Solo sé que pronunció las palabras que hicieron que volviera a poner los pies en el suelo y que me enfrentara a la realidad.

—¿Alguna vez ella te lo ha pedido?

Parpadeé y aparté la mirada. No, no lo había hecho. Dolía, pero aquella decisión nunca fue cosa de dos. Se trataba de la vida de Vi, no de la mía. Mucho menos de la nuestra. Ni siquiera tenía sentido que yo me planteara dejarlo todo y acompañarla. No era mi sueño, sino el suyo. Y estaba dispuesta a vivirlo sola.

—Lo siento, mamá. No sé por qué he dicho eso. No quiero irme. Mi vida está aquí.

Ella sonrió y fui consciente de que había sido sincero. No quería irme a ningún lugar. Mi sitio se encontraba en esos bosques, frente a esas montañas nevadas, con mi gente. Y no iba a hacerlo.

—Es normal tener miedo, Levi. Y también es lógico que estés triste. Pero, créeme, pasará. Todo lo hace. Como mucho, dejará poso un tiempo. Poco más.

Intenté creerla, me lo prometí, y luego le di las buenas noches.

Ya en mi cama, jugueteé entre mis dedos con el regalo que le había comprado a Vi por su cumpleaños.

Redondo. Brillante. Dorado.

Una promesa que tendría que esperar.

Lo guardé en su caja y lo escondí en el fondo de mi armario.

Al día siguiente, fui a la agencia de viajes y le compré un billete de avión.

2003, Vi

Cumplí dieciocho años sintiéndome profundamente triste. Nunca pensé que sucedería así, pero por una parte me hacía creer que ya era adulta y que el tiempo de esconderme en el disfraz ingenuo de la infancia había terminado.

Bajé la escalera y descubrí que estaba sola. No había rastro de mi padre. No era raro y tampoco me importaba. Hacía tiempo que él había olvidado que la vida se rige por un calendario. Bebí un vaso de agua y no desayuné. Tenía el estómago revuelto.

Por fin veía la luz. Sentía que me corría por la piel y me hormigueaba hasta la punta de los dedos. Llevaba años viviendo entre sombras y de repente Russell me había mostrado dónde estaba el camino. Me lo había regalado. Tan generoso. Tan bueno bajo su disfraz de carcamal gruñón.

Sin embargo, sentía una capa pegajosa sobre la piel. Algo que el día anterior no estaba ahí. Supongo que me la había colocado Levi sin querer. La cantidad de cosas que hacemos sin querer, o por querer a otros, o porque querer solo, sin condicionantes ni ataduras, nos resulta demasiado complicado.

Yo quería a Levi. Lo quería del único modo que sabía

querer, hasta el fondo, sin dudas, por todo lo que él era, incluso con las cosas que no me gustaban. Porque también las había. Levi tenía las rodillas huesudas, se preocupaba demasiado por lo que no tenía solución y se cerraba en sí mismo cuando más debía mostrar a los demás. Pero él era así y yo creía en él; en sus rodillas, en su versión responsable y en sus inseguridades.

Él también me quería. Lo sabía. Pese a mis locuras, mis impulsos y esas rarezas que no siempre entendía.

Pero la vida no gira en torno al amor. La vida es mucho más que eso. La vida es realización personal. Es riesgo. Es caerte y levantarte mil veces. Es descubrir quién eres y quién no.

Levi y yo nos queríamos, pero mis vacíos eran tan grandes que debía probarme a llenarlos con mis manos, no con las suyas.

Por eso, aquel día, cuando salí a buscarlo y nos encontramos a medio camino entre su casa y la mía, sonreí, porque esa casualidad me demostró una vez más que siempre nos encontraríamos. También acepté que aquello iba a ser lo más difícil que haría en toda mi vida.

—Feliz cumpleaños, Vi.

Me mordí el labio y no me contuve. Me lancé contra su pecho y lo abracé. Sus brazos me cobijaron y sus dedos se enredaron en mi pelo. Cuando nos separamos, caminamos hasta un banco y nos sentamos. Hacía frío y Levi metió mi mano entre la suya en el bolsillo. Yo pensé en todo aquello que iba a echar de menos y también en que hacerlo era algo bueno, porque me recordaría que, pese a no ser la vida que yo habría elegido de poder hacerlo, había vivido, y sentido, y amado con intensidad. También me recordaría que alguien, en algún lugar del mundo, había conocido de verdad a Violet Daphne Rose Cassavetes y la había querido.

Cogí aire y me preparé para decir adiós.

—Solo he estado segura de dos cosas en toda mi vida. La primera es que tengo que marcharme, Levi.

Él asintió. Su mano apretó la mía con fuerza.

—¿Y la segunda?

La voz me tembló. Y el cuerpo. Tenía el puto corazón hecho un ovillo.

—Que te quiero.

Levi ladeó el rostro y sonrió. Y esa sonrisa no era una llena de reproches, ni de miedo, ni de sorpresa, ni de desacuerdo. Esa sonrisa era la del chico que hacía muchas preguntas, tallaba madera y me animaba a soñar tan alto como me atreviera. Mi Levi.

—Yo también te quiero.

Sacó un sobre del bolsillo interno de su anorak y me lo tendió. El cosquilleo de siempre se acopló en mis tripas. Lo abrí y sentí las lágrimas incontrolables en las mejillas.

—Levi... Gracias.

Observé el billete de avión entre mis dedos y me eché a reír. Porque el amor es así, cálido, generoso, inesperado, aunque a veces se enturbie.

—Solo es una reserva, tienes que venir conmigo para formalizarlo todo.

Me fijé en el precio y me tensé. Era excesivo.

—No puedo aceptarlo.

—Sí puedes. —Levi me agarró por la barbilla para mirarlo y me dejó un beso dulce en la nariz—. Y debes.

Suspiré. A la mierda las formalidades. A la mierda los remordimientos, lo moralmente bien visto y las reticencias para aceptar favores. A la mierda todo. Me iba a Los Ángeles. Tenía que intentarlo. Y algún día volvería. Lo haría con buenos recuerdos, un montón de regalos para Russell y mi padre y un corazón curado para abrazar el de Levi y no soltarlo.

Posé la frente en la suya y nos respiramos.

—Todo irá bien, Vi.

Sonreí.

—Te llamaré todos los días.

—Y me escribirás.

—Y pensaré en ti cada noche.

—Y volverás, Vértigo.

Lo besé.

—Claro que volveré, tonto.

Nos reímos.

Era posible.

Lo conseguiríamos.

Estábamos destinados a triunfar.

Entonces Levi se separó y su rostro se contrajo en una mueca de dolor. Me miró avergonzado.

—¿Qué pasa?

—Hay algo que debo contarte.

— Levi, me estás asustando.

Cogió aire y confesó lo que jamás me habría imaginado.

—He pegado a tu padre.

• V •

Pese a su confesión, mi cumpleaños terminó mucho mejor de lo que había empezado. Levi y yo pasamos el día por ahí; comimos gofres con helado, paseamos, nos besamos mucho, y nos tocamos más, y nos prometimos tanto que empezó a darme miedo lo fácil que resultaba. Hicimos el amor en la parte de atrás de su camioneta, en medio del bosque, mirando las estrellas. Hacía frío, pero si temblamos fue por otros motivos. Nos despedimos como si fuera un día más y nuestras vidas no estuvieran a punto de girar.

Ya en casa, me encontré con mi padre en el salón. Había

encendido la chimenea y olía a algo dulce. Casi a hogar. Se había duchado; llevaba una camisa vieja, pero estaba limpia y se había afeitado.

—Pajarillo, te estaba esperando.

Sonrió y yo me sentí un poco tímida. Ese apodo de mi infancia siempre me hacía volver a ser un poco más niña. Rápido me di cuenta de que su sonrisa estaba distinta. El golpe de Levi le había hinchado el labio y lo tenía amoratado.

—No va a disculparse.

—No tiene que hacerlo. Lo merecía.

Sus ojos volaron a mi cicatriz. Tragué el nudo atravesado en mi garganta, enquistado desde hacía años, y me senté a su lado. Papá cortó un trozo de pastel y me lo ofreció. Era de chocolate y avellanas. Y simbolizaba un perdón que había tardado mucho tiempo en materializarse, aunque fuese entre silencios.

—No estás borracho.

Sonrió con tristeza y asintió. No sabía qué sentir; tampoco recordaba cuánto hacía que no compartíamos un instante así, uno de verdad, siendo solo nosotros dos sin sustancias de por medio; casi como un padre y una hija comiendo un pastel de cumpleaños.

—No creo que aguante mucho sin buscar una botella, pero quería decirte esto siendo solo yo. —Su voz tembló y yo me abracé, pese a estar frente al calor del fuego—. No he sido el padre que necesitabas. En realidad, no he sido un padre, solo una carga. Siempre lo he sabido y lo acepté porque era más fácil eso que luchar para que tú tuvieras la vida que merecías. Pero eres lista, fuerte y valiente. Eres capaz de todo, Violet, y por eso tienes que irte sin mirar atrás.

Dejó un fajo de billetes sujeto con una goma sobre la mesa. Nosotros apenas teníamos dinero. Papá cobraba una ayuda estatal y entre eso y lo que yo ganaba ayudando a Russell con su jardín o haciéndole recados a la señora Hudson nos manteníamos. Mis propios ahorros me habían costado años y eran mínimos, pero allí había casi el doble.

—¿Qué es eso?

—He ahorrado algo este tiempo. Vendí mi reloj y un par de joyas de tu madre. No es mucho, pero me siento más tranquilo si cuentas con ello.

Me busqué la voz y suspiré sintiendo la esperanza asentándose. Saldría bien. Todo iría bien.

—Gracias, papá.

—Lo conseguirás, pajarillo.

—Ya lo sé.

Nos reímos. Pero no era mentira. Lo haría. Había arriesgado demasiado como para no hacerlo. El fin del mundo llegaría cuando a mí me diese la gana.

2003, Levi

Para el resto se trataba de un jueves de mayo cualquiera. Nada en especial. La programación en la televisión era la misma. Hacía calor y Whitefish comenzaba a llenarse de los primeros turistas de la temporada. Linda había hecho hojaldres de limón y toda la calle olía de vicio.

No obstante, para dos personas que esperaban un avión, era una cruz enorme en un calendario.

Conduje la camioneta hasta al aeropuerto de Kalispell. Habíamos hecho el trayecto en un apacible silencio, porque ya había poco que pudiéramos decir. A ratos, Vi tarareaba canciones de la radio y yo la acompañaba marcando el ritmo con los dedos sobre el volante.

Las despedidas suelen teñirse de una familiaridad que hace que duelan mucho más.

Los últimos dos meses los habíamos exprimido como solo hace quien no quiere despedirse. Si para mí ella siempre había sido una prioridad inamovible, pasó a convertirse en una obsesión. Me aterrorizaba perder el tiempo, no aprovecharlo al máximo, besarla de menos o discutir de más. Apenas dormía, trabajaba como un autómata y contaba los minutos para volver a encontrarme con Vi y perderme en nuestro bosque. No me relacionaba con nadie. Ignoré los planes de mis amigos y me convertí en un fantasma que entraba y salía de casa sin aportar nada. Sentía que desaparecía y no me importaba. Levi el hijo, el hermano, el amigo, se diluía bajo el peso del Levi que solo existía con Vi.

Pese a ello, creía firmemente que merecía la pena, que por amor todo valía, aunque con el tiempo descubriría que también había estado equivocado en eso.

Por amor no todo vale; no, si dejas de ser tú, si te pierdes, si te entregas tanto que te quedas vacío.

Cuando vimos el nombre de su vuelo en la pantalla, tuve que coger aire y tragarme una nueva súplica. Vi suspiró y me besó igual que hacía cada mañana al encontrarnos o cada noche al despedirnos. Sonriendo, con ganas, con el fin del mundo en la punta de su lengua.

—Hasta pronto, chico de las preguntas.

—Buen viaje, Vértigo.

Le guiñé un ojo. Y la vi marchar. Una mochila al hombro. El pelo revuelto. Sus ojos mágicos llenos de sueños. Le dije adiós. Le prometí que todo saldría bien. Y que la llamaría. Le susurré que la quería. Me creí que ella también.

Incluso le sonreí por última vez como respuesta a su propia sonrisa.

Se lo merecía. Vi se merecía conseguir lo único que había deseado en la vida, aparte de a mí. Jamás se lo impediría. Nunca le preguntaría por qué sus sueños importaban más que los míos. Su libertad era solo suya.

Así que me despedí de ella y, cuando se alejó lo suficiente como para que no pudiera verme, cerré los ojos y dejé que el dolor se expandiera.

Antes de que el sol se hubiera metido, la echaba tanto de menos que acepté que no lo superaríamos.

¿Cuál es el precio de un sueño? (2003-2004)

LEVI & VI

2003
Mayo, Vi

No tenía ningún talento.

Hay personas que nacen con un don que mostrar a los demás, pero yo no contaba con ninguna habilidad especial que me hiciera brillar. Era una chica de dieciocho años con las manos vacías. No era lo bastante guapa como para que el resto de mis carencias no importaran. No tenía un cuerpo que encajara con los cánones de belleza de la industria. Ni una voz bonita. Tampoco sabía actuar, ni bailar, ni escribir.

No tenía nada.

Sin embargo, era lista. Y estaba dispuesta a todo.

Aún era joven como para saberlo, pero en la vida no necesitas nada para triunfar, si sabes esconder tus debilidades o convertirlas en la mayor de tus virtudes. Yo decidí lo segundo. Decidí que iba a hacer de ser yo misma mi mejor talento.

En Los Ángeles aprendí muy rápido que un cervatillo, aunque fuera el más veloz de todos, jamás puede sobrevivir frente a un león. En cambio, sí podía vencerlo si conseguía esquivarlo, engañarlo para que cayera en una trampa o despistarlo. Yo era ese cervatillo. Nunca sería la más rápida, pero sí la más audaz.

Bajé del avión con la seguridad de que lo que dejaba atrás sería mío para siempre. Una constante. Lo que aún desconocía era que todo se mueve, nada es estático; la vida cambia, gira, se transforma. Y tú también lo haces.

Yo estaba a punto de descubrir que ni siquiera era como creía. No me conocía. Solo era una pieza sin tallar, como lo habían sido en un principio las que Levi había hecho para mí y que guardaba en la mochila.

Llegué a Los Ángeles con una habitación reservada en un motel de carretera y una entrevista con Gerard, el hijo de Russell. Nada más. Mis pertenencias se resumían en un puñado de prendas, lo justo para tener un par de mudas limpias, y algunos recuerdos. Ni siquiera contaba con un teléfono móvil. Eran demasiado caros y lo poco que tenía prefería usarlo en asegurarme llenar el estómago.

Aquella primera noche, tumbada en la cama del motel, rocé el collar que me había regalado Levi y pensé en él. Y en nosotros. Recordé todas las veces en las que nos habíamos reído, respirado, tocado, querido. Con él, había sido feliz. Sin él, esperaba descubrir otras formas de serlo.

Con el tiempo tendría que responder a una pregunta que se repetiría en mi cabeza a lo largo de los años: «¿Por qué te fuiste?», pero en aquel momento era lo único que tenía sentido para mí. No sé quién habría sido de no haber cogido ese avión. Solo sé que nunca habría dejado de sentir que había perdido. Aunque parezca que las decisiones que no tomamos no importan, lo hacen, y antes o después la sensación de derrota formaría tan parte de mí como todo lo demás que soy.

La felicidad no puede asentarse en eso. Es imposible.

Así que allí estaba, con lo puesto en una ciudad que, quizá, debería haberme dado miedo, pero que solo me transmitía deseo de salir y darle bocados que pudieran aportarme algo bueno.

Muy pronto los daría. Tan grandes que no dejarían espacio para mucho más.

• V •

La primera vez que entré en Caramel & Cream sonreí. No tenía nada en especial, pero olía a café y pasteles, y la camarera llevaba un delantal floreado que me recordó a algunas de las películas que veía con Levi. Me imaginé a mí misma paseando por las mesas con una jarra de café y me gustó.

—*¿Le sirvo más, agente Wilson?*

—*Gracias, Violet.*

—*¿De qué se trata hoy?*

—*Triple homicidio. Atacó a sus víctimas con una estaca de madera. Se las clavó en el cráneo.*

—*¿Le apetece una porción de tarta? Está recién hecha.*

Parecía sencillo, interesante, y enriquecedor.

Me acerqué al mostrador y observé a la que iba a ser mi compañera. Tenía el pelo oscuro por encima de los hombros y una sonrisa bonita. Estaba insultando a un bote de sirope.

—¿Quieres que te ayude?

Alzó la mirada y puso los ojos en blanco.

—No te preocupes, se ha convertido en algo personal. Entre él y yo —señaló el bote y contuve una risa—, ¿comprendes?

Asentí y observé su altercado hasta que consiguió abrirlo y me regaló una sonrisa triunfal. No la conocía y ya me gustaba. Todo iba a salir bien.

—¿Eres Camila?

Me estudió con curiosidad y asintió.

—Entonces tú debes de ser Violet. Te estaba esperando. Ven, te daré tu uniforme.

—Gracias.

Salió de detrás del mostrador y la seguí hasta un almacén que se encontraba en un pasillo junto a los servicios. Estaba lleno de cajas con provisiones y en el fondo había una taquilla metálica.

—La de la derecha es para ti. Aquí tienes la llave, aunque yo nunca cierro la mía. —Me escrutó con desconfianza—. ¿Piensas robarme, Violet? Porque te digo desde ya que necesitas comer mucho para que te sirvan mis pantalones. Y son de saldo. No valen nada.

Negué con la cabeza y deposité mi mochila en la taquilla pegada a la suya. Dejé la llave en el interior; no tenía intención de echarla. Sin saberlo, con ese gesto acababa de superar una prueba esencial para ganarme a Camila, que vio en mi indiferencia una muestra de confianza. Lo que jamás le dije fue que cuando no tienes nada, no hay nada que perder.

Camila sonrió y se dejó caer en una silla frente a mí mientras me cambiaba sin pudor alguno. El uniforme consistía en un traje de camisa y pantalones de color vainilla. El delantal de flores completaba el atuendo. Ella me observó sin decir palabra. Se fijó en mis vaqueros viejos y en mi sencilla camiseta negra. Mi ropa interior era austera y práctica. No había nada en mí que destacase y, pese a ello, sentía que los ojos de Camila veían algo que le llamaba poderosamente la atención.

Cuando terminé de vestirme, guardé todo en la taquilla y me recogí el pelo en una coleta alta. Aún no me había acostumbrado al calor de California y notaba mi cabello encrespado y el flequillo se me pegaba a la frente por la humedad. En todo ese tiempo, Camila no me quitó sus ojos castaños de encima y no me importó. No me mostré avergonzada, ni incómoda, ni enfadada, ni halagada. Y eso, para alguien como Camila, que ya había visto demasiado en sus veinte años de vida, suponía una actitud que merecía la pena tener en cuenta.

—¿Cuál es tu historia?

Sonreí con la cabeza dentro de mi taquilla buscando una horquilla. Su curiosidad, de algún modo, me hizo viajar al pasado y recordar los ojos de Levi clavados en mi cicatriz. Mi chico de las preguntas.

Me volví y respondí sin parpadear.

—Soy la heredera de un imperio de la moda. Mi padre me ha castigado todo el verano trabajando en este antro para que sepa lo que significa ganar dinero con el sudor de mi frente. Si cumplo sus expectativas, me regalará un Porche por mi cumpleaños.

Me observó con asombro antes de romper a reír. Yo la acompañé.

—Durante un par de segundos hasta me lo he creído.

Sonreí y la seguí afuera cuando escuchamos el tintineo que nos avisaba de la llegada de un nuevo cliente. Era un hombre calvo, llevaba unas gafitas redondas muy pequeñas y una camisa floreada en tonos rosados. Se sentó a la mesa más apartada de todas; era tan bajito que no se le veía sobresalir por el respaldo del banco rojo acolchado, así que era como si no estuviera. Un escondite perfecto para quien no quisiera ser molestado. Camila lo saludó por su nombre con familiaridad y después volvió a mi lado y comenzó a prepararle su pedido.

—No te me quedes mirando. Sirve una porción de tarta de queso para Jacob.

La obedecí y corté un trozo generoso. Ella chasqueó la lengua y dividí el pedazo en dos. Asintió complacida y lo pasé a un plato. Retiró la galleta que decoraba la mermelada y la apartó.

—Perfecto.

—¿Por qué la quitas?

—Jacob es... un cliente especial. —Se encogió de hombros con indiferencia—. Ya me conozco sus manías.

Lo colocó todo en la bandeja y desapareció. Yo me moví por la barra sin saber muy bien qué hacer. Gerard no había sido muy específico.

«Pregunta por Camila.»

Nada más. Y ahí estaba, con Camila, una chica pizpireta y eficiente que parecía controlar esa cafetería mejor que yo mi vida.

Decidí moverme. Actuar. Adaptarme a ese escenario en el que debía encajar como fuera si quería una oportunidad. Saqué la vajilla limpia del lavaplatos y la coloqué en su sitio un poco por intuición. Camila desapareció en la cocina sin decirme una palabra y me dediqué a rellenar los botes de sirope de las mesas y a memorizar la carta y los sabores de helado. Cuando salió, yo ya había servido dos refrescos, me había peleado con la cafetera y había conversado sobre gatos con Miles, un apuesto agente inmobiliario que tomaba un capuchino cada mañana a las once. Además, podía apostar a que era capaz de recitar la carta de memoria sin errar.

—Vaya, vaya. —Me volví y sonreí a Camila con una jarra de café en la mano; me sentía muy orgullosa de mí misma—. ¿Quién eres en realidad, Violet?

—¿A qué te refieres?

Se cruzó de brazos y sentí que me miraba por primera vez. Supongo que así fue; esa fue la primera vez en la que Camila y yo conectamos; que fuimos nosotras de verdad.

—Todo el mundo es alguien en Los Ángeles. Yo, por ejemplo, soy cantante. Freddie, el de los perritos calientes de la esquina, quiere ser guionista. Todo el mundo, detrás del disfraz que le haya tocado —señaló su delantal—, es alguien esperando su momento. ¿Y tú? ¿Quién narices es la verdadera Violet?

Lo pensé, aunque la respuesta era sencilla. No había mucho sobre lo que reflexionar. Yo solo era Vi, la hija del Loco

Luke. Vértigo, cuando estaba entre los brazos de Levi. Pero nada más. No había nada que me hubiera definido hasta entonces. Estaba vacía. Me faltaban tantos casilleros sobre mí misma por completar que en ese instante creí estar tachando el primero.

—Hoy soy camarera.

—¿Y mañana?

Sonreí.

—Tendrás que volver a preguntármelo para saberlo.

Porque eso era lo que importaba, que aún no sabía quién era, pero me moría por descubrirlo.

Camila asintió y me aceptó no solo como compañera, sino como algo más que tardaríamos poco en averiguar.

—Me gustas. Puedes llamarme Cami, aunque prefiero que no lo hagas. Las propinas se comparten. Hay un bote al lado de la caja. Y las tartas que sobran de un día para otro podemos llevárnoslas. Llevo tres meses cenando *brownies*.

—Podría ser el trabajo de mi vida.

Ella se rio, pero negó con la cabeza.

—Podría, pero en tu caso no lo es.

—¿Cómo lo sabes?

Camila se encogió de hombros y se metió la galleta que había retirado de la tarta de Jacob en la boca.

—No me preguntes por qué, pero intuyo que hay algo grande esperándote ahí fuera.

Y no se equivocó. Para bien o para mal, Camila nunca lo hacía.

Junio, Levi

—Levi, soy yo.

—Vi...

Nos quedamos en silencio. Cerré los ojos al notar su respiración contra la cabina de teléfono. Ese sonido era demasiado familiar. Y estaba demasiado lejos. No tenía nada que ver con sentirlo contra mi cuello, pero debía servirnos. Era lo que teníamos.

—Vendo la mejor tarta de almendras que he probado jamás. ¿No es genial?

Sonreí. Solo ella podía encontrar algo fascinante en servir cafés y tartas a un montón de desconocidos que no se pararían a mirarla más allá de sus pantalones ceñidos.

—Lo es. ¿Ya has catado toda la carta?

—Dos veces. Y declaro mi amor absoluto al *mousse* de plátano.

Nos reímos.

—¿Debería ponerme celoso?

—No temas. Además, quizá un día podamos incluirlo en nuestra relación. Me encantaría untártelo por encima.

El tono de su voz me erizó la piel. Noté mi cuerpo tensándose, cada jodida terminación nerviosa echándola de menos.

—No deberías decirme esas cosas. Estoy en una obra con quince hombres y ahora no voy a dejar de imaginármelo.

Su risa me estremeció, pero no le mentía. Todo era ella, desde que me levantaba hasta que me acostaba. Los recuerdos me perseguían. Las sensaciones que creía que comenzaba a olvidar me atormentaban.

Cerré los ojos y apoyé la frente en el muro de ladrillos que tenía enfrente.

—Guárdate la imagen para esta noche —susurró con picardía.

Sonreí. No dudé en que lo haría y no iba a disculparme por ello.

—Te quiero, Vi.

—Yo también te quiero, Levi.

El sonido del pitido que indicaba que se acababa el saldo atravesó nuestro silencio.

—Luke está bien. He ido a verlo.

Su suspiro de alivio fue suficiente para que volver de vez en cuando a aquella casa tuviera sentido.

—Gracias. Dile que esto le gustaría. Hay un *pub* cada dos pasos y la...

Pi. Pi. Pi.

La llamada se terminó.

Julio, Vi

Llevaba dos meses en Los Ángeles cuando conocí a Jacob Nichols. Lo había visto decenas de veces, pero hasta aquel día en el que Camila llegó tarde porque tenía una audición no descubrí quién era de verdad aquel hombre que siempre parecía esconderse en la mesa más apartada de todas.

Iba cada mañana a las nueve. Siempre lo atendía Camila, porque decía que era una persona peculiar que agradecía la familiaridad y las rutinas. Yo nunca hice preguntas. Rápido aprendí que cada una teníamos nuestros clientes preferidos y lo respetábamos. Todas las relaciones tienen sus concesiones. Pero, aquella calurosa mañana de verano, Camila llamó para decirme que llegaría tarde y que la cubriera en caso de que Gerard apareciera por allí. Así que, cuando Jacob entró y se sentó a su mesa de siempre, cogí aire y me acerqué con una sonrisa.

—Buenos días, ¿qué desea tomar?

Jacob alzó la vista y me miró confuso a través de los cristales de sus gafas.

—¿Y la otra chica?

—A Camila le ha surgido un asunto personal. Llegará más tarde.

Jacob miró su reloj y suspiró. Parecía contrariado. Finalmente, se secó la nuca con un pañuelo de seda y habló como un niño compungido.

—Esperaré.

Él tendría paciencia para esperar a Camila, pero yo tenía más para lidiar con lo que se me pusiera por delante, aunque se tratara de un hombrecillo maniático sacado a la fuerza de su zona de confort.

—Si me dice qué le apetece, puedo servírselo yo. Me pagan por ello, ¿sabe?

Jacob chasqueó la lengua y, para mi sorpresa, asintió a regañadientes.

—Café doble con crema desnatada y sacarina. Servido en taza grande y con una cuchara de mango azul. Un trozo de tarta de queso con arándanos. Por favor, que sean números pares.

Pestañeé, un poco descolocada por sus peticiones, pero enseguida reaccioné y me colé detrás del mostrador. Lo preparé todo con calma, intentando recordar cada detalle y cumplir con lo que aquel extraño cliente quería. No podía fallarle.

Cuando tuve todo listo, se lo llevé con una sonrisa.

—Dieciocho arándonos para el caballero. Ni uno más ni uno menos.

No me pasó por alto que los contó a toda velocidad y suspiró complacido.

—Bien. Gracias.

Sonreí satisfecha y entonces vi qué era lo que estudiaba sobre su mesa. Era un guion. Lo corregía con un bolígrafo rojo con el que iba tachando y anotando en sus márgenes. En Los Ángeles ver a alguien con un guion solo podía significar dos cosas: que fuera uno de los miles que se preparaban para una audición con la esperanza de conseguir un papel o que estuviera al otro lado, de los que tenían las oportunidades en sus manos. Y, no sé por qué, intuía que Jacob era de los segundos.

Quizá no tuve que hacerlo. Puede que mi intromisión estuviera fuera de lugar o incluso me dejara como una maleducada. Soy consciente de que podía haber perdido mi empleo. Pero sentí un impulso. El presentimiento de que el hecho de que Camila aún no hubiera llegado y me hubiese tocado servir a Jacob solo podía ser una señal. Así que me limpié las manos en el delantal, le tendí una y hablé:

—Mi nombre es Violet Cassavetes. Soy de Montana. Quiero ser actriz.

Jacob ladeó el rostro y estudió el mío. Dos segundos. Ni uno más.

Después agarró su taza y comenzó a dar vueltas al café con la cuchara de mango azul. Era la única que había encontrado en un cajón que nunca usábamos, así que intuí que Camila la había conseguido exclusivamente para él.

—No.

Asentí ante su negativa, me encogí de hombros y volví al trabajo.

Al menos, lo había intentado.

Pasé el resto del tiempo observando a Jacob cuando podía. Intentaba descubrir algo que me diera una excusa para acercarme a él, que me ayudase a conectar, que pudiera llamar su atención u ofrecerle algo que no pudiese rechazar. No era actriz, pero podía serlo. Podía ser lo que él quisiera. Solo debía encontrar qué era exactamente lo que buscaba y yo se lo daría a manos llenas.

Agosto, Levi

El teléfono móvil vibró dentro de mis pantalones. Lo saqué y enfoqué la mirada en la pantalla. Era un número desconocido.

Vi.

Lo cogí con una sonrisa de lo más estúpida antes de dirigirme a la salida de la cabaña.

—¿Vértigo?

—¿Levi? ¿Me oyes?

—Sí, espera, tengo que salir. Es el cumpleaños de Markus. Ha engañado a Dave para celebrar una fiesta en la vieja cabaña de su abuela.

Abrí la puerta y la brisa me golpeó en la cara. En el bosque también había gente, sobre todo parejas dando rienda suelta a sus instintos primarios, pero me alejé un poco para lograr cierta intimidad.

—Eso explica que estés borracho a estas horas. Solo son las nueve.

—Culpable, aunque aquí ya son las diez. Si estuvieras conmigo podrías decirme que he bebido demasiado y que mañana trabajo.

Sentí su sonrisa y le correspondí con la mía. Omití decirle

que, de haber estado a mi lado, ya me habría escapado con ella y nos habríamos comido la boca escondidos entre los árboles. Habríamos desaparecido y no me habría importado nada más que el espacio que quedara entre su cuerpo y el mío. Joder, la echaba tanto de menos que sentía mi cuerpo aletargado, falto de lo que le daba vida.

—Pero no lo haría. Seguramente, te llenaría el vaso.

—Es verdad. Siempre has sido una pésima influencia.

En cuanto dije aquello, sentí una opresión extraña en el estómago. Quizá, porque no era la primera vez que oía hablar de ella en esos términos, pero sí la primera que era yo quien lo decía. Y quien lo pensaba, lo cual me parecía mucho peor.

Habían pasado tres meses. Tres jodidos meses que habían sido para mí un infierno. Cada día me costaba un poco más no coger un avión para plantarme en la cafetería. Dejarlo todo y seguirla, donde quiera que fuera. Sin embargo, cada vez que me llamaba y escuchaba su voz, llena de energía, de ganas, de sonrisas..., me acojonaba. Porque Vi estaba bien. Yo la echaba tanto de menos que creía que enfermaría y ella estaba... bien. Así que no cogía un avión, sino que salía de trabajar y me acercaba a ver a Markus a su bar. Allí me encontraba con los demás; con Dave, con Gillian, incluso con Grace, que había vuelto de Seattle para pasar las vacaciones. Tomábamos algo, nos contábamos qué tal nos había ido el día y disfrutábamos como los jóvenes que éramos del verano de nuestro hogar. A veces acabábamos la noche en la cabaña de la familia de Dave, que solo usaban para almacenar trastos, y nos creíamos capaces de arreglar el mundo después de unas cuantas cervezas.

De repente, Vi se había marchado y yo había recuperado una parcela de mi vida que no sabía que necesitara tanto. Había recuperado a mis amigos.

—Hoy he conocido a alguien. Creo que trabaja en el cine.

Fruncí el ceño.

—¿Un acomodador? ¿Te cuela gratis?

Comprendí por su risa que estaba más borracho de lo que pensaba.

—No, tonto. Un pez gordo. Estaba corrigiendo un guion. Me he presentado. Le he dicho que soy actriz y me ha dicho «no», directamente, pero ha entendido lo que quería decir. Lo que solo significa que trabaja para la industria. Es «alguien», Levi.

Intentaba seguirla, pero no entendía adónde quería llegar. Para nosotros el cine solo había sido un escape de la realidad, un montón de instantes compartidos y de finales inventados que nos servían de base para soñar, y un granero lleno de secretos en el que fantaseábamos como parte de ese juego. Pero ya no éramos unos niños y no comprendía qué podía sacar Vi de aquello. Y, pese a que mi pensamiento fuera egoísta, tampoco me gustaba la idea de que algo tan nuestro pasara a ser solo suyo.

—Pero tú no eres actriz, Vi.

—Pero podría serlo. Además, aún no sé lo que soy. Podría ser actriz, o trapecista, o dobladora de telenovelas.

—O una superheroína. De día sirves café, de noche apresas a los malos.

Nos reímos. Eso era lo que más echaba de menos. Más que su olor, que sus besos, que su piel. Echaba de menos hablar con ella de tonterías, no tener que pensar si mis siguientes palabras serían acertadas o no, nuestra complicidad. Porque sin Vi a mi lado reflexionaba cada paso, cada decisión, más de lo que debía, los pensamientos se me enredaban y sentía que todo se complicaba.

—Eso es, Levi. Un día descubriré mi poder de forma casual. Mientras tanto, sigo buscando.

—Tienes que estar de muerte con unas mallas.

Vi se rio y a mí se me puso dura.

Solté una carcajada cuando vi a Markus salir del bar abrazado a Gillian. Iban a enrollarse. Llevaban semanas tonteando. Grace los seguía sonriendo. Tenía las mejillas coloradas por los chupitos.

—Voy a ganármelo, Levi.

Parpadeé y volví a centrarme en ella. En los kilómetros que nos separaban. En que para que Vi cumpliera sus sueños yo debía enterrar los míos.

Me encendí un cigarrillo y observé a mis amigos de fondo, como los fotogramas de una película. Markus acariciando la cintura de Gillian. Ella riendo con la cabeza hacia atrás, pero sin apartarse. Grace gritándoles que iba a llenarse la copa dentro para que no le sangraran los ojos si acababan besándose.

Me reí y supe que sí. Que Vi se ganaría a ese tipo del cine. Tal vez le daría el papel de Gillian a punto de protagonizar una gran historia de amor con Markus.

Joder, estaba muy borracho.

—No lo dudo, Vértigo. No lo dudo.

—Te echo de menos.

Di una calada larga. Me la imaginé haciendo lo mismo desde una cabina. Rodeada de desconocidos. Con su pelo desordenado. Su piel más oscura por el sol. Sus manos apretando con fuerza el teléfono. Acostándose sola y cansada en un sofá.

—Yo también. Ojalá estuvieras aquí. No lo digo echándote en cara nada, Vi, entiendo que te marcharas, pero... pero me cuesta. Hay días en los que cuesta demasiado.

—Lo sé.

No dijimos nada más. No me pidió que fuera a verla. No le pregunté cuándo regresaría. No confesamos que, si tres meses ya pesaban, seis nos aplastarían.

El saldo se terminó.

Apagué el cigarrillo y me uní a Grace en la fiesta.

Septiembre, Vi

Hacía unas semanas que me había mudado al sofá de Camila. No era lo más cómodo del mundo, pero sí mucho más barato que el motel en el que me alojaba hasta entonces. Ella vivía sola y su apartamento contaba con un dormitorio, pero el salón era amplio y el sofá se convertía en cama. Vivía cerca del trabajo y habíamos llegado a un acuerdo que me permitía ahorrar y por fin tener cierta estabilidad. Ella seguiría encargándose del alquiler a cambio de que yo pagara la mitad de los gastos de agua, luz y electricidad y llenara la nevera una vez a la semana. Eso se me daba bien. Había aprendido a estirar el dinero que mi padre y yo teníamos para comer medianamente decente sin la necesidad de gastar en exceso. Así que nos convertimos en compañeras de piso.

Se podía decir que mi vida en Los Ángeles se estaba asentando. Tenía mis rutinas. Trabajaba de martes a domingo de siete a cuatro, pero solía levantarme temprano y hacía la casa antes de que Camila se despertara. Después íbamos juntas a la cafetería. Durante mi descanso repasaba las ofertas de empleo en la prensa y los anuncios de audiciones abiertas. Camila siempre marcaba con un pequeño asterisco las que buscaban vocales. Yo hacía lo mismo con las que me parecían interesantes, pero ella solía reírse de mí cuando fantaseaba con obtener un papel para la siguiente producción de *Cats*.

—Violet, átate los pies al suelo o te perderás.

Yo me reía y seguía buscando. Y soñando. Sobre todo, soñando. Al fin y al cabo, era una experta.

Por las tardes ella salía a menudo con Jared, su novio de aquella época, y yo paseaba por la ciudad, conocía lugares asombrosos que solo había visto en las películas y llamaba a Levi en la cabina del final de nuestra calle. No podía hacerlo todos los días, pero sí al menos tres o cuatro a la semana. Cuando él descolgaba y oía su voz, me palpaba el estómago, porque ahí estaba de nuevo. El cosquilleo. Entonces sonreía y volvía a creer que estaba haciendo lo que debía y que todo iba bien. Luego veía la televisión mientras cenaba y esperaba con ilusión la llegada de un nuevo día.

Mi vida no estaba mal. Podría parecer una aburrida y sin demasiada emoción, pero la triste realidad era que nunca había tenido la posibilidad de experimentar las sensaciones que aportan la rutina, la estabilidad, las responsabilidades de un trabajo, la satisfacción y el orgullo de recibir un sobre a fin de mes y la confianza de volver a casa y saber que no iba a encontrarme un cuerpo inerte sobre la alfombra. Nuestro piso no olía a alcohol ni a decadencia, sino a juventud, a café recién hecho por las mañanas y a palomitas los fines de semana cuando nos sentábamos frente a una película y hablábamos sin parar de lo guapo que era Leonardo DiCaprio o de lo mucho que admirábamos a Jennifer Connelly.

Por primera vez, sentía que tenía una vida que me gustaba, aunque fuera lejos de él.

• V •

—Camila, espera, voy yo.

Ella puso los ojos en blanco, pero me dejó la bandeja con la comanda de Jacob.

Llevaba semanas intentándolo sin éxito. Pese a que había aceptado mi existencia, él no era un hueso fácil de roer. Había usado la baza de mostrarme encantadora, la de la camarera graciosa, le había regalado magdalenas e incluso guiñado un ojo sin comprender muy bien qué esperaba ganar con ello, pero todos mis esfuerzos habían sido en vano.

Cada vez que pululaba a su alrededor, Jacob se escondía más aún y apenas podía vislumbrar en qué estaba trabajando. Camila y yo habíamos investigado sobre él, pero no habíamos encontrado nada. Solo teníamos un nombre, ya que aún no conocíamos su apellido, y eso en Los Ángeles en aquella época no era mucho si no se trataba de una persona famosa. Los guionistas, actores, productores y directores llenaban las calles. De todos ellos, solo un puñado de afortunados lograban finalmente destacar y convertirse en estrellas. Daba la sensación de que en Hollywood todo funcionaba así, o rozabas el cielo o acababas sirviendo café y tartas en una franquicia, como hacíamos nosotras. No había espacios intermedios. Habíamos buscado su nombre en internet, pero, sin más información que esa, nos habíamos encontrado más pornografía que otra cosa. Y, pese a todo ello, yo seguía convencida de que Jacob era un camino para mí que no podía dejar escapar.

Me acerqué con la bandeja hasta que él apartó los ojos de las hojas y me miró.

—Jacob, le he traído un café. Doble, con crema desnatada y sacarina. Cucharita con mango azul. Y tarta de queso. Como hoy la mermelada es de naranja, le he quitado el gajo de la fruta.

Estudió todo con precisión y asintió.

—Bien.

Después siguió con lo suyo. Yo cogí aire y crucé los dedos en mi cabeza fuerte. Muy fuerte.

—He preparado una escena de la última película que he visto. ¿Se la puedo recitar mientras almuerza?

Jacob suspiró, se quitó las gafas y se apretó los ojos con las yemas de los dedos.

—¿Crees que si quisiera almorzar escuchando monólogos de aspirantes a actriz vendría aquí y escogería la mesa más apartada de todas? —Pese a que comprendía su negativa, no estaba dispuesta a tirar la toalla, así que le mostré mi sonrisa más encantadora como única respuesta—. Violet, me caes bien y respetas mis rarezas, pero vas a conseguir que cambie de cafetería.

Torcí la boca en una especie de puchero y él negó con la cabeza. Desistí. Entre otras cosas, porque no me podía permitir quedarme sin trabajo. La ciudad era cara y ya dormía en un sofá. No obstante, no importaba. Ya saldrían más oportunidades. Ya encontraría la manera. Porque siempre había una.

Me colé de nuevo tras la barra y Camila me sonrió.

—¿Sabes?, al principio no habría dado un duro por ti, pero creo que comienzas a tener posibilidades.

Le di un beso en la mejilla por su confianza en mí y comencé a bailotear mientras secaba platos. En ese instante, no lo supe, pero a lo lejos, escondido en su mesa favorita, un hombre de gafas diminutas había alzado la vista y me miraba. No sé lo que vio. Solo sé que Camila, como siempre, no se equivocó.

Octubre, Levi

—¿Levi Manson? Llamo del Servicio de Sanidad Público de Montana para realizarle una encuesta. Del 1 al 10, ¿qué importancia le da al uso de desodorante en el transporte público?

Sonreí. No conocía el número y la voz sonaba amortiguada por una tela sobre el altavoz, pero solo podía tratarse de ella.

—¿Vi?

—¡Sí! ¡Te llamo desde mi móvil nuevo! ¿No es genial? Bueno, en realidad, no es nuevo. Me lo ha vendido Jared por cincuenta pavos y tiene una tecla rota, pero ahora puedo llamarte desde donde quiera. Y me lo he comprado yo. Con mi dinero.

—Me alegro, Vi. Estoy orgulloso de ti.

Lo estaba. Me gustaba verla dar pasos, por muy pequeños que fueran.

—Gracias. ¿Qué hacías?

—Estoy en la cama. Ha sido un día agotador en el trabajo. Después he ido a ver a tu padre.

—¿Cómo estaba?

Borracho. Sucio. La nevera tenía un trozo de carne podrida. El jardín volvía a ser una selva infranqueable.

Cerré los ojos y me esforcé por controlar mi voz para que ella no notara todo eso que le ocultaba.

—Llevaba un cinturón de caucho con piedras de colores. ¿Te acuerdas de esas joyas horribles que hiciste hace mil años? Pues usa uno de los collares para sujetarse los pantalones.

Vi se rio. Recordé a aquella niña que soñaba con vender joyas que la hiciesen rica. Seguía siendo ella y a la vez me daba la sensación de que estaba muy lejos de esa versión de sí misma. Pensé de nuevo en su padre y me dije que no se lo contaría. Luke llevaba años malviviendo, no iba a morir por alargar ese estado un poco más.

—Me provoca ternura.

Sentí la sonrisa que siempre le nacía al pensar en él y quise atraparla entre mis dedos.

—Debe echarte mucho de menos. Casi tanto como yo.

—Solo quedan dos meses para Navidad.

Apreté los dientes. «Solo» dos meses. Como si fueran un segundo. Como si no lo supiera, cuando contaba los días en el calendario como un jodido tarado.

—Dos meses es una eternidad, ¿lo sabías?

No respondió. Solo suspiró. A través de la ventana la luz de la calle formaba sombras en el techo de mi habitación. Me la imaginé igual sobre su cama, analizando sus propias figuras.

Qué solo me sentía.

—¿Y Russell?

—Como siempre. Igual de cascarrabias. El otro día me lanzó una lata.

Vi se rio de nuevo. Al menos, uno de los dos lo hacía.

—Gracias por visitarlo y gracias por cuidarlos a ambos, Levi. Gracias por...

—No digas nada.

No hacía falta. Entre otras cosas, porque, aunque la primera vez que había ido a ver cómo estaban ambos lo había hecho por ella, después ya no. De alguna forma, me gustaba volver a su casa. Me hacía recordar mucho de lo vivido allí. Además, la sentía un poco mía. Al viejo Russell, en cambio, lo visitaba porque me agradaba su compañía. Pese a su agrio carácter. Pese a que a veces ni siquiera hablábamos; él se sentaba en el porche y yo cortaba leña para que tuviera suficiente con la que encender la chimenea. Había algo en él que me hacía sentir bien, casi comprendido. Dos abandonados entre las montañas de Montana. De algún modo, no me resultaba difícil imaginarme como él, con cincuenta años más.

El susurro de Vi me hizo volver a ella.

—Estoy sola en casa. Camila ha ido a un concierto.

A ella sola en una cama.

—¿Me estás invitando?

—Ojalá pudiera. El sofá es tan pequeño que tendrías que dormir encima de mí.

Cerré los ojos. Sentí mis latidos acelerados, bajando hasta mi entrepierna.

—Ojalá estuvieras encima de mí. O debajo. Ojalá estuvieras, Vértigo.

—Pero estoy aquí. Si cierro los ojos, mi mano se parece a la tuya. O casi.

La imaginé. Tumbada. Con los labios entreabiertos. Con sus dedos deslizándose bajo la fina tela de sus bragas. Cerré los míos. Metí la mano bajo mis pantalones de pijama. No llevaba ropa interior.

¿Se parecía su mano a la mía? No. En absoluto.

—¿Casi? Nada podría parecerse a ti, Vi.

—Pero podemos jugar a intentarlo.

Nos tocamos. Nos susurramos. Nos masturbamos. Nos quisimos como pudimos. Nos corrimos. Y, cuando todo acabó, seguíamos estando lejos, solos y, en mi caso, un poco cansado de mantener una relación en un hilo.

Jamás se me ha dado bien construir castillos en el aire, como para hablar de amor con las manos vacías.

—¿Sabes qué es lo mejor de tener móvil, Levi?

—¿Qué?

—Que ahora podemos hacer esto siempre que queramos.

Sonreí. Tendría que conformarme con eso. Al menos, aprender a hacerlo.

Noviembre, Vi

—¿Estás preparando alguna prueba? Si es para una película podría interesarme. No te pediría ningún trato de favor por servirte cada día el mejor desayuno de Los Ángeles.

Alcé las cejas con picardía, pero Jacob ni siquiera sonrió.

Últimamente había conseguido despertarle sonrisas. Podía disimular cuanto quisiera, pero le hacía gracia y yo me aprovechaba de ello. Nuestro trato incluso era más cercano, sin el formalismo con el que me relacionaba con los otros clientes.

Sin embargo, esa mañana frunció el ceño y suspiró con desidia.

—Hoy no quiero tarta. Solo café.

Al lado de su teléfono móvil vi una caja de pastillas saciantes. Mi cerebro se puso a trabajar con rapidez. Mis ojos se desviaron hacia la cinturilla de su pantalón desabrochado. Otro obseso por adelgazar. Otro esclavo más de la superficialidad y crueldad del lado feo de la industria de Hollywood. Recordé el remordimiento en su mirada cuando se había quedado clavado en la vitrina de los postres.

Me acerqué a su oído y le susurré con complicidad:

—¿Quizá un *brownie*? No se lo contaré a nadie. Uno pequeño de chocolate blanco. Eso no puede engordar. Además, trabajas demasiado. El cerebro necesita azúcar.

Le guiñé el ojo y vi las dudas en los suyos verdes. Metió tripa de forma inconsciente y asintió.

—Vale.

En mi cabeza mis dedos hicieron el símbolo de la victoria.

• V •

Los días pasaban. Las semanas. Los meses. Me parecía increíble que llevara ya medio año en Los Ángeles. Recordaba a menudo mi vida en Whitefish, pero me costaba revivir lo que era levantarme cada mañana allí y bajar la escalera en busca de mi padre. El nudo de angustia que siempre sentía ante la posibilidad de encontrarlo demasiado borracho había desaparecido. En el apartamento de Camila me despertaba contenta, relajada, con la seguridad de que todo saldría bien. Y, pese a lo que echaba de menos a Levi, me resultó demasiado fácil acostumbrarme a esa sensación.

El amor es importante, pero no lo es todo. Quizá era muy joven para pensar así, con cierto desencanto, pero la vida me había enseñado que la felicidad no solo pasa por estar enamorada, sino por sentirse bien en tu propia piel, por la tranquilidad de una taza de café con una amiga con la que compartes apartamento, por una tarde de compras centrada en ti y por la satisfacción de comprarte un vestido solo por placer. Nunca lo había hecho. Nunca había sido egoísta. Toda mi vida había girado en torno a un eje; mi padre; mi casa destartalada; mis carencias. Había llegado el momento de mirar por mí. Y sentía que nada podía frenarme.

Me habitué a acompañar a Camila a algunas audiciones. Me gustaba sentarme allí, entre los aspirantes, y los observaba. Intentaba empaparme del talento que se respiraba. Imitaba la manera de andar de las chicas que captaban la atención nada más entrar por la puerta. Me fijaba en la ropa, en cada detalle, y memorizaba todo aquello que me gustaba para en un futuro usarlo en mi propio cuerpo.

—¿Ves ese vestido?

Camila miró a la chica que esperaba su turno frente a nosotras y asintió.

—Es bonito, pero yo no podría ponérmelo. —Fruncí el ceño ante su respuesta—. Mis caderas, ¿recuerdas?

Puse los ojos en blanco y la ignoré. Camila tenía un cuerpo que distaba mucho de lo que se consideraba delgado. Sus muslos eran anchos y sus caderas, redondeadas. No era alta. Su pecho saludaba siempre antes que ella. Su constitución entraba dentro del prototipo de mujer latina que encandilaba a los hombres pero que la industria juzgaba.

—Yo le cortaría las mangas y le pondría unas cadenas saliendo de las hombreras.

Sonreí. Camila también. Ya estaba acostumbrada a mi forma de ver el mundo que nos rodeaba. Siempre moldeándolo a mi antojo. Siempre distorsionando lo que no me gustaba hasta hacerlo mío.

—Sería precioso, Violet.

—Camila Rodríguez.

La voz del organizador nos hizo erguirnos y le di un beso en la mejilla a Camila y un apretón en el brazo. Cuando me quedé sola, me senté a esperarla en una de las butacas vacías del fondo. Observé a todos los jóvenes que me rodeaban y me pregunté cuántos de allí conseguirían destacar. Si alguna de las chicas que parloteaban en la esquina acabaría dedicándose a lo que de verdad les gustaba. Si el talento ganaría sobre la belleza o el carisma, como, lamentablemente, pocas veces sucedía. Si la vida de alguna de esas personas estaba a punto de cambiar por la decisión de un equipo que podía estar condicionada por muchos factores.

Me imaginé a Camila frente a tres pares de ojos, cantando con su preciosa voz.

«Gracias, señorita Rodríguez, pero no es lo que buscamos.»

Su rostro resignado. Su vuelta a la cafetería. El camino conocido.

«Gracias, señorita Rodríguez, encaja a la perfección como nuestra solista.»

La ilusión. El salto al estrellato. El camino nuevo, emocionante, inesperado.

¿Cuál sería el destino de Camila?

Mientras meditaba sobre lo imprevisible de la vida, la vi. Entraba cuando ya no repartían números. Había llegado tarde, pero no importó, porque todo el mundo la miró. Su pelo rubio, corto, casi blanco. Su piel oscura. Sus ojos seguros.

—¿Es aquí la audición para solista? —preguntó.

—Sí, pero llegas tarde. Ya no se dan más turnos.

No dijo nada, solo se encogió de hombros y, sin más, se marchó.

Era una chica normal. No pareció dolida, ni enfadada, ni triste por la oportunidad perdida. Solo se fue, como si supiera que llegarían otras y pensara que lo que dejaba atrás no importaba.

De repente, lo supe. Lo sentí. Fue un fogonazo. Una aceptación. Yo no era actriz, ni cantante, ni modelo. Yo no tendría jamás ni una milésima parte del talento de cualquiera de las personas que ese día probaron suerte en esa audición. Yo no contaba con nada que ofrecer por lo que se me valorase por encima de los demás. Pero yo sabía cómo era que te mirasen. Para bien o para mal, había tenido un foco encima de mi cabeza toda la vida. Yo sabía lo que se sentía al entrar en una sala y que los rostros se volviesen, como había sucedido con esa chica.

Yo quería ser esa chica.

Yo ya había sido esa chica.

Y, un día, más pronto que tarde, volvería a serlo.

En cuanto vi a Camila supe por su expresión que no había pasado la prueba.

—Vámonos. Esto apesta a humanidad.

—¿Helado?

—Mejor vodka.

Sonreí. Entrelacé mi brazo con el suyo y salimos del edificio. Cuando las cosas no salían bien, Camila solía mantenerse ausente unos minutos. Normalmente, yo procuraba dejarle su espacio hasta que volvía a estar receptiva. Sin embargo, aquel día no podía borrar a esa chica de mis pensamientos. Una desconocida que me había llamado la atención en un mundo que a ratos me resultaba demasiado anodino. Una chica que, sin pretenderlo, había despertado algo en mí.

—¿Sabes?, estoy pensando en teñirme de rubia.

La risa de Camila nos acompañó hasta doblar la esquina.

• V •

A la mañana siguiente, Jacob dio un brinco cuando aparecí frente a él.

—Puedo ser rubia. O pelirroja. O no tener pelo. Puedo ser lo que quieras que sea.

Pestañeó sorprendido por mi aparición y suspiró con paciencia.

—¿Puedes ser una camarera y traerme mi café, por favor?

Tragué saliva y sonreí.

—Puedo serlo. Pero solo porque es lo que tú quieres. No lo olvides, Jacob. No lo olvides.

Sacudió la cabeza y rumió con los ojos pegados al libreto en el que trabajaba. Yo me marché a preparar su pedido. Me sentía llena de energía. Renovada. Con más ganas que nunca de seguir intentándolo. Con la esperanza tiñéndolo todo.

Un rato después, el móvil de Jacob sonó.

—Nichols.

Mi corazón comenzó a latir a toda velocidad. Lo tenía. Un apellido. Ya era mucho más de lo que había logrado hasta entonces.

—No, las pruebas deben hacerse antes de que empiece el año... A finales de enero deberíamos tener todo el reparto, Patrick... De acuerdo. Abre la recepción de candidaturas... No, con currículum y fotos me vale. El 30... ¿de noviembre? De acuerdo, pásale la información a Joan.

Cerré los ojos y crucé los dedos en mi cabeza. Fuerte, bien fuerte.

Información adicional

Se busca actriz para largometraje producido por BlackBird Films.

Sexo: Femenino.

Nacionalidad: Indiferente.

Edad: 18-25 años.

Rasgos personales: Indiferente.

Rasgos físicos: Indiferente.

Inicio del casting: 30 de noviembre 2003.

Cierre del casting: 30 enero 2004.

Disponibilidad: A partir del 1 de marzo de 2004.

Localización: Los Ángeles.

ANUNCIO ENCONTRADO EN EL PERIÓDICO GRATUITO *BACKSTAGE*,
EL 15 DE NOVIEMBRE DE 2003.

Diciembre, Levi

—No vas a venir.

—No puedo, Levi. No puedo perder el trabajo. No puedo gastarme quinientos dólares en un billete de avión.

«Yo te lo pagaré», quise decirle, pero la conocía bien como para saber que esa no era la solución. Lo había sido una vez y no habría una segunda sin que le pesara demasiado. De proponérselo, seguramente me colgaría el teléfono. Tan terca. Tan orgullosa. Tan libre.

—¿Y tus ahorros?

—Los Ángeles no es Montana, Levi —contestó a la defensiva.

No podía creerlo. Después de siete jodidos meses sin tocarnos. Después de haberme prometido que haría lo posible por que nos viéramos en cuanto el trabajo se lo permitiera. Después de haberme hecho ilusiones que acababan de romperse en mil pedazos.

—Es fin de año.

—Es un día cualquiera.

Apreté los dientes, porque aquello dolió. Y supliqué. No quería, pero lo hice, porque sentía que nos perdíamos y no estaba preparado para ello.

—Se acaba el mundo, Vi...

Vi y yo jamás fuimos de fechas. No fuimos de nada, en realidad. Nosotros estábamos juntos, sin más; sin etiquetas, sin límites. Vi y Levi. Levi y Vi. No veíamos nada especial en celebrar un aniversario, o en poner un número a nuestra relación, pero la llegada de un nuevo año no solo significaba nuestro primer beso, sino mucho más. Para nosotros, siempre había sido importante. Quizá para ella las prioridades habían cambiado. Tal vez solo yo seguía agarrándome a algo que ya estaba muerto. No obstante, qué complicado me parecía soltar...

—No me lo pongas más difícil. Sé maduro, Levi. Ya no tenemos quince años.

Sí, quizá la Vi que conocía ya había volado demasiado lejos.

Ese día no nos despedimos, simplemente, cuando el silencio se hizo demasiado denso, colgamos el teléfono.

Vi no me contó que no tenía dinero. Se lo había gastado en hacerse unas fotos profesionales para presentarse a una audición en la que le dijeron «no» en cuanto pronunció la primera palabra. También en algunas prendas adecuadas para los *castings* de Los Ángeles.

Vi me ocultó que escogió una posibilidad casi imposible de conseguir un papel en una película por encima de nosotros. Y no hablo de ella y de mí, también me refiero a su padre y al viejo Russell. A todos los que había dejado y que nunca le pedimos explicaciones.

Vi se calló que había fracasado. También que me había mentido.

Todo eso lo descubrí mucho tiempo después, cuando lo nuestro ya estaba perdido. Pero aquel día... aquel día pensé que ya no me quería como antes, y eso tardé demasiado en poder perdonárselo.

2004
Enero, Vi

Me levanté del sofá y salí a la terraza. El aire era cálido, tanto que me daba la sensación de estar en un sueño. Me costaba comprender que pudiera existir la Navidad tan lejos de la nieve, pese a que se atisbara su capa blanquecina en las montañas que rodeaban la ciudad. Mucho menos, bajo palmeras y con olor a sal. Yo estaba acostumbrada a la calidez de las estufas en Montana, al vaho que salía de los labios mientras paseábamos entre los puestos adornados con mil luces en busca de una bebida caliente, a la sensación de hogar y a los jerséis de lana con motivos navideños que siempre traían consigo las fiestas.

A pesar de ello, allí estaba, en el balcón de un desconocido, con personas que apenas sabían nada de mí, cubierta por un vestido tan corto que dejaba poco a la imaginación y mirando el mar como si allí fuera a encontrar aquello que tanto echaba en falta.

Me encendí un cigarrillo y revisé el teléfono.

Nada.

El año 2004 había llegado y lo había hecho con un mundo ajeno a lo que yo estaba sintiendo. Estaba con Camila, Jared y algunos de sus amigos en una fiesta que organizaban en una preciosa casa en la playa con motivo del comienzo del año y me sentía sola.

¿Y Levi? ¿Dónde estaría Levi? ¿Cómo se sentiría él? No dejaba de preguntármelo. No saberlo me provocaba angustia.

Llevábamos una semana sin hablar. Él no me había llamado y yo tampoco había sido capaz. Quizá porque las mentiras me sabían tan amargas que me costaba mirarme al espejo sin gritar. Y todo por una estúpida audición que había sido de lo más humillante y una apuesta a fondo perdido.

• V •

Aquel día en la cafetería, tras escuchar una llamada de teléfono que no me pertenecía, en cuanto acabé mi turno me fui a un locutorio y busqué el nombre de Jacob Nichols en internet. Enseguida encontré lo que tanto había estado buscando.

Jacob Nichols (Detroit, 1961), guionista y director de cine.

Había pocas imágenes suyas y no muy buenas, pero no tenía duda de que se trataba de él. Profesionalmente no había tenido mucho éxito. Sí que se había hecho un nombre como guionista en algunas telecomedias de la CBS, pero como director solo había trabajado en telefilms sin relevancia. Sin embargo, en 2002 había codirigido un largometraje independiente junto a Patrick Denis; se titulaba *Miseria* y había llegado a los cines y obtenido buenas críticas en algunos festivales europeos. Juntos habían fundado una productora, BlackBird Films, y en aquel momento estaban trabajando en un proyecto mucho más arriesgado y caro, con lo que podía encumbrar su carrera o hacer que sus nombres cayeran en el olvido.

Gracias a los periódicos gratuitos de *castings* que se encontraban con facilidad por la ciudad, no me costó, con ayuda de Camila, dar con la audición que estaban preparando. Tenía un nombre, una productora y una fecha. Y rápido tuve un anuncio entre mis manos con un lugar al que acudir y una hora.

—Jacob se va a desmayar cuando te vea aparecer —dijo Camila.

Sonreí. Era mi baza. El factor sorpresa. Tenía que demostrarle que, si no me quería por las buenas, me convertiría en su peor pesadilla. No tenía talento ni experiencia ni formación como para creer que pudieran aceptarme en alguna otra audición, así que Jacob era mi única posibilidad. Él me había visto fuera. Moverme. Hablar. Reírme. Mi encanto. Mi ego. Mis cualidades, aunque tuviera que deducir estas de mis habilidades sirviendo café. Cada una debe conocer tanto sus limitaciones como sus virtudes y yo estaba más que dispuesta a jugar con las mías.

Así que no pensé. Por lo que le había oído en la llamada, era requisito indispensable para presentarse a la selección acudir con un currículum y unas fotografías profesionales. Yo no tenía ninguna de las dos cosas. El currículum fácilmente podría falsearse; al fin y al cabo, todo el mundo lo hacía. Aunque las fotos... la Polaroid de Jared no nos servía para eso, así que cogí mis ahorros y me fui con Camila a ponerle remedio.

Una semana después tenía en mis manos un pequeño *book* profesional que presentar. No era nada especial, solo imágenes sencillas, con luz natural y escaso maquillaje en las que el fotógrafo, un tal Mark Barnes, que también había hecho el *book* de Camila y con el que años después volvería a coincidir en alguna otra ocasión, había captado mi supuesta esencia. Vestida con unos vaqueros y una camiseta blanca, yo me veía como una cría. Mi rostro aún se me parecía demasiado al de la Violet que fantaseaba en la casa de su padre, la que se hacía trajes con ropa vieja y que soñaba con inventar trastos locos. Pero tanto Mark como Camila opinaban que las fotos eran buenas y perfectas para destacar por mis rasgos un tanto salvajes en una época en la que el ideal de belleza era demasiado típico; el perfil de rubia californiana seguía en auge. Yo estaba muy lejos de él. Con mi pelo largo y negro, mis ojos rasgados y mi piel tirando a tostada nunca me había sentido más fuera de lugar que rodeada de todas esas chicas preciosas de pelo rubio y sonrisas rosadas. Llevaba las raíces argelinas de mi madre en la sangre y hasta que no me vi allí, rodeada de aspirantes a actriz en mi primera audición en Los Ángeles, no me había dado cuenta del regalo que me había hecho antes de irse. Porque me faltaría todo lo demás, pero poseía algo que ellas no: tenía la posibilidad de ser diferente en un mundo de moldes iguales.

—Ciento trece.

Me levanté y no miré atrás. La chica que me había pegado ese número en la camiseta al llegar me guio hacia la sala. Al entrar me encontré con tres personas tras una mesa. Una mujer rubia de rostro afilado, un hombre de mirada amable y Jacob Nichols. Sus ojos se abrieron un instante al reconocerme, pero el resto de él se mostró imperturbable.

Me coloqué en la marca que habían dispuesto en el suelo y los observé con la cabeza alta. Mi voz salió decidida, sin temblores, sin miedo.

—Violet Cassavetes. De Montana.

El hombre amable me sonrió y la mujer asintió para que continuase, pero fue la tercera pieza de aquella ecuación la que tiró mi oportunidad a la basura antes de que comenzara.

—No eres lo que estamos buscando.

Esas fueron las últimas palabras que Jacob me dirigió antes de desaparecer del mapa.

Me marché de allí sin ocultarle mi enfado, porque no estaba siendo justo. Me había mirado como la camarera de Caramel & Cream y no como una aspirante a actriz. Me había juzgado sin darme la oportunidad de demostrarle si valía o no.

Al día siguiente, estaba preparada para echarle en cara su mala profesionalidad, pero no pude, porque Jacob no apareció. Tampoco los que le siguieron. Se esfumó y tuve que aceptar que no solo había fracasado, sino que lo había hecho a un precio muy alto. Me había gastado el dinero reservado para volver a casa en unas fotos y en ropa nueva solo por una corazonada que no había funcionado. Además, había mentido a Levi. Le había dicho que había tenido que devolver el billete de avión; la chica que cubría mis vacaciones había enfermado y me habían pedido anular mis días libres. Supuestamente, yo había aceptado. No sabía por qué me lo había inventado, pero estaba tan avergonzada que había sido incapaz de decirle la verdad. A Levi. El mismo que odiaba las mentiras. El mismo que no me había llamado en una semana.

• V •

Me sacudí esos pensamientos de encima y regresé al balcón de aquella casa llena de gente en la que me sentía una extraña. Cogí el teléfono con dedos temblorosos y apreté una tecla. Nunca me ha dado miedo pedir perdón.

Al instante, se descolgó al otro lado.

—Hola...

—Vi...

Cogí aire y lo solté al percibir el anhelo en su voz, sintiendo mis ojos llenos de lágrimas y sabiendo que él no comprendía del todo el motivo de mis siguientes palabras.

—Lo siento, Levi.

—Ya lo sé. Yo también lo siento.

El alivio llegó rápido e inesperado. Y después el cosquilleo, el saber que no lo había estropeado, pese a que sabía que nuestra relación comenzaba a tener grietas. Nos echábamos de menos, eso era todo. Y eso me parecía suficiente para seguir creyendo en nosotros.

—Feliz año, Vértigo.

Respiré. Sentí que llevaba días sin hacerlo.

—Dilo otra vez.

—Feliz año.

—No. Eso no.

Noté la sonrisa de Levi desde lejos. La recordé en mi memoria, su forma de curvar un poco más el lado izquierdo, el color de sus labios, lo que provocaba en mí.

—Vértigo.

Sonreí. Si me asomaba por el balcón la sensación no era tan intensa como la que me nacía por él. Puto vértigo que era querernos... Volar debía ser algo similar.

—Volveré, Levi.

—Vi... —Su voz se rompió un poco.

Sabía que le estaba haciendo daño. Desde el primer día que decidí marcharme lo supe. Pero no podía quedarme. Y, de pronto, me sentía tan mal por todo que solo podía pensar en volver, en hacerme un ovillo entre sus brazos y desaparecer.

—Dejaré el empleo. Cuando cobre, le pagaré a Camila los gastos de unos meses por adelantado para no dejarla en la estacada. Compraré un billete. Volveré a casa y todo será como siempre quisiste.

Contuvo el aliento. Era el sonido de la ilusión. Pese a ello, Levi se lo tragó y me demostró una vez por qué lo quería tanto.

—No, Vi. No lo harás. Me mata que estés lejos, pero no

me perdonaría que regresaras solo por mí. «Todo será como siempre quisiste», ¿no te has oído? —Me había imitado con tanta dulzura que me encogí—. Esto, aunque me duela, no se trata solo de mí ni de lo que yo quiera.

Cerré los ojos. El cigarro se me había consumido entre los dedos sin darme cuenta. De repente, estar allí no tenía sentido. Nada lo tenía. ¿Qué narices estaba haciendo en Los Ángeles? ¿Qué pintaba yo celebrando la llegada de un nuevo año con un puñado de desconocidos que, a excepción de Camila, no me importaban?

Yo era feliz con Levi. Tenía un hogar en Montana y vivir de sueños no era una vida seria, ni responsable, ni un futuro real.

Las palabras se deslizaron sin control entre mis labios.

—Es que a veces no sé qué estoy haciendo. Siento que voy dando tumbos. Que me obceco con imposibles y me doy de bruces.

—¿A cuántas audiciones te has presentado?

Me reí. No se lo había contado, hacerlo habría supuesto admitir mi mentira, pero era increíble lo que me conocía.

Después de la negativa de Jacob, me había presentado a todos los *castings* que había encontrado fuera de mi horario laboral. Ni siquiera había hecho una selección. No me importaba que fuera para un anuncio publicitario o como bailarina en un videoclip. Solo quería experimentar, equivocarme, enfrentarme a mis debilidades, porque era la única forma con la que contaba de aprender, de coger experiencia y de hacerlo mejor la próxima ocasión en la que tuviera una oportunidad a mi alcance. Esos días hice más el ridículo que en toda mi vida, pero no me importó.

Para levantarse, hay que caer primero. Para volar, hay que aprender a hacerlo.

—Doce —respondí con cierto orgullo.

—Pocas son. ¿Vas a tirar la toalla tan rápido?

—No.

—Así me gusta.

Me mordí el labio. Qué fácil resultaba a su lado.

No obstante, el miedo seguía conmigo. No fui consciente, pero se asentó en aquella época, se coló por una grieta muy pequeña que ambos abrimos entre nosotros y ahí se quedó. Agazapado. Esperando el momento perfecto para devorarnos.

—Pero... ¿estamos bien?

—Estamos bien —respondió Levi sin dudar.

Aunque no lo estábamos. Nunca volvimos a estarlo.

Enero, Levi

Colgué el teléfono y me quedé un rato solo antes de volver a la fiesta. Di un trago a mi vaso; la cerveza ya estaba templada. Fuera de la cabaña el frío húmedo te calaba los huesos, pero no me moví. Necesitaba pensar. Necesitaba comprender qué era lo que estaba pasando con Vi. Asumirlo. Dejar de idealizar una relación que, quizá, nunca fue perfecta, pese a que la sentimos así.

—Levi, ¿estás bien?

Me volví y me encontré con Grace. Llevaba un vaso en la mano con una bebida azul y unas gafas con forma de corazón sujetando su melena. No pude evitar sonreír.

—Sí. No. —Alzó una ceja y sacudí la cabeza—. No lo sé.

Nos reímos. Grace se sentó a mi lado y dio un trago a su copa.

Había vuelto de Seattle por las vacaciones de Navidad. Nos veíamos poco, pero nunca la sentía una extraña. Cuando regresaba, Grace encajaba con el grupo como si no se hubiera marchado. Daba la sensación de que siempre estaba, de que Whitefish era su hogar y su destino universitario, solo algo pasajero que acabaría pronto.

Quizá esa era la diferencia entre ambas; que para Vi, en

cambio, su hogar no estaba entre esas montañas, sino que aún no lo había encontrado. Lo que comenzaba a ver con demasiada claridad era que tampoco parecía estar a mi lado.

Suspiré y me encendí un cigarrillo. Grace frunció el ceño a mi izquierda. Odiaba que fumara. De pronto, recordé el sabor de los chicles que comía de forma compulsiva cuando salía con ella para cubrir el olor del tabaco. Recordé sus besos, mezcla de menta y su propio sabor. Recordé sensaciones olvidadas, anestesiadas por otros labios que estaban tan lejos que me costaba rememorarlos.

—¿Era Vi?

—Sí.

—¿Quieres hablar?

Lo pensé. Había bebido, pero no lo suficiente para no pensar con claridad. Tampoco, para ser totalmente sincero y decir en voz alta que tenía miedo. Miedo de perder a Vi. Miedo de perderme yo, si continuábamos así.

—En realidad, no.

Grace no pareció molesta, solo decepcionada. Hizo amago de levantarse, pero fui consciente de que me había malinterpretado, porque que no quisiera hablar con ella de Vi no significaba que deseara que se marchara. Puse la mano sobre su rodilla para frenarla y noté que se tensaba ante mi tacto.

—No, Grace. Pero no te vayas.

Porque, con ella, me sentía bien. Grace nunca juzgaba. Grace era la clase de persona que calla cuando sabe que solo necesitas alguien que mire el cielo una noche de fin de año a tu lado. De las que no hacen preguntas que no se quieren responder. De las que te muestran que la vida también puede ser sencilla.

Suspiró, observó mi vaso casi seco y apuró su copa con decisión.

—¿Quieres que nos emborrachemos?

Pensé en Vi. En las verdades a medias. En el vacío que sentía cada vez que colgaba el teléfono. En que el vértigo se estaba convirtiendo en un simple hormigueo a cada segundo más tenue.

Miré a Grace y asentí.

¿Qué otra cosa podía hacer?

Febrero, Vi

Las cosas no iban demasiado bien. Supongo que llevaba muchos meses meciéndome en una calma apacible y debía asumir que no iba a durar eternamente. La madurez conlleva aceptar que todo se acaba. Sobre todo, lo bueno.

Camila y Jared habían roto.

El dueño del apartamento nos había dado tres meses para irnos; iba a ocuparlo un familiar de forma indefinida, pero encontrar un piso en Los Ángeles a un precio decente estaba resultando una odisea.

Ambas seguíamos coleccionando noes de cada audición a la que nos presentábamos.

El *casting* de Jacob se había cerrado con la elección de una chica con la que había charlado mientras esperaba mi turno. Rubia. Ojos azules. Rostro angelical. Sonrisa dulce. La antítesis de lo que veía en mí cuando me miraba al espejo.

Levi estaba lejos.

«Levi.»

Pensaba en él y sentía un pellizco en el corazón.

Nuestra relación estaba atascada. Se había quedado atrapada en un punto del que éramos incapaces de salir. Las llamadas nos hacían bien, pero cuando colgaba no me desaparecía la sensación de que no lo estábamos. Algo se me escapaba. Por primera vez desde que nos conocíamos, sentía que nos callábamos más de lo que decíamos. Quizá que yo fuera la primera en haber mentido me obligó a darme cuenta de que él también podía hacerlo. Además, lo echaba de menos. Cada día me arrepentía de mis decisiones, de mis elecciones, pero, a la vez, me repetía que no podían haber sido otras y que todo saldría bien. Así tenía que ser. No aceptaba otro final para nosotros.

Pese a mis intentos de autoconvencimiento, Levi estaba dejando de sonreír. No podía verlo, pero lo sabía solo por el tono de su voz, apagado, roto, con palabras a medias que le costaba pronunciar y suspiros que no me pasaban desapercibidos. Demasiado tiempo sin vernos. Sin tocarnos. Sin recordarnos que merece la pena esperar por lo que nos hace felices. Demasiado tiempo aguardando como para comenzar a dudar si seguíamos haciéndonos felices. Sin besarnos.

¿Y yo? ¿Cómo me sentía yo? Yo pensaba a cada segundo en él, pero también en mí. Estaba tan centrada en hacer de mi vida algo memorable que sentía que cada día que pasaba había menos espacio para lo demás. ¿Egoísta? Puede, pero aprendí muy pronto algo que todo el mundo acaba por interiorizar con el tiempo, con la experiencia y con los desengaños: mi vida era mía, no de Levi, ni del amor. Mi vida aún estaba por descubrir y debía hacerlo sola. Por primera vez, yo era mi prioridad, aunque pocos lo comprendieran.

Pronto tuve que aceptar que Levi también haría lo mismo con la suya, pese a que no se diera cuenta, pese a que me echara la culpa de todo lo que pasó, pese a que, tal vez, tuviera razón y yo fuera la responsable de nuestros errores. Pese a todo ello, Levi comenzaba a mirar más allá de la burbuja en la que había permanecido escondido durante años y a percatarse de que existía un mundo lejos de mí. Solo era cuestión de tiempo que deseara vivir en él y descubrirlo a todos los niveles.

• V •

Era una tarde de febrero. Gerard me había cambiado el turno porque una de las chicas de ese horario había encontrado otro trabajo y lo había dejado tirado sin preaviso. Así que me tocaba compartir barra con Rachel, una joven de Texas que me trataba con una condescendencia que me irritaba como pocas cosas lo han hecho jamás.

Me dolía la cabeza y, para colmo, acababa de descubrir que Jacob no había desaparecido, sino que había cambiado su horario de visita a las siete de la tarde. Me evitaba a mí. Fue demasiado obvio cuando cruzamos una mirada y la suya se llenó de vergüenza.

Yo estaba que echaba humo. Como consecuencia, la cafetera se me bloqueó dos veces, rompí una jarra y me gané dos insultos entre dientes de Rachel. Y, entonces, el teléfono me vibró en el bolsillo y recibí un mensaje de texto que no esperaba.

Vi, tenemos que hablar. Es sobre el fin de semana.

Me mordí el labio y aproveché mi descanso para escaparme por la cocina al callejón trasero. Quizá hablar en ese momento con él mejoraría ese día de mierda. Siempre lo hacía. Llevábamos semanas organizando una escapada para vernos en marzo con motivo de nuestro cumpleaños. Después de la tirantez que nos había acompañado en Navidad, parecíamos ilusionados y de nuevo entregados a luchar por lo nuestro como la primera vez que nos besamos.

Así que, entre dos contenedores y con los ojos de un gato curioso vigilándome desde un rincón, llamé a Levi.

—Vi, ¿puedes hablar ahora? ¿No te habían cambiado el turno?

—Estoy en mi descanso. Necesitaba un respiro. ¿Ya has comprado el billete de avión?

Levi soltó el aire contenido y lo supe. Supe que nuestros planes volvían a girar, que estábamos a punto de tomar otra decisión que marcaría en lo que nos estábamos convirtiendo. ¿Cuántas veces puede girar una rueda antes de perder el norte? Muy pronto lo averiguaríamos.

—He estado pensando en el viaje. Si voy a verte, llegaría la noche del viernes y volvería el domingo por la mañana. Apenas aprovecharíamos un día juntos, Vi.

Me senté en la acera y me abracé las rodillas. Lo sabía. Me daba la sensación de que, pese a que no había en su voz rastro de reproche alguno, no dejaba de culparme, de recordarme que cada paso que dábamos era así por mí y que todo estaba en mis manos. La responsabilidad comenzaba a ahogarme. Y, aun así, lo entendía. No merecía la pena que se pasara horas en un avión y gastara parte de sus ahorros solo para un día. Aunque eso no evitaba que doliera menos.

—Lo sé. Pero no puedo cogerme vacaciones hasta abril, lo sabes.

—Sí, tranquila. Solo sería un mes más. Podemos celebrar nuestros cumpleaños para entonces; aquí, en casa. Como siempre.

Suspiré, porque sonaba bien. Lo que Levi proponía tenía sentido y la esperanza que se coló con su voz me hizo agarrarme a esa emoción.

Sin embargo, me entristecía; siempre habíamos celebrado juntos nuestro cumpleaños. Apenas había tres días de diferencia entre ambos y me parecía algo especial más que nos unía. Como las letras que nuestros nombres compartían. Como tantas otras cosas que, en mi cabeza, me hacían creer en el destino.

—Vale. No pasa nada.

Sonreí, pero no fui sincera. Ni con él, pese a que solo podía sentir mi gesto, ni conmigo. Menos aún, cuando Levi habló y me di cuenta de que nada era lo que parecía.

—Los chicos van a visitar a Grace a Seattle ese fin de semana. He pensado que podría apuntarme. Apenas son un par de horas de vuelo y han encontrado una oferta increíble.

En mi estómago sentí que algo se retorcía con fuerza. Era su cobardía por no ser sincero. Su sutil manipulación para llevar la conversación adonde quería desde un principio.

—Suena bien —respondí cortante.

—¿Y por qué no me lo parece?

—¿Tengo que explicártelo?

Levi se rio. Ese sonido me enfureció.

—Vi, no todo gira en torno a ti.

—¿Qué mierdas estás diciendo?

Me levanté y comencé a moverme frenética. Sentía mis latidos en los oídos.

—No puedes pretender que vaya cuando tú deseas y que te espere aquí hasta que decidas volver. No puedes pretender que no viva.

Tragué saliva, y también algunas palabras que prefería evitar para no hacernos más daño; me esforcé por apartarlas de mi cabeza y cogí aire para ser brutalmente sincera.

—No entiendes nada, Levi Manson. Lo que me enfada no es que no vengas, entiendo que todo esto lo he causado yo, de verdad, no hay un solo día en el que tú no me lo recuerdes y yo no me arrepienta. Lo que me duele es que fingieras que querías venir cuando ya los habías elegido a ellos.

Su silencio fue la única respuesta.

La grieta se abría, nos alejaba.

Y quería alcanzarlo, pero no podía.

Me sentía paralizada.

—¿Sabes, Vi? En realidad, tú elegiste primero.

Su susurro fue una bala entre mis costillas.

Después, colgó el teléfono.

• V •

No supe qué estaba haciendo hasta que sentí unos pasos a mi derecha, en la entrada del callejón, y me di cuenta de que había volcado una caja con cartones de una patada. Una botella vacía se había hecho añicos contra el contenedor. Me temblaban las manos. Las miré y volví a la realidad de dónde estaba y de quién había sido testigo de mi ataque de ira.

Me limpié las lágrimas con furia y me aparté el pelo de la cara. Jacob me miraba con aparente indiferencia, aunque por una vez encontré algo distinto en su expresión. Creo que era curiosidad.

Estaba dolida. Enfadada. Decepcionada. Pero, por encima de todo, estaba profundamente triste.

—Siento que hayas visto eso. No se lo digas a mi jefe, por favor, o en dos días te servirá café una aún más insistente que yo. Tú mejor que nadie sabes cómo funcionan las cosas en Los Ángeles.

Jacob no me quitaba ojo. A mis lágrimas. A mis uñas mordidas. Al temblor de mi cuerpo. A mi delantal, que me había arrancado con rabia y había acabado hecho un ovillo en el suelo. A todo eso que encerraba dentro y que comenzaba a dispersarse. Veía algo. Algo que aún desconocía que habitaba en mí. Algo que no había sido capaz de mostrarle en la jodida audición, ni en decenas de cafés, ni con mis esfuerzos.

—¿Quién eres? —me preguntó.

Pestañeé para quitarme los restos de humedad aún presentes y sentí mi corazón latiendo a toda velocidad. No era una pregunta cualquiera. Era un comienzo. Una oportunidad que Jacob me estaba dando, aunque no comprendía los motivos. Tampoco me importaban. Solo iba a cogerla, porque me pertenecía. Y porque Levi me había hecho daño. Y porque quería demostrarle que todo eso que estábamos viviendo merecería la pena.

—Violet Daphne Rose Cass...

Jacob alzó una mano, cerró los ojos y me calló con ese simple gesto. Entonces lo entendí. No podía dar los mismos pasos. Debía dar otros. La había jodido desde el primer momento. Yo no podía seguir siendo Vi, la hija del Loco Luke. Allí, dispuesta a comenzar una nueva vida y a comerme el mundo a bocados, debía tener un nombre a la altura. Uno que condensara en poco espacio mi grandeza. Uno que me ayudara a dejar atrás todo lo que no quería ser y que aún me acompañaba, lo quisiera o no, y que me hiciera acoger con los brazos abiertos lo que ansiaba conseguir.

Cogí aire y pronuncié por primera vez el nombre que me haría rozar el cielo y que me acercaría a los infiernos.

—Vi... Vida. Vida Rose.

Jacob sonrió al darse cuenta de que había formado uno nuevo sin renunciar a mis orígenes, combinando las primeras sílabas de los verdaderos. Pero eso solo lo sabríamos él y yo, porque, para mí, desde aquel momento una parte de esa Violet dejó de existir.

—Ven conmigo, Vida Rose. Tengo un papel para ti.

Y, así, sin más, en el callejón de los contenedores de una cafetería cutre de Los Ángeles, me convertí en una estrella.

Marzo, Levi

Nunca había estado en Seattle.

No obstante, no era eso lo que me mantenía ilusionado como un niño que estrena un juguete nuevo, sino la sensación de que se trataba de la primera vez que viajaba con amigos de esa manera.

Cumplía veintiún años e iba a celebrarlo como un joven más, emborrachándome de forma legal con mis mejores amigos en una gran ciudad desconocida, y no como el viejo que a ratos me sentía, con demasiadas responsabilidades, manejando una empresa que aún me venía grande, manteniendo a mi familia y luchando por una relación que empezaba a percibir como un lastre.

Ni siquiera sabía relajarme. Vivía en una tensión constante que me hacía dormir poco, mostrarme demasiado cerrado en mí mismo y siempre enganchado a los recuerdos, a las ausencias, a un jodido teléfono móvil que me acercaba un poco más a Vi, cuando ambos nos sentíamos cada vez más ajenos el uno del otro.

No iba a soplar las velas con ella, ni a celebrar que había conseguido un pequeño papel para una película en la que en breve comenzarían a trabajar, pero lo iba a hacer como merecía. Aunque fuera por una vez. Y no solo eso, sino como a mí me apetecía. No chocaríamos las copas por ella, sino por mí. Estaba harto de que tomara todas las decisiones, de tener que acomodarme a lo que me ofrecía, a siempre tener la sensación de que iba mil pasos por detrás. Porque eso sucedía con Vi, que ella corría y tú, mientras tanto, la seguías con plomos en los tobillos.

Estaba cansado y había decidido desconectar de mi realidad antes de que esta nos aplastara a ambos.

—Vuelve, Levi. Estamos a punto de brindar por el mejor cumpleaños de tu vida. —Markus me palmeó la espalda y me ofreció un chupito de color verde.

Sonreí y lo acepté. A mi alrededor, Dave, Gillian y Grace también lo hacían. Mis amigos. Los únicos que, pese a que durante un tiempo no cuidé como merecían, seguían a mi lado, mientras que Vi cada vez se distanciaba más de mí.

Me bebí el chupito de un trago y pedí otra ronda.

Me prometí que durante esos tres días no habría nada más que nosotros. Que dejaría fuera todo lo que dolía y que me mantenía permanentemente a la defensiva. Me juré que, durante un fin de semana, solo sería Levi, sin cargas, sin equipaje.

Sin ella.

Sin Vi.

Y lo conseguí.

Marzo, Vi

Miré el teléfono de nuevo. Eran más de las doce y yo ya tenía diecinueve años.

Pese a ello, nadie más parecía recordarlo.

Me encendí un cigarrillo.

Camila había salido con unos amigos. Aún podía llamarla y unirme a la fiesta.

Di una calada y exhalé el humo mientras recordaba otros muchos aniversarios entre las montañas rocosas de Montana.

Los recuerdos sabían a pastel de chocolate casero y a mirar las estrellas en el bosque. A compartir nuestro primer cigarro cuando Levi cumplió los catorce. A una figura de madera con forma de libélula al cumplir yo los diecisiete. A detalles. A instantes perfectos.

Me llevé los dedos al cuello y moví el mecanismo oculto del collar hasta que hizo clic y la madera cedió. «Vi.» Mi nombre. También, la mitad del suyo. Fui consciente de que me sentía así; la mitad de un Levi que ya no se me mostraba por entero, solo a medias, entre sombras.

¿Dónde se encontraría el resto?

Me levanté nerviosa y me asomé a la ventana.

Seattle estaba demasiado lejos.

Se merecía ese viaje, esos amigos, divertirse y ser feliz sin mí. Nunca le había puesto límites. Nunca le había pedido nada.

Pero algo cambió ese día. Porque Levi, la primera persona que siempre me felicitaba y me deseaba una feliz vuelta al sol, se había olvidado de mí.

Apagué el cigarro en la ventana y llamé a Camila. Cuando tuve una dirección, me puse un vestido, contuve los trozos de corazón roto dentro de mi pecho como pude y me marché.

Dos horas después flotaba en medio del salón de un piso oscuro y mal amueblado. No sabía a quién pertenecía. Bebía vodka directamente de una botella. Una pastilla con forma de media luna se deshacía en mi lengua. Y me reía. Me reía mucho, alto, sin miedo, con ganas. Aunque por dentro lloraba. Por dentro era una bomba de relojería de la que comenzaba a oír el soniquete de una cuenta atrás.

• V •

A la mañana siguiente recibí una llamada de Levi. Estaba en la cama y me dolía la cabeza. Hablamos del mal tiempo que hacía en Seattle, de la resaca que ambos, pese a la distancia, compartíamos, y saboreamos silencios nuevos que no comprendíamos del todo.

—Feliz cumpleaños, Vi.

—Gracias, Levi.

Sonreí, pero fui consciente de que esas palabras, por primera vez, no me provocaban nada. Me sentía vacía.

Abril, Levi

—No vas a venir.

—No puedo.

—Hostia, Vi…

Apreté los dientes y me dejé caer en el sofá. Me costaba creérmelo.

Eran sus vacaciones. Ya había cancelado el viaje de Navidad. Ya me había marchado yo a Seattle, posponiendo nuestro reencuentro un mes, porque ella me había prometido que en esa ocasión de verdad volvería para quedarse unas semanas, y ahora me decía que no era posible.

Empezaba a creer que algo, si era bueno, no debía ser tan complicado.

—Estamos en mitad del rodaje, ¿vale? ¿Es que no puedes entenderlo? Fuiste tú el que preferiste irte de fiesta con tus amigos a venir a verme el mes pasado —me recriminó por primera vez.

Me tensé. Pensé en Seattle. En las risas compartidas hasta que notábamos las lágrimas en los ojos. En el tequila haciéndonos poner muecas raras y goteándonos por las comisuras de los labios. En las anécdotas que nos habíamos traído de esa escapada. En la sensación de libertad. En la complicidad de los amigos de verdad.

En un beso.

Cogí aire y me enfrenté a los reproches de Vi.

—¿A eso jugamos ahora? ¿A echarnos cosas en cara?

Suspiró contra el teléfono, principalmente, porque ella nunca era así; Vi no recriminaba, Vi te aceptaba, pero comenzábamos a ser otros, otros mecidos por las circunstancias, por los temores, porque intuíamos que lo nuestro se nos escapaba y éramos incapaces de frenarlo. Deseé más que nunca abrazarla. También, dejarla ir, tirar la toalla, decirle que no podía más, que no entendía por qué nos esforzábamos en algo que no tenía ni pies ni cabeza, porque llevábamos casi un año sin vernos y no tenía ningún sentido ponerle nombre a la ausencia.

—Lo siento, estoy cansada.

—Yo también, Vi. Yo también.

Sin embargo, ella se refería a un estado general y yo... yo estaba hablando de nosotros.

Mayo, Vi

Cumplí un año en Los Ángeles deslumbrada por la luz sin fin de un mundo nuevo. Me sentía fascinada por lo que me rodeaba. Si cerraba los ojos un segundo, creía que me perdería algo importante, único, especial, así que me mantenía en un estado de alerta permanente. Quería absorberlo todo. La vida había despertado para mí y no pensaba desperdiciar ni un instante.

Rodar una película no se parecía en nada a lo que había jugado a imaginarme tantas veces. Era un proceso arduo, complejo y no siempre bonito, aunque en mi cabeza todo tenía un matiz brillante que lo hacía alucinante.

Enseguida me integré en el equipo, pese a que mi papel a ojos de los demás fuese insignificante. La primera vez que vi al elenco protagonista me quedé tan ensimismada que Jacob me reprendió como a una niña, pero es que, hasta el momento, Diane Hunt y Orson Rise no habían existido para mí fuera de una pantalla, y de repente eran de carne y hueso y descubría que Diane era adicta a la mantequilla de cacahuete y que Orson fumaba a escondidas porque temía que su vicio llegara a oídos de su mujer. Eran personas. Eran reales. Y yo también. Vida Rose existía. Una chica de diecinueve años que destacaba por su descaro y en cuya inexperiencia veían la frescura e ingenuidad de la juventud.

Yo interpretaba a Lucy, una prostituta que Diane conocía una noche por casualidad y que presentaba a su marido como la solución a sus problemas. Al final, resultaba ser el desencadenante de su divorcio. Aparecía poco y hablaba menos. Lucy era un personaje superficial en escena, aunque profundo en importancia. Apenas tenía tres apariciones y se dedicaba más a observar lo que sucedía a su alrededor que a actuar. No obstante, su apariencia destacaba por encima de la falta de luminosidad de la película. Jacob y Patrick presentaban la vida de Marcia y Dustin, los protagonistas, como gris, monótona, en un mundo perfecto y cuadriculado que producía cierta desesperanza y que incomodaba al espectador al hacerle analizar su propia y aburrida rutina. Pero, de repente, Marcia se cruzaba con Lucy comprando tampones en una tienda de madrugada. Al verla, con su pelo largo, sus ojos perfilados, su falda amarilla de tul y sus tacones de aguja, deseaba conocerla. Deseaba ser ella. Deseaba volver a su casa y que Dustin la mirase como ella miraba a esa desconocida entre los estantes de un comercio de carretera. Así que, tras una conversación un tanto críptica, la invitaba a cenar con ellos unos días después. Cuando Lucy aparecía en la casa con una botella de vino, ambos se derrumbaban y aceptaban que su matrimonio estaba hecho pedazos. Lucy era el punto de luz que les hacía entender que su historia había llegado a su fin.

Era una película maravillosa.

Me coloqué por enésima vez el escote del vestido de encaje y suspiré. Así maquillada y vestida, sí que me pareció ver a una nueva Vi, una más lejana a la que había llegado a Los Ángeles un año antes. Una que aún no se conocía demasiado, pero que comenzaba a perfilar quién deseaba ser.

—Lucy, a escena en dos minutos.

Me miré al espejo por última vez y cogí aire con profundidad. Lucy. Ese era el nombre de la mujer en la que debía convertirme. Tenía que lograr que fuera creíble.

Pero estaba nerviosa.

Jodidamente nerviosa.

Sonreí a mi reflejo y vi el rostro de Jacob asomado a la puerta de mi camerino.

—¿Preparada?

Asentí.

—Nací preparada. Pensé que ya te lo había dejado claro.

Jacob se rio y entró hasta apoyar las manos en mis hombros. En muy poco tiempo, su actitud hacia mí había cambiado tanto que ya lo consideraba una persona de confianza, una especie de figura paternal que nunca había tenido. Ya no le servía café, pero sí que compartíamos alguno con un trozo de tarta que Camila nos preparaba cuando podíamos escaparnos del rodaje e ir a verla a la cafetería. Entonces hablábamos. Yo le contaba mi vida, le hablaba de quién había sido antes de convertirme en la chica que él había conocido, de mi padre, de Russell, de Levi. Le hablaba mucho de Levi. Él me escuchaba, me daba consejos, me liberaba un poco de mis propios demonios solo con ponerles voz. Y después comíamos dulces hasta hartarnos o hasta que Jacob se quejaba por la indecente cantidad de calorías que tenían.

Me observó con los ojillos ampliados por los cristales de sus gafas y sonrió con seguridad.

—Va a salir bien. ¿Y sabes por qué lo sé? Porque tienes luz, Violet. Y las personas con luz solo pueden brillar, incluso aunque sean pésimas actrices.

Coloqué la mano sobre la suya en señal de agradecimiento, no solo por su aplastante sinceridad, sino también por la oportunidad que me estaba regalando, y me levanté.

Había llegado la hora de alzar el vuelo.

Julio, Levi

—Te hemos visto en la tele. Hablaban de la película.

Sentí que Vi cogía aire.

Habían filtrado las primeras imágenes del rodaje. En ellas apenas enfocaban a Vi, al fin y al cabo, nadie sabía quién era y se centraban en la pareja protagonista, pero su presencia era innegable. Destacaba como una puta polilla sobre una lámpara y los medios ya habían empezado a preguntarse quién era esa chica de rasgos salvajes y mirada astuta.

—¿Qué ha dicho mi padre?

—Que parecías mayor.

—¿Y Russell?

—¿De verdad quieres saberlo? —Nos reímos y suavicé los improperios que habían salido por la boca de ese carcamal—. Dice que son todos unos impresentables. Que la película va a ser un bodrio inmoral y que tú estarás mediocre porque no has actuado en tu vida.

—Qué encanto —dijo con ironía. Luego su voz tembló por la emoción contenida—. ¿Y tú? ¿Qué opinas tú?

Apreté el teléfono entre mis dedos.

Recordé cómo se me había parado el corazón al verla en el inmenso televisor del bar de Markus. Tan bonita. Con un vestido ceñido, con cortes en la zona de la cintura, su pelo suelto y unos tacones que le hacían unas piernas kilométricas. Su mirada afilada. Su presencia, tan inmensa que era imposible no quedarse obnubilado. Rememoré lo que había sentido al verla, el orgullo, la ilusión, y también la envidia, los celos y un sentimiento dañino de posesión que me había hecho desear que nadie la mirase.

—Estabas preciosa, Vértigo.

Tragué saliva. No porque fuera mentira, sino porque ocultaba otras que empezaban a enquistarse.

• V •

Nuestra relación estaba en un *stand-by* y ambos lo sabíamos. El tiempo corría sin compasión, los recuerdos juntos cada vez quedaban más lejos y vivíamos el presente acostumbrándonos a la ausencia del otro.

Las llamadas se espaciaban. Vi ya no era la chica que rebuscaba monedas en los bolsillos para poder hacer una llamada de un minuto en una cabina; tenía teléfono propio y tiempo suficiente para telefonearme cada noche. Ambos lo teníamos. Sin embargo, ya no lo hacíamos. A veces, nos costaba encontrarnos. Pulsaba su número y acababa escuchando la voz metálica e impersonal de un contestador, porque había salido con sus nuevos amigos o el rodaje se había alargado hasta la noche y Vi no se permitía perderse ni un segundo de ese proceso, tuviera que grabar ella o no. En otras ocasiones era yo el que percibía la vibración del aparato en el bolsillo de mi pantalón mientras tomaba cervezas en el bar de Markus; lo sacaba, miraba su nombre escrito unos segundos y lo guardaba sin responder. ¿Por qué? Ni siquiera hoy tengo una respuesta. Simplemente, sucedió, nos alejamos y nos acomodamos a ese estado.

Los planes dejaron de ilusionarnos para convertirse en una losa, en un tema tabú que preferíamos evitar para no decepcionarnos. Pasamos de compartir con el otro las ganas que teníamos de vernos a aceptar que nuestra relación iba a ciegas. Las palabras dejaron de importar. Los silencios ocuparon un lugar en el que antes no tenían espacio para asentarse.

Nuestra historia... nuestra historia pasó de tenerlo todo a ser menos que nada.

Agosto, Vi

Unas semanas más tarde, cogí un avión con un nudo en la garganta y con todas las ganas del mundo en mi estómago. Cuando al fin puse un pie en Whitefish, después del vuelo hasta Kalispell y un corto trayecto en autobús, me di cuenta de que lo echaba de menos más de lo que pensaba: el color azul de su cielo en verano; la inmensidad de sus montañas; el aire, que no se parecía en nada al de California, sino que era más puro, más limpio, y más denso en el buen sentido.

No había avisado a nadie. Entre otras cosas, porque no estaba muy segura de qué me iba a encontrar a mi regreso, pero prefería que fuera natural y que no se prepararan para mi vuelta. Prefería ver a mi padre borracho que haciendo esfuerzos por parecer alguien decente que lo convertiría en otro. Prefería que Russell me apuntara con su escopeta antes de que le diera tiempo a entrenarse para fingir que no me había echado de menos. Prefería ver en Levi la verdadera emoción que le provocaba mi regreso. Los quería a ellos, como eran de verdad, sin disfraces, aun sabiendo que mi sorpresa conllevaba riesgos.

El rodaje ya había terminado. La película estaba en posproducción y Jacob nos había dado vacaciones a todos antes de comenzar con la promoción. El estreno estaba programado para el mes de abril. Ni siquiera podía imaginarme cómo sería mi vida para entonces; todo estaba cambiando a pasos agigantados.

Camila y yo nos habíamos mudado a un piso con el que unos meses antes no podríamos ni haber fantaseado. Tenía dos dormitorios y vistas a unas canchas de baloncesto. Seguía siendo diminuto y desde allí Camila debía ir a la cafetería en autobús, pero podíamos pagarlo, contábamos con espacio para cada una y, si te esforzabas un poco, a lo lejos casi se veía el mar.

Aún sonrío al recordar mi reacción cuando firmé el primer contrato con Jacob y vi lo que iban a pagarme. Tuve que sentarme de lo que me temblaban las piernas. Siendo sincera, y después de la experiencia sumada con los años, era una miseria, pero para una chica que cobraba el sueldo mínimo y que nunca había tenido dinero en los bolsillos, aquella cifra resultaba una pequeña fortuna.

Y, de pronto, lo tenía. No había tenido que dudar al pagar mi billete de avión, tampoco al comprarle ropa a mi padre ni los regalos que había cargado en mi maleta nueva para todos.

Sonreí, orgullosa de mí misma, y caminé por la ciudad que me había visto crecer con la cabeza alta y sin remordimientos. Por primera vez, deseaba que me mirasen, y que lo hicieran no abría un agujero en mi pecho que, por mucho que me hubiera esforzado en ignorar, siempre había estado ahí.

Me acerqué al local de los Baker. En cuanto traspasé la puerta me golpearon algunos recuerdos. Pese a que evitaba juntarme con los amigos de Levi, en más de una ocasión había ido allí a buscarlo. Era uno de los pocos sitios de Whitefish donde no me sentía fuera de lugar; puede que porque la familia de Markus siempre fue agradable conmigo.

El bar estaba bastante lleno. Algunas parejas charlaban en las mesas, una familia parecía celebrar una merienda infantil y algunos hombres tomaban cerveza en la barra aún con la ropa del que acaba de terminar su jornada de trabajo. Markus secaba unas jarras con brío. Sonreí al verlo, porque siempre me había caído bien. Su pelo oscuro estaba tan alborotado como a los diez años y descubrí un tatuaje en su brazo derecho que antes no estaba ahí. Cuando alzó la mirada y me reconoció, el paño se le escurrió de las manos.

—La hostia puta.

No pude evitar reírme por su reacción. En el lado izquierdo de la barra, un grupo de jóvenes se dieron cuenta del desconcierto de su amigo y siguieron el asombro de sus ojos hasta encontrarme a mí. Entre ellos, él. Levi. Mi chico de las preguntas.

El corazón se me revolucionó.

Él no reaccionó; solo me miró, preguntándose si era real. Dave, Grace y Gillian hicieron lo mismo.

Les dejé tiempo. Lo hice porque asumía que algo había cambiado. Yo era la misma, o eso creía, pero la percepción que tenemos de los demás puede variar mucho en función de lo que vivamos. Y yo ya no era solo Vi, la hija del Loco Luke. Yo ya era algo más, algo que les parecía lejano y, a la vez, familiar. Yo ya era un poquito Vida Rose, aunque aún me costara identificarme con ese nombre.

Señalé los botellines de cerveza que los rodeaban y me acerqué a Markus.

—Me pones una, ¿por favor?

Él tragó saliva. Después sonrió con malicia y se cruzó de brazos.

—No. Que yo sepa, aún no has cumplido ni los veinte. Me importa una mierda que ahora seas Vida Rose o la reina de Saba. Aquí no se sirve alcohol a menores.

Sonreí. Por esas cosas Markus me gustaba. Él nunca me miró diferente. Él nunca me trató como si hubiera dejado de ser la niña extravagante que siempre acompañaba a su mejor amigo.

—Me conformaré con uno de tus zumos de piña.

Su sonrisa fue deslumbrante.

—Marchando.

Entonces cogí aliento, me volví y me enfrenté al chico que se había quedado congelado sin saber qué decir. El mismo con el que sentía que llevaba semanas jugando al escondite, porque Levi y yo habíamos pasado a una fase en nuestra relación que no comprendía del todo. Nos seguíamos buscando sin cesar el uno al otro, pero parecía que rara vez nos encontrábamos. Cuando lográbamos hablar por teléfono, callábamos de más para evitar discutir o regodearnos en los reproches. Al colgar, siempre me acompañaba una sensación extraña, pegajosa, molesta. Y la tristeza del que sabe que, por primera vez, había un «adiós» implícito en todas aquellas palabras sin pronunciar.

No voy a mentir diciendo que no estaba muerta de miedo. En aquel punto, Levi y yo hacíamos equilibrios sobre una cuerda tan fina que sabía que cualquier tropiezo nos haría caer. Por eso estaba de vuelta en Whitefish. Había dicho que no a algunos eventos para poder escaparme de mi nueva realidad unas semanas e intentar reconducir lo nuestro. No era demasiado, pero tenía que valer.

Levi estaba igual que siempre, pero distinto. Más mayor. Más adulto. Sus vaqueros los reconocía, incluso recordaba el tacto de la tela entre mis dedos, pero la camisa no. Era nueva. De cuadros rojos y azules. Su pelo estaba un poco más corto que la última vez. Su piel, siempre pálida, tenía el color de quien ha trabajado muchas horas de sol a sol. Sus ojos... sus ojos seguían mirándome con la misma intensidad; una mezcla extraña de amor, miedo y curiosidad. Quizá por eso siempre me gustó Levi, porque en él nunca se acababan las preguntas. Siempre me miraba como algo que desentrañar. Como un acertijo.

Me atreví y di un paso hacia él.

No tuve que dar uno más.

Su abrazo me atrapó y escondí el rostro en su cuello.

Había vuelto a casa.

• V •

—No puedo creer que estés aquí.

—He venido en cuanto me ha sido posible, Levi.

Si creyó que seguía siendo una excusa o una mentira, no dijo nada. Sonrió y su mano rozó la mía. Pensé que iba a cogerla, pero se quedó en un intento. La escondí en el bolsillo de la chaqueta sintiendo el vacío.

Después de una conversación un poco incómoda con sus amigos, nos habíamos marchado. Levi se había mantenido en silencio desde que nuestro abrazo había terminado. Parecía conmocionado y feliz; también asustado.

Me observó de nuevo e intenté verme a través de sus ojos. En mi cabeza, nada había cambiado. Mi pelo seguía siendo el mismo, moreno, largo, un tanto incontrolado. Jacob no había querido cambiar mi imagen para la película, así que, pese a los tratamientos a los que me había sometido el equipo de estilismo —saneamiento, corte, manicura y una depilación de la que jamás me recuperaría—, mi apariencia era la misma. Mi ropa era nueva, aunque no distaba mucho de la que él había conocido. Pese a mis fantasías, aún no me veía capaz de gastar mis ahorros en caprichos innecesarios. Solía llevar vaqueros, camisetas que había retocado yo misma para darles cierto encanto y algunas prendas que había comprado en tiendas de segunda mano. Aquel día, llevaba un pantalón acampanado color cielo y una camiseta que Camila me había enseñado a desteñir para darle un aire retro.

No obstante, Levi siempre veía más allá.

—Estás... diferente.

—¿Por qué?

—No lo sé. Hay algo en ti distinto.

Tragué saliva. Me aparté el pelo de la cara y me esforcé por ser valiente.

—Pero ¿te gusta?

Él suspiró. Una pequeña sonrisa brotó de sus labios.

—Eres tú.

Dos palabras. El consuelo. La seguridad. Solo dos palabras y sentí el cosquilleo que nos pertenecía creciendo en mi estómago.

Aunque nos apetecía estar solos, fui a ver a mi padre. Levi había cargado con mi maleta todo el camino y también debía dejarla en casa.

Al entrar, una sensación incómoda se me pegó a la piel. Quizá porque nunca recuerdas aquello a lo que evitas darle importancia. Y aquel era mi hogar, el único que tenía. Tal vez por eso jamás me había parado a pensar en cómo lo veían los demás. En sus telarañas, sus destrozos, su aspecto viejo y descuidado. La imagen de papá ojeroso y flaco tumbado en el sofá. Pese a ello, por primera vez, veía mi niñez, y la que había sido mi vida, desde fuera, y lo que encontraba me horrorizaba. Me imaginé a una niña correteando por esos matorrales sin podar, llenos de pinchos, de animales que hacían suyo el jardín, de basura sin recoger. La imaginé criándose entre vacíos y carencias, entre botellas e inexistentes rutinas, y me tragué las lágrimas que no me permitía. Me imaginé una infancia que era muy diferente a la que yo había vivido en mi cabeza, porque la había disfrazado tanto que apenas quedaba nada de su realidad. Pero de pronto sí. De pronto la tenía delante y su verdad me golpeó con fuerza.

De eso era de lo que había huido. Allí era a donde no quería volver.

Me acerqué al sofá y a ese cuerpo que apenas reconocía. Parecía que para mi padre hubieran pasado diez años.

—Papá.

Se volvió un poco y parpadeó para enfocar la vista.

—¿Rose?

Cerré los ojos un segundo para controlar las emociones. Quizá también para que él disfrutara un poco más de creer estar viendo a mi madre.

—No, soy yo. Soy Violet.

Se incorporó un poco, pero se tropezó y volvió a tumbarse. Me coloqué a su lado y le pasé la mano por el pelo; sucio; lacio.

—No sabía que venías a comer, pajarillo. —Sonreí—. Habría recogido esto un poco.

—No te preocupes. Descansa. Yo me ocupo de la comida.

Sonrió con agradecimiento, dejó un beso en mi mano y se durmió.

Cuando me levanté y vi la expresión de Levi, me odié tanto que apenas podía respirar. ¿Aquello se lo había hecho mi ausencia? Sin embargo, lo odié un poco más a él, porque distinguí la culpa en sus ojos por encima de todas las demás cosas.

No era mi responsabilidad. Me lo había repetido mil veces. O quizá sí, pero no podía cargar con él para siempre. Me había encargado de que estuviera bien. Martha, la dueña de la tienda de comestibles, le llevaba comida una vez a la semana que le dejaba en la entrada del sendero; lo habíamos acordado así antes de irme a cambio de un pequeño adelanto y con la condición de devolverle todo lo que quedara a deber a mi regreso. Levi lo visitaba de vez en cuando. No era yo quien levantaba la botella ni quien se había rendido hacía demasiado tiempo. No podía culparme eternamente.

Nos dirigimos al bosque por la parte de atrás. Yo caminaba rápido en un intento por soltar esas emociones pegajosas y molestas que me había despertado el reencuentro con mi padre. Levi me seguía los pasos, callado, tenso y conteniendo todo lo que pensaba de mí y que ni yo quería escuchar ni él hacer real.

—¿Cuánto tiempo te quedas?

—Dos semanas. Tengo que estar en septiembre en Los Ángeles para comenzar con la promoción.

Asintió. No dijo nada, pero supe que callaba cada vez más.

¿En qué momento nos habíamos convertido en esto? Contención. Secretos. Mentiras.

Me esforcé por apartar de mi cabeza todo lo que comenzaba a pesar demasiado.

—¿Cómo va el trabajo?

Su mirada se iluminó.

—Bien. No damos abasto. Hemos ampliado plantilla este mes.

—Cuánto me alegro, Levi.

Era verdad. Sonreí, respiré de nuevo y pensé que solo había sido un bache en lo nuestro, pero que todo iba a ir bien. Nos echábamos tanto de menos que no había espacio para nada más. Éramos nosotros y eso ya era mucho más que todo lo malo que pudiera surgir.

—Mi padre ya apenas se encarga de nada. A veces pasea por las obras, pero solo porque echa de menos estar con el equipo. Han sido demasiados años como para permitirse ahora disfrutar de estar retirado.

—Y con cuatro mujeres en casa.

Nos reímos. Casi había olvidado lo agradable que era.

Como siempre y, al mismo tiempo, distinto. Porque Levi tenía razón, algo había cambiado. Lo quisiera ver o no. Algo invisible, muy interno, de lo que cuesta localizar y comprender, pero que está. Y que es imposible ignorar.

Sentí unas inmensas ganas de llorar.

• V •

Caminamos hasta la cabaña de los Collins. No lo planeamos, pero nuestros pasos nos llevaron hasta allí. Quizá porque era un sitio demasiado nuestro. Tal vez, porque tanto Levi como yo buscábamos excusas para volver a ser los que éramos antes de que me marchara de nuevo.

—Sigue igual.

—Nadie la compra.

—Mejor. Así sigue siendo nuestra.

Le guiñé un ojo y me colé por la puerta rota. No habíamos vuelto a entrar desde aquella vez, siendo aún unos niños curiosos; entonces descubrimos que no había nada de valor dentro, solo los restos de una vida que hacía mucho tiempo que alguien había abandonado. Muebles sucios y viejos carcomidos por las polillas, ropa hecha jirones y un zorro muerto. Si los jóvenes del pueblo no la habían hecho suya, era porque no merecía la pena. No era la única casa deshabitada de los alrededores, aunque quizá sí la más inhóspita. Por eso Levi y yo le teníamos un cariño especial. Tal vez, porque yo me había sentido más identificada con ella en la infancia que con cualquier otro rincón del condado.

Aislada, sola y rota.

Aquel día volvimos a entrar. No había nada nuevo, solo más cristales por el suelo y los restos de la comida de algún animal que se habría colado para almorzar con cierta intimidad. Entré en la cocina y, desde allí, salimos a la parte trasera.

El sol brillaba con fuerza. Las flores crecían salvajes. Mi corazón buscaba cómo liberar lo que ya no me cabía en él.

Sentí a Levi a mi espalda. Su respiración en mi oído. Su olor en mi propio aliento.

Aún no nos habíamos besado. De hecho, apenas nos habíamos tocado. Después de su abrazo en el bar nos habíamos mantenido a una distancia prudente que no comprendía del todo. Me moría por sentirlo, pero una parte de mí no sabía si aún podía hacerlo. Y eso me aterraba.

Levi y yo nunca fuimos una pareja al uso. Nunca le pusimos nombre a lo nuestro. Nunca sentimos la necesidad de hablar de límites. Ni de normas. Ni de si seguíamos siendo los mismos locos enamorados, pese a la distancia y el tiempo. Simplemente, estábamos ahí, el uno para el otro. Yo en Los Ángeles, cumpliendo un sueño; él en Montana, protegiendo a los suyos. Y no concebía que la vida pudiera ser de otra manera.

Lo que se me olvidaba a menudo era que la vida tiene sus propios latidos y no siempre coinciden con los nuestros.

Di un paso hacia atrás y me topé con su pecho. No se movió. Noté su nariz jugueteando entre mi pelo. Me estremecí. Y sentí frío, y miedo, y dudas. Porque, de pronto, pensé que, si ya no me sentía libre de poder besar a Levi cuando me viniera en gana, era porque lo nuestro estaba más deteriorado de lo que pensaba.

También distinguí el vértigo, agazapado, esperando a que por fin nos rindiéramos a lo que nunca dejaría de flotar entre nosotros.

Me volví y me encontré con sus ojos; tan azules, tan cálidos.

Y exploté.

—Hace tanto tiempo que no te beso que me siento tonta porque no sé si recordaré cómo hacerlo. Hace tanto tiempo que no me besas que me da miedo que no te guste, que ya no quieras, que ya no encajemos. —La sonrisa de Levi se ensanchó hasta soltar una carcajada; yo fruncí el ceño, pese a que ese sonido despertó en mí un alivio inmediato—. ¿Yo estoy al borde del colapso nervioso y tú te ríes, Levi Manson?

—Tardaste casi quince años en dar el primer beso y lo hiciste de miedo.

Me mordí el labio y él humedeció el suyo.

Su mano se deslizó por mi cuello.

Cerré los ojos ante la oleada de recuerdos.

—Era buena, ¿eh?

Sonreímos. El mundo entero se condensó bajo mi ombligo.

Quizá todo saldría bien. Al menos, no podía decirse que no lo estábamos intentando.

—Demasiado buena como para olvidarlo.

La última palabra la terminó en mi boca. Y nos besamos. Y es mentira eso que dicen de que el tiempo apaga el fuego, porque, cuando se trataba de Levi y de mí, solo lo avivaba. Allí, en un jardín descuidado en el que la naturaleza había tomado el mando, Levi y yo nos acostamos. Nos desnudamos y nos dejamos caer sobre su camisa. Su lengua recorrió puntos de mi cuerpo que habían permanecido dormidos más de un año, esperándolo a él. Mi sexo buscó el suyo; lo reconoció, lo meció. Mis manos se perdieron por sus curvas, descubriendo que su cuerpo era más duro, más el del hombre en el que se había convertido y menos el del niño que me seguía a donde fuera con los ojos cerrados.

Mi voz gritó su nombre.

Su orgasmo susurró el mío.

Le dije que lo quería.

Su respuesta fue el silencio.

Agosto, Levi

Me acostumbré rápido a ella. A sus besos. A su descaro. A sus sonrisas. A tenerla de vuelta y a la esperanza de que lo nuestro fuera posible.

Solo fueron dos semanas, pero las vivimos intensamente, pese a que había algo en mi interior que me tenía como anestesiado.

Aquel agosto, Vi y yo fuimos un amor fugaz, de esos que tienen fecha de caducidad apuntada en el calendario; un amor de verano, sin saber que ya nos habíamos convertido en uno, y ¿sabes qué?, esos son los que más duelen. Los que se desconocen. Los que se confunden con mucho más. Los que terminan antes de que seas consciente de que ha llegado su final.

Sin embargo, pese a toda la emoción asociada a su regreso, a la vez me resultaba extraño tenerla a mi lado. Me había habituado a una vida sin Vi, una en la que me pasaba el día lamentando sus ausencias, pero a la que ya me había hecho y que, en el fondo, me agradaba. Con ella siempre había duda, preocupaciones... Sin Vi cerca, mi vida era tranquila, cómoda, sencilla. Eso fue lo que descubrí con su visita. Que aún la quería, sí, pero también que su marcha me había venido bien a mí de forma indirecta.

La relación con mi familia dejó de tener el tabú que llevaba su nombre. Mis padres no fruncían el ceño cuando les decía que iba a salir, porque sus preocupaciones y sus prejuicios se habían marchado con Vi. Tampoco tenía que elegir entre ella y mis amigos. Ver a Markus y a los demás a menudo sin sentirme culpable me hizo darme cuenta de que lo mío con Vi no era tan sano ni bonito como nosotros creíamos. No, si uno cortaba la libertad del otro. Porque lo hacíamos; yo le reprochaba en cada llamada que su hogar estaba en Montana, a mi lado, cuando lo que ella necesitaba era realizarse como persona, aunque fuese lejos de mí; y Vi era como un centro de gravedad donde no había cabida para nada más. Si la querías a ella, escogías. No había otra opción posible. O, quizá, no supimos encontrarla.

Y entonces nos hallábamos ahí, en un punto medio en el que nos queríamos demasiado para separarnos, pero las cosas no iban bien. Ambos habíamos descubierto carencias que debíamos suplir lejos del otro. También éramos conscientes de los vacíos que antes no estaban y que se habían abierto durante esos meses.

No obstante, no podía dejar de besarla.

Si tuviera que resumir aquel último verano, diría que empezó y terminó en sus labios.

• V •

—Echaba de menos esto —susurró.

Acaricié su pecho desnudo y me tumbé sobre él. Sus dedos se paseaban por mi pelo en un movimiento constante; adelante y atrás, adelante y atrás. Oía su corazón contra mi oído.

—Yo también. Pero no era lo único que echaba de menos.

—¿Qué más echabas de menos? —preguntó contra mi pelo.

—Todo, Vi.

—Ya...

No hacía falta explicárselo, porque lo entendía. La falta de sexo había sido una carga para mí todo ese tiempo. A los veintiún años es complicado apartarlo de la cabeza, pero con ella entre mis brazos después de saciarnos una y otra vez me daba cuenta de que rápido pasaba a un segundo plano. Porque aún sentía más nostalgia de su simple presencia, de estar juntos, de las conversaciones tontas y las más serias, de perderme con ella entre las montañas a contar estrellas y descubrir que lo teníamos todo sin esperar nada.

—Yo echaba de menos el sonido de las cigarras.

Me reí. Solo Vi podía decir algo así y acepté que eso también lo había echado de menos. Sus diferencias. Aquellos detalles que la hacían única y que nunca encontraría en nadie más.

—Vaya, sin duda no era la respuesta que esperaba. Pensé que dirías que echabas de menos esto —metí la mano entre sus piernas y ella gimió—, lo que te hago reír, lo bien que siempre lo pasamos juntos sin necesidad de que hagamos nada o lo divertido que es ver a Russell insultándome. Pero ¿las cigarras?

Vi se arqueó cuando le hice cosquillas en la parte interna de los muslos. Luego se rio como una niña haciendo travesuras.

—No tienes ni idea, tonto. Las cigarras suenan diferente al amanecer. ¿No te das cuenta? De pequeña, cuando las oía, siempre sonreía, porque era un nuevo día en el que ir a jugar contigo. ¿Te acuerdas de todas las aventuras que vivíamos? ¿De todo lo que teníamos al alcance?

Sonreí ante la oleada de recuerdos. Vi y yo corriendo por el bosque. Inventando historias. Jugando a ser superhéroes. Ayudándola a fabricar artilugios inútiles que cobraban vida solo a través de sus ojos mágicos. Escondiéndonos en una cueva en el Parque de los Glaciares mientras yo asumía que ella no era inmortal. Dándonos un primer beso.

De repente sentí que nos habíamos comido la vida tan rápido que me daba miedo cerrar los ojos y, al abrirlos de nuevo, haber cumplido los cuarenta.

Le dejé un beso distraído en la piel desnuda y me incorporé un poco.

—¿Cómo no acordarme? Estabas pirada.

Fingió estar molesta y comenzó a pellizcarme hasta que explotamos en carcajadas; la agarré por las muñecas y la dejé caer sobre mí; tragué saliva ante esa mirada... esa tan intensa que siempre me dejaba sin aire. Era preciosa. Nunca sería la chica más guapa de un lugar, pero tenía algo inmenso que la hacía jodidamente espectacular.

Iba a triunfar. Lo sabía. Se comería el mundo y no dejaría nada para los demás. Era imparable. Un jodido huracán. ¿Alguna vez has intentado contener uno? Es imposible.

Se apoyó en mi pecho y besó el borde de mi cuello mientras yo nos recordaba como dos niños curiosos que se adoraban sin límites.

—Sin ti jamás hubiera imaginado tanto. Hacías que todo fuera fácil, Vi. Veías leones en las alpacas de heno de la granja de los Johnson.

—Sin mí, te hubieras convertido en un adulto a los once.

Nos reímos porque era una verdad como un templo. Siempre fui un niño poco imaginativo, serio, preocupado en exceso por cosas en las que no debía pensar. Siempre mirando hacia dentro, demasiado reflexivo, haciéndome preguntas que no sabía contestar. Hasta que llegó Vi y, con ella, algunas respuestas, y juegos, y formas de dejar mi mente en blanco o de llenarla de pájaros que me hacían sentir más liviano.

La abracé; abracé a aquella niña risueña y valiente que aún veía en ella, aunque solo fueran retazos, y dejé salir la pregunta que últimamente no dejaba de hacerme; una duda que me carcomía un poco por dentro.

—¿Y por qué tengo la sensación de que, pese a ser yo el que tiene una vida estable y llena de responsabilidades, eres tú la que más ha crecido? ¿En qué punto me pasaste, Vi?

Ella negó con la cabeza. Le aparté el pelo de la cara y me alegré mucho de que estuviera allí, conmigo, entre mis brazos, respondiendo a lo que dentro se convertía en nudos. Contuve el huracán todo el tiempo que pude porque, antes o después, debería dejarlo seguir su camino lejos de mí.

—Crecer no es una carrera, Levi.

—Y menos mal, porque ganarías todo lo que te propusieras.

Su sonrisa fue maliciosa. Se tumbó sobre mí y agarró mi mano, aún entre sus piernas, demostrándome que, por mucho que nos creyéramos maduros, no éramos más que dos adolescentes con los cuerpos revolucionados.

—Te echo una carrera... —susurró contra mis labios antes de colar sus dedos también bajo las sábanas buscando mi dureza.

Eso era lo sencillo. Cuando conoces el cuerpo de una persona mejor que el tuyo resulta fácil perderse en él, no cansarse nunca, mimarlo con tiempo y dedicarle todas las caricias acumuladas que no pudiste regalarle en la distancia. Con Vi desnuda entre mis brazos olvidaba por unos instantes todo lo demás. Y qué bien me hacía, porque sin ella sentía que, más pronto que tarde, acabaría explotando.

• V •

Esos días me parecieron los primeros que de verdad paseamos juntos por Whitefish. Acompañé a Vi a la tienda de Martha a saldar su cuenta y a pagarle por adelantado la compra de su padre de los próximos meses. Después hizo lo mismo en la licorería y se ocupó de contratar al hijo adolescente de los Grant como jardinero para que su hogar tuviera un aspecto decente.

—No tienes que hacer esto, Vi. Yo puedo ocuparme.

Ella negó con la cabeza y siguió su recorrido por algunos de los comercios. Entraba en todos ellos con seguridad y con una sonrisa, pese a que solía recibir miradas incómodas o más curiosas de lo normal de todas las personas con las que se cruzaba. Siempre admiré eso de Vi, su entereza, su fortaleza, aunque yo la conociera tan bien como para percibir un brillo de tristeza permanente en sus ojos.

De alguna forma, sé que no aceptaba mi ayuda porque sabía que no era sincero. Mi ofrecimiento no era una cuestión desinteresada, ya que solo lo hacía por ella, y cuidar de Luke Cassavetes no era, ni de lejos, una tarea de la cual quisiera responsabilizarme. Sin embargo, también notaba cierto orgullo cuando ponía el dinero sobre la mesa y llegaba a un acuerdo con todos ellos y no quería arrebatarle eso. Me gustara o no, Vi se lo había ganado. Se merecía mirar a los ojos a toda esa gente que nunca había creído en ella y demostrarles que lo había conseguido.

Cuando terminó con aquello, paramos a comprar unos hojaldres de limón en la tienda de Linda y los llevamos a casa de Russell. Lo había visitado al llegar, pero el tiempo de Vi se agotaba y esa tarde había preparado algo así como una merienda de despedida.

—Son de limón. Sabes que odio el limón —voceó Russell en cuanto abrió el paquete de la pastelería.

Vi lo ignoró mientras preparaba el té y yo sonreí cuando lo oí gemir de placer al meterse uno en la boca. Viejo mentiroso...

—Russell, prométeme que te estás tomando las pastillas del corazón.

—No tengo que prometerte nada. No seas entrometida.

—Pero ¿lo harás?

Maldijo entre dientes y al final asintió con la cabeza. Se notaba que Vi echaba de menos sus charlas, esa complicidad que se respiraba entre ellos. Supongo que el sentimiento era aún más intenso en el caso de Russell, ya que, pese a que yo me pasara a incordiarlo de vez en cuando, seguía estando muy solo.

—Cuéntame qué te han ofrecido.

Vi sonrió y se sentó frente a su amigo. Entonces comenzó a relatarle todos esos planes que tenía y que ya había compartido conmigo, las ofertas que había recibido incluso sin haberse estrenado la película, las personas importantes a las que ya había conocido y la campaña de promoción que empezaba a su vuelta. No era nuevo para mí y, sin embargo, sentado entre ellos como un espectador, me di cuenta de que hablando con Russell Vi sonreía más, se sentía más segura, más tranquila, más feliz. Conmigo siempre daba la sensación de que cada palabra era una cadena que nos pesaba más, que tiraba de nosotros hacia abajo. Conmigo, Vi se sentía cohibida, culpable, y sus sueños perdían fuerza e intensidad.

No estaba bien.

Nada lo estaba.

Me faltaba el aire.

Me levanté y me asomé a la ventana.

—¿Estás bien, muchacho?

Me volví y crucé una mirada con Vi que los dos sentimos bajo la piel. Amarga. Punzante.

—Sí, voy a salir a fumarme un cigarro.

• V •

Aquella noche, ya en casa de Vi, desnudos y somnolientos, los silencios se convirtieron en una constante. Los dos parecíamos ausentes, perdidos en nuestros pensamientos.

Vi había acompañado a Russell al granero mientras yo fumaba en el jardín e intentaba calmar mis nervios. Había vuelto con los ojos rojizos, como si hubiera llorado. No le pregunté de qué habían hablado, al fin y al cabo, respetaba demasiado su relación, pero supe que habían compartido un momento importante.

Después de conseguir que Luke cenara con nosotros en la mesa casi como si fuéramos una familia, nos habíamos encerrado en su cuarto. Vi me había desnudado y yo había hecho lo mismo con ella. No habíamos tardado en dejar que fueran los cuerpos los que hablasen. A veces, la piel expresa mucho más que las palabras.

El orgasmo nos había encontrado sin voz, sin aliento, sin fuerzas para movernos.

Vi se había tumbado sobre mí y nos había tapado a los dos.

En ese instante las preguntas regresaron, aunque, por primera vez, sentí que era ella la que estaba colmada de dudas y no yo. La chica que tenía todas las respuestas se había quedado sin ninguna. Y yo comenzaba a intuir una gran certeza que debía afrontar, aunque me muriese de miedo.

—¿Me seguirás queriendo, Levi?

Tragué saliva y le besé el pelo. Olía al bosque, a la mayoría de los recuerdos de mi infancia, al primer amor.

—¿Cuándo?

—Cuando no lo merezca.

Me tembló un poco la mano que rozaba su cintura. Luego sonreí sobre su hombro desnudo. La respuesta era fácil, aunque me diese pavor.

—Cuando no lo merezcas será cuando más te quiera.

Vi suspiró y se agarró a mi brazo con fuerza. Enseguida

se durmió; yo ya no pude hacerlo. Tal vez porque me di cuenta de que había sido sincero, pero también de que quererla no significaba que nuestras vidas siguieran una misma dirección. Ya había aprendido a quererla cuando estaba lejos. Quizá también podría hacerlo si un día nos decíamos adiós sin billete de vuelta.

Sentí el dolor del vacío ante la simple idea de perderla, pero, por primera vez, no fue tan intenso, sino más calmado, más dulce.

Abracé a Vi y la observé dormir hasta que salió el sol. Cuando las cigarras cantaron, ella sonrió entre sueños.

Septiembre, Vi

Siempre he odiado las despedidas. Hasta entonces, solo había vivido una; también con él. Quizá por eso jamás se me han dado bien a lo largo de los años, porque las conocí con Levi y me acostumbré tanto a ellas que acabaron por ser una tortura. Inevitablemente, decir adiós siempre me hace sentir culpable.

Fuimos hasta Kalispell en su camioneta. El traqueteo me resultaba agradable. Nos servía para esconder el silencio que nos acompañaba desde esa misma mañana, cuando Levi me había recogido en casa sin pronunciar palabra y con los ojos llenos de preguntas que sabía que jamás me haría.

«¿Por qué tienes que marcharte? ¿Por qué me dejas otra vez? ¿Qué te falta aquí, conmigo? ¿Cuánto tiempo más aguantaremos esta situación? ¿El amor puede hacerte sentir más tiempo desdichado que feliz? De ser así, ¿acaso sigue siendo amor? ¿Acaso merece la pena?»

No obstante, por primera vez, Levi no callaba por cobardía, sino que había una expresión de resignación en él que me asustaba; supongo que porque la resignación está demasiado cerca del conformismo o de tirar la toalla.

«¿Tú también lo notas? ¿Tú también sientes que nos hemos perdido?»

Las oía, pese a que nadie hablaba. Nos rodeaban, se me enquistaban, me gritaban que lanzara alguna respuesta a la que agarrarnos para continuar... pero era incapaz. Sentía la lengua adormecida y el corazón mudo.

—Va a llover.

Menuda tontería; en vez de atreverme a hablar de aquello que no decíamos, lo hacía sobre el clima. Levi se asomó por la ventanilla abierta y asintió. Aparcó la camioneta y apagó el motor. Con el silencio su suspiro sonó igual que los truenos que pronto llenarían el cielo.

Miré el reloj. Solo tenía diez minutos antes de bajarme y desaparecer por la puerta del aeropuerto. Levi no me acompañaría y yo no le pediría que lo hiciera. Lo ponían nervioso los aviones. También que yo me marchara sin fecha de vuelta. Las dos cosas juntas suponían un límite infranqueable.

Moví la mano para coger la suya; necesitaba sentirlo, pero la apartó.

Noté que algo denso nos rodeaba. Lo respiré y me di cuenta de que Levi, el mismo Levi que esa madrugada me había besado y abrazado hasta sentir escozor en los labios, estaba lejos. Se había quedado en mi cama. Se había anclado al mismo suelo en el que ambos nos habíamos criado, el mismo que para él suponía raíces, seguridad, la calma de quien tiene un sitio que le pertenece, y que para mí era un agujero en el suelo del que solo pensaba en escapar.

Sentía que esas diferencias que nos habían hecho encajar hacía tanto tiempo, a la larga, nos habían guiado a dos vidas incompatibles.

Me volví y lo miré. Sus ojos estaban oscurecidos y su mirada, perdida en algún lugar que yo desconocía. Quise llegar a él, pero no sabía cómo.

—Levi, mírame.

Mi voz salió atropellada. Él apartó aún más la vista. Se

escondió. Pasó la mano por su rostro descompuesto. El jodido vértigo de quererlo se me subió a la garganta y me mareé.

Las cosas no iban bien.

Nada lo hacía.

Me había esforzado mucho por creer que sí, pero me había equivocado. Ya sabía por experiencia que esconder la realidad nunca hace que deje de existir.

Me moví sobre la palanca de cambios para colocarme encima de él, para abrazarlo, para apretarlo muy fuerte contra mi pecho y hacerlo volver a mi lado, pero mi intención se quedó en un intento cuando Levi cogió aire y nos rompió a ambos.

—Grace y yo nos besamos en Seattle.

Cerré los ojos. Todo se tornó negro. Y rojo. Y la lluvia comenzaba a repiquetear contra el cristal mientras dentro del coche estallaba una tormenta.

—¿Qué?

Golpeó el volante con los puños. Mis ojos se clavaron en su boca. La misma que había tocado otra. La misma que había recorrido mi cuerpo los últimos días hasta no dejar un rincón sin explorar. La misma que me había ocultado secretos, contado mentiras y hecho daño con su inesperada confesión.

Mi vida dio un giro y me tambaleé. Noté las ganas de vomitar pidiendo paso. Y no era por el beso. Ni por la traición. Era por el miedo. El puto miedo que me decía antes que Levi que estaba a punto de suceder algo que nos cambiaría para siempre.

—Te echaba mucho de menos, Vi, no lo soportaba. Estaba enfadado. Y borracho. No me estoy justificando. Solo quiero que sepas por qué lo hice.

Tragué saliva y se lo pregunté, a sabiendas de que lo que iba a oír no me gustaría.

—¿Y por qué lo hiciste? ¿Por qué la besaste, Levi?

—Porque te culpaba por haberte marchado. Por hacerme sentir que no era suficiente.

Ahí estaba. Por fin. La verdad. Las palabras silenciadas. El nudo apretado que comenzaba a hacernos sangre. El beso apenas tenía importancia al lado de los motivos.

Apoyé la frente en la ventana. Las gotas golpeando contra la luna me relajaban. Respiré con profundidad, intentando calmarme, y eché la vista atrás hasta comprender qué era lo que había sucedido. Al hacerlo, me di la vuelta y me enfrenté a su propia culpa.

—Eso fue en marzo, Levi.

Estábamos en septiembre. Seis meses. Seis jodidos meses. Semanas enteras llenas de conversaciones cada vez más vacías. De reproches a medias. De oportunidades de pedir perdón o de explicarse. De compartir sus dudas conmigo, como siempre habíamos hecho, o de callar, como había decidido hacer.

—Lo siento.

Cerré los ojos. Asumí que me lo había escondido durante demasiado tiempo. Que, quizá, nunca me lo habría contado de no haber una razón de peso. Me estremecí al intuir cuál era el verdadero motivo para abrir una caja de Pandora que no tenía por qué haberme mostrado.

—¿Por qué ahora? ¿Por qué me lo dices después de callar durante tanto tiempo? ¿Por qué, después de estos días tan perfectos?

Lo miré a los ojos y leí en ellos la culpa, los remordimientos, las decisiones tomadas sin contar conmigo, el cansancio de tirar de algo que ya no lo llenaba como debería..., leí todas esas preguntas sin pronunciar y sin responder, y lo entendí.

Levi quería dejarme. Levi necesitaba una excusa para romper lo nuestro y había encontrado la perfecta.

Temblé.

Solo era un beso. En mi cabeza me repetía eso y casi lo entendía. Podría haberlo perdonado por ello. Para mí, lo nuestro era más importante que un beso con otra que, además, me constaba que había sido importante para él en el pasado. Era Grace; aun con mis diecinueve años entendía que los sentimientos no se terminaban hacia el resto del mundo cuando querías a una persona. Dolía, jamás defenderé lo contrario ni justificaré sus actos, pero me pesaba más lo que habíamos compartido y lo que significábamos el uno para el otro que un momento de debilidad e incertidumbre.

Sin embargo..., no era solo un beso. Ojalá lo hubiese sido. En la confesión de Levi había mucho más. Había resentimiento. Agotamiento. Dudas. Miedo. Enfado. Culpa. En la confesión de Levi cabía toda una despedida que no había visto venir, pese a que sabía que lo nuestro pendía de un hilo. Y eso sí que me molestaba.

—Eres un cobarde.

Suspiró, alzó la cabeza y me miró por última vez antes de dejarme, no solo en el aeropuerto, sino a la deriva de una vida que comenzaría muy pronto a descontrolarse.

—Lo sé. Pero esto tiene que acabarse, Vi. ¿Es que no te das cuenta?

Su voz se rompió. Yo lo hice por dentro.

Claro que me daba cuenta, eso era lo peor de todo. Claro que sabía que algo ya no funcionaba, que habíamos cambiado, que lo nuestro no era lo que yo había dejado antes de subirme a un avión y joderlo todo. Claro que era consciente de que la decisión había sido mía. Claro que me culpaba. ¿Cómo no hacerlo? Pero eso no evitaba que me doliera, ni que la reacción de Levi me decepcionara, ni que mis emociones fueran otras más cercanas a la ira en aquel momento.

Claro que era consciente, maldita sea.

—Si se acaba, lo hará del todo, Levi.

Porque de eso sí estaba segura. Entre nosotros nunca funcionarían las cosas a medias. Todo o nada. Así éramos. Así funcionábamos. Y por esa misma razón rompíamos. Había tardado demasiado en entenderlo.

Él no respondió. O quizá sí, porque hay silencios que lo dicen todo.

Me bajé de la camioneta y mi adiós fue un portazo que acabó por hacernos pedazos infinitamente pequeños a los dos.

El silencio de Levi, el ruido de Vi (2005-2006)

VI

2005
Abril, Vi

—Estás increíble.

—¿Verdad?

Me miré en el espejo una vez más y sonreí. A mi lado, Camila lanzaba grititos histéricos mientras el peluquero cortaba más pelo del que ella le había indicado con sus dedos.

—¡No te pases, Pierre! O pareceré un champiñón.

Me reí y el aludido puso los ojos en blanco antes de meter la tijera sin remordimientos.

Quedaban solo unas horas para el estreno. No estaba nerviosa, solo expectante, deseando descubrir todo ese mundo del que aún solo había visto un pedazo. Estábamos en nuestro piso rodeadas del equipo de estilistas que Jacob había dispuesto para mí. Yo había aceptado cualquier condición en lo referido a mi imagen, siempre y cuando se ocuparan de que Camila también disfrutara de las ventajas, aunque solo la pusieran guapa para quedarse en casa viendo reposiciones de series policiacas y soñando con las metas que algún día también alcanzaría.

June colocó las manos en mis hombros y se acercó con complicidad a mi oído.

—No confiaba demasiado, pero estás estupenda. Una gran elección, Vida.

Sonreí. Ella tenía razón. Moví mi nueva melena corta color rubio platino con coquetería. Me la había teñido solo unos días atrás, y recordé a la chica de la audición, aquella de la que me había quedado prendada y que había idealizado en mi cabeza como un deseo futuro. Por fin me sentía esa chica. Y me gustaba. Quizá solo me asemejaba a ella de un modo superficial. Por dentro... por dentro seguía sintiéndome una desconocida.

Mi vida había cambiado radicalmente en los últimos siete meses. Mi rutina no tenía nada que ver a la que era cuando había llegado a Los Ángeles. El trabajo me ocupaba casi todo el día, entre la promoción de la película, las primeras ofertas de publicidad y colaboraciones con marcas que había recibido y las clases de interpretación a las que me había apuntado gracias a los contactos de Jacob, no me quedaba demasiado tiempo para mí. Y lo agradecía. Las horas muertas solo me servían para pensar en él. En nosotros. En lo perdido. En que hacía más de doscientos días que no escuchaba su voz.

Me levanté, cogí la cajetilla de tabaco y salí al balcón. Cada vez fumaba más, así que Camila me había prohibido hacerlo dentro de casa. No me importaba; me gustaba sentir el aire en la cara y que el ruido incesante de la ciudad que lo tenía todo cubriera el que se generaba en mi cabeza. Unos chicos jugaban al baloncesto en el parque de enfrente. Algunos no tenían camiseta. Me pregunté cómo sería tocar una piel que no era ni la mía ni la de Levi. Me pregunté cuánto tardaría él en averiguarlo. Me pregunté si algún día yo querría hacerlo. De momento, mi cuerpo estaba muerto.

—¿Todo bien?

June se acercó y me sonrió con dulzura. Era un encanto y llevaba acompañándome desde que Jacob se había cruzado en mi vida. Se encargaba de aprobar mis estilismos para los diferentes eventos a los que asistíamos; me dejaba mucha libertad, pero, al final, la decisión siempre era de las dos. A veces hablábamos de nuestras cosas, de la convivencia con su novio, de mis noches de vino y películas con Camila. Pero no la conocía. No me fiaba de nadie. No conseguía abrirme a nadie como lo había hecho con Levi. Tenía a Camila, pero incluso con ella algunas cuestiones me costaban. Con ella siempre pensaba antes de hablar. Con ella me daba miedo volver a ser Vi, la niña extraña que había crecido en Whitefish. Solo con Jacob me sentía segura, aunque ambos sabíamos que nuestra relación era una muestra de los conflictos internos que yo arrastraba y de mi necesidad de encontrar una figura paterna que se comportara como tal.

Miré a June y sacudí la cabeza.

—Sí, solo estoy nerviosa.

—Va a ser un gran día. Y los deslumbrarás. Confía en mí.

Sonreí a June y fingí que la creía. Y, en realidad, lo hacía. Estaba segura de que iba a irme bien. Pese a pecar de pretenciosa, no dudaba de mis posibilidades, pero nunca creí que pudiera ser un día memorable. Jamás lo sería sin Levi a mi lado para cogerme la mano. Y odiaba que mi felicidad dependiera tanto de otra persona que no fuera yo.

Había soñado infinidad de veces con verme así. Frente al espejo de cuerpo entero de mi habitación, el tejido brillante del vestido parecía que lanzaba destellos. Era precioso; un corpiño dorado que acababa en pantalón corto desde cuya cintura salía una falda de tul negro. El drapeado me hacía pensar en sirenas.

Me había acostumbrado rápido a mi nueva melena. Corta. Lisa. El flequillo, recto. El color claro destacaba sobre mi piel y mis cejas oscuras. Era atrevido. Era arriesgado. Y me gustaba. No solo porque me sentía bien con ese aspecto, sino por lo que reflejaba. Me habían maquillado, aunque apenas se notaba nada más allá de las pestañas rizadas y el color rojo oscuro de los labios.

Camila se asomó y sonrió emocionada.

—Aún me cuesta creérmelo.

Se acercó a mí y se dejó caer en la cama. Su mirada era una mezcla de orgullo, admiración y una envidia que no se molestaba por esconder. Llevaba un pijama de ositos y el rostro cubierto con una mascarilla verde. El contraste entre ambas me provocó una carcajada.

—Ven, vamos a hacernos una foto.

—¿Estás loca? —Pero, pese a su respuesta, se levantó de un salto y fue a por su Polaroid; una de las pertenencias de Jared que jamás le devolvió.

Nos abrazamos y sonreímos como si fuéramos dos niñas jugando a disfrazarnos y después observamos el resultado entre risas. Cuando la imagen se secó por completo, Camila la apoyó en mi tocador y cogió un rotulador. Marcó la fecha en su parte posterior y vi que escribía algo en el borde delantero.

Cuando me la tendió, sonreí.

«El día que Violet deslumbró al mundo entero.»

—Un buen título.

La coloqué en el borde del espejo y la dejé allí, sin saber que sería una fotografía que me acompañaría durante muchos años cada vez que me retocara los labios. Una que marcaba una etapa que estaba cerca de dar paso a otra muy distinta.

Minutos después, vimos aparcar un coche frente a nuestro edificio. Camila se despidió de mí con un abrazo intenso y bajé preparada para deslumbrar al mundo entero.

• V •

Conocí a mucha gente importante aquella noche. Actores, directores, músicos, presentadores de *late shows* e incluso supermodelos. Personas que antes de llegar a Los Ángeles me parecían de otro planeta, pero que eran reales, como yo. Al ponerlos a mi nivel, me atrevía a creer que algún día podría llegar a ser tan inalcanzable como lo eran ellos.

Verme en pantalla por primera vez fue uno de los momentos más emocionantes de mi vida. Vi toda la película con un nudo en la garganta y la piel erizada. Apenas pestañeaba. Ignoré el hecho de que no tenía con quién compartirlo, porque las únicas personas con las que deseaba hacerlo estaban en Montana; una estaría borracha, otra era demasiado mayor como para hacer un viaje así y la tercera quizá me odiaba. Pese a ello, no dejé que eso me debilitara. Estaba cumpliendo un sueño. Estaba rodeada de personas maravillosas que habían confiado en mí y que me habían aceptado como parte del equipo. Y estaba dispuesta a seguir demostrando que Jacob no se había equivocado conmigo y que mi sitio era aquel.

Cuando la filmación terminó y la ovación del público llegó, supe que lo había logrado.

La fiesta posterior fue como entrar en un mundo de las maravillas. Todo brillaba. Todo se mostraba en exceso. Eso es algo que aprendí rápido: en Los Ángeles todo se vivía en exceso. La comida. La bebida. Los vicios. Los lujos. Los halagos. La fama. Cuanto más mostrabas, más eras y cuanto más tenías, más te daban.

Brindé con Jacob, con Patrick y con el resto del elenco. Me presentaron a tanta gente que un minuto después ya no recordaba sus nombres. Me hicieron cientos de fotografías no solo para la prensa, sino que incluso algunas personas que eran famosas deseaban tener una instantánea conmigo. Sonreí mucho. Alabaron mi actuación y me llenaron los oídos con promesas futuras.

Todo era perfecto. Todo resplandecía.

Durante toda la noche hubo en mis manos una copa llena

de champán. Ni siquiera importaba mi edad porque ya era Vida Rose. Todo el mundo me miraba y me trataba como tal, y me encantaba. Hay algo adictivo en gustar, en que te admiren. Es una de esas drogas lentas, que se cuelan en tu organismo sin que te des cuenta hasta que no puedes vivir sin ellas. Yo, aquella noche, la probé por vez primera y me enganché para siempre.

• V •

Eran las doce de la noche cuando recuperé mi bolso de las consignas dispuestas para los invitados. Saqué un cigarrillo y salí a los jardines del hotel en busca de un poco de aire fresco. Como si él supiera que me encontraba sola, mi móvil comenzó a sonar en su interior.

Temblé al ver su nombre. Llevábamos meses sin hablar. Meses sin saber nada el uno del otro. Yo había pensado en él cada día, cada noche, cada instante en el que deseaba contarle todo lo que estaba viviendo y, de pronto, tenía la oportunidad de hacerlo. Así que no lo pensé. Me olvidé de los motivos por los que llevábamos tanto tiempo separados y pulsé el botón con dedos temblorosos.

—¿Levi?

Pero no contestó. Solo lo oí respirar.

Esa fue la primera de muchas llamadas silenciosas, pero aún no lo sabía. En aquel instante solo podía pensar que lo echaba tanto de menos que me dolía el pecho.

Cerré los ojos y apreté el móvil entre mis dedos. A mi alrededor, todo se difuminaba, pero no me permití llorar. No en mi día. No cuando él no estaba cerca para sostenerme. No iba a regalarle unas lágrimas que no pudiera secar. Tampoco le iba a conceder el placer de provocarlas. Solo deseaba saber qué significaba aquello.

Entonces me lo imaginé allí, en casa. Confundido. Triste. Enfadado. Pensando tanto en mí como para coger el teléfono y pulsar una tecla. Incapaz de hablar. Odiándome y queriéndome al mismo tiempo. Echándome de menos a rabiar. Deseando estar a mi lado en un momento tan importante para mí, pero haciéndolo a miles de kilómetros y sin voz. Y sabía que Levi sentía todo eso porque sus sentimientos eran un reflejo de los míos.

Así que cogí aire y solté lastre para no derrumbarme.

—Llevo un vestido precioso, Levi. Es dorado en la parte superior, parece un corpiño, y la falda es de tul negro. Una mezcla entre Madonna y Audrey Hepburn de lo más inquietante. Mi estilista, June, dice que es perfecto para marcar el comienzo de mi carrera.

Su suspiro fue largo, profundo; me lo imaginé sonriendo. Al menos, quise que así fuera. Quise recordar esa noche, la primera en la que era de verdad Vida Rose y no solo un espejismo, con él sonriéndome desde lejos. Acompañándome de algún modo, aunque fuese entre silencios.

—Y me he cortado el pelo. Bueno..., he hecho más que eso. Me lo he teñido de rubio. Es una locura, pero creo que te encantaría. Jacob dice que marcará tendencia, aunque ni siquiera me atrevo a pensar en eso. Lo he hecho solo por mí.

Imaginé los dedos de Levi moviéndose, abriendo y cerrando su puño, y casi noté la aspereza de sus yemas entre mi renovada melena.

—Todo brilla por aquí, Levi. La comida es ridículamente pequeña y sus colores parecen irreales. La gente lleva complementos en la cabeza que son extraños hasta para mí. Me sirven champán sin parar y sin importar mi edad. Todo el mundo finge quererme.

Noté una presión en el corazón tras la última afirmación. La ignoré. Pensé que era mejor dejarme llevar por ese amor irreal que por uno real que él fingía que ya no existía. Le dejé unos segundos, le di la opción de responder, pero no lo hizo. Solo cambió por un instante el ritmo de su respiración. Y me rendí.

—Adiós, Levi.

Colgué el teléfono y deseé estar en cualquier otro lugar antes que allí.

Me temblaban las manos. Al otro lado de la puerta, veía a parte del equipo reírse de alguna de las anécdotas de Jacob. Debía esforzarme por sonreír, dar un paso y reunirme con los demás. Ese era mi sitio.

Sin embargo, ¿por qué me resultaba imposible moverme?

Me aparté el pelo de la cara. Tenía calor y se me pegaba a la piel. Necesitaba otro cigarro, pero mi cajetilla estaba vacía. Me mordí una uña, nerviosa, y entonces sentí unos ojos puestos en mí. Me volví y me encontré con una chica subida a unos tacones de infarto con una botella de champán en la mano. Su vestido plateado destacaba como una luna en mitad de la noche. No me había dado cuenta de que me había estado observando.

La conocía. Todo el mundo lo hacía. Había llenado tantas portadas sensacionalistas que estaba segura de que habrían oído hablar de ella en el rincón más inhóspito del planeta. Levi decía que era guapa. Pero no lo era. Era jodidamente preciosa. Con su pelo rojizo largo y ondulado, sus ojos castaños, sus pecas, su sonrisa maliciosa, su cuerpo siempre enfundado en vestidos imposibles.

Me estudió a su vez y lo hizo sin disimular. Quizá cualquier otra chica se habría sentido intimidada, pero ya por entonces yo no era una chica cualquiera. Cuando nuestros ojos se cruzaron, nos retamos, sin saber qué había en juego. Al final, ella sonrió y me lanzó una tarjeta magnética que cogí al vuelo. Supongo que yo gané.

—Tú primero.

Me señaló con la cabeza la puerta lateral que llevaba a las habitaciones del hotel. Al otro lado la fiesta seguía su curso. Y lo hacía sin mí. No era indispensable. ¿Acaso alguien se daría cuenta si desaparecía? Lo dudaba. Vida Rose aún no era nadie.

Me volví frente al hotel y caminé sin miedo.

Somos un puñado de decisiones. Somos los pasos que damos y las elecciones que hacemos. Somos los caminos, las personas, los lugares que dejamos atrás y también a los que nos dirigimos.

Yo, aquella noche, comenzaba a ser, e hice tres cosas que marcarían los siguientes años de mi vida:

1. Asumí que mi historia de amor con Levi había terminado.
2. Conocí a Heaven Payne.
3. Me perdí.

Información adicional

Jardín sin flores es la última superproducción de Jacob Nichols. Después de su aclamado éxito *Miseria*, se esperaba con impaciencia su estreno para juzgar si lo lanzaría al estrellato o camino de vuelta al mundo de los telefilms. Para decepción de sus detractores, solo en la primera semana ha recaudado tres millones de dólares y los más respetados críticos la han posicionado como una de las mejores películas del año. En ella no solo podemos ver una deslumbrante interpretación de Orson Rise y Diane Hunt, sino también el debut de Vida Rose, una desconocida actriz que no ha pasado desapercibida para el público por la fuerza que transmite en apenas tres escenas y por su atípica belleza.

> «Su mirada traspasa la pantalla. Casi parece que te esté mirando a ti.»
>
> «No sabe actuar, pero sí hacerse notar. Eso en Hollywood es más importante que tener talento.»
>
> «La falda amarilla que luce Vida Rose en la película se verá en breve en todas las pasarelas de moda.»

Artículo extraído del número 723 de *Red Magazine* sobre *Jardín sin flores*, de Jacob Nichols, primera película de Vida Rose.

Junio, Vi

Me desperté en la cama de Heaven. La almohada olía a su perfume de Dior. También había restos de mi rímel en ella. Me moví a tientas y encendí la luz de la lamparita de la mesilla. Aún era de noche y no sabía cómo había llegado allí. Tampoco, si lo había hecho sola. No recordaba nada.

Me levanté y fui al cuarto de baño. Sobre la cerámica del lavabo quedaban restos de todo lo que nos habíamos metido horas antes por la nariz. Sentí una arcada y me doblé sobre la taza del váter, pero no salió más que saliva. Mi estómago vacío se resentía. Ni siquiera sabía cuándo había comido por última vez.

Salí con pasos temblorosos al salón y allí me encontré a Heaven viendo la televisión con su melena rojiza recogida en un moño y solo con una camiseta. Su pálido pecho se transparentaba bajo la tela.

—¿Has dormido bien?

—¿Qué hora es?

Heaven se rio. Su apariencia distaba mucho de la de alguien que se había pasado con los excesos solo horas antes.

—La de pedir una *pizza* al servicio.

Me dejé caer a su lado y dormité mientras hacía una llamada y conseguía que nos trajeran *pizzas* recién hechas a las cinco de la mañana. Me encontraba tan mal que solo quería cerrar los ojos y desaparecer.

• V •

Los días se habían convertido en una sucesión de noches en vela y de amaneceres con los ojos nublados por el alcohol. A menudo no sabía si era martes o viernes. Al fin y al cabo, en Los Ángeles no importaba demasiado. Siempre había una fiesta a la que acudir, un evento al que estábamos invitadas o un plan inesperado que sacarse de la manga y que transformaba un día cualquiera en una noche para recordar.

Con Heaven era fácil. Con Heaven todo tenía otro color. Con Heaven, la semilla de Vida Rose germinó y creció hasta convertirme en algo imparable.

Nos hicimos amigas muy rápido. No nos parecíamos demasiado, pero quizá sí que lo hacíamos en lo que realmente importaba. Ninguna de las dos tenía nada que perder. Vivíamos sin miedo. Y ambas necesitábamos esconder los vacíos, taparlos con los excesos, maquillarlos hasta que casi dejaban de existir.

Pese a que conectamos desde esa primera noche en la que me invitó a compartir una botella de champán con ella en el hotel, Heaven no era una persona sencilla. Había tenido una infancia complicada hasta que un cazatalentos se había fijado en ella a los dieciséis años, cuando limpiaba mesas en una hamburguesería. Todo lo demás había salido rodado. Había saltado al estrellato como protagonista de un espacio infantil de éxito nacional; aún recuerdo su pelo trenzado y sus prendas de colores flúor cantando y bailando al ritmo de la melodía de entrada al programa cada sábado por la mañana. Pero esa etapa había durado poco. Heaven crecía rápido. No solo ella lo sabía, sino el país entero era consciente de que su picardía infantil comenzaba a confundirse con una seducción disfrazada. Los adultos la miraban con otros ojos. Sus curvas la delataban. Los rumores la rodeaban. Quizá, porque no lo eran tanto. Heaven acabó siendo la protagonista de un turbio romance con el agente que la descubrió, treinta años mayor que ella. La cadena decidió despedirla, pero era un diamante en bruto, demasiado potente como para dejarla escapar y darle la oportunidad de su vida a la competencia. Así que cuando cumplió los dieciocho le dieron un espacio nocturno; un programa para jóvenes sobre música y cultura en el que se movía como pez en el agua. En él, Heaven entrevistaba a cantantes y grupos medio tumbada en un diván rojo y ligera de ropa. La chica Disney se había convertido en una mujer *sexy*, desinhibida y con talento, lo que en muy poco tiempo la hizo entrar en las listas de las más deseadas. Su carácter rebelde e irreverente alimentaba aún más su imagen. Comenzó a codearse con las personas más influyentes del momento. A los veinte era una invitada habitual en las pasarelas de moda. A los veintiuno no había local en Los Ángeles que no hubiera tenido que lidiar con sus excesos. A partir de ahí, todo lo que Heaven tocaba se convertía en oro. Incluida yo.

Todavía no tengo muy claro por qué me escogió. No sé si Heaven vio algo en mí aquella noche o simplemente le gusté. Si fue por su propio interés, por lástima al entrever que no era tan feliz como debía o porque intuía una posible complicidad entre nosotras. Solo sé que llegué a conocerla bien como para asumir que, pese a la impulsividad que parecía caracterizarla, ella nunca hacía nada sin una razón. También para aceptar que si mi fama se disparó como lo hizo fue, en parte, gracias a nuestra amistad.

Su compañía se convirtió en una constante. Seguí viviendo con Camila durante unos meses por pura inercia, pero apenas nos veíamos. Ella había empezado a salir con un chico al que había conocido en una audición; se llamaba Kevin y un día no muy lejano se convertiría en otro juguete roto más que sumar a la industria, claro que por entonces solo era Kev, un aspirante a actor de musical con una risa un tanto estruendosa y que bebía los vientos por Camila. Ella mantenía el trabajo de la cafetería y seguía presentándose a todas las pruebas que encontraba. A veces, cuando mi resaca era demasiado fuerte como para salir con Heaven de nuevo y si coincidía con que Camila no tenía planes, volvíamos a sentarnos como las dos amigas que éramos frente al televisor y compartíamos un cubo de palomitas mientras disfrutábamos de una buena película. Sin embargo, eran las menos, y ambas lo sabíamos.

Sentía que nuestros caminos se bifurcaban con otros, se alejaban. Y tampoco hacíamos nada por remediarlo. La vida corría muy deprisa y debíamos seguirle el ritmo que nos marcaba.

• V •

A finales de junio firmé mi segundo contrato. Jacob me llamó una tarde y me invitó a cenar en su propia casa. Tenía un apartamento precioso en Venice Beach, que compartía con su pareja, un arquitecto ruso llamado Alexey con aspecto de vigilante de la playa.

—*Las chicas buenas nunca ganan.*

Leí el título en voz alta y sonreí.

—Algunas sí —contestó, refiriéndose a mí con un cariño sincero.

Abrí el guion y lo ojeé por encima. Pensaba comenzar a leerlo en cuanto llegara a casa esa misma noche. Me moría de ganas de saber qué era lo que estaba ofreciéndome.

—¿Y Patrick? —pregunté, porque en la portada solo aparecía su nombre.

—Este proyecto es solo mío. Cuento con la financiación de BlackBird Films, pero solo llevará mi nombre.

—¿Problemas en el paraíso?

Jacob se rio. No era un secreto que la relación entre él y Patrick se tambaleaba hacía tiempo. Eran dos grandes profesionales y trabajaban bien juntos, pero chocaban en algunas ideas; Jacob tenía tendencia al riesgo, a dejarse llevar por lo diferente; Patrick era más clásico y se sentía cómodo en las fórmulas cinematográficas que sabía que funcionaban. Sin duda, que yo hubiera conectado con Jacob cada vez tenía más sentido. Yo había sido su último gran riesgo, y le había salido bien.

—Escribí este guion a los veinte años, Violet. —Sonreí, porque Jacob siempre me llamaba por mi nombre cuando estábamos a solas—. Aún no tenía ni idea de la vida ni de cine ni de nada que pudiera interesarle a alguien, pero ya soñaba alto. Lo recuperé en cuanto te conocí.

Alcé la mirada de las páginas y me enfrenté a aquello que Jacob me estaba regalando por segunda vez. Algo mucho más grande que el papel de Lucy en nuestra primera película. Algo que iba muy en serio. Y que era de verdad importante para él. Que contara conmigo para llevarlo a cabo hizo que mi corazón comenzara a latir a toda velocidad.

—¿Por qué?

—Tienes que leerlo para entenderlo.

Sonreí, brindamos con nuestras copas de vino y firmamos un nuevo acuerdo antes siquiera de hacerlo de forma legal.

Esa noche me metí en la cama con el guion y no me moví de allí hasta que lo terminé. Era una historia preciosa sobre una chica de un pequeño pueblo de Ohio que soñaba con ser bailarina, por lo que acababa en Nueva York dispuesta a todo por conseguir una oportunidad. Esta llegaba, pero también los desengaños de una industria competitiva hasta el exceso, las decepciones personales y una adicción a los ansiolíticos que terminaba por pasarle factura. La cara y la cruz de un mundo lleno de luces y sombras. El final era agridulce: la protagonista lograba triunfar, pero se sentía realmente sola.

Sadie no se parecía demasiado a mí, pero el reflejo era inevitable. Solo esperaba que su historia no fuera una premonición de la mía.

Ya salía el sol cuando cerré el cuaderno y asumí que Jacob tenía razón. Cogí el teléfono y lo llamé.

—Yo soy ella. Yo soy Sadie.

Sentí su sonrisa al otro lado de la línea.

—Así es.

Suspiré y las siguientes palabras cambiaron mi vida por completo.

—Acepto, Jacob. Haré ese papel.

Septiembre, Vi

El rodaje de *Las chicas buenas nunca ganan* comenzó con gran expectación. Yo me encontraba en un buen momento. Pese a que mis salidas nocturnas con Heaven habían puesto el foco de atención de la prensa sensacionalista en una parte de mi vida que se alejaba mucho de mi trabajo, la crítica había acogido con cierto respeto mi interpretación de Lucy en *Jardín sin flores* y estaban deseando obtener más material.

Mi carrera no había hecho más que despegar. Recibí ofertas de marcas para ser la imagen de sus productos; al principio fueron propuestas que contaba con los dedos de la mano, un anuncio de champú o el ofrecimiento de prendas de ropa con las que aparecer en público.

Sin embargo, cuanto más se veía mi rostro en la prensa o se leía mi nombre, más ofertas recibía. Y más suculentas.

Firmé un contrato con muchos ceros con una marca de cosméticos antes incluso de estrenar mi segunda película. La falda amarilla de tul que lucía en la escena de la tienda de *Jardín sin flores* fue una de las prendas estrella de la temporada. A veces me cruzaba por la calle con chicas que llevaban el mismo color y corte de pelo que yo y me preguntaba si sería casualidad o una locura del fenómeno fan.

El plan de Jacob era que la nueva película se rodara completamente antes de Navidad, para lo que tendríamos que viajar unas semanas a Nueva York para filmar algunas de las escenas, que después se integrarían con el resto. El año siguiente, *Las chicas buenas nunca ganan* llenaría las salas de cine conmigo como personaje principal.

Daba vértigo.

No obstante, pese a lo trepidante que resultaba mi vida, algo dentro de mí seguía estancado. Tenía a Heaven, pero con ella la amistad era una cosa más oscura, más tóxica. Con Heaven la felicidad era escapar de la realidad de cualquier forma que fuera posible. Me servía durante la mayor parte del tiempo, pero no era suficiente. También contaba con Camila, pero su vida y la mía ya apenas se parecían. Su idea de pasárselo bien un sábado se resumía en cenar algo por ahí e ir a la fiesta de algún amigo, pero yo, después de conocer de verdad la adrenalina de las fiestas a las que acudía con Heaven, me aburría rápido y sentía que necesitaba más. ¿Más de qué? No lo sé con certeza, pero más. Más emociones. Más experiencias. A los veinte años, todo me sabía a poco. Quizá porque, en lo referido a sentir, en el que aún seguía siendo mi hogar ya había rozado el cielo.

Pese a ello, evitaba pensar en él. Aunque no podía dejar de hacerlo. Levi era una espina clavada en la yema de mi dedo que me recordaba a cada instante que estaba ahí. Algunas veces, incluso, con una llamada de teléfono.

• V •

Era un día cualquiera. Al menos, me había despertado pensando que lo sería. Era sábado, había trabajado durante todo el día y después había pasado por casa para cambiarme antes de quedar con Heaven. Jacob me había dado el domingo libre e íbamos a ir a un concierto de unos amigos suyos y a la posterior fiesta que organizaban en casa del grupo. Sonaba a beber mucho, colocarse lo justo y no recordar demasiado al día siguiente.

Estaba contenta. Sentía que estaba aprendiendo mucho y que a cada jornada que pasaba me notaba más segura actuando, más confiada en que, quizá, sí tenía ciertas aptitudes que solo había que pulir y trabajar, como me repetía Jacob hasta la saciedad.

«El talento no es algo estático, Vida Rose, hay que moldearlo cada vez que te enfrentas a él.»

Había dejado atrás mi pasado. Solo muy de vez en cuando hablaba con mi padre. Le había enviado un teléfono móvil en cuanto había podido comprarlo, y me aliviaba saber que estaba bien o, al menos, que lo estaba a su modo: borracho la mayor parte del tiempo pero alimentado, con todas las facturas al día y con algunas comodidades que ahora ya podíamos permitirnos. Era mi único contacto con Whitefish y, después de un año de la última vez que había visto esas montañas, ya me había acostumbrado. Aunque eso no significaba que mi pasado no pudiera recordarme que existía.

El móvil sonó cuando estaba a punto de salir de casa. Llevaba un vestido rojo y tacones negros. Cazadora de cuero y un bolso cruzado. Un pitillo sin encender colgado del labio. Una imagen perfecta para Vida Rose y que se alejaba mucho de la Violet que había dejado en Montana.

Pese a ello, solo con ver su nombre en la pantalla, esa chica regresó.

—¿Levi?

Su suspiro me llegó a lo más profundo. Despertó todo eso que dormía, todo lo que intentaba mantener oculto el resto del tiempo y que ahogaba la mayoría de las veces con alcohol y otras sustancias con las que había comenzado a tontear más de lo debido.

Pero, como ya era algo habitual, él no contestó.

Me encendí el cigarrillo y abrí la ventana. Me apoyé en el alféizar y me permití disfrutar del silencio de Levi, que era lo único que nos quedaba. Entonces, de repente, comprendí por qué aparecía después de meses sin hacerlo. Miré el calendario colocado en la mesa del comedor y sentí la opresión en el pecho antes de su dolor.

—Trescientos sesenta y cinco días sin verte, Levi Manson. Sin oír tu voz.

Un año. Había pasado todo un jodido año desde que rompimos lo nuestro y nos despedimos en el aeropuerto de Kalispell. Un año intentando olvidarlo. Un año sin avanzar, porque con solo una llamada ese cosquilleo se asentaba en mi estómago y los sentimientos regresaban. Un año sin dejar de quererlo. Un año en el que yo había probado las mieles del éxito, conocido gente que llenaba las pantallas de cine y vivido experiencias al alcance de muy pocos. Un año en el que, cada noche, cerraba los ojos y lo recordaba.

—El tiempo vuela, ¿sabes? Espero que lo estés aprovechando. Por aquí todo va bien. Estoy grabando una de esas películas que tú y yo veríamos cien veces hasta aprendernos los diálogos. Sadie, mi personaje, es bailarina, así que estoy aprendiendo a moverme.

Su sonrisa apareció. Me resultaba increíble, sin verlo, poder anticipar sus gestos.

—Sé que te costará creerlo, pero no lo hago nada mal. —Di una calada y observé mi reflejo en el cristal de la ventana; una Violet que, por fuera, distaba mucho de la que él había conocido—. Hoy voy a salir con Heaven. Aún no había tenido la posibilidad de decírtelo, pero es más guapa de lo que parece en las fotos. Podrías enamorarte de ella. Aunque entonces la odiaría y dejaríamos de ser amigas.

Levi se rio entre dientes. Yo cerré los ojos con tanta fuerza por ese sonido que sentí que me mareaba. Y entonces dije lo que sabía que debía decir. Solté las palabras que nos hacían daño a los dos, pero que tenían más sentido que esos momentos que aún nos permitíamos. Porque había pasado un año. Porque los silencios de Levi, cuando colgaba el teléfono y volvía a desaparecer de mi vida durante semanas o meses, se convertían en ruido. Un ruido ensordecedor que me dejaba exhausta, rota y vacía.

—Ojalá te enamores. Ojalá sientas de nuevo todo eso que nosotros vivimos. Ojalá lo hagas de Heaven o de quien tú quieras, Levi. Ojalá alguien te haga feliz.

Antes de mi última palabra, él ya había colgado el teléfono.

• V •

Cuando llegué al encuentro con Heaven ya quería marcharme a casa. Estaba ausente, confusa y triste.

—Hey, ¿a qué viene esa cara?

Me cogió de la muñeca y me coló en un apartado donde podíamos ver el concierto de forma privilegiada. Allí nadie nos molestaba. Allí podíamos hacer todo lo que quisiéramos sin que nos juzgaran.

Me tendió una copa y le di un trago demasiado largo. El vodka me caldeó el cuerpo rápido, pero seguía sintiéndome un tanto extraña.

—Levi me ha llamado.

Puso los ojos en blanco y suspiró con desidia.

Le había contado nuestra historia al poco de conocernos, pero era de las que pensaban que el primer amor solo debería recordarse para analizar los errores cometidos y no volver a pasar por ellos. Heaven salía y entraba de relaciones con una facilidad que me sorprendía; no la juzgaba, solo me costaba verme en su piel. No estaba muerta, conocía de sobra cómo funcionaba el deseo y lo había experimentado en soledad a lo largo de esos meses, pero nadie me despertaba nada. Nadie capaz de provocarme algo más que una ligera atracción o simpatía se había cruzado en mi camino. Y no me merecía la pena.

Para alguien adicto al vértigo, las cosquillas solo son eso... cosquillas.

—Deberías dejar de cogerle el teléfono. No deberías dar nada a quien no te quiere como mereces.

Digerí sus palabras y asumí que eran sensatas, al menos en el mundo de Heaven. Pero en el nuestro... en el nuestro no tenían sentido, porque Levi y yo nos seguíamos queriendo por encima de todo, pese a lo sucedido. Y eso era un gran problema.

—No estoy así por él.

—¿Entonces?

Medité lo sucedido y me di cuenta de que estaba siendo sincera; Levi siempre me afectaba, pero no era solo eso. Era más por la conciencia del tiempo transcurrido. Había exprimido mi vida al máximo en esos doce meses. Había trabajado, cumplido sueños, conocido a gente increíble y emborrachado tantas veces que había perdido la cuenta. Tenía unos ahorros que no paraban de crecer. Un futuro prometedor. La gente me admiraba. Me deseaba. Ansiaba ser como yo.

¿Y yo? ¿Qué deseaba yo?

Me terminé la copa de un trago y me prometí que me esforzaría por averiguarlo.

Quizá no era que no hubiera conocido a nadie interesante, sino que había vivido hasta entonces con una venda en los ojos. Tal vez había llegado el momento de arrancármela y observar con ansias el mundo que me rodeaba.

Esa noche lo hice.

Esa noche deseé que Levi fuera feliz, pese a que no lo fuese conmigo.

Esa noche decidí que mi corazón no podía vivir en una jaula durante más tiempo, así que lo liberé.

Esa noche me juré que lo intentaría, aunque solo fuera para darle la oportunidad a Levi de que lo hiciera también.

Si yo caía, él dejaría de esperarme, de llamarme y de doler.

Pedí otra copa, acompañé a Heaven al baño y me metí una raya de coca. Cuando el concierto terminó y nos largamos a la fiesta, ya sentía que había dejado de ser yo. La Violet que Levi había traído de vuelta con su llamada desapareció y solo quedó Vida Rose.

• V •

Era una casa grande. Las habitaciones estaban en el piso de arriba y a través de los ventanales abiertos se oía el rugido del mar. Estaba colocada. Heaven coqueteaba sin disimulo con un chico al que acababa de conocer en uno de los sofás y yo había huido buscando un poco de aire. Me colé por un lateral del jardín y me acerqué a la entrada de la playa. Con los tacones en la mano, hundí los pies en la arena y sentí que respiraba un poco mejor.

Y fue en ese instante, mientras seguía con Levi dando botes en mi cabeza y creía que jamás sería capaz de besar a nadie, cuando conocí a Damon Kim.

—Vida Rose.

Me volví y me encontré con un chico de unos veintipocos. Pelo oscuro. Ojos claros. Facciones perfectas. Era alto y destacaba entre el tumulto de una fiesta que hacía ya un rato que estaba descontrolada. Y no era por su atractivo, sino por su actitud. Tenía algo. Algo que, hasta entonces, me había costado encontrar.

Vestía un traje oscuro y llevaba los dedos llenos de anillos. Era elegante dentro de su estilo desenfadado y un tanto sombrío. Sus ojos revelaban cierta astucia que me ponía alerta.

—¿Te conozco?

Se rio. Pero yo iba completamente en serio, porque no sabía quién era. Puede parecer increíble, pero cuando conocí a Damon asumí que, por mucho que brille una estrella, no ilumina el planeta entero. No éramos dioses. Solo éramos niños jugando a serlo. Niños con demasiado dinero, con demasiadas oportunidades y con muy pocas responsabilidades.

—No te estás quedando conmigo —afirmó, con el ego herido.

Su sonrisa ladeada era preciosa y tener ese pensamiento ya suponía una novedad sin igual. Un salvavidas en un momento en el que me sentía a punto de hundirme. Aquel chico me atraía. No voy a decir lo contrario. Damon era un imán absoluto para cualquiera, mucho más para alguien que era la primera vez que se sentía viva desde hacía demasiado tiempo.

—¿Merecías que lo hiciera?

—Merecería todo lo malo que puedas imaginarte.

Que no me mintiera me gustó. Aun así, eso no hacía que fuera menos malo quedarme a su lado. Ansiaba dejar el pasado atrás y enfrentarme a nuevas oportunidades, pero no de la mano de un hombre que parecía complicado.

—Entonces no me interesas.

Le di la espalda y me marché. Supe que era la mejor opción, solo con verlo un minuto sabía que Damon no era trigo limpio, pero mi cuerpo también sintió todo lo que él irradiaba. Tenía el vello erizado. Y casi podía notar sus putos ojos de demonio en mí, desde mi nuca a mis piernas, demasiado desnudas con ese vestido.

• V •

No tardé en volver a verlo. No dejó de buscarme toda la noche.

Un par de horas después intentaba encontrar un mechero en mi bolso cuando su mano apareció y me ofreció el suyo. Era un clíper elegante de piel y con sus iniciales grabadas. A esas alturas yo ya sabía quién era Damon Kim. Solo había tenido que pronunciar su nombre para que me expusieran toda su vida al detalle. Era el solista de un grupo de *rock* que había despegado fuerte el último año, teloneros habituales de los dueños de aquella casa, a los que habíamos visto esa noche en concierto y que eran amigos de las correrías de Heaven. Camila había tarareado sus canciones en la ducha infinidad de veces, pero hasta ese instante yo no sabía que el rostro de Melancholy era aquel que me estaba besando con los ojos.

Cogí el mechero y me recreé en la tirantez que sentí entre las piernas. También en que aquel encendedor se alejaba mucho de la imagen de desfasados y chicos rebeldes con la que se identificaba a su grupo.

—¿Saben tus fans que, en realidad, eres un niño rico?

Se rio. Y percibí que algo en mí despertaba. Una sed que jamás había tenido con nadie. Solo con Levi. El mismo que aquella noche me había roto en más pedazos sin siquiera pronunciar una palabra.

Puede que por ese motivo hiciera lo que hice. No lo sé. Quizá sentí tanto la falta de Levi en ese instante que tuve que satisfacer mi necesidad con quien pudiera saciarme. Y ese alguien fue Damon Kim. Tal vez me hacía falta sentirme deseada más de lo que estaba dispuesta a reconocer. O puede que estuviera demasiado borracha. El caso es que miré a Damon y decidí que estaba cansada de notar que me faltaba algo. Estaba harta de aparentemente tenerlo todo y estar viviendo un sueño mientras por dentro las carencias me resonaban.

—Ven conmigo, Vida Rose.

—No.

—Solo una noche.

Sonreí a medias y le contesté con frialdad, aunque por dentro ardía.

—No creo que queramos solo una noche. Y los dos lo sabemos.

Su risa me erizó la piel.

—Vámonos de aquí y ya veremos adónde llegamos.

La idea me gustaba; me tentaba.

Así que cogí la mano de Damon y descubrí lo diferente que podía ser el sexo cuando no quieres a la otra persona. No es peor. Tampoco mejor. Solo distinto. Solo algo nuevo.

Información adicional

¡Tenemos romance a la vista! Damon Kim, la voz de Melancholy, y Vida Rose, la nueva niña rebelde de Hollywood, han sido vistos muy acaramelados en la fiesta de cumpleaños de la amiga de ambos, Heaven Payne. Algunas de las fotografías filtradas muestran que la musa de Jacob Nichols y el cantante no tienen problemas en desatar su pasión en público.

¿Logrará Damon que esta conquista le duré algo más que las anteriores?

Artículo del número 274 de la revista *Modern Love*, octubre de 2005.

Diciembre, Vi

En el techo de la habitación había una pequeña luz. Se movía. Sonreí y la seguí con la mirada, aunque tal vez no existía. O quizá sí.

Era el último día del año y lo habíamos celebrado inaugurando la casa que Rush, uno de los integrantes del grupo, acababa de comprarse en Malibú. Una fiesta más que, en realidad, no tenía nada diferente a las que solíamos frecuentar. Todas se resumían en lo mismo: gente guapa, alcohol, sexo y drogas; todo eso envuelto en lujo. Era como una bomba cubierta de brillante papel de regalo.

Damon y yo nos habíamos pasado por allí cerca de las diez. Le había insistido para quedarnos en su casa, pero no parecía dispuesto a perderse otra noche que se anticipaba memorable, aunque luego apenas la recordásemos; así que al final me había convencido.

—Venga, nena. Nos lo pasaremos bien.

Me observó de arriba abajo y me atrajo hacia su cuerpo. Aún estábamos en ropa interior. Rocé el tatuaje de su pecho con los dedos y tragué saliva.

—No es mi día.

Me besó el cuello y sus manos se internaron bajo mi bata.

Apretó mis nalgas y noté su excitación creciendo contra mi muslo. Cerré los ojos y me centré en eso que siempre flotaba entre los dos, en el deseo, en el cuerpo despertándose; en lo que fuera que me hiciera olvidar por qué el último día del año me ponía de tan mal humor.

—Quiero empezar el año 2006 con mi chica.

Sus labios se deslizaron hacia mi escote y la bata se abrió, mostrando lo que ocultaba.

—¿Así que soy tu chica?

Damon se rio y yo sonreí de forma inevitable. Era una broma habitual entre nosotros desde que nos habíamos conocido. Nos veíamos a menudo y pasaba más noches en su cama que en la mía, pero, aun así, ninguno de los dos ponía etiquetas a una relación que intuíamos que sería tan intensa como efímera.

—Hoy sí. Y espero que mañana también.

Apresó mi pezón con los dientes y me estremecí.

Pensé en otros fines de año, en otros lugares, en otras sensaciones, en otras manos, en otra boca, y apreté la erección de Damon con los dedos para volver al presente. Él gimió en mi oído y me empujó contra la cama.

—Vamos a llegar tarde.

Sonreí, eché la cabeza hacia atrás y sentí la suya abriéndose paso entre mis piernas.

—Entonces haz que merezca la pena.

Damon y yo nos entendíamos. En la cama y fuera de ella, aunque no siempre y tampoco bien. A veces peleábamos más de lo que nos queríamos. Éramos muy jóvenes, muy egoístas y demasiado libres como para encajar con las prioridades de otra persona. Nos cuidábamos a nuestra manera, que no siempre era la correcta. Él estaba acostumbrado a ir por libre y yo odiaba que no me hiciera caso. Me había hecho muy rápido a ser el centro de atención. A Damon le gustaba todo lo que hacía daño: el alcohol, las drogas, la comida basura y yo, aunque tardamos un tiempo en comprender que debía incluirme en esa lista.

Si en 2005 fuimos los protagonistas de portada que todo el mundo deseaba ser, en 2006 nos convertimos en el foco de la prensa por otro tipo de noticias que no me enorgullecían, pero que tampoco sabía cómo frenar.

Sin embargo, aún quedaba tiempo para eso, y aquella noche éramos felices. Al menos él. Yo necesité algo de ayuda en sentir la plenitud que cada vez más a menudo me regalaban las pastillas.

—Toma.

—¿Qué es?

—Éxtasis.

Saqué la lengua y Damon colocó una pequeña pastilla de color azul sobre ella.

En casa de Rush la música retumbaba, las botellas se vaciaban a la velocidad de la luz y ver un cuerpo desnudo era más frecuente a cada minuto.

Salimos a la zona de la piscina y allí nos encontramos con Heaven. Estaba sentada sobre las piernas de un tío de melena rubia que yo recordaba haber visto en uno de los últimos taquillazos del año. Dos rayas perfectamente alineadas los esperaban en la mesa bajita de cristal.

Cuando Heaven nos vio, se levantó de un salto y se acercó hasta dejarnos un beso a cada uno demasiado cerca de los labios.

—Ya era hora. Sin ti esto era un muermo.

Me senté a su lado y acepté una copa que me tendieron. Damon se perdió con los miembros de su grupo un minuto después. Yo tardé poco en hacerlo gracias a los excesos.

El nuevo año me pilló encerrada en un lavabo. Durante la última hora había revisado el teléfono móvil sin parar, demasiado nerviosa, demasiado expectante e ilusionada, aun intuyendo que Levi, en esa ocasión, no llamaría.

Desde las once, debido al cambio de huso horario, él ya vivía en 2006, pero sin mí.

Salí de mi escondite y me mezclé de nuevo con mi presente. Heaven se besaba con el actor de melena rubia. Rush y otros amigos se bañaban desnudos en la piscina mientras una conocida modelo dormía disfrazada de langosta en una tumbona. Damon fumaba con la mirada perdida en su vaso y con su otra mano apoyada en el muslo de una chica que yo no conocía.

Me acerqué a ellos sintiendo, con el silencio de Levi, otra vez el fin del mundo en el estómago, en la garganta y en el centro del corazón.

Cuando Damon me vio, sonrió. Yo le devolví el gesto.

—Maya, esta es mi chica. Vida Rose.

La miré y vi en sus ojos la admiración. Era una chica bonita de pelo rubio, ojos azules y boca carnosa. Y no solo estaba allí por Damon, sino también por mí. Aquella joven ansiaba pasar una noche con Vida Rose, con la que imaginaba que era, con la que vendía la prensa y con la que soñaban muchos que, en realidad, no me conocían. Maya quería a Vida Rose y no a Violet. Así que tomé una decisión. Porque sin Levi yo ya no tenía motivos para seguir agarrándome a quien había sido.

Me hice un hueco entre los dos y besé a Damon.

Segundos después volví el rostro para besar a aquella chica.

La siguiente hora la pasamos haciendo nuestra una habitación desconocida.

• V •

Éramos tres cuerpos enredados cuando mi teléfono comenzó a sonar en el suelo. Me incorporé como pude y, desnuda, me senté en un rincón de aquel cuarto oscuro en el que mi novio y aquella chica dormían.

Me llevé el móvil a la oreja y sonreí levemente, aliviada, pese a que una parte de mí se sentía mal por contestar su llamada con los restos de otros aún en mi piel.

Pulsé un botón y la suave respiración de Levi me recibió.

—Feliz año, chico de las preguntas. Pensé que ya no llamarías. —Observé de nuevo a Damon; la tinta de su cuerpo destacaba sobre su palidez—. Imagino que ya habrás visto las noticias. Esas revistas de mierda se pasan el día diciendo tonterías. Pero lo de Damon es verdad. No sabía que era cantante. Lo conocí en una fiesta.

Su aliento sonaba errático al otro lado. Estaba furioso y nervioso. Seguramente también borracho. Me había convertido en una experta en sus silencios. Lo imaginé saliendo con los demás, con Dave, Gillian, Markus y Grace. Buenos chicos, con vidas estables y seguras que encajaban con la de Levi. Frecuentando los mismos sitios, con la misma gente. Hallando en la monotonía de su hogar el único aliciente que necesitaban.

Después contemplé mi vida, reflejada en esa cama compartida con dos personas, con una bolsita blanca en la mesita de noche, una botella vacía sobre la alfombra y dos condones usados.

Había sido increíble. Una experiencia para los sentidos. Algo a la altura de lo que se esperaba de Vida Rose.

Me abracé las rodillas.

—No lo quiero, Levi. Solo... solo sucedió. Y tú no estabas aquí. ¿Tú sales con alguien? No, no me lo digas. Prefiero no saberlo. Solo deja que, si surge la oportunidad, una buena chica te haga feliz, ¿vale? Yo ahora lo soy. O comienzo a serlo.

Su dolor traspasó la línea. Me tragué el mío y acepté que era lo mejor para los dos. Debíamos continuar y era la única manera.

—Debes dejar de hacer esto, Levi. Debes seguir sin mí. Todo o nada, ¿recuerdas? Yo hoy lo he elegido todo. Duermo acompañada. Deberías hacer lo mismo.

Me callé, le dije en mi cabeza que aún lo quería y después colgué. Recuperé mi sitio entre las sábanas, me hice un ovillo y me sequé las lágrimas en la almohada.

—Nena, ¿qué pasa?

Apreté la mano de Damon sobre mi estómago.

—No me encuentro muy bien. No puedo dormir.

Damon se rio. Al otro lado del colchón, el cuerpo desnudo y tibio de Maya respiraba profundamente.

—Es el éxtasis.

Quizá Damon tuviera razón y las drogas de las que habíamos disfrutado horas antes fueran las culpables de mi malestar, pero una parte de mí sabía que solo había un motivo: Levi era tan parte de mí que aprender a vivir sin él era como si me faltara una parte del cuerpo.

Pese a ello, aquella madrugada, con las manos de otros sujetándome, me prometí intentarlo.

Tardé horas en conseguir dormir.

No volví a saber de Levi en todo un año.

2006
Cara A, Vi

Mi vida era fantástica. Tenía dinero, fama, amigos, una pareja, éxito, era admirada, querida, deseada, un ejemplo a seguir para muchos, y un ejemplo de lo que no se debía hacer para otros. Era inalcanzable; una estrella que había nacido en tan poco tiempo que también había quien creía que estaba destinada a desaparecer antes de que acabara el año.

Cumplí los veintiuno metida en una bañera de champán en el centro de uno de los clubs más exclusivos de Los Ángeles. Damon me regaló una canción. Se titulaba *Blonde Drug* y se posicionó rápido en los primeros puestos de las listas de éxitos. Vida Rose tenía hasta su propia melodía, que rápido acompañaría a una generación.

Aún quedaban meses para que *Las chicas buenas nunca ganan* se estrenara, pero eso no evitaba que mi fama continuase disparándose a un ritmo demencial. Me llovían las ofertas, y no solo como actriz, sino en su mayoría como imagen publicitaria. Las grandes firmas cosméticas me querían. Las entrevistas se me acumulaban. Las invitaciones a eventos llenaban mi agenda hasta el punto de tener que seleccionar qué era lo que me apetecía hacer y qué no. Podría haber vivido saltando de fiesta en fiesta sin la necesidad de sacar la cartera. Los representantes y las agencias me llenaban el buzón de mensajes con ofertas para trabajar conmigo.

Era una locura; una bendita locura, divertida, sorprendente y adictiva. Muy adictiva.

A principios de año conocí a Koko, una diseñadora en auge de cuyo talento me enamoré. Era muy joven, se atrevía con todo y le importaban poco las tendencias que marcaban los mandamases de la industria. Iba a su aire, siguiendo solo los dictámenes de su instinto, y eso la hacía única. Nuestra relación comenzó con un flechazo y se mantendría durante años. No solo porque sus diseños me encantasen, sino porque me dejaba hacerle propuestas y modificar las prendas a mi antojo. Con Koko aprendí que la moda era mucho más que saber encajar las tendencias; la moda era un modo de expresión como cualquier otro; la moda me permitía sacar todo el caos de mi interior hacia fuera y enseñárselo al mundo.

«Cuanto más me vistes, más desnuda me siento, Koko.»

Eso le decía y ella lo comprendía, porque con su forma de expresión yo expresaba tanto que me resultaba casi violento.

No importaba. A la gente le encantaba. Podía ponerme un vestido asimétrico color naranja con un cárdigan morado que al día siguiente salía en las revistas y las imitaciones se disparaban. Me costaba comprenderlo, pero sucedía. Si confesaba en una entrevista que me gustaba un perfume, sus ventas subían como la espuma. Si probaba una marca de helado o si decía que tenía un libro esperando su momento en mi mesilla de noche. Lo que fuera.

En mayo firmé un contrato astronómico para protagonizar la adaptación audiovisual de una saga de videojuegos. Durante el año siguiente me convertiría en Becca, una matazombis profesional con el objetivo de salvar el mundo. Botas hasta la rodilla, vestido blanco con aberturas inspirado en el personaje de LeeLoo de *El quinto elemento*, cazadora de cuero y una ballesta. Del *merchandising* de esas películas harían hasta muñecas.

La rueda giraba. Y era imparable.

Aun así, mi fama no estaba bien dirigida. Había que estar muy ciego para no ver que el foco no estaba sobre mi cabeza por los motivos apropiados. No era buena actriz; si acaso, solo pasable gracias a los profesionales que me rodeaban —unos expertos en lograr que las carencias no traspasaran la pantalla— y las clases de interpretación en las que me dejaba la piel. Si gustaba tanto era por todo lo demás; por las fiestas, por mi amistad con Heaven, por mi relación con Damon, por mis vestidos escuetos. Por los evidentes excesos, que nos hacían enviar el mensaje de que la vida son dos días y que nuestro deber es disfrutarlos al máximo. Por los rumores malintencionados y por las verdades sacadas a la luz. Por la imagen que no solo yo estaba creando con mis comportamientos, sino que los medios de comunicación exageraban para alimentar más su cuenta corriente.

Vida Rose era un producto. No me molestaba; yo misma estaba dispuesta a sacarle todo el partido posible sin importarme el precio.

En junio abandoné el piso que compartía con Camila. Nuestra relación no pasaba por su mejor momento. Nos veíamos poco y, cuando lo hacíamos, me daba la sensación de que nos habíamos convertido en dos extrañas que se movían en un espacio común. Poco quedaba de nuestras noches de películas y palomitas, de las conversaciones que nunca tenían fin y de las confidencias. Era como si ya no encajáramos, por mucho que lo forzáramos, así que cuando le dije que Damon me había propuesto vivir juntos ella ni siquiera pestañeó. Casi pareció aliviada.

No la culpo. Asumo que la distancia que se creó entre

ambas también fue culpa mía. Supongo que dejar atrás del todo a Violet pasaba por hacerlo con todas las personas que la conocían. Y Camila fue una de ellas.

Apenas días después de nuestra despedida, me mudé con Damon a una casa nada menos que en Santa Mónica. Cuatro dormitorios, tres baños, sala insonorizada para sus ensayos, un jardín precioso y piscina. Ni la versión soñadora de la Violet niña podría haberse imaginado en un lugar así.

Cuando no estábamos trabajando en nuestros proyectos, vivíamos medio desnudos en esa casa que fue testigo de tanto. Dormíamos de día y nos costaba saciarnos de noche. Organizábamos fiestas solo con los más cercanos, aunque era fácil confundir el interés con amistad y más de una vez nos encontramos fotos filtradas del cajón de mi ropa interior y de otras escenas más irresponsables de las que acababa siendo testigo el resto del mundo. Estrenamos la cocina nada más que para follar sobre la encimera, porque las tareas cotidianas dejaron de ser responsabilidad nuestra. El jardín siempre estaba perfecto. Cuando amanecíamos después de una noche de excesos, todo estaba limpio y reluciente. Es el poder que te da el dinero. Te aleja de lo cotidiano, como el simple acto de hacer una cama, y te acerca al cielo, o al hielo. No lo tengo del todo claro.

Nos movíamos por el mundo como dos estrellas. Melancholy no empezaba la gira hasta el año siguiente, por lo que Damon pasaba mucho tiempo en Los Ángeles. Íbamos y veníamos en avión para acudir a los contados conciertos que tenían y, en ocasiones, lo acompañaba al estudio de grabación donde estaban trabajando en el nuevo disco. Me gustaba sentarme y observarlo cantar. Su voz no era muy potente, pero sí tenía la fuerza necesaria para erizarte la piel. Solía decirle que cantaba como gemía cuando follábamos, lo que a Damon lo hacía reír y besarme hasta hartarnos.

En septiembre comencé el rodaje de *Becca y los caídos*. Enseguida me di cuenta de que tanto su director, Arnold Paulson, como parte del equipo, no tenían nada que ver con Jacob y el suyo. El trato era frío, muy impersonal y casi mecánico, por lo que rápido tuve que asumir que no era más que una empleada que debía acatar las órdenes que me daban, me gustaran o no. El cine, como cualquier otro negocio, contaba con dos caras.

Las chicas buenas nunca ganan se lanzó en octubre. Acudí con Damon al estreno como pareja y deslumbramos como nunca. Él estaba increíble, con un traje azulado y el pelo engominado hacia atrás. Yo llevaba una creación de Koko y, posiblemente, el vestido más bonito que he tenido la suerte de ponerme jamás. Era color champán, de telas de tul superpuestas en su falda y un corpiño de encaje. Nunca me había sentido tan elegante sin dejar de ser yo. Ese era el poder de Koko, que me veía a través de sus ojos de artista y me envolvía como a un regalo. No me disfrazaba. Ni yo debía fingir.

Semanas después del estreno, ya se rumoreaba que Jacob podía lograr su primera nominación a alguno de los grandes premios de la industria. Y así fue. Su primer largometraje en solitario fue nominado a las categorías de Mejor Director y Mejor Guion en los Globos de Oro y, aunque no ganó, aquellas nominaciones sentaron las bases de una carrera respetada y que a partir de entonces solo podía ascender.

El éxito nos acompañaba. Lo teníamos todo al alcance. Los límites no parecían existir para nosotros. Me sentía admirada allá donde entraba. Y deseada. Y feliz, aunque la felicidad no fuera un camino estable, sino una sucesión de subidas momentáneas que me hacían rozar el cielo antes de volver a caer.

Y, pese a todo, si pudiera borrar un año de mi vida, elegiría 2006 sin dudarlo ni por un segundo.

Cara B, Vi

—Eres un gilipollas.

—Nena...

Damon intentó agarrarme, pero me solté y corrí hasta esconderme en nuestro dormitorio. Entró tras de mí y dejó abierta la puerta, a través de la cual la música sonaba atronadora. Era el disco de un nuevo grupo con el que él estaba obsesionado, pero en mi cabeza todo era ruido.

Fue a abrazarme y me negué.

—No me toques.

—Solo ha sido una mamada.

—¡Vete a la mierda!

Rebusqué entre los cajones de la mesilla y saqué una bolsa escondida dentro de unos calcetines. Volqué parte del contenido en la superficie y la esnifé. Damon no se movió. Solo me miraba, como si estuviera meditando la forma de enfrentarse a un animal salvaje acorralado. Supongo que, de algún modo, en eso me convertía cuando me sentía atacada, y dolida, y demasiado drogada como para razonar con Damon y sus propios excesos.

Era nuestra casa. Estaba llena de gente. Hasta un rato antes me lo estaba pasando bien, pero no veía a Damon por ninguna parte y no me gustaba la idea de no distinguir ni una sola cara conocida. Me sucedía a veces, cuando me colocaba y de pronto miraba a mi alrededor y todos eran rostros extraños. Había abierto su cuarto de ensayos y me lo había encontrado con los ojos cerrados y su mano empujando una melena oscura contra su entrepierna. El muy cabrón. Y no era la primera vez que estábamos con otros, pero sí la primera en la que lo hacíamos sin el otro. Eso, para mí, lo cambiaba todo.

Me encendí un cigarro y lo miré sentada desde la cama.

No parecía arrepentido, solo confuso. Y entendía por qué, ya que quizá no hablar jamás de los límites provocaba que estos no existieran, aunque no me gustaba. Yo quería estar con Damon, follar con otros y también quería que él lo hiciera. Yo odiaba que me prohibieran hacer algo para lo que no estaba preparada, por lo que tampoco se lo negaba a él. Entonces, ¿por qué me molestaba tanto?

—Creía que lo que teníamos era esto. No hay normas, Vida. Nosotros funcionamos así.

Su voz fue suave, como la que un padre usaría para razonar con una niña. Lo que Damon olvidaba a menudo era que conmigo esa condescendencia no funcionaba; entre otras cosas, porque nunca había tenido un padre.

Pestañeé con inocencia y sonreí. Acababa de tomar una decisión. Pésima, pero que no tenía vuelta atrás.

—Oh, de acuerdo.

De lo siguiente que hice no estoy orgullosa. Salí con deliberada lentitud y bajé la escalera con su mano en mi cintura. Todo parecía estar bien, pero en mi interior algo ardía. Algo malo. Tóxico. Dañino no solo para él, sino sobre todo para mí.

Me acerqué a un tío que llevaba toda la noche mirándome. Ni siquiera tuve que pronunciar una palabra. Lo siguiente que recuerdo es la mirada de Damon fija en mí mientras le hacía una mamada a un desconocido del que jamás supe su nombre. Una mamada que no cambió nada, solo abrió una veda en lo nuestro en la que todo valía, incluso lo que no nos gustaba.

• V •

—Tienes los ojos del color del ron.

Me reí. Damon me apartó el pelo de la cara.

Sus dedos juguetearon a deslizarse por mi nariz.

—Y a ti te encanta.

—Me vuelve loco.

Los míos dibujaron la curva de su garganta.

Estábamos tumbados en el suelo. No sabíamos si era de día o de noche. Si aún era primavera o quizá el otoño nos había encontrado. No sabíamos nada. Y tampoco importaba.

—No debíamos enamorarnos —le dije, pensando en eso que sentía cuando Damon y yo nos perdíamos tanto en nuestros vicios que solo quedábamos nosotros.

—Supe que me enamoraría de ti desde que te vi en esa puta fiesta.

—Y, entonces, ¿por qué me hablaste? Pudiste haberlo evitado.

Damon se rio.

Entrelacé las piernas desnudas entre las suyas. Estábamos tan cerca que rocé su nariz con la mía y me estremecí. Hacía frío, pero apenas sentía nada que no fuera la placidez de las drogas y la sonrisa del Damon más tierno.

—Si alguien va a romperme el corazón, qué menos que sea Vida Rose.

Puse los ojos en blanco. Sin embargo, por dentro sentí tanta tristeza que me doblé hasta hacerme un ovillo. Porque, incluso mostrándome tan vulnerable, Damon seguía sin verme. Seguía sin conocer a Violet.

Me arropó con sus brazos. Me besó el pelo. Me cantó al oído la letra de la canción que me pertenecía.

—Te quiero, nena.

En ese instante, supe que, a su lado, yo solo era una cáscara vacía.

• V •

—Damon, ¿son verdad los rumores sobre las aficiones que compartes con tu pareja?

Damon sonrió con fingida dulzura y contestó con ironía:

—Claro que son verdad. Vida y yo solo contratamos personal que se pasee desnudo por nuestra propiedad. Somos unos depravados.

El periodista se rio. Estábamos en un desfile de Koko y la prensa nos había abordado al salir. Intentábamos esquivarlos para llegar al coche que nos recogería para llevarnos a una fiesta posterior que se celebraba en un hotel. No obstante, no habíamos previsto que nuestra aparición como invitados generaría tanta expectación. Era bueno para Koko, pero no si su atención se centraba en los rumores que corrían sobre nosotros y la última fiesta que había celebrado Heaven.

—Entonces, ¿también podemos confirmar vuestra afición por los tríos?

Temblé y Damon apretó su mano entre la mía. Odiaba enfrentarme a las preguntas malintencionadas, pero él era un experto, así que solía llevar la iniciativa mientras yo me mantenía serena a su lado, en completo silencio.

—Nunca he sido de números. Por eso canto.

—Parece ser que Vida Rose sí es de números, cuanto más

altos mejor. Podría decirse que eres un hombre afortunado, mi mujer me castraría.

Damon se paró. Su sonrisa desapareció mostrando de inmediato su frialdad.

Yo tiré de su brazo para continuar caminando, pero no lo hizo. Se había convertido en un hombre de hielo.

—¿Qué insinúas con eso? —El periodista se rio, un poco descolocado por el cambio de actitud de Damon, que había confundido su simpatía con una complicidad que nunca había existido—. ¿Qué pretendes con esa pregunta?

—Nada, solo expongo la información pública. Fuentes confidenciales afirman que en casa de Heaven Payne ambos mantuvisteis relaciones con varias personas.

Cogí aire y pestañeé para mantener el control. Mi mirada era imperturbable, pero por dentro temblaba. Era cierto y eso era lo que más me costaba. Odiaba que me juzgaran por las verdades; entre mentiras me sentía cómoda, pero cuando llegaban a la verdad tocaban más dentro y gestionarlo no era tan sencillo. Sobre todo, cuando se trataba de mi relación con Damon, una que muchos no entenderían. Sobre todo, cuando sabía que alguien entre las montañas de Montana también podría juzgarme.

El enfado de Damon era palpable. Podían decirle cualquier cosa que todo le resultaba indiferente, pero no si hacía daño a quien quería, y con el tono un tanto soez de ese periodista al referirse a mí, había encendido una mecha que no tardaría en hacernos arder.

—Puedes meterte a tus fuentes confidenciales por el culo. Putos frígidos de mierda.

—Damon.

Lo empujé del hombro para apartarlo de la prensa. Las cámaras nos enfocaban. Las personas que nos rodeaban comenzaban a prestarnos atención. Y solo necesitó la sonrisa dañina de aquel periodista de pacotilla para que Damon estallase.

—¡La próxima vez que la juzgues de ese modo te comes la jodida cámara!

—¡Damon! ¡Vámonos!

Pero no atendía a razones. Estaba desatado. Lo estaban provocando y estaba entrando en su juego. Lo agarré por la pechera y me puse frente a él, tan cerca que casi rozaba sus labios. Y no me importaba que nos mirasen, ni que aquella escena quedara grabada, solo quería salir de ahí, escondernos de nuevo en nuestra burbuja y olvidarme de lo que éramos para el resto del mundo.

—¿No ves que esto es lo que buscan?

Damon fijó los ojos en mí y tragó saliva. Vi como retomaba el control. Y la forma en la que me miraba. Y su amor, ese un tanto retorcido y que no seguía las normas que los demás establecían pero que a nosotros no nos servían.

Entonces sonrió y me besó con calma, como si estuviéramos solos, con los ojos cerrados y con las manos en mis mejillas mientras yo lo rodeaba con las mías. Damon y yo compartimos el beso más bonito de nuestra historia con el mundo y después nos marchamos de allí con un alegato final que me hizo reír a carcajadas.

—Os podéis ir todos a la mierda, que yo me llevo a la chica.

• V •

¿Recuerdas esos muñecos que se guardan en una caja de madera? Si pulsas un botón, el muñeco salta como un resorte contra el ingenuo niño que no sabe la que le espera, y se asusta, incluso puede llorar y cogerle miedo a la caja.

Damon y yo éramos igual que una de esas cajas.

Nuestra relación era enfermizamente bonita. Pese a ello, a la mínima saltaba por los aires. Yo odiaba que se acostara con otras sin contar conmigo. Él, que me cerrase tanto en mí misma hasta el punto de que, cuando estallaba, ya ni siquiera comprendíamos los motivos. Damon era demasiado sociable, confiado y le importaba poco que lo traicionaran. Yo recelaba de todo y todos, me mostraba amigable pero retraída hasta el exceso.

El sexo, lo que empezó siendo lo que más nos unía, se acabó convirtiendo en un arma. Lo usábamos para todo. Era la causa de nuestras peleas y también la demostración del perdón. A través de él nos comunicábamos. Y nos veíamos reflejados en el otro cuando nos mirábamos como si fuéramos dos polos opuestos que no comprendían cómo habían acabado compartiendo el mismo techo.

¿Era amor? Puede ser. Con los años he aprendido que el amor no es estático, ni constante, ni de una forma, color y sabor fijos. El amor es elástico, moldeable, ajustable a lo que necesitas, buscas o te agarras en un momento indicado. Y yo, en esa época de mi vida, necesitaba a Damon.

¿Era odio? Quizá, también. Ambos éramos de extremos, volátiles, egoístas y lo teníamos todo, lo que significaba que no nos conformábamos con menos.

De lo que sí que estoy segura es de que nos enamoramos, mucho y muy fuerte a ratos, y que nos desenamoramos con la misma facilidad. Igual que funcionaban las mejores drogas que habíamos probado.

Por eso 2006 fue el año en el que yo quise a Damon. Y Damon me quiso a mí. Nos quisimos a nuestra manera, pero también nos hicimos daño.

• V •

—¿Quién es Levi?

Fingí que su pregunta no me había sorprendido. Me volví y me encendí un cigarrillo. Me temblaban los dedos.

Era jueves. Acababa de volver a casa después de un día extenuante de rodaje y no me apetecía discutir y mucho menos, hablar de Levi con Damon. En realidad, no hablaba de él con nadie. Incluso con Jacob, después de tantos meses de ausencia, había pasado a ser un tema tabú.

—No sé a quién te refieres.

Damon tensó la mandíbula y dio un trago a su cerveza. No me había dado cuenta de que estaba borracho. Tenía los ojos enrojecidos y la camisa desabrochada de la misma manera que cuando pasábamos horas desfasando. En ese instante eché de menos que la casa estuviera llena de gente, de música, de ruido que me ayudase a escapar del silencio que nos rodeaba.

—No eres tan buena actriz, nena.

Lo miré y me encontré con su sonrisa maliciosa. Me sentó tan mal su respuesta que me puse a la defensiva.

—Y a ti no te importa.

—En realidad, sí, si se trata de mi chica.

Tragué saliva y me esforcé por mostrarme entera, pero estaba desubicada. No comprendía por qué Damon me estaba hablando de Levi. Tampoco por qué me enfadaba tanto compartir con él quién había sido el chico de las preguntas para mí. Lo único que sabía era que esa conversación era importante y marcaría un antes y un después en mi relación con Damon.

Cogí aire y le dediqué una mirada igual de airada.

—¿Ahora vamos a fingir que te molesta que vea a otros?

—Puedes follarte a quien te dé la gana, Vida, pero no estamos hablando de sexo. Estamos hablando de otra cosa.

«Otra cosa», menudo eufemismo para evitar pronunciar la palabra «amor».

Pensé en Levi y noté que me cerraba dentro de una coraza.

—No es nadie, Damon. Lo fue. Pero ya no. Tiene que valerte con eso.

Meditó mis palabras y asintió. Se levantó, tiró de mí y me besó. El combate había terminado y regresaba la calma. O eso creí porque dos minutos después Damon entraba en mi cuerpo con furia. Casi sentía que quería traspasar esa zona a la que a nadie permitía paso. Solo a Levi. Una zona que, hasta el momento, Damon no sabía que existía, pero que de pronto se hacía visible y se mostraba como un obstáculo entre nosotros.

Cuando nos deshicimos en un orgasmo sobre el sofá, me atreví a hacer la pregunta cuya respuesta me daba pavor.

—¿Quién te ha hablado de él?

Sonrió. Se levantó y se perdió en la cocina desnudo y mesándose el pelo con los dedos como si su respuesta no fuera una granada lanzada entre los dos.

—Heaven.

• V •

El año llegó a su fin casi sin darnos cuenta. Lo hizo entre las mieles del éxito y el calor de los infiernos. Yo fingía ser feliz; de algún modo, lo era. Amaba mi trabajo. Después de tres rodajes asumí que actuar no solo había sido la salida que el destino había encontrado para mí, sino que de verdad me gustaba lo que hacía. Me esforzaba por aprender, por ser mejor cada día, por no decepcionar a quien me daba una oportunidad y para eso nunca dejé de formarme.

También me encantaba mi vida. Es fácil acostumbrarse a las comodidades del lujo, a poder tener lo que desees con solo un chasquido de dedos. Tal vez sea cierto eso de que el dinero no da la felicidad, pero la sensación que aporta es muy parecida.

Las fiestas, la euforia que nos provocaban el alcohol y las drogas, las noches de risas, de sexo, de sentirnos inalcanzables y casi inmortales, eran modos de escapar del resto de esa realidad que no nos gustaba tanto.

Sin embargo, mi felicidad no era plena. Me sentía hastiada. Una joven prematuramente anciana. Desconfiaba de todo aquel que se me acercara, aunque lo hiciera con intenciones honestas. En el trabajo me centraba tanto en mi papel que apenas me relacionaba con el resto del equipo. Jacob estaba inmerso en la producción de una nueva película y no tenía tiempo para las chiquilladas de una niña. Sentía que Heaven me había traicionado hablándole a Damon de Levi a mis espaldas. Y Damon... mi relación con Damon se había convertido en un bucle de sexo descontrolado, drogas y silencios de lo más dañino.

Por eso, cuando llegaron las fiestas y me miré en el espejo antes de salir de casa, no me reconocí. Violet había desaparecido. El problema era que tampoco reconocía a la chica que me observaba desde el otro lado.

• V •

—¿Estás lista?

Damon se asomó a la habitación y sonrió con aprobación al ver mi escueto vestido.

—Dame un segundo.

Regresé al cuarto de baño y cogí mi viejo colgante de madera; solo me lo quitaba para ducharme. Damon apareció a mi espalda y se ofreció a ponérmelo.

—Me gusta que no aceptes llevar collares de firma y siempre te pongas este. Te hace real.

Sonreí, un tanto halagada, aunque también avergonzada por ocultarle los verdaderos motivos de no quitarme el collar que Levi había tallado para mí. Sentía un placer infinito al ser una de las dos únicas personas del planeta en saber que, en realidad, aquella letra de madera escondía un secreto. Aún nos unía eso.

Los dedos de Damon acariciaron mi espalda desnuda al cerrar la cadena.

—Soy real. Todos lo somos, Damon.

—Lo sé, pero es la diferencia entre los demás y tú. Tú eres real y te comportas como si no te importase. El resto nos esforzamos por parecer especiales. Tú lo eres sin darte cuenta.

Dejó un beso en mi nuca y nos marchamos. Sus palabras me acompañaron todo el trayecto en coche, porque, por primera vez, no estaba muy segura de que destacar me gustase.

Hubo muchas fiestas en 2006, pero la última fue distinta por infinidad de motivos. El primero, y puede que el más importante, fue que, por primera vez en meses, no me drogué. Apenas brindé con champán mientras fingía que mi copa descendía cuando me deshacía de ella en cuanto me era posible. También porque me sentía ajena a lo que veía. Damon, Heaven y los demás se comportaban como siempre, cada vez más desinhibidos según las horas pasaban, pero yo no podía mirarlos sin sentir hastío. De repente, después de meses de estar en la cresta de la ola, no encajaba. Algo había cambiado. Y me encontraba muy cansada. Puede que confundiera ese agotamiento con tristeza. El caso es que todo me provocaba rechazo: la risa de Heaven me irritaba; la forma soez en la que Damon miraba a todo el mundo me asqueaba, su manera de divertirse me parecía infantil y ridícula.

Necesitaba escapar, pero no con sustancias prohibidas.

Busqué una salida en el jardín y me dirigí a la playa. Las olas rompían contra la orilla. Había gente bailando y celebrando el nuevo año en la arena, pero apenas los oía.

Saqué mi teléfono del bolso y busqué su nombre. No obstante, no me atreví. No me parecía justo llamarlo a él después de tanto. Así que marqué otro número. Uno que había memorizado en mi última visita a Whitefish pero que jamás había utilizado.

Me respondió bastante rápido, teniendo en cuenta que para Markus mi llamada debía de ser toda una sorpresa.

—¿Es feliz?

—¿Vi? ¿Eres tú? —no contesté. No podía. Tenía la lengua dormida; tampoco hizo falta; Markus suspiró contra el aparato y me dijo lo que necesitaba oír—. Sí. Lo es.

Cerré los ojos. Me tragué las lágrimas, y las ganas, y todo lo que sentía en aquel momento y colgué el teléfono.

Lo siguiente lo recuerdo todo un poco borroso. Es curioso que lo haga de uno de los pocos momentos que compartí con ellos en los que estaba sobria. Regresé a la casa. Busqué a mis amigos con la mirada, pero solo vi a Rush en un rincón comiéndole la boca a una rubia despampanante. Me adentré por los pasillos y pregunté por Damon. Nadie lo había visto. Me ofrecieron copas que rechacé y saludé a personas que no me importaban sin fingir que lo hacían. Subí al primer piso y lo busqué. Me lo imaginé en un dormitorio metiéndose algo con alguno de esos que decían ser su amigo pero que solo lo usaban por interés. Quizá con una chica; una mamada navideña por la que yo ni siquiera me inmutaría.

Sin embargo, cuando empujé la puerta, lo que me encontré fue algo muy diferente; inesperado; doloroso, si hubiera sido capaz de sentir.

—Heaven.

Ella se volvió y vi su pecho desnudo. Damon ni siquiera me oyó llegar. Estaba demasiado concentrado en el cuerpo de mi mejor amiga cabalgando sobre su cintura.

Heaven ralentizó sus movimientos, creo que esperaba

una reacción por mi parte, pero pronto se dio cuenta de que yo ni siquiera parecía estar allí. Una parte de mí había huido muy lejos; quizá a una cabaña abandonada entre montañas. Cuando di un paso atrás, volvió a marcar el ritmo sobre Damon. Su gemido ronco fue lo último que oí antes de volver al piso de abajo y comenzar a bailar entre la gente.

Heaven y yo nunca hablamos de ello. Lo ignoramos, como tantas otras cosas que hacían que nuestra amistad no fuera sólida ni sana. Lo convertimos en un parche más que nos sujetaba, aunque intuía que no por mucho más tiempo.

Al día siguiente era yo la que follaba con Damon en nuestra cama cuando mi teléfono sonó en la mesilla de noche. Su nombre brillaba en la pantalla.

Miré a Damon y él hundió sus dedos en mis muslos.

Ignoré a Levi.

Cerré los ojos y me concentré en mi propio placer, pero era difícil.

Sentía la mirada de Damon en mí, la violencia de sus gestos haciéndome suya, como si la simple existencia de otro lo martirizara y quisiera marcarme con sus yemas. Recordé su cuerpo bajo el de Heaven y los odié porque me lo habían ocultado cuando no tenían razones. Habría sido tan fácil como proponer una noche compartida entre los tres que yo habría aceptado sin dudarlo. Por eso me dolía tanto. Por eso, el comportamiento de ambos olía a traición. Me acaricié entre las piernas e hice algo que me había prohibido hacía mucho tiempo: me imaginé que eran las manos de Levi y no las mías. Pensé en él, en sus caricias, en su boca, en el olor de su piel. Me recreé en los recuerdos y en las sensaciones que despertaban. Me permití disfrutar de lo que había enterrado muy dentro de mí para que no doliera.

Cuando me corrí, me dejé caer sobre Damon. Él sonreía, creyendo que mi placer era solo suyo. Pero, maldito engreído, no tenía ni idea de nada.

El teléfono volvió a sonar, aunque no lo cogí. Habíamos tomado una decisión y debía mantenerme firme. Pensé que Markus le habría confesado mi extraña llamada y que ese era el motivo de que quisiera hablar conmigo; puede que para un acercamiento que Levi tampoco podía evitar o quizá para rogarme que lo dejara en paz de una vez por todas.

Daba igual; no estaba dispuesta a averiguarlo. Su felicidad me pesaba más.

Me levanté, sin mirar el aparato, y me metí en el baño. Damon me siguió. Nos duchamos juntos, aunque no nos tocamos. Apenas lo hacíamos ya si no era por sexo.

Salimos media hora después en albornoz y callados.

La pantalla del teléfono volvió a iluminarse. Damon me miraba con una sonrisilla canalla; sus ojos decían «atrévete», pero no era una cuestión de valentía; era un iluso si creía que nuestra relación valía más que cualquier cosa que tuviera que ver con Levi: se trataba de no hacernos daño, de protegernos, de cuidarnos lo que podíamos, aunque fuera desde lejos.

Nos vestimos.

Damon me habló de un concierto al que quería asistir esa noche. Heaven también iba a ir; me había avisado mediante un mensaje unas horas antes. Le dije que no me apetecía salir, pero que podían acudir juntos, y él afirmó que la llamaría. Los imaginé follando en unos lavabos mugrientos y la imagen me asqueó. ¿Cuánto tiempo llevarían cargando ese secreto?

Me peiné frente al espejo mientras Damon se abrochaba la camisa. Estaba muy guapo. Lo miré con detenimiento y él hizo lo mismo. Nos estábamos retando, aunque no sabía muy bien el motivo.

Levi seguía llamando. Insistía. Lo hizo tanto que el rostro de Damon cambió a uno más inquieto, menos el chico rebelde que siempre tensaba una cuerda imaginaria entre nosotros y más una persona preocupada por otra que es importante para él. Cogió el teléfono y me lo tendió. Solo por ese gesto acabé por responder con un nudo en la garganta y un mal presentimiento.

—¿Levi?

—Vi, tienes que venir.

—¿Qué ha ocurrido?

—Es tu padre.

El vértigo de quererte
(2007)

LEVI & VI

2007
Enero, Levi

Salí del bar de Markus sabiendo lo que me esperaba, pero sin estar preparado para ello. Las montañas estaban cubiertas de nieve y las luces navideñas aún iluminaban cada rincón de la ciudad. Miré el reloj por enésima vez y acepté que ella estaba a punto de llegar. Vi. La misma que no veía desde lo que me parecía una eternidad. Dos años y cuatro meses no son un segundo, eso está claro, aunque en ese instante los sentía como un suspiro.

Cogí la camioneta y me dirigí a su casa. Estaba nervioso. Me temblaban las manos contra el volante. Lo golpeé al ritmo de la música para serenarme, pero la inquietud por el reencuentro no se desvanecía.

Tres días antes Luke había sufrido un accidente y, por una vez, no había tenido nada que ver con el alcohol. La rama de uno de los árboles que rodeaban su casa se había desplomado por la ventisca y lo había pillado recogiendo leña. El médico había dicho que tenía la pierna hecha añicos, como un vaso de cristal estrellado contra el suelo. Un vecino que pasaba por allí había oído los alaridos incluso a través de la ventana cerrada de su coche. De no ser por él, quién sabe qué habría sucedido. Lo habían operado de urgencia y su rehabilitación iba a ser larga. De momento apenas podía moverse; mucho menos, sobrevivir sin ayuda permanente.

En cuanto mi teléfono había sonado por petición del propio Luke, la imagen de Vi no se me había borrado de la cabeza. Tan lejos. Tan ajena a todo lo que sucedía entre estas montañas. Su propio padre no había querido llamarla a ella para contarle lo ocurrido; quería contratar a alguien que lo cuidara para no suponer un problema nuevamente para su hija —desde que Vi había dado el salto a la fama ni el dinero ni contar con un buen seguro médico eran una preocupación para ninguno de los dos—, pero yo sabía que, de no hacerlo, ella no me lo perdonaría y supongo que ya nos debíamos demasiado. No quería añadir más motivos a la lista. Así que, tras tantos silencios, había pulsado una tecla.

«Vi, tienes que venir.»

Esas habían sido mis primeras palabras después de haber decidido separarnos del único modo que había sabido: con silencios. Había sido incapaz de no llamarla de vez en cuando, pero mientras no abriera la boca, sentía que no cedía, que no perdía. Como si estuviéramos en medio de un juego que ni siquiera comprendía.

Era un imbécil.

Ella, en cambio, sí hablaba. Lo hacía con la ilusión de siempre, con la misma voz de aquella niña que me encandiló hacía tantos años, con una esperanza no disimulada. Me contaba cómo le iba la vida, igual que si hubiéramos seguido siendo los amigos que jamás se ocultaban nada. Vi hablaba y yo callaba. Así habíamos gestionado lo nuestro; al menos al principio, porque durante los últimos doce meses ni siquiera nos habíamos permitido eso.

Pero ¿qué íbamos a hacer ahora? Mis silencios, con ella de nuevo en casa, no funcionarían. Y las palabras... las palabras me costaba encontrarlas.

Entré por el sendero nevado y dejé la camioneta aparcada en un lateral. Cuando abrí la puerta, me crucé con la señora Hudson colocándose el abrigo. Era la vecina más cercana al hogar de los Cassavetes y siempre había sido una mujer compasiva que le ofrecía a Vi trabajos que no necesitaba pero que le aportaban unos billetes a una niña que no tenía muchas opciones. También les cedía muebles que ya no usaba u otras pertenencias que Luke y Vi aprovechaban sin dudar.

—Levi, cielo, ya me iba. Le he dejado caldo caliente para la cena y unos huevos rellenos en el horno. Hay de sobra para ti.

Me hizo un guiño y le sonreí. Se había ofrecido a echarme una mano y no me había negado. Había tenido que dejar de lado lo bastante mis obligaciones esos días como para no rechazar la ayuda de nadie. Me palmeó la mejilla con cariño al pasar por mi lado y me susurró algo que no esperaba.

—No tengas miedo. Irá bien.

Y es que Laura Hudson no se refería a la pierna de Luke, sino al huracán que estaba a punto de aparecer en mi mundo. Un huracán de dos letras cuyo nombre hacía demasiado tiempo que no pronunciaba.

Me despedí de ella y me asomé al salón. La chimenea estaba encendida, Luke dormía tumbado en el sofá, seguía atontado por el efecto de los calmantes, y la casa estaba reluciente. En todos aquellos años jamás la había visto tan limpia. Esa mujer era un ángel.

Entré en la cocina y el olor de la cena aguardando su momento me envolvió. La despensa estaba llena, ordenada, el frutero repleto, y había nuevos trapos colgados detrás de la puerta. Casi parecía un hogar, aunque nunca lo había sido. Resultaba gracioso que lo fuera justamente cuando ya no albergaba una familia.

Oí el ruido de un motor fuera y el estómago se me puso

del revés. Me asomé a la ventana y la vi descender de un coche. El chófer la ayudaba a sacar sus maletas. De lejos, bajo la neblina del día gris y con la luz del atardecer, ni siquiera parecía ella. Su pelo rubio, recto y por encima de sus hombros. Su vestido, color blanco, apenas destacaba entre tanta nieve. Llevaba unas botas blancas hasta la rodilla y un abrigo desabrochado de color rojo. Parecía una gota de sangre sobre las montañas nevadas. Eso era Vi. Una metáfora muy apropiada para una herida que había conseguido cerrar el último año con esfuerzo y que, de repente, sentía que volvía a abrirse solo con verla.

• V •

Me había costado, pero creía haberlo conseguido. El primer año tras nuestra ruptura había sido duro. Me había centrado en el trabajo. Casi se había convertido en una obsesión. Salía de casa muy temprano y regresaba tarde, cuando el sol ya se había acostado. De vez en cuando rompía esa dinámica emborrachándome con mis amigos en el bar de Markus, pero mi vida se resumía en una sucesión de días sin mucho sentido en los que llenaba mi cuenta corriente mientras me esforzaba por vaciar lo que aún guardaba dentro de mí mismo y que sentía que le pertenecía a ella. Gota a gota, lo había logrado. Me había desprendido de los remordimientos, de la culpa, de la pena, de todo eso que guardaba y me había quedado solo con algunos recuerdos buenos de nosotros de los que jamás me desprendería, lo que me aportaba una nostalgia sana en la que me recreaba de vez en cuando.

Y, de repente, después de un 2005 de mierda en el que tallé más madera que en toda mi vida para soportar esa soledad en la que me había hundido, 2006 había supuesto un comienzo, un punto y aparte e, inesperadamente, un gran año.

Había llamado a Vi solo para escuchar su voz una última vez. No estaba sola. Yo sabía que salía con ese tío, Damon no sé qué, desde hacía un tiempo. Las revistas no dejaban de copar las portadas con sus imágenes. En el televisor del bar de los Baker la habíamos visto en múltiples ocasiones mientras yo apretaba el botellín de cerveza tan fuerte que pensaba que acabaría rompiéndolo entre los dedos. Si quería olvidarla, no era fácil cuando el resto del mundo se esforzaba por mostrármela a todas horas. Su pelo se había puesto de moda. Las chicas pedían en las peluquerías la melena rubia de Vida Rose. Las que ya tenían el pelo claro se oscurecían las cejas para conseguir ese contraste que solo tenía sentido en ella. Se estaba convirtiendo en un símbolo de algo que, en el rincón tranquilo y plácido del mundo que nos vio crecer, no comprendíamos del todo. ¿Qué representaba Vi? El exceso; las adicciones; el exprimir la vida como uno ansiara; el poder; la libertad; los sueños cumplidos; el símbolo de una juventud que podía tener lo que quisiera, si lo deseaba con fuerza.

El estreno de su segunda película había sido un éxito. Había visto la primera, *Jardín sin flores*. Me había escapado un día a Kalispell con la excusa de contratar un nuevo proveedor para la empresa y había acabado colándome en una sala de cine en la que nadie me conocía. Allí, había visto por primera vez eso que tantos admiraban y que no pertenecía a mi Violet, la chica rara que soñaba alto, sino al fenómeno Vida Rose. Deslumbraba. Tenía algo que te hacía amarla u odiarla, no creo que con ella existieran los términos medios, pero eso es lo que hace que alguien alcance la cima del éxito. La indiferencia, las medias tintas, nunca destacan. Aquel día, decidí decirle adiós del todo, no solo en la práctica, sino también en mi cabeza. Porque la chica que tanto había querido ya no existía, se había convertido en otra, en algo grande que llenaba salas de cine y portadas, pero que estaba muy lejos de mí.

Todo o nada, así funcionaban las cosas con Vi. Y, al fin, acepté que lo segundo era lo que nos quedaba.

La nueva película no tenía intención de verla. Gillian y Grace habían alabado hasta la extenuación su papel de Sadie en *Las chicas buenas nunca ganan*, pero yo no estaba dispuesto a arañar una herida que había comenzado a sanar. ¿Qué necesidad tenía? Lo nuestro no solo estaba muerto, sino también enterrado, y yo estaba disfrutando por primera vez de una vida sin Vi. Una que, siendo sincero, no estaba mal del todo. Incluso me esforzaba por llamarla por su nombre completo cuando salía a relucir en alguna conversación. «Violet.» Rara vez era capaz de hacerlo en mi cabeza, pero no se podía decir que no lo estuviese intentando. La alejaba. La sacaba a patadas cuando sentía que seguía prendida a mi vida de algún modo.

Con la entrada de un nuevo año descubrí que podía ser feliz de muchas otras maneras. Me encantaba mi trabajo; y no solo el que mi padre me había cedido, sino el que había descubierto por mí mismo con la madera. Las figuritas que tallaba a Vi cuando solo éramos unos niños habían dado paso a otras piezas más grandes y complejas. Mesas. Mecedoras. Cabeceros. Lo que comenzó siendo una afición llegó a oídos de mis conocidos y, de pronto, me llovían los encargos. No tenía tiempo, pero lo sacaba del poco libre que me quedaba. El hijo de Henry Manson no solo había heredado una empresa sólida y estable como un niño mimado, sino que también tenía talento.

Los fines de semana ya no solo bebía para olvidar en el bar de Markus, sino que también aceptaba los planes que mis amigos me ofrecían. Markus, Dave, Gillian, Grace, que había acabado sus estudios de arte y regresado a Whitefish, y yo volvíamos a ser ese grupo de jóvenes igual de unido que tiempo atrás. Sin dramas. Sin complicaciones. Salíamos a menudo por ahí, organizábamos cenas en casa de Markus y Gillian —cuyo tonteo sin importancia se había convertido en una relación tan real como para mudarse juntos—, hacíamos rutas de senderismo por la zona y soñábamos con un futuro en el que siguiéramos unidos, como cualquier otro grupo de veinteañeros en la flor de la vida, solo que lo hacíamos con los pies en el suelo.

Encontré mi sitio, mi espacio, un lugar y unas personas con las que encajaba. Una vida con sueños propios. Y me gustaba.

¿Pensaba en Vi? Sí, era inevitable. Aunque ella ya no lo llenaba todo.

¿Era feliz? También. Y eso era lo único que debía importarme.

Pese a ello, reencontrarnos después de tanto tiempo me resultaba complicado.

Hay puertas que, por mucho que quieras, cuestan un mundo que se cierren.

• V •

Salí al porche para ayudarla a cargar las maletas, pero Vi apenas me miró. Soltó el equipaje en la entrada y se coló en su casa sin ocultar la preocupación por su padre.

—¿Dónde está?

—En el sofá. Creo que duerme.

Se arrodilló y apoyó la frente en la suya; un gesto delicado e íntimo que me hizo recordar muchos otros que un día me dedicó a mí. Luke la tenía perlada en sudor y ella la limpió con la manga de su abrigo. Él no se movió. Vi cerró los ojos y susurró palabras de perdón por no haber estado a su lado. Yo no podía dejar de mirarla. Entre otras cosas, porque la Vi que tenía delante se parecía muy poco a la que me había dicho adiós en un aeropuerto tiempo atrás. Ambos habíamos crecido, pero ella... ella estaba irreconocible.

Se levantó y se estiró el vestido blanco antes de apartarse el pelo de la cara. Iba maquillada y estaba más delgada. Los anillos grandes de sus dedos brillaban.

—Gracias por llamarme. Y por ocuparte de todo, Levi.

Asentí y observé que admiraba el salón como si fuera la primera vez; creo que lo hacía por no tener que mirarme; no podía juzgarla, era difícil para ambos.

—Dios mío... la casa está increíble. Llevo una eternidad intentando que aceptara contratar a alguien para las tareas domésticas, pero no he sido capaz. De mudarse, ya ni hablamos —masculló entre dientes—. No tenías que haberte molestado.

Clavó sus ojos en mí, llenos de agradecimiento, y me estremecí.

—No he sido yo. Ha sido Laura.

—¿La señora Hudson? —dijo sin ocultar su asombro—. Esa mujer es un ángel.

Sonreí porque Vi hubiera usado mis mismas palabras. Luego la miré sin disimulo. Seguía sin creerme del todo que estuviera de vuelta. Quería decirle que la vida parecía haberla tratado bien; un eufemismo como cualquier otro para no soltarle a bocajarro lo guapa que estaba. También, felicitarla por sus éxitos. O confesarle que la había echado de menos, porque, pese a todo, era la única verdad de la que estaba seguro. Lo que fuera. En mi cabeza los pensamientos se entremezclaban.

No obstante, era incapaz de dar forma a las palabras. Me sentía paralizado. Abrumado por su presencia. Un tanto incómodo por todo lo que habíamos cambiado y que ambos desconocíamos. Ella ya no era esa chica que aceptó mi adiós con la fuerza de un terremoto y el corazón roto. ¿Acaso era yo el mismo chico que la dejó marchar aquel día? No lo creía. Así que fue Vi la que dio un paso para romper esa quietud que nos envolvía, porque yo era incapaz de mover ficha.

—Puedes irte, si quieres, ya has hecho bastante. Gracias de nuevo, Levi.

Me volví y me dirigí a la entrada. Vi tenía razón. Lo mejor era que me fuera. Además, ya había cumplido con creces y aquella casa y sus habitantes no eran mi responsabilidad. Debía volver a la mía. A mi mundo. A mi vida.

Sin embargo, antes de abrir la puerta, me fijé en las maletas y me tensé. Aquello no era una bolsa para unos días, sino el equipaje de alguien dispuesto a pasar un tiempo en un lugar.

—¿Vas a quedarte?

La pregunta me salió sola sin saber qué respuesta era la que esperaba escuchar. El deseo se mezclaba con el miedo. Las dudas, con una esperanza que siempre estaba ahí cuando se trataba de Vi.

Suspiró y se cruzó de brazos. Se había quitado el abrigo y, con su atuendo blanco, recordé cómo brillaba su piel entre mis dedos.

—No puedo dejarlo solo en este estado. Al menos no hasta que se valga por sí mismo. Tengo un mes entre rodaje y rodaje. Después, si sigue incapacitado, tendría que contratar a alguien, se ponga como se ponga.

Asentí. Un mes. Sonaba a oportunidades, aunque no sabía de qué. También a problemas. Un mes con Violet en casa, aunque no la viera. Cerca. Paseando por nuestro bosque. Mirando el mismo cielo encapotado. Ocupando cada puto milímetro de espacio sin necesidad de tenerla al lado. Respirando el mismo aire.

Sonaba... No sabía ni cómo sonaba. Asfixiante. Complicado. Electrizante.

Me pasé las manos por el pelo antes de colocarme el gorro de lana. Me puse el anorak y abrí la puerta. Había comenzado a nevar más fuerte. Mi corazón latía a la misma velocidad que caían los copos.

—Me marcho. Si necesitáis algo, estaré pendiente del teléfono.

—Gracias, Levi. Por todo.

No miré atrás, pero sabía que Vi aún me observaba por la puerta entreabierta. Solo sus ojos eran capaces de provocar algo así.

Puto vértigo. Eso sentía.

Eso me daba.

Eso me hacía.

Vi

Aquella primera noche, me senté frente al fuego y lloré.

Me sentía culpable. Yo no era la responsable de la ventisca, ni de que la rama hubiera caído sobre la pierna de mi padre, pero no lograba desprenderme de esa sensación.

No era una persona de lágrima fácil, pero allí, de vuelta en la casa en la que crecí, me sentía más pequeña que nunca y, al mismo tiempo, más yo misma que en los últimos años en Los Ángeles.

Y luego estaba Levi.

Pensé que evitaría verme, pero se había ocupado de mi padre y de mi llegada como si nada hubiera sucedido entre nosotros, como si no nos hubiéramos roto el corazón y hubiésemos sido dos extraños durante casi dos años y medio.

Había entrado en la casa sin mirarlo y no solo porque mi padre fuese mi prioridad, sino porque no sabía cómo me iba a afectar tenerlo cerca. Estaba nerviosa, asustada y muy perdida en una vida que amaba y odiaba con la misma intensidad.

Damon se había hecho cargo de que mi vuelo y mi traslado al aeropuerto pasaran desapercibidos para la prensa. Durante un par de días habíamos sido una pareja normal, lejos del brillo que nos acompañaba en cada fiesta y salida juntos que hacíamos. Por una maldita vez nos habíamos comportado como dos personas que de verdad se apreciaban de un modo sano e incluso maduro, aunque solo fuera durante un paréntesis. Después de contarle el motivo de la llamada de Levi él se había mostrado comprensivo, cariñoso y solícito, y me había ayudado en todos los trámites para que pudiera volver a casa sin que mi carrera ni mi vida se vieran afectadas. Siendo honesta, me importaban una mierda las consecuencias. Hacía tiempo que todo lo hacía. Estaba cansada de los excesos, de las noches sin fin, de los secretos, de la hipocresía de Heaven, de la doble cara de Damon, y la vuelta a casa se me había presentado de repente como una forma maravillosa de huir. Incluso de mí misma.

Además, se trataba de mi padre. Por mucho que me hubiera ido sin mirar atrás, yo lo quería, y me preocupaba por él, y jamás lo dejaría cuando de verdad me necesitara; mucho menos cuando, por primera vez, sus necesidades no se debían a sus propias decisiones, sino a un accidente.

Me volví y lo observé. Estaba más delgado que en mi última visita, tenía nuevas arrugas y su pelo había comenzado a escasear. Dormido no parecía cargar con nada. Dormido pasaba por un padre de familia más.

Me limpié las lágrimas y observé el fuego. Pensé en Levi: en sus ojos azules y brillantes al verme; en su pelo rubio, algo más largo de lo habitual; en ese comienzo de barba inesperado; en su voz, la misma que había echado tanto de menos y que había despertado miles de mariposas en mi estómago.

—Pajarillo, ¿qué haces aquí?

Di un brinco y me volví con una sonrisa.

—¡Hola, papá!

Me acerqué de rodillas a él y lo abracé. Olía a limpio. Lo abracé más fuerte. Aspiré su aroma y no encontré nada más.

Solo el olor a jabón y el de su propia piel. Ni el dulzor del alcohol ni el amargor de la tristeza. Alcé la mirada y se me llenaron de nuevo los ojos de lágrimas. Él me observó de arriba abajo con una sonrisa.

—Estás preciosa, Violet. Mírate. Pareces una diva de los setenta.

Nos reímos y le di un beso en la mano que sujetaba entre las mías.

—¿Cómo te encuentras?

Se incorporó levemente y gimió. Estaba mal. No había que ser médico para saber en el acto que su dolor era intenso. E intuía que su principal malestar no se debía a la lesión de su pierna.

—Bien. Duele, pero los calmantes ayudan. Era la adicción que me faltaba. —Nos reímos con complicidad; lo había echado de menos—. ¿Y tú?

Mi mirada se perdió de nuevo en el fuego.

No le contesté. No podía. Porque ni siquiera lo sabía. ¿Cómo estaba? No tenía ningún hueso roto ni el mono por la falta de alcohol en sangre, pero sí que había partes de mí despedazadas. Desperdigadas por un mundo que creía controlar, pero que se me escapaba.

—Voy a quedarme un tiempo. Voy a cuidar de ti, papá.

—No hace falta, Violet.

—Pero quiero hacerlo. Necesito unas vacaciones, ¿sabes?

Mi padre fijó sus ojos verdes en mí de nuevo y asintió, como si hubiera visto en los míos oscuros que quien necesitaba más el consuelo del otro era yo.

—Y esta siempre será tu casa.

• V •

Si dijera que me costó acostumbrarme de nuevo a la vida en Whitefish, estaría mintiendo.

No echaba de menos nada de Los Ángeles. No me importaba cocinar, ni limpiar la casa, ni ocuparme día y noche de mi padre, ni retirar la nieve del camino cuando era demasiado densa. No me incomodaba ensuciarme las manos después de tanto tiempo en que otros lo hacían por mí; no se trataba de eso. Tampoco me molestaba el frío. Enero estaba siendo duro, pero me sentía cómoda envolviéndome en gruesos jerséis de lana, calzándome las botas viejas que aún guardaba en mi habitación y escondiendo mi rostro en gorros y bufandas; los *looks* atrevidos e imposibles habían quedado en un segundo plano.

Por otra parte, el silencio me ayudaba a dormir. Después de tanto tiempo viviendo de noche en una ciudad que era caos y ruido, el bosque que rodeaba nuestra destartalada casa parecía un agujero en mitad de la nada. Dedicaba los días a las tareas domésticas, a mi padre y a pasear por el bosque, y me gustaba.

Sin embargo, había algo que me mantenía inquieta. Expectante. Me sentía una intrusa en mi propio hogar. Todo estaba prácticamente igual que antes de marcharme; los mismos comercios; las mismas casas; el mismo paisaje. Todo menos nosotros. Y eso me provocaba una angustia con la que no sabía lidiar.

• V •

Unos días después de mi regreso, acepté la ayuda de Laura Hudson.

—Necesitas salir de esta casa, niña, o te volverás loca.

No me lo pensé demasiado. Le di un abrazo con tanta fuerza que ella se echó a reír y salí de casa sin mirar atrás en dirección a la de Russell.

—Has tardado demasiado —me dijo al verme, con su ceño fruncido.

—Lo sé.

—Pero esperaba que no regresases.

Sonreí. Así era Russell. Me echaba de menos, pero me prefería feliz, cumpliendo sueños, sin rendir cuentas a nadie. Siempre tuve con él una conexión especial. Al fin y al cabo, me entendía mejor que nadie.

Me invitó a pasar y se sentó en la cocina mientras yo preparaba el té.

—Me necesitan un tiempo por aquí.

—El chico me lo contó.

Pestañeé confusa.

—¿Levi?

—Viene de vez en cuando. Está obsesionado con cortar leña y cuidar el jardín.

Me los imaginé a los dos sentados en el porche. En silencio. Y sonreí.

La confesión de Russell me sorprendía, al fin y al cabo, que Levi cuidara de los míos ya no tenía sentido si nosotros ni nos hablábamos, pero me aliviaba saber que se tenían el uno al otro. Incluso sin mí.

Acompañamos el té con algunas galletas que había traído de Caramel & Cream para que probara lo que hacía cada vez más rico a su hijo y nos pusimos al día de nuestras vidas. Yo hablé mucho, compartí con Russell todos esos detalles que sabía que le fascinaban relacionados con el mundo del cine, y él se quejó de todo y de todos los que lo molestaban en su soledad, aunque en el fondo yo sabía que le agradaban las visitas de Levi.

—¿Y es en serio? Lo tuyo con ese roquero del tres al cuarto —me preguntó sin ocultar su fastidio. Yo suspiré.

—Sí. Todo lo en serio que puedes ir con alguien como Damon.

Sonreí, pero me levanté rápidamente para que Russell no viera que la sonrisa no me llegaba a los ojos.

Llevaba días confundida. Semanas. Quizá meses, aunque los excesos ayudaban a no pensar demasiado en ello; las vías de escape son fantásticas para posponer la toma de decisiones. Sin embargo, en la placidez de Montana, era inevitable. Tenía todo el tiempo del mundo para pensar, para analizar mi vida, para preguntarme si me gustaba o, tal vez, lo contrario. Un tiempo en el que mis sentidos estaban despiertos, no influidos por las sustancias, sino limpios, preparados para trabajar sin descanso. Y las dudas crecían, imparables, dañinas, junto a las preguntas y los miedos.

Damon me dejaba mensajes de vez en cuando, pero no siempre le contestaba. Heaven hacía lo mismo. Los de ella ni siquiera los abría. Me los imaginaba juntos, disfrutando de un estilo de vida que cada vez me agotaba más y me fascinaba menos. Cuando ya lo has experimentado casi todo en la noche te quedas sin nada y dejas de sentir. Eso pensaba. Por otra parte, su traición había pasado a resultarme indiferente. Me los imaginaba follando encima de nuestra cama y solo sentía hastío. ¿Y no dicen que lo que no importa no duele? ¿Acaso mis sentimientos estaban muertos? Y de pregunta en pregunta, los días pasaban en Whitefish y yo tenía menos ganas de volver a Los Ángeles. Lo que tampoco significaba que deseara quedarme allí.

Me estaba volviendo loca.

Entreabrí la ventana y me encendí un cigarrillo. Russell no me quitaba ojo. Me conocía tan bien que creí que podía ver mis pensamientos como un cortometraje pasando a toda velocidad delante de sus narices.

—Le van bien las cosas.

Parpadeé y lo miré.

—¿Qué quieres decirme con eso?

—Es un buen chico.

—Ya lo sé.

—Bien. Por si se te había olvidado.

Russell se metió una galleta en la boca y dio por zanjada la conversación. Y yo me terminé el cigarro frente a la ventana, dándole vueltas a sus palabras, que no eran más que un modo muy poco sutil de pedirme que no complicara las cosas entre Levi y yo. Pero con lo que Russell no contaba era con que nosotros ya nos habíamos convertido en el puto problema.

Antes de irme, lancé una pregunta que ya parecía parte de mí.

—¿Es feliz?

—Al principio no. Ahora creo que empieza a serlo.

Su respuesta fue suficiente. Levi había encontrado una salida. Y yo no. Yo me estancaba. Yo cada día me perdía más.

• V •

Llevaba ya diez días allí cuando decidí dar un paseo por las calles más céntricas. Era eso o volverme loca con la calma que inundaba cada rincón de nuestra casa. El silencio comenzaba a hacer eco en mi cabeza. Mi padre seguía sin apenas poder moverse del sofá, pero ya habían pasado las tardes de sudores fríos y cambios de humor debidos a la falta de alcohol, así que me atreví a dejarlo solo sin miedo a que hiciera alguna tontería.

Mi visita había pasado desapercibida gracias a la discreción de las únicas personas que sabían que había vuelto: Laura Hudson, Russell y un Levi al que no había visto de nuevo. Me asustaba levantar un revuelo como el que se formaba en California a cada paso que Damon y yo dábamos, pero había olvidado que en Montana el ritmo era otro. Uno pausado, casi familiar. Y que en las calles de Whitefish yo no era Vida Rose, sino el recuerdo de una niña que durante muchos años aprendieron a ignorar.

Pese a todo, mi gorro con orejeras y el anorak de mi padre, que me llegaba casi por las rodillas, dejaban poco a la vista. Al entrar en el local de los Baker, no parecía más que otra chica de la zona muerta de frío y con ganas de un chocolate caliente.

¿Por qué fui precisamente allí? Podría mentir y decir que era una necesidad vital para mi padre cenar la comida preparada para llevar de Amanda Baker, la madre de Markus, pero estaría mintiendo. La verdad es que mis pasos me llevaron hasta ese local porque mi intuición me gritaba que él estaría tras su puerta. Y entre Levi y yo siempre hubo algo que tiraba como un imán hacia el otro. Algo fuerte, instintivo e irrompible. Algo contra lo que me resultaba agotador luchar.

Cogí aire y me acerqué a la barra. Y no me equivoqué. Los vi enseguida. Estaban sentados a una de las mesas del fondo y reían por algo que había contado el payaso de Dave. Gillian se secaba los ojos y Grace sacudía la cabeza, seguramente reprobando alguna salida de tono de su amigo. Levi, entre ambas, sonreía con la mirada agachada. El pelo le tapaba un poco los ojos. La camisa de cuadros se le pegaba al pecho. Sujetaba una jarra con una mano y con la otra jugueteaba con un cigarrillo apagado entre los dedos. Estaba tranquilo, relajado. Y, de pronto, la realidad me golpeó con fuerza, porque me di cuenta de que conmigo hacía demasiado tiempo que no lo percibía de ese modo. Tanto como aquel primer año en el que nos enamoramos y nuestro mundo se puso patas arriba. A partir de entonces, conmigo Levi siempre parecía preocupado, nervioso, cauto..., infeliz.

—Apuesto a que en Los Ángeles no hay de esos —dijo Markus a mi espalda refiriéndose a su mejor amigo—. ¿Te lo pongo para llevar?

Me mordí el labio, avergonzada, y suspiré. Me volví y me lo encontré con los brazos cruzados sobre la barra y mirándome con una sonrisa descarada.

—No lo miraba por eso. Es que... hacía mucho que no lo veía tan relajado.

—Le van bien las cosas.

Asentí. Tenía la sensación de que no dejaba de oír eso. Y me sonaba a advertencia. Me sonaba a: «No la cagues, Vi. No le quites también esto que ha logrado sin ti».

Recordé la conversación telefónica que habíamos mantenido apenas días antes y, por el gesto de asentimiento que Markus me hizo todavía con los ojos clavados en Levi, supe que estaba pensando en lo mismo.

—Lo que te dije iba en serio.

—Lo sé.

—Es feliz, Violet —susurró—. Lo está consiguiendo.

Tragué saliva y aparté la vista. Sonrió con un deje de lástima que no me pasó desapercibido antes de suspirar, lanzar un trapo sobre la barra e ignorar todo eso que flotaba sobre nosotros.

—¿Qué va a querer la estrella?

—Chocolate caliente. Y dos raciones de pastel de moras. Para llevar, por favor.

—Marchando.

Markus me guiñó un ojo. Después me sirvió una cerveza con una sonrisa cómplice, ya que era la primera vez que me la podía servir de forma legal, y se perdió tras la cortina que daba a la cocina para preparar mi comanda. No había dado el primer sorbo cuando oí mi nombre.

—¿Es ella? ¿Es Violet?

Cogí aire y me esforcé por tranquilizarme. Me volví y me acerqué con paso firme a la mesa, aunque por dentro temblaba.

—Hola, chicos.

Tres pares de ojos me miraban de un modo que ya conocía bien; la admiración tiene un brillo especial al que pronto te acostumbras. Un cuarto par lo hacía con recelo, pese a que perteneciera a la única persona que me importaba de todo el maldito bar.

—¡Estás increíble! —me dijo la misma Gillian que tantas veces se había burlado de mí al quitarme el gorro y ver mi melena.

—Enhorabuena por la película, Violet.

Grace sonrió y le devolví el gesto. Con ella siempre había sido más fácil.

—Gracias, Grace.

Dave no dejaba de observarme como si fuera un trofeo. Nunca me había caído bien y yo a él tampoco, pero, de pronto, ya no era para él la niñata que no dejaba en paz a Levi, sino un objetivo, un reto. Menos persona y más objeto. Y esa sensación me horrorizaba.

—¿Quieres sentarte? En lo que Markus te prepara el pedido.

Asentí ante el ofrecimiento de Gillian, no sin antes mirar a Levi para saber si le parecía bien, y me senté en la silla vacía que ocuparía Markus de vez en cuando entre clientes.

Todos hablaron. Hicieron preguntas sobre mis películas, sobre personas famosas a las que había conocido en esos años y sobre mi vida en esos ambientes. Respondí a lo que me pareció bien e ignoré lo que no. Levi no habló. Solo siguió girando el cigarrillo entre sus dedos mientras me miraba. Y lo hacía de un modo que provocaba que todo a mi alrededor desapareciera. Sentía sus ojos por encima de la música, del alboroto de sus amigos, de mis latidos frenéticos y de mi respiración. Por encima de todo el jodido mundo.

Ninguno me preguntó por mí. Ninguno se interesó por mi padre. Ninguno de ellos me trató como Vi. Y, por primera vez, pese a que nunca habíamos tenido una buena relación, aquello sí me incomodó.

En un momento dado, Gillian se levantó a por otra ronda y Dave la acompañó para ayudarla. Grace se excusó para ir al servicio. Y Levi y yo nos quedamos solos. Premeditado o no, me alegré de librarme de ellos y de su interrogatorio.

—¿Por qué están tan raros?

Él negó con una sonrisa.

—Porque ahora eres Vida Rose. No saben cómo tratarte.

—No es que antes lo hicieran mucho mejor. —Puse los ojos en blanco y Levi me dio la razón con un asentimiento. No había necesidad de negar lo evidente.

—Les das miedo. Y te admiran. Gillian hasta te envidia un poco. Es una mezcla peligrosa.

—Lo sé.

Porque lo sabía bien. Lo había vivido en mis carnes a menudo en Los Ángeles.

Entonces lo miré y un temor nuevo se asentó en mi interior.

—¿Tú también me tienes miedo?

Levi negó con la cabeza, pero después suspiró. Y, pese a que quizá no debía por lo que su respuesta implicaba, fue brutalmente sincero.

—Yo siempre te he tenido miedo. Aunque supongo que por motivos distintos.

El corazón se me paró un instante. Y todo volvió. Lo sentí. Éramos nosotros. Los de antes. De una forma inesperadamente bonita. El vértigo agazapado se me subió a la garganta y las palabras se me escaparon antes de poder controlarlas.

—Te veo muy bien, Levi Manson.

Su mirada se tornó más cálida. Su voz casi era un susurro. Se pasó la mano por la barba de varios días y me pregunté cómo sería tocarla.

—Tú brillas.

—Es el pelo —bromeé. Levi sonrió.

—No. Eres tú. Siempre brillabas, pero ahora todo el mundo lo ve, no solo yo.

Tragué saliva. Nos separaba una mesa, una ruptura y más de dos años de vivencias, pero, por unos minutos, supe que Levi y yo seguíamos siendo nosotros. Pese al tiempo, la distancia, los errores y lo diferentes que eran nuestros caminos. Y nada podía parar aquello. Era incontrolable. Y seguía muy vivo.

—¡Su bolsa, señorita! Ahora que cagas dinero, espero que me dejes buena propina.

Markus rompió nuestro silencio apoyando la bolsa de papel encima de la mesa. Levi se estiró, carraspeó y dio un trago largo a su cerveza. Yo saqué un par de billetes de la cartera y se los tendí a Markus. Los demás regresaron y ocuparon sus asientos; todos menos Grace, que se quedó de pie.

—Chicos, yo ya me voy —dijo mientras se cubría con las prendas de abrigo.

Los ojos de Levi seguían clavados en los míos. Llenos de preguntas. Provocando un calor en mi piel que a ratos había olvidado. Aún enredado a eso que habíamos compartido segundos antes. El chico curioso que me miraba como si fuera un acertijo aún existía.

Al final se levantó y aparté los míos.

—Yo también me marcho. Te acompaño, Grace. Nos vemos mañana, chicos. Adiós, Violet.

«Violet.»

Mi nombre completo en su boca sonó como un disparo.

• V •

Esa noche no me quité la sensación de la cabeza, ni de la tripa, ni del corazón. Era un cosquilleo insistente; comenzaba siendo pequeño y crecía a cada segundo un poco más; a cada recuerdo que regresaba a mi memoria; a cada sonrisa de Levi que rememoraba.

Apenas dormí. Fumé mucho y medité más. Nunca he sido una persona que reflexione sobre sus decisiones. Soy más de hacer las cosas que me nacen de dentro y después pedir perdón o dar las gracias. Según cómo salgan. Pero esa noche sabía que me jugaba demasiado. Por eso qué menos que darle vueltas al hecho de que estaba a punto de dar un paso inevitable que condicionaría todo lo que éramos y, sobre todo, lo que seríamos después.

Al día siguiente, aún con la voz de Levi en mi cabeza susurrando «Violet», cogí el teléfono e hice la llamada que volvería a cambiar las cosas. A cambiarnos.

—¿Levi?

—¿Va todo bien?

Apreté el móvil entre mis dedos y me sentí culpable ante el tono preocupado de su voz.

«No la cagues, Vi, no lo estropees más.»

Me mordí el labio con fuerza, lo que me hizo recordar cómo era morder el suyo y olvidarme de cualquier duda o remordimiento que tuviera.

—Sí, estamos bien, pero dijiste que, si surgía alguna cosa, te llamara.

—Claro. ¿Qué necesitas?

Cogí aire y le mentí.

—Necesito ayuda con este dichoso árbol de la entrada o acabará matando a alguien.

Y quizá mis palabras sonaban a verdad, porque había caído otra rama esa noche por el peso de la nieve, pero no lo eran del todo. Al fin y al cabo, yo a quien necesitaba en ese momento era a él. A Levi. Simplemente, a nosotros.

Levi

—¿Cuánto me pagarían por esta imagen?

Vi se incorporó un poco y sonrió. Estaba agachada en el sendero de la entrada de su casa y quitaba nieve con una pala. Tenía el pelo oculto por un gorro de lana rosa y bajo el anorak de Luke podía ver que seguía con el pantalón de pijama. Era de franela, de cuadros rojos y verdes, y recordaba habérselo arrancado alguna que otra vez en la adolescencia.

—Más de lo que creerías.

Dio un puntapié a uno de los troncos partidos y se quejó entre dientes.

—Espera.

Me acerqué a ella y la ayudé a apartar la rama.

No tenía dudas. Sus fans matarían por verla tan humana, como una chica normal cuidando del hogar que la vio crecer. Sus detractores la criticarían sin piedad.

Sin embargo, era una imagen solo para mí.

Ignoré los nervios que se habían agolpado en mi estómago desde que había recibido su llamada y me centré en la razón de estar allí. Vi necesitaba mi ayuda y me sentía bien por poder ofrecérsela. Solo se trataba de eso. La ilusión que me acompañaba desde esa mañana no significaba nada. El brillo de su mirada al verme aparecer tampoco. Ni su sonrisa, una escondida, una que conocía bien y que Vi ocultaba bajo el cuello del abrigo y que despertaba la mía.

«No te enredes, Levi, joder. Va a marcharse otra vez.»

Carraspeé para apartar esos pensamientos de mi cabeza, suspiré hondo y la siguiente hora la ocupamos en trabajar mano a mano, en silencios que solo rompíamos para darnos instrucciones y para soltar tacos en el caso de Vi, que maldecía cada vez que se tropezaba por la nieve. Nunca había sido muy diestra con las botas de invierno. Yo me reía de ella, pero no le molestaba; solo ponía los ojos en blanco y clavaba más fuerte la pala.

Cuando despejamos del todo el camino, la miré y sonreímos satisfechos. Su nariz estaba enrojecida por el frío y respiraba con rapidez por el esfuerzo. Su pelo, siempre perfectamente recto en las imágenes que me llegaban de ella, estaba ondulado por la humedad bajo el gorro. Sus labios brillaban. Estaba jodidamente preciosa. Incluso con ese color rubio al que aún no me había acostumbrado. En aquel momento, solo era Vi; no quedaba rastro de la Vida Rose que protagonizaba portadas. Y reencontrarme con ella me gustaba más de lo que deseaba reconocer.

Carraspeé y me sequé las manos en los vaqueros. Las tenía heladas, aunque prefería sentir el frío que tener que asumir las otras sensaciones que su simple compañía me provocaba.

—¿Quieres un café?

Dudé, porque sabía que lo más sensato habría sido decir que no, marcharme y no volver a menos que fuera de verdad necesario, pero asentí.

Entramos en la casa y saludé a Luke, que veía un programa de crímenes sin resolver en la televisión. Parecía cansado, pero más lúcido que en años. Nos colamos en la cocina y Vi puso la cafetera al fuego. Sacó unas galletas de un bote metálico y las colocó en un plato. Poco después la estancia olía deliciosamente bien.

Nos sentamos uno frente al otro y bebimos en silencio.

—Tiene buen aspecto.

A Vi se le iluminó la cara al pensar en su padre.

—Lleva tiempo sin beber. El médico le dijo que no hiciera tonterías por los calmantes, si no quería verlo pronto y en peores condiciones. Los primeros días fueron complicados, no voy a engañarte, pero ahora parece que ha retomado el control.

—No hay mal que por bien no venga.

—En realidad, debería hacerle un altar a ese maldito árbol. ¿Quién iba a pensar que lo que Luke Cassavetes necesitaba para dejar de beber era que una rama le destrozara una pierna? Si lo llego a saber, se la habría roto yo misma.

Nos reímos con complicidad. Era raro estar ahí después de tanto tiempo, pero a la vez..., a la vez me resultaba tan familiar que no podía más que disfrutarlo.

Las rupturas suponen muchas pérdidas a las que hay que adaptarse; pero, en mi caso, o en nuestro caso, lo peor de todo había sido lo pequeño, lo que normalmente pasa inadvertido, como esos momentos. Yo había tardado demasiado en acostumbrarme a vivir sin Vi cerca, sin los instantes tontos, sin los silencios entre humo de cigarrillos, sin un café compartido en esa cocina que consideraba más mía que la de mis padres. Al marcharse, una parte de mí se había perdido con ella. Eso sentía. Somos lo que damos a los demás, sin darnos cuenta de que, si se marchan, te llevan consigo.

—Dice que quiere intentarlo —me confió—. Esta vez, de verdad.

—Y ¿qué piensas tú?

Se encogió de hombros, aunque percibí en sus ojos el

miedo a una nueva decepción. Una cosa era que Luke soportara sin beber lo que durase el tratamiento médico y otra muy distinta que mantuviera su sobriedad en el tiempo.

—Creo que podría conseguirlo. Pero sigue dependiendo de él. Tiene que hacerlo solo.

Asentí, porque tenía razón. Vi se había esforzado durante años dándole motivos a su padre para que dejara el alcohol, pero su adicción había sido más fuerte que cualquier motivación. Además, en el fondo, ambos pensábamos que Luke nunca había deseado de verdad dejar de ser un adicto. Mi teoría era que, por las razones que fueran, se aceptaba mejor a sí mismo borracho que sobrio.

No obstante, por una maldita vez, la vuelta de Vi le había sentado bien. Parecía sereno. Quizá por ver la mujer en la que se estaba convirtiendo. Tal vez por demostrarle que, pese a todo, ella había logrado salir del agujero en el que la había obligado a crecer. Puede que el alivio por descubrir todo eso lo hubiera dejado sin razones para seguir bebiendo.

Quise compartirlo con ella.

—Intuyo que tu compañía también ha ayudado.

El rostro de Vi se arrugó en una mueca.

—No hagas que me sienta culpable por no estar aquí, Levi. No más de lo que ya me siento.

—No... no era mi intención. No pretendía... No me refería a eso.

—Ya lo sé.

El silencio se convirtió en uno incómodo. Había querido que se sintiera mejor por su padre, que se creyera la razón de su mejoría después de años sin sentirse motivo suficiente para que él lo intentase, pero había conseguido todo lo contrario. Había conseguido que Vi pensara que la estaba culpando de nuevo por haberse marchado.

Terminé el café de un trago y me levanté.

—Será mejor que me vaya.

—Gracias por venir.

Me marché y me dije que era mejor así, pero a sabiendas de que no tardaría en volver. En cuanto puse un pie en ese lugar con ella dentro, supe que sucedería.

• V •

—Qué bien huele.

Entré en casa y me encontré a mi familia esperándome para cenar. Mis hermanas Anna y Elisa, que ya estaban en la universidad y habían vuelto para pasar el fin de semana, se quejaban a mi padre por todo lo que tenían que estudiar, mientras Shannon servía los platos que mi madre iba llenando. Una estampa familiar e idílica con la me agradaba encontrarme al final del día. Pese a que tenía ganas de independizarme más pronto que tarde como ya habían hecho el resto de mis amigos, sabía que echaría de menos esas rutinas con ellos.

—¿Problemas con la obra de la gasolinera? —preguntó mi padre, que cada noche me pedía un informe con nostalgia de la jornada de trabajo, mirando el reloj.

Negué con la cabeza y di vueltas a la sopa con gran concentración. No tenía por qué decírselo. No debía hablar de Vi, si su regreso no tenía importancia. La cuestión era que, si se trataba de ella, siempre la tendría.

Me aclaré la voz y lo solté:

—No, he ido a casa de los Cassavetes.

El silencio nos rodeó. Uno denso. Uno que me recordaba todas las veces en las que Vi fue un tema de conversación en mi familia. Siempre para mal. Siempre para advertirme. Siempre para alertarme de que tuviera cuidado, porque las chicas como ella hacían daño.

«Cuídate, Levi, por lo que más quieras. No te ates a alguien que no está hecho para cuerdas.»

La voz de mi madre me llegó desde muy lejos y sonreí. Al fin y al cabo, acabé por aceptar que llevaba razón.

Fue mi hermana Shannon la que se atrevió a romper la tensión.

—Os dije que había vuelto. Me dijo Alison que la había visto saliendo del bar de los Baker.

—¿Es verdad? —preguntó Anna con los ojos como platos—. ¿Vida Rose está en Whitefish?

Chasqueé la lengua. Odiaba que la llamaran así.

—No es Vida Rose. Y solo está de paso. No podéis contárselo a nadie. Está cuidando de su padre.

—¿Puedes pedirle un autógrafo? —dijo Elisa con voz dulce.

Negué con la cabeza, pero lo hice sonriendo. Si tenía que rebajarme a pedirle un autógrafo a Vi para mis hermanas, lo haría; esas dos me tenían comiendo de la palma de su mano.

Después de la cena, mi padre me llamó desde su despacho. Jugueteaba con un vaso de *whisky* entre los dedos y tenía la mirada perdida.

—Pasa, Levi.

La conversación se recreó en mi cabeza antes de que sucediera; lo conocía demasiado bien. Sus consejos no pedidos, sus advertencias acerca de Vi, a la que nunca se habían molestado en conocer mejor.

No obstante, aquella vez sería diferente y necesitaba que lo supieran. En esa ocasión yo no saldría herido. Era consciente de que Vi solo estaba de paso, de que quería a otro y de que mi vida estaba allí, entre esas montañas, y que la defendería. Lo nuestro ya formaba parte del pasado. Había transcurrido demasiado tiempo como para recrearnos más en algo que ya no tenía sentido. Solo éramos dos amigos echándose una mano, si lo necesitaban. Y, tal vez, también intentando salvar lo poco bueno que aún quedaba entre ellos. Porque lo había, de eso no tenía dudas.

Así que me adelanté y le ahorré el sermón a mi padre.

—No tienes que decirme nada. No va a ocurrir nada por lo que debáis preocuparos. Solo está de visita. Ya no soy un crío.

—Ya sé que no lo eres.

En sus ojos leí que quizá ese era el problema. Que el amor adulto era más complejo y hacía más daño.

—Pues no me tratéis como tal.

Asintió con solemnidad. Después salí de allí, pero no antes de escuchar unas últimas palabras que me empujaron a tomar una decisión muy diferente a la que ellos habrían deseado.

—¿Sabes?, no solo me devolvió el dinero que le prestamos aquella vez, sino que ingresó casi el doble para donarlo a nombre de nuestra familia a la zona infantil del hospital.

Esa confesión me golpeó con fuerza. Recordé la noche en la que Luke acabó en el hospital por un corte en el costado; una mala caída que le hizo clavarse una de sus botellas. Mis padres se encargaron de los gastos correspondientes y siempre les estaré agradecido por ello. Vi prometió que se lo devolvería, pero ambos sabíamos que no era necesario. Quizá para ella sí. Quizá ella no solo consideraba que era lo propio, sino también una demostración para mis padres de que ya no era la niña a la que nunca vieron con buenos ojos.

—Y, aun así, seguís prefiriéndola lejos.

Por primera vez en la vida, miré a mi padre con una leve decepción.

—Nunca he dudado de sus buenas cualidades, Levi, pero capto rápido a las personas que dejan huella. A las que duelen. Respeta que no quiera eso para mi hijo.

Ya en mi dormitorio, cogí el teléfono. Necesitaba oír su voz. Necesitaba que supiera que, pese a todo lo que la había culpado, pese a los errores, pese a los reproches, estaba orgulloso de ella. Porque alguien debía decírselo. Vi había sufrido y luchado mucho como para que nadie en ese maldito lugar lo viera.

Contestó la llamada al segundo tono.

—Mi padre me ha contado lo que hiciste.

Respiró profundamente y susurró unas palabras que no esperaba; entre otras cosas, porque en su tono pude atisbar que se sentía avergonzada.

—Le pedí que no lo hiciera.

—¿A Vida Rose la incomodan los halagos?

Chasqueó la lengua y me la imaginé tumbada en la cama de su infancia, abrazándose las rodillas y escondiendo el rostro bajo una vieja manta de lana. Casi la imagen de una cría y no la de una estrella de fama mundial.

—A ella, no. A Vi, sí.

Sonreí, porque, aunque resultara un tanto retorcido ese desdoblamiento de la personalidad, tenía sentido.

—Bueno, pues yo llamaba para darle las gracias a la que hizo la donación. Sea quien sea de las dos.

Vi se rio entre dientes. Abrí la ventana y encendí un cigarrillo. La noche estaba despejada y la luna brillaba con fuerza. Las montañas nevadas resplandecían más aún bajo el cielo oscuro.

—Asómate a la ventana, Vi. Hoy hay luna llena.

Oí sus movimientos y su suspiro agradecido.

—¿Te acuerdas cuando soñábamos con vivir allí? Tú harías una casa de madera para los dos y yo haría joyas de piedra lunar.

Nos reímos y, por un instante, volvimos a ser esos niños que fantaseaban con hacer suyo un satélite.

—Querías tener un perro extraterrestre —le recordé.

—Y llamarlo *Spock*.

Nos quedamos en silencio, cada uno recordando aquellas tardes de juegos y sueños que tanto echábamos de menos. A veces deseaba volver allí, a esos años en los que éramos felices sin necesitar nada más que la compañía del otro. ¿Cuándo había dejado de ser suficiente? ¿En qué momento la felicidad se había convertido en algo tan abstracto?

Suspiré y me alejé de la ventana.

—Tengo que colgar. Buenas noches, Vi.

—¡Espera!, Levi...

Sentí sus dudas y cerré los ojos. Deseé dos cosas a la vez y totalmente contradictorias. Deseé que me pidiera cualquier tontería como excusa para vernos de nuevo. También, que no lo hiciera; que no nos complicara la vida.

—¿Sí?

—¿Tienes planes para mañana? ¿O ahora trabajas los sábados?

Percibí un leve temblor en su voz. En mi interior noté otro, un cosquilleo que empezó en mi estómago y me subió por la espalda. Esa sensación electrizante que solo le pertenecía a ella. Las ganas de volver a sentirlo a cada instante, aunque provocara grietas en el equilibrio que tanto me había costado conseguir.

Estaba jodido. Estaba enganchado.

Cogí aire, miré la luna de nuevo y asumí que, ante Vi, siempre estaría perdido.

—¿Qué necesitas?

• V •

—¿Detergente?

—Sí. Y café. Ahora se lo mete casi en vena. Igual que las galletas esas rellenas de nata.

—¿Nuevas adicciones?

Vi me miró con una ceja arqueada antes de romper a reír.

—¿Levi Manson haciendo bromas políticamente incorrectas?

—He cambiado, encanto.

Le guiñé un ojo y creí percibir un ligero rubor en sus mejillas.

—No lo dudo. Y sí, parece que ha escogido una nueva forma de matarse. El azúcar y la cafeína son como una bomba para su organismo.

—Cada uno se mata como quiere.

Me encogí de hombros, como si fuera lo más normal del mundo hablar en ese tono de la posible muerte de su padre, y nos reímos. Me sentaba bien poder hacerlo. Era... como respirar después de meses debajo del agua.

Estábamos anotando la lista de la compra que llenaría la despensa de Luke para los siguientes meses. Como Vi no tenía coche propio —ni carné de conducir, ya puestos—, me había pedido ayuda. Nuestra relación se había convertido en eso, en llamadas en las que ella me pedía un favor y yo aceptaba solícito. Al fin y al cabo, solo quería verla y aprovechar el poco tiempo que teníamos. Ni siquiera me importaba el pasado, lo habíamos dejado de lado como dos expertos. Además, creo que, en el fondo, ambos sabíamos que solo se trataba de excusas que disfrazábamos para no asumir que éramos incapaces de compartir la misma ciudad estando separados.

Todos tenemos nuestra *Kryptonita*, nuestro talón de Aquiles, y Vi era la mía. Aceptarlo suponía vivir más en paz conmigo mismo.

—¿Te parece bien lo de las clases de conducir cuando regresemos de comprar?

Me fulminó con la mirada y sonreí con ganas ante el pánico que reflejaron sus ojos.

—No pienso matarme en tu camioneta, Levi. Deja de insistir. Si no conseguiste enseñarme a los dieciséis, no vas a hacerlo ahora.

—He aprendido nuevas tácticas de enseñanza.

Vi me miró de reojo con picardía y no le aparté la mirada. Tampoco podía. Estaba hipnotizado por ese brillo que tanto había echado de menos.

—¿Hablamos de conducción o de otra cosa?

—Tendrás que aceptar para averiguarlo.

Vi se pasó la mano por la nuca, casi desnuda por ese corte de pelo del demonio que me hacía pensar continuamente en cómo sería besarla justo ahí, en ese punto que estaba rozando con sus dedos.

—¿La barba te la has dejado para dar más el pego, *profesor*?

Me reí por la forma en la que pronunció la última palabra y me fijé en el labio de Vi pinzado entre sus dientes. Joder..., estábamos flirteando. No era consciente de en qué momento habíamos empezado, pero sentía que lo hacíamos sin parar. Las conversaciones triviales se convertían con rapidez en un juego en el que las dobles intenciones primaban. Y me gustaba. Entre otras cosas, porque no era solo el recuerdo de quienes habíamos sido, sino algo nuevo. Éramos los mismos y a la vez otros que estaban descubriendo cómo tentarse.

Íbamos cuesta abajo y sin frenos.

Después de esa primera conversación telefónica con la que yo había dado un paso, habían llegado otras. Otros favores. Otras visitas que alargábamos hasta que se nos acababan las excusas para pasar tiempo juntos.

Unos arreglos en la casa. Una lijadora prestada para que Vi restaurara algunas cosas. Unos autógrafos para mis hermanas. Una visita al hospital de Kalispell para que el médico examinara la pierna de Luke. Un avistamiento de oso por parte de Vi que siempre supe que se había inventado. Tonterías que me hacían correr a verla y que dejábamos de lado en cuanto podíamos para dedicarnos a nosotros.

Evitábamos los temas que sabíamos que nos dolerían. No discutíamos. No hablábamos de los errores, ni de las decepciones, ni de las promesas incumplidas. Solo nos conocíamos de nuevo y disfrutábamos descubriendo las personas en las que nos habíamos convertido.

—Háblame de aquello.

Habíamos pasado la tarde llenando la camioneta de provisiones y, después de colocarlas en la despensa, nos habíamos sentado en su porche con una taza de té caliente y un paquete de cigarrillos. Vi, bajo un montón de mantas, parecía una niña diminuta de ojos soñadores mientras pensaba en toda esa vida que había disfrutado lejos de mí.

—Es... bonito. Y feo. Y todo a la vez.

Asentí, porque, pese a lo contradictorio, lo entendía bien. Al fin y al cabo, para mí lo nuestro se había convertido en algo parecido. Además, Vi siempre había sido de opuestos. Estaba en su naturaleza.

—Es fascinante, pero tiene un punto oscuro que odio. El lujo te atrapa. La fama engancha. La admiración acaba siendo un vicio más que necesitas para sentirte segura. Las personas son... volátiles; entran y salen de tu vida con facilidad. Lo amo y lo desprecio con la misma intensidad, ¿sabes?

Pensé en Vi con aquel tipo. Sus canciones se oían a menudo en las emisoras y Dave era un gran admirador de su grupo. Recordé una imagen que habían repetido hasta la saciedad en la televisión cuando se hablaba de ellos. Un beso. Uno intenso, arrollador, que se habían dado frente a las cámaras y con el que expresaban: «Que os jodan, estamos por encima de todos vosotros». Uno que había golpeado mi mundo desde los cimientos.

Una cosa era saber que a Vi la tocaban otros y otra muy distinta era tener que verlo en alta definición.

—Pero lo quieres.

Vi exhaló el humo y me miró con los ojos entrecerrados.

—¿Por qué me parece que de pronto no estamos hablando de mi vida, sino de Damon?

Sonreí, pero mi silencio ya supuso una respuesta. Entonces ella se puso seria. Su rostro me pareció de repente más adulto, más el de alguien que ha vivido demasiado y no el de una joven que aún no ha cumplido los veintidós. Clavó la mirada en mí y se sinceró, demostrándome una vez más que siempre había sido más valiente que yo.

—Sí, lo quiero. Pero de un modo distinto a como te quise a ti, si te refieres a eso. —Sacudió la cabeza con resignación—. Ni siquiera creo que lo hagamos bien.

—¿Te cuida?

Vi se rio; un sonido punzante, cargado de decepción.

—Damon solo cuida de sí mismo, pero ya procuro hacerlo yo. ¿Y tú? ¿Quién te cuida a ti, chico de las preguntas? ¿Cuántos corazones has robado entre estas montañas?

Pensé en todas las chicas que habían pasado por mi vida desde que Vi se marchó. No habían sido muchas. Solo noches esporádicas en las que me perdía en un cuerpo que no era el mío. Instantes compartidos que no recordaba más que por el placer momentáneo que me habían regalado. Solo había sido sexo. Fluidos y orgasmos, pero poca piel. Nada que ver a lo que yo sentía cuando Vi soplaba en mi oído.

Recordé la última cama que había visitado, apenas unas semanas atrás, y fui todo lo sincero que pude.

—Hay una chica. No es nada serio.

Vi arrugó el rostro, pero aceptó el golpe con elegancia. Siempre seríamos egoístas cuando se trataba del otro.

—¿La quieres? —preguntó con la voz ronca.

La miré y entonces dije algo que era a la vez mentira y verdad.

—Podría llegar a hacerlo.

Sonrió con tristeza, apagó el cigarrillo con demasiada fuerza en el cenicero y se hizo un ovillo dentro de su manta.

—Pues no dejes que se te escape esta vez, Levi. No permitas que se marche.

Me levanté y me despedí sin más, porque no podía soportar esa conversación sin gritarle que quizá me había equivocado; que me odiaba cada día por no haber cogido un avión y haber ido a buscarla; que la odiaba también a ella por no haberme pedido nunca que la acompañara; que la chica a la que decía querer no me daba ni un poco de lo que ella y yo habíamos vivido solo con tenernos cerca.

«Vi, el vértigo de quererte provocó que el resto de las emociones que pueda sentir por cualquier otra persona estén diluidas.»

Pero, como siempre tuve más miedo a las palabras que al silencio, simplemente, me marché.

Vi

Los días pasaron. Y las semanas. Y antes de darme cuenta me encontraba ultimando los detalles para dejar a mi padre en buenas manos al marcharme.

Había contratado al hijo de la señora Hudson durante seis meses. Se llamaba Michael, estaba en paro, vivía cerca y tenía nociones básicas de enfermería, así que era perfecto para ocuparse de mi padre hasta que lograra tener de nuevo cierta autonomía. Su trabajo consistía en ayudarlo con las necesidades básicas diarias, en realizar las tareas domésticas y en avisarme si las cosas se ponían feas con el tema de la bebida. Además, tener a la señora Hudson vigilando de vez en cuando me tranquilizaba; era una mujer piadosa, generosa y que se había ganado con creces a lo largo de los años nuestra confianza. También, dándole trabajo a su hijo, sentía que le devolvía todo lo que ella tantas veces nos había aportado.

Por primera vez, papá parecía un hombre nuevo. El accidente lo había obligado a depender de otros, otros que no íbamos a ponérselo fácil para encontrar una botella. Y, pese a lo que todos habríamos creído y a lo complicados que fueron los primeros días por la maldita abstinencia, tampoco lo había pedido. Algo en Luke Cassavetes había cambiado y no sería yo quien lo impidiera. Me sentía orgullosa. Y más tranquila. Puede que incluso un poco menos culpable.

Durante aquel mes no solo creí que estaba conociendo un poco mejor al hombre que se escondía en su interior, sino también que lo había perdonado y, lo que era más importante, que me perdonaba a mí misma.

A menudo se nos olvidaba el reloj charlando y tenía que acordarme de mirar el teléfono por si Damon me había llamado. Yo lo ayudaba a aclarar momentos del pasado que en su cabeza estaban distorsionados y él me regalaba algunos nuevos compartiendo conmigo recuerdos sobre mi madre. No había espacio para hablar de cicatrices, pero sí para prometer que ya no habría más heridas que sanar. Y palabra a palabra, entre cafés y siempre frente al calor del fuego, me di cuenta de que Luke Cassavetes era un gran hombre al que apenas conocía, pero que me moría de ganas de continuar haciéndolo.

Iba a echarlo mucho de menos.

Las tardes eran de Levi. Solía llegar al atardecer, incluso a veces cuando ya se había puesto el sol, después de jornadas interminables de trabajo que lo hacían aparecer con los ojos cansados y la ropa sucia.

Lo que había comenzado como un juego de «a ver quién se inventa la mejor excusa para vernos», había dado paso a conversaciones infinitas, a paseos entre la nieve o a compartir un termo de chocolate frente a la destartalada casa de los Collins.

—Acabará cayéndose —me dijo una tarde Levi con pena.

—¿Nadie la quiere?

—Me enteré el invierno pasado de que alguien la había comprado hace un tiempo, pero no la han tocado. Imagino que en breve usarán la tierra para pastos o el espacio para un complejo hotelero caro y elegante.

Sacudí la cabeza y di la vuelta a la cabaña. Su parte trasera era una jungla verde cubierta de hielo.

—Eso es porque no ven lo que vemos nosotros. No ven que dentro de esta casa alguien podría ser muy feliz con muy poco.

Levi sonrió. Supongo que recordaba todas las fantasías con las que yo le llenaba la cabeza cuando solo éramos dos niños.

«Aquí colgaremos un columpio, Levi, y me empujarás tan alto que cogeré una estrella para ti.»

«Aquí pondremos farolillos. Haremos un sendero de luz que llegue hasta la entrada y que nos marque siempre el camino a casa.»

Rocé mi colgante con los dedos bajo la lana del jersey.

«Aquí, Levi, te sentarás cada tarde y tallarás tus figuras mientras yo te leo historias de aventuras. Piratas. Vaqueros. Monstruos del espacio. Lo que tú prefieras. Y si esas historias no existen, las escribiré para ti.»

Me abracé al notar el viento más frío en esa parte del bosque.

«Esto es lo único que veremos al despertar, Levi. Me besarás cada mañana con tus montañas de fondo.»

Las fantasías no habían cesado ni siendo dos adolescentes. De hecho, se habían convertido en un juego entre nosotros que disfrutábamos.

«Vamos a tumbarnos y a hacer el amor en cada maldito madero de esta cabaña, Levi, ¿me oyes? Algún día la haremos tan nuestra que nadie más la querrá.»

—¿Qué piensas? —preguntó a mi espalda.

Sonreí a medias. Y no le mentí.

—En todos los sueños que ya no podremos cumplir.

• V •

El día antes de coger mi vuelo, Levi apareció temprano. Eran solo las cinco cuando aparcó la camioneta a un lado del camino. Sabía que nunca terminaba la jornada antes de las seis. Tampoco era habitual verlo recién duchado y con ropa de calle. Botas, vaqueros y una camisa de franela abierta sobre una camiseta blanca. El atuendo de un perfecto montañero.

Me limpié las manos en el delantal y me asomé al porche.

Él me miró de arriba abajo con una sonrisa y puse los ojos en blanco. Llevaba calcetines de lana hasta la rodilla por encima de unas mallas y un enorme jersey. El delantal cubierto de manchas completaba mi *look*.

—La encantadora Vida Rose hoy lleva un conjunto hogareño que hará las delicias de todos sus fans —dijo con sorna.

Le di un codazo y entramos en la cocina.

—Si llego a saber que venías de visita, me habría puesto algo a la altura de tu camisa de franela —lo ataqué con retintín. Evité mirar la forma en la que los vaqueros marcaban sus piernas—. Estaba cocinando. Voy a dejarle la nevera llena.

Observó todos los paquetes preparados para congelar y sonrió con ternura. Supongo que no era para menos, jamás había cocinado tanto, pero quería hacerlo por él; para que mi padre me sintiera un poco más cerca al sacar una fiambrera marcada con mi letra y con un contenido elaborado por mí. Deseaba que esos detalles tontos le recordaran que, por mucho que me marchara, nunca estaría solo.

Levi se acercó y me limpió la mejilla con dos dedos. Luego cogió la esquina de mi delantal y se frotó la mano. Estando tan cerca me llegó su olor; dulce, a jabón, a piel limpia y a él.

Solté el aire contenido y me volví con demasiado ímpetu.

—Llevo años sin cocinar y no sé ni lo que estoy haciendo, pero se tendrá que aguantar.

—Bien dicho.

Aparté las judías que cocían en el fuego e intenté continuar con mis tareas sin que la presencia de Levi fuera un incordio. Allí, con él pululando a mi alrededor mientras intentaba no intoxicar a mi padre, me sentía torpe e insegura. Entre otras cosas, porque el Levi de aquella tarde parecía otro; uno que no dejaba de meditar sobre algo que yo desconocía, pero que, pese a ello, se mostraba calmado. Y yo notaba mis latidos en los oídos.

—Me marcho mañana.

Sentí su sonrisa ladeada en la nuca.

—Ya lo sé.

No sé por qué dije eso, pero estaba nerviosa. De repente, no tenía ni idea de cómo gestionar estar con Levi en mi cocina cuando al día siguiente estaría volando a más de mil kilómetros de allí. Mi visita inesperada para cuidar de mi padre se había convertido en otra cosa para Levi y para mí que no sabía muy bien si terminaría con mi marcha o si podríamos mantener en la distancia. Si no lo habíamos logrado una vez, no tenía sentido plantearse una segunda. Aunque yo no hablaba de amor, yo hablaba de nosotros. De no tirar por la borda lo que habíamos disfrutado esos días. De no olvidarnos de nuevo de quiénes éramos cuando estábamos juntos.

—¿Sigue en pie llevarme al aeropuerto? Porque, si es así, no tiene sentido que nos despidamos hoy. De todos modos, aún estás a tiempo de arrepentirte; puedo llamar para que me recoja un chófer. No tienes que ausentarte del trabajo por mí.

Levi suspiró a mi espalda. Comencé a limpiar con brío la encimera de la cocina. Era eso o continuar hablando sin sentido para soltar parte de la tensión que se me anudaba al estómago. Hasta que se apoyó a mi lado, tan cerca que su muslo rozaba el mío, me cogió de la mano y frenó mis movimientos. Cuando alcé el rostro, me encontré con el suyo. Tan cálido.

Tan bonito. Me palpé el abdomen para controlar la intensidad de lo que estaba sintiendo en ese instante.

—Vi, ¿puedes dejarlo un rato solo? —preguntó señalando con la cabeza el salón donde descansaba mi padre—. Me gustaría enseñarte algo.

Movió sus dedos hasta entrelazarlos con los míos. Y me derretí. Si hubiera sido un pastel, mis restos se habrían fundido con los azulejos del suelo. Pero no era un pastel, solo era una chica a punto de deslizarse por un precipicio.

• V •

No hace falta tener una gran intuición para saber cuándo estás a punto de vivir un momento importante. Simplemente, se siente. Lo aceptas. Lo asumes con naturalidad y cruzas los dedos en tu cabeza para que salga bien.

Eso hice yo frente al espejo antes de bajar la escalera y dejarme llevar por Levi a donde él quisiera. Me llevaba a ciegas y era una sensación increíble. Me peiné por última vez y admiré mi imagen. Seguía sin parecerme demasiado a la chica que vivía en California; no me había maquillado y había prescindido de todos esos complementos sin los que habitualmente me sentía desnuda. Pero aquella noche tampoco era la Vi que usaba ropa vieja de su padre y que no le daba importancia a cómo le sentaban los pantalones. En aquella ocasión sí rebusqué en el armario y escogí algo pensando en lo que quería que él viera al mirarme. Solo de imaginarme sus ojos curiosos puestos en mí me estremecía de la cabeza a los pies.

Elegí unos pantalones negros de efecto cuero y un jersey blanco con pequeños brillos. El abrigo rojo por encima y las botas de nieve.

Me prometí que le diría adiós esa misma noche y que al día siguiente no dolería.

En cuanto me subí a la camioneta y vi su sonrisa supe que no lo cumpliría.

—¿Adónde vamos?

—Es una sorpresa.

Alzó las cejas con picardía y yo le seguí el juego, aunque nos conocía bien a ambos para saber que imaginarnos todas las posibilidades que cabían en esas tres simples palabras nos erizaba la piel.

—¿Ahora se llama así? En noveno curso lo llamabais «ir al bosque a mirar las estrellas», ¿te acuerdas?, y todos terminabais sin pantalones.

Levi se rio entre dientes ante mi insinuación, que solo era un modo de romper el hielo, y comenzó a tamborilear los dedos contra el volante, un tic que le salía cuando estaba nervioso. Aquello hizo que mi estómago se pusiera del revés.

Se dirigió hacia el norte. Ya había anochecido y las montañas heladas provocaban que pareciéramos estar dentro de una gran bola de nieve. Levi condujo en silencio hasta tomar una carretera secundaria que llevaba a la nave donde se almacenaba la maquinaria de Construcciones y Reformas Manson. No había estado nunca, pero me había contado miles de veces dónde se encontraba.

Lo miré con suspicacia.

—¿Me llevas al trabajo? ¿Vas a amordazarme y pedir un rescate? Damon no daría un duro por mí, quiero que lo sepas.

Sacudió la cabeza, aunque ocultaba una sonrisa preciosa que no podía dejar de mirar. Cuando Levi sonreía, sentía que todo estaba bien. Que yo lo estaba.

—¿Podrías ser una persona mínimamente paciente durante unos minutos, por favor?

—Sabes que no.

Aparcó en un lateral de la nave y bajamos. Hacía tanto

frío que me rodeó con sus brazos para protegerme de la ventisca. Me guio hacia una puerta lateral, una zona más pequeña que parecía un anexo añadido a la nave principal, y en cuanto la abrió nos colamos dentro. Levi dio las luces y lo observé todo boquiabierta.

Aquello no era un almacén. Aquel espacio era un taller que llevaba su nombre en cada rincón.

—Levi, ¿esto es tuyo?

Me volví y su mirada me desarmó. Era una ilusionada, un tanto infantil y tímida por estar mostrándome algo tan personal. Era la mirada del niño que un día, hacía una eternidad, me hizo un bastón.

—Sí. Aquí me escapo cuando necesito pensar.

—Por la alta producción, intuyo que es bastante a menudo.

Hizo una mueca, pero no negó mis palabras.

Me paseé por el estudio y contemplé lo que escondía. En sus estanterías había muchas figuras de madera, pero ya no eran pequeños animalitos que me hacían gracia y que guardaba como el mayor de los tesoros, sino piezas más grandes, más complejas, más abstractas. Me acerqué a una de ellas. Era una especie de árbol de raíces retorcidas y profundas. Sus ramas estaban desnudas. Me transmitía desconsuelo. Me pellizcaba algo muy dentro.

Lo rocé con los dedos y seguí mi recorrido hacia una zona amplia y despejada donde descansaban algunos muebles. Levi hacía muebles con sus propias manos, esas que tantas veces me moldearon a mí. Y me sujetaron. Las mismas que también me soltaron en un aeropuerto.

Sillas. Mecedoras preciosas. Bancos. Una trona infantil.

Se me empañaron los ojos. Me sentía muy orgullosa de lo que Levi me estaba mostrando. De él. Me volví y se lo dije con una mirada y unas palabras que solo nosotros comprendíamos.

—Las figuritas se convirtieron en gigantes.

—Así es.

«Y el niño en un hombre increíble», pensé para mí.

—Tienes mucho talento. Gracias por compartirlo conmigo.

—Sin ti nunca lo habría hecho.

Se me paró el corazón. Sentí la mano de Levi acunándolo desde lejos. Y quise que se lo llevara. Quise que lo cogiera y lo guardara con él, abrazado al suyo. Quise volverme a Los Ángeles vacía.

Respiré profundamente y me olvidé de lo que quedaba fuera de esas paredes. Porque allí solo éramos Levi y Vi. Y al carajo el mundo. Era nuestro momento. Tal vez no tendríamos otro.

—Enséñamelo. Quiero verlo todo. Lúcete, friki de la madera.

• V •

Levi me habló de una niña que un día le pidió que le hiciera un bastón. Se quedó tan prendado de ella que no pudo evitar coger un leño y una navaja y dejarse los dedos en esa pieza, pese a que jamás había hecho antes nada parecido.

—Ni siquiera parecía un bastón.

Nos reímos recordando ese primer regalo que aún atesoraba en mi casa.

Me contó que jamás habría tallado nada si no hubiera sido por mí, pero que, una vez empezó, no pudo parar de imaginarse un mundo de madera. Descubrió un modo de expresarse tan válido como cualquier otro.

Años atrás habíamos hablado muchas veces de las figuras que me regalaba, pero yo nunca les había dado la importancia real que tenían. Para mí solo eran un juego entre los dos. Una manera de que Levi me dijera que me quería.

No obstante, también eran un sueño. Y nunca le había preguntado por él. Había sido incapaz de verlo. Estaba tan centrada en cumplir los míos que no había visto más allá de mi propio ombligo. Esa revelación me alejaba de Levi, me hacía creer que había mucho aún de él que desconocía. Y me moría por descubrir todas esas capas ocultas.

—No lo acepto todo. Solo lo que de verdad me apetece hacer. Intento que haya una historia detrás de cada encargo, que pueda ser importante para alguien.

Sonreí y asentí.

—Siempre has sido un romántico.

Levi se encogió de hombros, pero no negó mis palabras. No podía. Al fin y al cabo, eran ciertas. Todo el mundo que lo conocía decía que había sido un niño serio, introvertido, demasiado maduro para su edad, aunque yo no estaba de acuerdo. La máscara de Levi solo era un modo de esconder una sensibilidad que lo hacía demasiado vulnerable.

Estábamos sentados sobre la mesa de trabajo. Era un gran tablón diáfano donde me explicó que pasaba la mayor parte del tiempo. Ambos nos calentábamos las manos con una taza de café, ya que tenía el local tan acondicionado para pasar horas dentro que contaba hasta con cafetera, una pequeña nevera y un aseo. Una estufa caldeaba el espacio como para permitirme quitarme el abrigo.

—Me gusta el olor.

—¿El del café?

—No, el de aquí.

Aspiré y nos sonreímos con dulzura.

—La madera tiene algo reconfortante.

Tenía razón, pero negué con la cabeza.

—No es eso. Me recuerda a ti. A veces, cuando me tocabas después de regalarme una de tus figuras, tus manos olían así.

—Vi...

Su voz estaba cargada y yo... yo me bajé de un salto de la mesa y comencé a moverme frenética.

—Lo siento, no tenía que haber dicho eso. No sé por qué lo he hecho. Es que, simplemente, lo he recordado. Me pasa mucho. Tengo fogonazos, ¿sabes?, cuando estoy contigo. De instantes. De sensaciones. Crees que has olvidado algo tan simple como un olor y, *¡boom!*, resulta que es mentira.

Me reí con nerviosismo. Levi no se había movido y me miraba fijamente. Sus ojos danzaban por mi rostro, se deslizaban por mi cuello, se anclaron a mi estómago. Se pasó la lengua por los labios, dejó la taza en la mesa y bajó hasta mí.

—No, no lo sientas. Nunca pidas perdón por... por esto. Por nosotros.

Su mano encontró la mía.

Estábamos muy cerca.

El olor que ya nos rodeaba se intensificó, se coló en mí y me recordó lo increíble que era perderme en él, en su abrazo, en nuestros cuerpos. Perderme en algo bonito, por una vez.

—Debería marcharme —susurré.

—Ya lo sé.

Los dedos de Levi me agarraron con fuerza para que no lo hiciera. Su respiración movió mi flequillo. Noté su calor, su presencia, su firmeza. Y me rendí.

—Pero no voy a irme.

Alcé el rostro y nos encontramos.

—¿Y qué vas a hacer? ¿Qué quieres hacer ahora, Vi?

Todo desapareció. El pasado. El presente. Los errores. Las consecuencias. Todo. Menos nosotros y esa jodida sensación de que, bajo nuestros pies, ya no había suelo que nos sujetara.

—Quiero sentir el vértigo.

Apoyó la frente en la mía y nos respiramos. Levi olía a

café, a jabón y a madera. También a él. E incluso a mí. Porque hubo un momento de mi vida en el que llegamos a ser solo uno.

Lo noté creciendo en mi interior, como un remolino que me despertaba a su paso. El deseo. El amor dormido. Las ganas. Lo que no nos permitíamos.

Tragué saliva y acaricié su mejilla con la nariz. Me palpé el estómago y saboreé esa emoción tan única que solo él despertaba en mí.

—No dejes que termine, Levi. Al menos, esta noche no.

Y allí, en un taller escondido entre la nieve, el Levi carpintero me besó e hicimos nuestro de nuevo el mundo.

Levi

Hasta el instante en el que rocé sus labios, me había mostrado contenido.

La había llevado allí no sabía muy bien por qué. Solo quería que Vi también se sintiera orgullosa de mí, igual que yo lo estaba de ella por lo conseguido. Quizá un par de mecedoras no eran comparables a dos éxitos de taquilla, pero era lo mío. Ese taller también era yo y quería compartirlo con la única persona que podía entender lo que suponía para mí.

Aun así, sabía que estábamos cayendo. Los gestos, las miradas, las sonrisas nos delataban. El deseo incipiente que se colaba por las grietas que le dejábamos.

Ninguno de los dos dudaba de que ella se marcharía. Tampoco de que teníamos nuestras vidas muy encauzadas como para romperlas de nuevo por caer en algo que ya habíamos comprobado que no nos funcionaría. Pese a ello, era inevitable. Habíamos sido durante demasiados años algo que echábamos de menos más de lo que deberíamos. Y no hablo de amor, no se trataba de eso. Sino de, simplemente, nosotros. Levi y Vi. Su chico de las preguntas y mi chica de ojos mágicos.

Por eso, cuando ella había recordado en alto que un día,

no hacía tanto, nos tocábamos con libertad, no había podido evitar hacerlo. Su mano entre las mías. Su rostro rozándome. Su olor..., su jodido olor colándose en mí para no marcharse.

La besé y no me arrepentí.

Tocar su boca fue como una explosión. Vi la abrió y su lengua se enredó con la mía. Sus labios eran tan suaves como los recordaba. Su ímpetu te arrollaba. La besé con todas las ganas acumuladas y la alcé en brazos. Al instante, sus piernas rodearon mi cintura. Comprobar que aún nos entendíamos sin palabras, que nuestros cuerpos encajaban a la perfección, fue el último empujón que necesitaba para que lo contenido hasta entonces se difuminara. Perdí el control. Se lo di a ella. Y Vi, como siempre, lo rompió en mil pedazos, porque entre nosotros nunca hubo límites ni muros, mucho menos sujeción.

Nos habíamos besado tantas veces que era imposible ponerles número y, sin embargo, creo que fue la primera en la que lo dimos todo. Todo lo que éramos, lo que no seríamos al día siguiente y lo que podíamos ofrecer al otro.

Apoyé a Vi sobre la mesa y abandoné su boca solo para mirarla. Respiraba entrecortadamente y me retaba con un gesto cómplice y provocador que me hizo pasar el dedo por sus labios y pellizcarlos.

Ella gimió.

—Mañana te marchas —le dije, notando su saliva en mi yema.

—Sí. Y no sé cuándo volveré.

Atrapé sus palabras, las digerí y las acepté, porque así era como debía ser y no pasaba nada. Solo estábamos dejándonos llevar una última vez.

Deslicé la mano por su cuello y tiré de la cadena que ocultaba su colgante. La pequeña uve se nos mostró como un símbolo de algo que aún perduraba. Llevaba días intentando descubrir si lo llevaba, pero con el frío Vi dejaba poca piel sin cubrir. Se lo había hecho hacía demasiado tiempo y me martirizaba pensándola sin él, abandonado en una caja como tantas otras cosas que perdimos. Pero ahí estaba.

—Te dije que no me lo quitaría nunca.

Vi rodeó mi mano con sus dedos y los llevó al principio de su pecho después de dejar un beso tierno en ellos que casaba poco con el deseo de ese momento.

Le arranqué el jersey y descubrí debajo un escote de lo más sugerente que no tenía nada que ver con la Vi que había desnudado en el pasado.

—Vaya...

Sonrió y se quitó ella misma la camisa. La sorpresa fue aún mayor al ver su sujetador. Acaricié el tejido con los dedos. Encaje suave y sofisticado. Se parecía poco a los tops deportivos que su versión adolescente había usado. Deslicé las yemas hasta su ombligo. Su piel se erizó ante el contacto. Tan bonita. Tan perfecta bajo la curva de mi pulgar.

Entonces Vi abrió las piernas y alzó una ceja con picardía. Yo tragué saliva. Porque allí, esperando a que acabara lo que habíamos empezado, no se encontraba solo la Violet a la que yo había querido, también estaba Vida Rose y ella era una desconocida de pantalones de cuero y mirada astuta.

—¿Te has quedado sin palabras, chico de las preguntas?

Sonreí y tiré de sus rodillas para encajarla conmigo. Solté un gruñido cuando apreté mi erección en su muslo. Estaba tan excitado que me dolía. Pasé los dedos por su pelo, esa melena rubia que tocaba por primera vez, y asumí que mi excitación no solo se debía al deseo que Vi siempre me despertaba, sino a que eso era precisamente lo que ocurría: aquella noche, no solo iba a acostarme con Violet, sino que lo hacía con Vida Rose por primera vez.

Apreté sus mechones y la acerqué hasta pegar su rostro al mío.

—Para lo que voy a hacer, no las necesito.

Vi se rio y su risa se hundió en mi boca. Me la bebí.

Las prendas desaparecieron. Poco a poco llenamos el suelo de ropa que caía a la vez que los copos de nieve al otro lado de la ventana. La besé por todas partes. Probé su piel como si nunca lo hubiera hecho antes. Mordí sus pezones hasta que la sentí temblar entre mis brazos. Hundí la cabeza entre sus piernas y saboreé lo que solo le pertenecía a Vi. La oí gemir con mi deseo entre sus dedos. Disfruté de cómo sonaba mi nombre entre jadeos. Y, cuando entré en ella y la sentí húmeda y prieta, asumí que jamás podría querer a nadie como quería a Violet Daphne Rose Cassavetes. Ni siquiera a la mismísima Vida Rose.

Vi

Una vez me preguntaron en una entrevista qué era lo que más me gustaba en el mundo. Contesté que pasear por la playa o alguna tontería por el estilo. Dijera lo que dijese, era mentira. Lo que más me gustaba en el mundo lo tenía ahí de nuevo, entre mis manos, frente a mí, fumándose un cigarrillo con la mirada perdida y su cuerpo desnudo enredado al mío bajo un puñado de mantas.

—Eres el chico más guapo que he conocido. —Levi se rio a carcajadas que me contagió—. ¿Por qué te ríes? ¡Es la verdad!

Me dejé caer sobre la almohada improvisada que habíamos formado con nuestros abrigos y me tapé la cara un poco avergonzada. Él apagó el cigarrillo y volvió a tumbarse a mi lado.

—Ya estoy desnudo, Vi, no hace falta que me mientas.

—No te miento, Levi.

Y no lo hacía, solo que quizá no había utilizado las palabras correctas. Levi quizá no era el chico más guapo que había conocido, pero sí el más guapo con el que había hecho el amor. Porque no hablaba de sexo, sino de algo más. Algo que solo había sentido con él. Algo que solo me daba Levi.

—Tú no eres la chica más guapa que he conocido. Lo siento.

Le di un codazo y se echó a reír. No pude evitar acompañarlo.

—Acabas de acostarte con la mismísima Vida Rose. Ten un poco de respeto.

—Eso no es cierto. Yo me he acostado con Vi. Vida Rose solo ha sido un añadido. —Sonreímos. Su mano se perdió en mi pelo—. Uno de lo más excitante, si te soy sincero, pero sigues siendo tú.

Me gustó tanto oírlo decir eso que cerré los ojos y me mordí los labios. De repente, caí en la cuenta de que volver a Whitefish me había servido para huir de mí, porque estaba tan perdida en mi propia vida que no me encontraba, pero él sí. Con Levi era sencillo ser yo. No solo sencillo, sino también algo bueno.

—Contigo me siento bien, Levi. Quiero que lo sepas. Todo es complicado ahí fuera, pero tú... me pierdo aquí contigo una noche, sabiendo que mañana todo seguirá igual, y me calmas. Haces que recupere el equilibrio. Eres la única constante de mi vida.

Levi sonrió, pero lo hizo con amargura. Sabía lo que estaba pensando. Lo conocía demasiado bien. Y, cuando habló, solo me confirmó una vez más los polos opuestos en los que nos habíamos convertido.

—Es curioso, porque a mí me sucede lo contrario. Vienes, te veo y todo se tambalea. Pierdo la perspectiva. Siento que los pies se me levantan del suelo y me cuesta recuperarme. Eres un tornado que pasa por encima y del que toca reconstruirse.

Entonces fui yo la que sonreí con pena. Sentí que los niños que una vez habían visto sus diferencias como virtudes se habían perdido dentro de ellas. Porque con Levi yo dejaba de tener miedo, pero él conmigo perdía el equilibrio. Ambos sentíamos el vértigo, pero nos afectaba de distinta manera.

Estiré la mano y rocé sus labios. Deseé que los abriera para formar palabras. Deseé que me pidiera que me quedara. Deseé poder hacerlo. También querer. Pero, en el fondo, sabía que debía aceptar que nuestro momento ya había pasado.

Cuando Levi parecía que iba a hablar, su móvil sonó. Estaba dentro del bolsillo de su anorak. Levanté la cabeza y lo buscamos entre los dos. Al sacarlo, vimos que un nombre brillaba en la pantalla. Cinco letras. Algunos recuerdos. Levi colgó, silenció el aparato y lo guardó de nuevo.

Sin embargo, de repente todo había cambiado entre nosotros. Porque me miró y en sus ojos leí todo lo que callaba.

«Hay una chica. No es nada serio.»

Suspiré y me abracé las piernas, cubriéndome de más con la manta. Tan desnuda me sentía vulnerable.

—¿Desde cuándo?

Chasqueó la lengua y se levantó. Tapó su desnudez al momento con la ropa interior y la camiseta. Yo pensé en Grace. En su rostro dulce. En su actitud, siempre buena. En que en el pasado fue su mismo nombre el que se usó para romper lo nuestro.

—Hace un tiempo. Meses. Puede que un año.

—¿Estáis juntos?

—Nos vemos de vez en cuando. Ella...

Solté el aire contenido y comencé a vestirme a su vez. De pronto, me sentía sucia. Porque no creía que hubiéramos hecho nada malo, me resultaba imposible ver lo nuestro de ese modo, pero quizá habíamos hecho daño a personas que no lo merecían.

—No tienes que darme explicaciones, Levi. En tal caso, es ella la que las merece.

Me fulminó con la mirada.

—No la he engañado. Grace y yo no estamos en ese punto.

Torcí la boca y me tensé pensando en mis propias decisiones y errores.

—Yo sí lo he hecho. Yo sí he engañado a Damon. Pero él sí se lo estaba ganando a pulso.

El silencio fue molesto, cargante, asfixiante. Hasta que Levi lo rompió susurrando una pregunta que volvía a lanzarnos a cada uno a un extremo del mundo.

—¿En qué nos convierte esto? —se atrevió a preguntarme al fin—. Tú engañas a tu novio. Yo le hago daño a Grace y me alejo de ella cada vez que pienso en ti. Dime, Vi, ¿qué clase de personas somos cuando estamos juntos?

Me tensé, porque no me gustaba el curso de sus pensamientos. Lo nuestro no era algo malo, ni tóxico, ni un error. Lo nuestro, simplemente, era, y no podía evitarse. Y me enfadaba que Levi lo ensuciara de esa manera.

—Tú y tu sentido de la responsabilidad —le reproché, sintiéndome una persona horrible al momento.

—Tú y tu «hago lo que me da la gana porque soy todo lo que me importa».

En cuanto pronunció aquella frase llena de rencor, supo que también se había equivocado. Los dos lo habíamos hecho. A pesar de ello, él estaba acostumbrado a guardarse las cosas dentro, pero yo no. Yo estallaba con facilidad cuando me sentía acorralada.

—Vete a la mierda, Levi.

Escondí la cara entre mis brazos. La magia había terminado. Tenía frío. Quería irme a casa. Y, en ese maldito instante, me di cuenta de algo aún peor; fui consciente de que, en algún punto del camino, había dejado de considerar a Levi como tal.

Levi

A la mañana siguiente la llevé al aeropuerto como habíamos acordado. No era habitual que me tomara días libres en el trabajo, pero asumí que la ocasión lo merecía; al fin y al cabo, desconocíamos cuándo volveríamos a vernos.

Durante el trayecto no hablamos de lo sucedido la noche anterior. Tampoco de lo dicho ni de lo que yo había preferido no contarle. No dijimos gran cosa; no, al menos, que importase. Solo nos miramos, sonreímos a medias y asumimos que otra etapa había terminado.

—Tengo la sensación de que siempre te veo marchar —le confesé cuando estaba a punto de embarcar.

—Porque es lo que hago. Te digo adiós cada día, Levi, incluso desde lejos.

Sonreí con tristeza y le acaricié la mejilla. La Vi triste siempre me pareció demasiado bonita. Me la imaginé subiendo al avión sola, llegando a una ciudad desconocida, abriéndose paso en un mundo complicado, luchando, retándose, cayéndose una y otra vez y levantándose, y deseé volver atrás en el tiempo para poder acompañarla en ese proceso. Darle la mano y cambiar las cosas. Pero no era posible. Lo que sí que podía era intentar entender el porqué de nuestras decisiones para aceptarlas de una vez por todas y pasar página.

Tragué saliva y las palabras salieron solas. Las preguntas que me ahogaban por dentro y que había conseguido mantener a raya durante todo ese tiempo.

—¿Por qué no me lo pediste, Vi? Nunca me pediste que me fuera contigo. Siempre quisiste hacerlo sola.

Suspiró y me devolvió una pregunta para la que la primera vez que nos despedimos no habría tenido respuesta, pero entonces ya sí.

—¿Lo habrías hecho? ¿Habrías venido conmigo, Levi?

Pensé en mis propios deseos. En mis montañas. En mis propios sueños que, pese a que había tardado mucho en descubrir, también existían. En la importancia de mis orígenes. Porque por fin era consciente: yo creía en las raíces. Las defendía. Eran lo más fuerte y consistente de mi vida. Yo creía en aquello que tiraba de tu cuerpo para mantenerte los pies anclados en el suelo. Pero Vi no. Vi no tenía raíces. Vi tenía alas. Unas inmensas que jamás la dejarían asentarse en tierra firme. Vi era un pájaro y yo vivía felizmente en mi jaula.

No creo que pudieran existir dos personas más incompatibles.

Chasqueé la lengua y asumí que, de una forma u otra, nuestro final no había sido solo culpa suya.

—No. No lo habría hecho.

Ella asintió, me regaló una última sonrisa y me dejó un beso prieto, cálido e intenso en la mejilla.

—Adiós, Levi.

Antes de que se apartara, la atraje hacia mi cuerpo y la abracé. Por primera vez, sentí que nuestra despedida era dulce.

—No nos perdamos. Intentémoslo. Como amigos —susurré contra su pelo. Supongo que no fue más que una súplica disfrazada.

Vi me miró con cariño y sus ojos se humedecieron. Parecía extrañamente feliz.

—Claro. Iremos viendo.

La vi entrar en la terminal y volví a mi camioneta.

Antes de llegar a Whitefish ya había aceptado que quizá no lo haríamos. Que no seríamos de esa clase de amigos que se llaman a menudo y se cuentan sus cosas, igual que fuimos un día. Tampoco de esas parejas rotas que mantienen el contacto por simple cortesía. Vi y yo teníamos nuestras propias reglas. De lo que estaba seguro era de que, antes o después, volveríamos a encontrarnos. Y que la espera ya no dolía.

• V •

La vi antes de bajarme de la camioneta. Estaba esperándome en la entrada de la obra que me tocaba supervisar esa semana, como hacía muchos días al terminar su propia jornada laboral. Se calentaba las manos con un vaso de café que le habrían ofrecido los chicos y, por su mirada, supe que ya intuía a qué se debía que me hubiera tomado el día libre. También, que me conocía lo suficiente para saber que antes de irme a casa pasaría a ver cómo iba todo. Vi tenía razón, mi sentido de la responsabilidad me ataba demasiado.

—Grace. ¿Qué haces aquí?

Clavó sus ojos en los míos con determinación y no se anduvo con rodeos.

—¿Ya se ha ido?

Tragué saliva sin apartar la mirada de esa chica valiente que me estaba pidiendo explicaciones, pese a que no le debía ninguna.

—Sí.

La cogí del brazo y nos alejamos un poco del barullo de la obra. Paseamos sin más hacia una zona arbolada bajo el porche de la casa de al lado. Tal vez la situación pudiera parecer incómoda, pero no lo era. Porque con Grace siempre fue fácil. Por suerte, o quizá por desgracia, era una de las pocas personas que comprendían mi historia con Vi.

—¿Y cómo estás?

Me pasé la mano por el rostro cansado, ya que apenas había logrado dormir esa noche, y me esforcé por explicarle el porqué de mis decisiones.

—Solo ha sido... Somos Vi y yo. Es todo lo que puedo decirte.

—Ya lo sé.

Arrugó el rostro y me odié. No quería hacerle daño, pero sabía que ya era tarde.

Su mano encontró la mía y la acarició. Su suavidad era casi imposible entre mis dedos callosos. Le sonreí y sentí una calma extraña. La misma que desaparecía en cuanto Vi entraba a mi mundo y lo ponía patas arriba.

—Lo siento.

—También lo sé.

Grace sonrió. Tan dulce. Tan comprensiva. Tan perfecta.

¿Por qué no podía ser ella? ¿Por qué siempre debía elegir el camino difícil?

Me llevé su mano a la boca y le dejé un beso de agradecimiento.

—Se ha marchado, Grace. Pero esta vez ya había aceptado que sucedería. Por eso es distinto.

Asintió y su mirada se perdió en el jardín que nos rodeaba. Supongo que le estaba dando tiempo para alejarse, si lo deseaba, pero no lo hizo. Para bien o para mal, Grace no era Vi.

—¿Qué vas a hacer ahora, Levi?

Era una buena pregunta y, por una vez en la vida, supe con certeza que la respuesta estaba delante de mí. Tenía la melena rubia, los labios llenos y la mirada ilusionada. Y yo también estaba ilusionado. Yo también tenía sueños y en ellos siempre había reservado un espacio para una chica que quisiera vivirlos conmigo.

—¿Qué me propones?

Sonrió con pudor y sus mejillas se encendieron.

—Deberías llevarme a cenar y luego a bailar.

—¿Algo más?

Coló su mano libre dentro del bolsillo de mi anorak y apoyó la boca en mi pecho.

—Podrías ponerte camisa, pero no una de las tuyas de franela, sino una elegante y almidonada.

Me reí.

—Suena bien.

Sonaba la hostia de bien. Sonaba a todo lo que podría desear un tío como yo. Sonaba a lo que debía desear y a lo que ambos merecíamos. Sonaba a oportunidades que no se deben dejar escapar. A buenos momentos. A cosas bonitas.

La voz de Grace se suavizó y tembló levemente. Alzó la mirada y sus ojos azules brillaron valientes al pronunciar las siguientes palabras:

—Y me gustaría que me prometieras que vas a intentarlo. De verdad. Solo tú y yo. Sin Vi. Solo Levi y Grace. ¿Podrás hacerlo?

Me perdí en ella, en la preciosa chica que tenía delante, buena, paciente, generosa, dulce, divertida..., y no solo se lo prometí a ella, sino también a mí.

—No te mereces menos.

La besé con suavidad, borrando con ese gesto el recuerdo de otros labios.

—Y no voy a aceptarlo. Ya no me vale lo que teníamos, Levi.

Pestañeó, un poco avergonzada por recordar nuestras citas de los últimos meses, porque Grace no era partidaria de ese tipo de relaciones. Para Grace el sexo vacío y que casi parecía un secreto no servía. Lo había consentido durante un tiempo porque me quería, y yo me había aprovechado de ese sentimiento. Aunque había llegado el momento de cambiar eso. Había llegado el momento de devolverle todo lo bueno que ella me había dado sin pedir nada a cambio.

—A mí tampoco. Lo tendremos todo. Te lo prometo, Grace.

La besé con más intensidad y decidí entregarme a una felicidad que sí estaba al alcance de mi mano.

Información adicional

Damon Kim y Vida Rose han sido vistos saliendo abrazados de una clínica ginecológica. El representante de Melancholy ha confirmado a los medios el aborto natural que ha sufrido la joven actriz en el segundo trimestre del embarazo.

> «Están muy apenados. Ha sido una noticia muy triste para todos. Tanto Vida como Damon estaban ilusionadísimos con la llegada de su primer hijo. Os pido de parte de ambos el respeto que merecen para pasar este trago del mejor modo posible. Gracias.»

NOTICIA EXTRAÍDA DEL PORTAL DIGITAL *GOLD PEOPLE*,
MAYO DE 2007.

Mayo, Levi

Sonaba una canción de Coldplay cuando sucedió. No es que tuviera importancia, pero es fácil conectar ciertos estímulos para siempre a las cosas de peso. Una sensación, un lugar, una canción. Era sábado y estábamos tomando algo en el local de los Baker. Bebíamos cerveza y Markus nos contaba un encontronazo que había tenido dos días atrás con un cliente al que había tenido que echar del bar. Grace apoyaba la cabeza en mi hombro cada poco tiempo. Mi mano jugueteaba con un mechón de su pelo. Me gustaba llevarme el olor floral de su champú entre los dedos. Dave se reía sin parar ante el relato de Markus, y Gillian miraba a su novio con evidente deseo. Nada nuevo. Nada que no hiciéramos los fines de semana en la tranquilidad de nuestro hogar. Nada que me indicara que estaba a punto de ver peligrar mis cimientos.

Fue entonces cuando en la televisión una noticia saltó y mi mundo se tambaleó.

—Mirad, ¿esa no es Vi? —dijo Gillian—. ¡Callaos!

Todos obedecimos. Markus bajó la música. El silencio expectante que siempre acompañaba el verla en pantalla nos rodeó.

Por supuesto que era ella. Su pelo rubio. Su mirada desafiante, pese a que la escondía bajo el cuerpo de Damon al salir de lo que parecía una clínica médica. Su piel, más pálida que de costumbre, no delataba ninguna emoción. Pero yo la veía. La sentía. Vi estaba rota.

En la parte inferior de la imagen, un pie de foto claro y conciso: *Vida Rose y Damon Kim pierden el hijo que esperaban*.

—Oh. Vaya —susurró Dave.

Grace apoyó el rostro en mi cuello y entrelazó los dedos con los míos. Markus me miraba sin pestañear. Dave parecía conmovido. Yo era incapaz de reaccionar.

—¿Tú lo sabías? —me preguntó Gillian.

Negué con la cabeza. No habíamos vuelto a hablar. Yo lo había intentado un par de veces, pero no había obtenido respuesta. Quizá tenía delante de mis narices el motivo.

Pensé en Vi la última vez que estuvo en casa, cuatro meses antes, y mi cuerpo se tensó. Eché cuentas. Sopesé las posibilidades. Me dije que no podía ser, que, de haber sucedido, me habría llamado, que lo habría compartido conmigo. La mano de Grace se apartó y se alejó de mí. Supuse que ella estaría sacando las mismas conclusiones.

¿Sería posible? Recordé la única noche que pasamos juntos y me estremecí, porque nos habíamos dejado llevar sin pensar en las consecuencias.

No, Vi no había sido capaz de ocultarme algo así. Y, si lo había sido, ya no importaba. Ese niño ya no existía.

Sentí una punzada en el pecho. El dolor partió desde ese centro hacia cada milímetro de mi cuerpo y lo ocupó todo. Una ráfaga de algo intenso que me dejó sin aire y que no era más que un reflejo de lo que estaría sintiendo ella. Pero la triste verdad era que no lo sabía con exactitud, porque Vi había decidido no compartir conmigo sus sentimientos y eso me revelaba una verdad aún más dolorosa. Aun así, me resultaba insoportable no estar a su lado en ese instante para compartir la carga, como siempre habíamos hecho.

Carraspeé, me terminé la cerveza de un trago y pasé el brazo alrededor de Grace para acercarla de nuevo a mí. Necesitaba sentirla cerca. Necesitaba sujetarme a lo que me mantenía seguro. Necesitaba dejar de sentir el puto vértigo y recuperar el equilibrio. Dejé un beso en su cuello y le susurré unas palabras que no eran solo un plan, sino también una elección.

—Hey, ¿te apetece que vayamos a bailar?

Volvió el rostro, aún serio, y estudió el mío. Grace quería saber cómo me sentía. Y pese a que estaba igual de impactado que los demás, aparte de decepcionado, humillado, enfadado y triste, también vio algo más que era nuevo en mí. Finalmente, sonrió, porque Grace vio en mis ojos la prueba de que ya había escogido. Y la escogía a ella.

—Me encantaría.

• V •

Aquella noche Grace estaba sola en la casa que compartía con su hermana. Unas horas más tardes recorríamos a trompicones su entrada y nos chocábamos entre risas con el mueble del recibidor. Habíamos bebido y bailado demasiado, tal vez como un modo de olvidar las preguntas que no habíamos pronunciado sobre la noticia de Vi.

«¿Es ese niño tuyo, Levi?»

«¿Cómo te sientes al respecto?»

«¿Preferirías que fuera tuyo o de Damon?»

Las borramos con los labios sobre la piel del otro.

Nos desnudamos con ganas y nos tocamos con muchas más.

Cuando Grace se durmió entre mis brazos después de

hacer el amor, me escabullí por la ventana y me fumé un cigarro en el jardín trasero.

Entonces sí que me permití pensar en Vi. Intenté imaginarme cómo se sentiría en esos momentos, pero no fui capaz, porque aquello se escapaba a cualquier cosa que hubiéramos experimentado antes.

Se trataba de un embarazo, joder. Del miedo y la sorpresa asociados, porque no necesitaba preguntárselo para saber que, mío o no, no había sido buscado. De una vida creciendo en su interior, cambiando la suya, obligándola a adaptarse y a tomar decisiones. De una pérdida que podría haber sido tanto golpe como alivio.

Quise abrazarla. Deseé arrancarle de cuajo todo el dolor y quedármelo para mí, también que supiera que estaba a su lado para lo que necesitara, pero lo cierto era que no lo estaba, porque Vi así lo había querido. Me había apartado y aquello me mataba.

Me pasé las manos por el rostro y pensé en su cuerpo desnudo enredado al mío sobre la mesa de mi taller.

Si aquel niño era de Damon, su efímera existencia alejaba nuestras vidas más de lo que ya lo estaban. Si, por el contrario, había sido fruto de la noche que compartimos, habérmelo ocultado la alejaba mucho más aún de mí.

¿Habría sido Vi capaz de algo así? Lo peor de todo era que la conocía tanto como para saber la respuesta.

Apagué el cigarrillo contra el suelo con tanta fuerza como para destrozarlo y mancharme los dedos.

Pensé en cómo las decisiones que tomamos pueden influir en los demás y tomé las mías propias. Estaba harto, enfadado y herido. Así que me esforcé por poner un punto y aparte en lo mío con Vi, deseando que ojalá se acercara cada vez un poco más a un punto final.

Al día siguiente, Grace y yo compartíamos emocionados

con nuestros seres queridos que nos íbamos a vivir juntos. Si Vi había podido continuar con su vida sin mí, yo haría lo mismo.

No he sido capaz de volver a escuchar una canción de Coldplay sin sentir el dolor de una pérdida que nunca me perteneció.

Julio, Vi

Jamás he querido ser madre. De niña nunca jugué a acunar muñecos ni me veía capaz de cuidar de otro ser vivo que no fuera yo misma; bastante tenía con cargar con la responsabilidad de un padre que no actuaba como tal. Tampoco me generaba ninguna emoción la idea de tener hijos. De adolescente me reía sin parar si Levi nos imaginaba viviendo en la cabaña de los Collins con dos renacuajos corriendo entre los árboles. No entraba en mis sueños traer vida al mundo.

Y, sin embargo, el aborto se convirtió en un tema tabú que nadie podía nombrarme. No estaba deprimida. No se trataba de eso. El proceso había sido doloroso física y emocionalmente, no voy a negarlo, pero más por otras cuestiones que por la pérdida en sí. Era otra cosa. Y es que... me sentía profundamente avergonzada de lo que había hecho.

• V •

—Vida, ya es la última caja.

Asentí y me aparté de la cristalera. A mi espalda, los chicos de la mudanza guardaban mis últimas pertenencias antes de marcharme de allí. Pese a que me daba pena, no iba a echar de menos esa casa ni nada de lo que dejaba ahí dentro.

Sentí una presencia mirándome desde el piso de arriba y alcé el rostro. Damon apareció con una bata negra de raso abierta y en ropa interior. Tenía ojeras, el pelo revuelto y restos de carmín en el pecho. Y no era mío. Jamás hubiera usado ese color anaranjado chillón. Además, hacía demasiado que lo nuestro había terminado en todos los sentidos.

—¿Ya te marchas?

—Sí. Jacob me recoge en diez minutos.

Damon asintió y bajó la escalera. Después de tanto compartido, de pronto me parecía un extraño.

—¿Estarás bien? —preguntó mirándome con un cariño sincero.

Sonreí y solté el aire que había estado conteniendo sin darme cuenta. Joder, odiaba las despedidas, aunque supiera que esa era necesaria.

—Sí. ¿Y tú?

—Sabes que tengo papeletas para no estarlo.

Nos reímos. Damon siempre decía que tenía un puesto esperándolo en el club de los veintisiete. A menudo me preguntaba si yo también lo tendría, de seguir tomando decisiones estúpidas.

Recordé los últimos meses y le sonreí con la emoción tiñendo mis ojos.

—Gracias por lo que hiciste, Damon.

Se encogió de hombros con indiferencia, pero jamás podría agradecerle lo suficiente que no me dejara sola cuando regresé de Whitefish y mi vida dio un giro radical que nunca habría creído posible.

• V •

Los primeros días tras mi vuelta fueron difíciles.

Damon parecía feliz de mi regreso, pero yo no soportaba que me tocara. Aún sentía el recuerdo de Levi en mí y me daba pánico que se desvaneciera. Acostarnos había sido lo mejor y lo peor que podíamos haber hecho para superar lo nuestro. Lo mejor, porque era una forma preciosa de decirnos adiós dejando de lado todo lo malo que habíamos compartido. Lo peor, porque había avivado de una forma enfermiza recuerdos que no dejaban de hacerme daño. Me encerré en mí misma y a Damon poco le importó. Siguió con su vida, saliendo y entrando de casa y desapareciendo durante días en los que sabía que no dormía solo. Yo apenas me movía del dormitorio, exceptuando para trabajar.

El rodaje de la segunda parte de *Becca y los caídos* había comenzado y, contrariamente a lo que había creído en un principio, me apetecía sumergirme en el proyecto. Tal vez como un modo de centrar todas mis energías en algo y olvidarme de todo lo demás.

No obstante, las náuseas llegaron pronto. Los síntomas con los que mi cuerpo me recordaba que mi menstruación se había retrasado una semana. Las cuentas, calendario en mano, que me hacían volver una y otra vez a aquella noche en la que Levi y yo nos reencontramos sobre una mesa de madera.

«No dejes que termine, Levi. Al menos, esta noche no.»

Me recordaba pidiéndole eso con la voz llena de deseo y asumiendo que se lo había tomado al pie de la letra.

Cuando me atreví a hacerme un test, ya estaba casi de seis semanas. Me encontraba histérica. Me sentía incapaz de reaccionar. Solo quería encerrarme en mí misma, como si así pudiera hacer que todo desapareciera.

Pese a que Heaven y yo llevábamos tiempo distanciadas, ella fue la primera persona a la que se lo conté. La llamé y se presentó en casa una hora después.

—Joder.

Esa fue su respuesta cuando le mostré la prueba. Luego se encendió un cigarrillo y me ofreció uno que rechacé no por responsabilidad, sino porque era incapaz de llevarme nada a la boca sin vomitar. Se sentó a mi lado, cogió las riendas de la situación y comenzó a hablar sin dudar, con una entereza que me sorprendió.

—Lo más sensato para tu carrera es que no lo tengas, pero te conozco y sé que ese no es el camino para ti.

Tragué saliva y asentí. Por un momento me alegré por tenerla a mi lado, pese a todo, porque aquella chica un tanto destructiva me conocía tanto como para saber que yo la habría acompañado al fin del mundo a abortar si me lo hubiera pedido, pero que, en mi caso, esa no era una opción que tener en cuenta. ¿Por qué, si nunca había querido ser madre? No lo sé. Puede que haber perdido a mi propia madre en el parto me hiciera ver las cosas desde una perspectiva distinta. Tal vez, haberme criado con un padre como el mío me hacía ver aquello como una oportunidad de demostrarle al mundo que yo nunca sería como él. Quizá que fuera de Levi provocaba que mi decisión no pudiera ser otra más que tenerlo.

—Damon va a ser un padre de mierda. Podrías hacer que firme un papel para que se desentienda.

Me miró con cautela para ver cómo reaccionaba a ese consejo que suponía echar a Damon de mi vida y quizá dejarle vía libre para entrar en la suya, pero fui yo la que aparté la vista y lo supo. Heaven supo que ese tampoco era el problema ni la principal razón de mi desconsuelo.

—Oh, joder, Vida. ¿Quién es?

Cogí aire y lo solté.

—Levi.

No pareció sorprendida; solo asintió y reflexionó unos instantes.

—¿Crees que podría funcionar?

Pensé en Levi; en lo cambiado que lo había visto tras mi ausencia; en sus posibilidades de ser realmente feliz con una chica que lo merecía y que estaba dispuesta a darle lo que él necesitaba y quería; en sus reproches, sus miedos, su culpa y lo roto que parecía siempre que yo lo dejaba atrás. Y negué con la cabeza.

Los ojos se me llenaron de lágrimas y temblé al pensar en él y en lo que nos estaba haciendo a ambos, pero no podía parar. Estaba bloqueada.

Entonces, la misma Heaven que me había traicionado no solo una vez contándole a Damon la existencia de Levi, sino dos veces al acostarse después con él, me mostró su lealtad de una forma retorcida, aunque muy inteligente.

—No se lo cuentes. Dile a Damon que estás embarazada y que es suyo, pero solo si quiere. Le vendrá grande y actuará como el niñato que es, dejándote las decisiones importantes a ti. Firmará lo que le pidas con tal de que no lo ates. Si quieres tener ese bebé, hazlo, pero que sea solo tuyo. Protégelo.

Le di las gracias a Heaven y se marchó. Me quedé sola un par de horas, llorando y meditando sobre qué camino escoger. Para cuando Damon regresó, yo ya había tomado una decisión. Y no era ninguna de las que ella había sopesado. Quizá porque, por mucho que agradeciera su apoyo, siempre me ha gustado que mis decisiones sean solo mías.

Le conté a Damon la verdad. Fui madura y asumí mis errores. Él se mostró dolido; más de lo que habría imaginado teniendo en cuenta su propio historial de cagadas. Luego me dijo que lo nuestro se había acabado. En realidad, no hacía falta, ya que hacía semanas que eso había sucedido. Estuvo diez días sin dirigirme la palabra.

Sin embargo, una mañana entró en el dormitorio principal, que me había cedido mientras él ocupaba uno de invitados, y me observó desde la puerta con la expresión más adulta que yo le había visto jamás.

—Haremos que funcione.

—¿Qué estás diciendo, Damon?

—Ese niño es solo tuyo, pero haremos que funcione.

Y, de ese modo, Damon y yo nos protegimos de la prensa. Fingimos seguir juntos y contamos a nuestros conocidos que estábamos esperando un hijo. Nos salvamos de una polémica que no solo podía habernos destrozado, sino también influido en las vidas de otras personas que no lo merecían. Dejamos pasar el tiempo, con el plan de que nos separaríamos poco antes de que el bebé naciera de forma amigable. Él se iría de gira y yo viviría sola en aquella casa gigante que aún compartíamos.

Sonaba bien, así que acepté. Me dejé llevar. Quizá parezca que lo hice porque era lo más sencillo, pero eso no es verdad. Tampoco justo. Hice lo que creí que tenía que hacer por el bien de todos, incluido Levi. Tal vez me equivoqué, pero estaba tan cansada de impedir su felicidad que actué del único modo que supe.

Además, tenía veintidós años y me sentí muy sola.

Estaba aterrorizada.

• V •

—Te quedaste preñada de otro, Vida. Uno tiene que cuidar su orgullo. —Parpadeé para apartar los recuerdos y Damon se rio entre dientes antes de ponerse serio—. Además, tú me perdonaste unas cuantas. Estamos en paz.

Me guiñó un ojo y me abrazó a medias, de esa forma lánguida con la que lo hacía todo Damon. Supe que no volveríamos a vernos, al menos no de manera voluntaria. También, que en apenas días mi armario sería ocupado por otra chica. Quizá fuese Heaven; después de aquella conversación, nuestra amistad había muerto del todo e intuía que no sería raro que ella y Damon mantuvieran el contacto. Quizá, una desconocida. Puede que otra niña bonita de Hollywood con la que su fama aumentaría más aún.

Minutos después dije adiós a Damon Kim y me marché de allí sin saber adónde me dirigía, pero con la certeza de que ya no era la chica que había entrado en esa casa, sino otra. Otra que aún desconocía.

Levi

—¿Te gusta?

—Sí. Es perfecto.

Grace sonrió y se tiró a mis brazos.

—Eres demasiado complaciente.

Se rio. Entramos en la casa por primera vez y la observamos emocionados como dos críos. Supongo que eso éramos, dos jóvenes de veinticuatro años que comenzaban a cumplir sueños juntos.

La casa era pequeña y estaba muy lejos de ser perfecta. Necesitaba alguna reforma de la que, obviamente, yo mismo me ocuparía, pero era suficiente para los dos y estaba cerca del trabajo de Grace, en una tienda de antigüedades. Además, era la primera para ambos y eso la dotaba de algo especial.

Miré por la ventana y, pese a que no veíamos las montañas y sí el patio trasero del parque de bomberos, me pareció que yo estaba donde debía estar.

—¿Y qué toca ahora? —le pregunté.

Ella sonrió con coquetería, me miró bajo sus eternas pestañas y cogió mi mano para guiarme hasta el dormitorio. Sentía que eso hacía, que me dejaba hacer, que daba los pasos en la dirección que Grace escogía para ambos.

—Supongo que estrenarlo como merece.

Lo hicimos. Dos veces. Después vimos en la televisión un capítulo de una serie que a Grace le encantaba y cenamos en nuestra nueva mesa de comedor. Nos pusimos el pijama y nos lavamos los dientes uno junto al otro frente al espejo. Observé con atención la forma en la que Grace se echaba crema en la cara. Se le veía cansada y adorable con una cinta rosa en el pelo para apartárselo. Me recordó a la Grace de quince años que me tenía las hormonas revolucionadas y me alegré de que estuviera en mi vida.

Cuando nos dimos las buenas noches y apagamos la luz, me sentí bien. Tranquilo. Con la cabeza más vacía que en años. Quizá aquel no era el futuro que yo había imaginado cuando solo era un niño que creía que cualquier cosa que deseara era posible, pero no estaba nada mal y supe que sería fácil acostumbrarme a él. Solo debía intentarlo.

Diciembre, Levi

—Levi, hijo. Pasa.

—Gracias, señora Allen.

—Por favor, ¿quieres llamarme Celia de una vez?

Sonreí y entré en la casa de los padres de Grace. Ya había estado en otras ocasiones, pero esa era la primera en la que sentía que era uno más y no el novio intermitente de Grace que nunca parecía decidirse a querer a su hija. La cena de Navidad de los Allen suponía una prueba de fuego para mí y, pese a que siempre habían creído que era huidizo en lo que respecta a los compromisos, había aceptado su invitación sin dudar.

En el salón, frente a la chimenea encendida y con el árbol de Navidad de fondo, Grace charlaba y reía con su hermana Felicity. En cuanto se dieron cuenta de que había llegado, la segunda se excusó para ir a la cocina con una sonrisa y nos quedamos solos.

—Hola.

—Hola.

Le di un beso dulce en los labios y admiré su vestido nuevo; el tejido era terciopelo y el color azul oscuro hacía que su piel pareciese aún más pálida.

—Estás muy guapa.

Ella también estudió mi aspecto y ocultó una sonrisa.

—Tú estás muy... correcto.

—No quiero que tu padre piense que no voy en serio.

Nos reímos, pero era la pura verdad. Me había puesto el único traje que tenía con la firme intención de que la familia de Grace comprendiera que para mí aquel era un esfuerzo que merecía la pena. Porque ella lo hacía. Llevaba meses demostrándoselo y demostrándomelo a mí mismo. Casi un año desde que habíamos dado el paso de formalizar lo nuestro y no me había arrepentido ni un solo día.

—Gracias, Levi.

Grace apoyó la frente en mi pecho y me dejó un beso sobre el corazón. En ese instante sentí que cada vez estaba más vacío, despejándose del pasado para que aquella chica rubia de ojos azules lo llenase por completo.

• V •

Grace y yo nos despedimos de los suyos después de la cena y de la entrega de los regalos. Disimulé bastante bien lo incómodo que me ponía su padre con algunas preguntas sobre el futuro y halagué a su madre de un modo que no parecía forzado. También aguanté estoicamente las burlas de Felicity en cuanto sus padres no se daban cuenta.

Ya en el coche de vuelta a casa, Grace rompió a reír.

—¿Qué pasa? ¿Tan mal lo he hecho? Creo que a tu madre le gusto.

Se secó las lágrimas con los dedos y me miró con dulzura antes de sacar un billete de cien del bolso mientras negaba con la cabeza a mis dudas.

—Me aposté con Felicity que esto sucedería, ¿sabes?

—¡¿Perdona?! —exclamé fingiendo estar ofendido.

—¡Tenía catorce años, Levi!, no me juzgues.

—Así que catorce...

Se mordió el labio y me confesó lo que tantos años después me parecía demasiado obvio, pero que siendo un crío me había costado ver.

—Sí. Estaba colada por ti. ¿Te acuerdas de la celebración de tu cumpleaños? Ese día estaba dispuesta a besarte, pero Vi era como tu sombra y no pudo ser.

Rememoré aquella tarde en la que merendamos en el bar de Markus y después me marché con Vi y nos perdimos en el bosque. Pensé una vez más en lo diferentes que podían haber sido las cosas de no haber tomado determinadas decisiones. Tantos caminos que había perdido por no querer mirar más que en una dirección.

Nuestro primer beso me vino a la cabeza y le sonreí.

—No ocurrió mucho después.

Grace se sonrojó igual que esa tarde en la que me atreví y la besé.

—Lo sé, pero fue ese primer día, al llegar a casa, cuando le dije a mi hermana que iba a salir contigo, que un día te llevaría a cenar a casa en Navidad y...

—¿Y?

—Nada.

Escondió su mirada ruborizada en el cuello del abrigo.

—¿Grace?

Chasqueó la lengua y al final me lo confesó muerta de vergüenza.

—Y que me casaría contigo, ¿contento?

Nos reímos. Solo eran las palabras de una niña, pero sentí flotando la esperanza de Grace en el interior de la camioneta y me lo imaginé. Me imaginé casándome con esa chica preciosa y buena que me hacía bien. Compartiendo una vida con ella. Siendo feliz. Solo era una decisión más. Otro paso que antes o después llegaría. Una elección propia que me llevaba a todo lo que siempre había querido. Una chica bonita. Un amor sano. Una familia. Un hogar. Unas raíces asentándose entre nosotros.

Cogí su mano y le di un beso en ella. Después le sonreí.

—Creo que deberías darme cincuenta pavos. —Grace se echó a reír—. ¿Qué? Los has ganado gracias a mí. Sería lo más honrado, Grace Manson.

Su risa se cortó en el acto.

—¿Qué me has llamado?

Le guiñé un ojo a su rostro descompuesto y me encogí de hombros con indiferencia, pero de pronto me sentía más seguro que nunca, más tranquilo, más lejos del vértigo constante de sentirme a la deriva que me había proporcionado el amor hasta que Grace regresó a mi vida.

—Solo quería saber cómo sonaba.

Ella contuvo el aliento.

—Y... ¿cómo suena?

Aparqué el coche frente a nuestra casa. Me volví y sujeté la barbilla de Grace para que me mirase. Su respiración hacía visible su emoción. La mía no dudaba. ¿Una locura? Quizá lo fue. Al fin y al cabo, solo éramos dos jóvenes de veinticuatro años aprendiendo a ser felices. Tal vez me precipité. Puede que lo hiciera por motivos que no eran correctos o los más adecuados.

Sin embargo, aquella noche, rodeados de las luces navideñas de las calles que nos vieron crecer, con los ojos limpios y dulces de Grace fijos en mí y casi escuchando el latir de su corazón desbocado, fui plenamente consciente de que la quería. Y también de que casarme con esa chica era la decisión más sensata de mi vida.

—Suena perfecto.

Vi

Había llegado otro fin de año. Lo había hecho conmigo en otra fiesta. Con otras personas que apenas me conocían. Con otros vicios que regresaban cuando menos me convenían. Con otras amistades nuevas que, en realidad, jamás lo serían.

Salí de la casa a trompicones y busqué mi teléfono en el bolso. La pantalla me devolvió un montón de avisos, pero ninguno era el que yo buscaba.

Levi no iba a llamarme. ¿Qué motivos tenía para hacerlo? Lo había intentado en alguna ocasión después de nuestra despedida en Whitefish y yo no había respondido. Sus silencios habían pasado a ser míos y él los había entendido como un nuevo rechazo. No podía juzgarlo. Yo, si hubiera podido, también me habría rechazado a mí misma. Además, a esas alturas, ya sabría por las noticias lo que había sucedido. Apenas podía mirarme al espejo desde entonces.

Dudé y trastabillé en la acera. Quería irme a casa, pero ¿cuál era mi casa? Ni siquiera lo tenía claro. Seguía durmiendo en el cuarto de invitados de Jacob y Alexey, aunque, en el fondo, la constante sensación de que aquel no era mi sitio me acompañaba siempre. Mi historia con Damon ya no existía.

Hacía demasiado tiempo que no sabía nada de Camila. Heaven también formaba parte de mi pasado. Mi verdadero hogar estaba a muchos kilómetros de allí.

«¿Dónde vas cuando no tienes adónde ir?»

Me esforcé por alejar esa pregunta de mi cabeza.

Saqué el móvil de nuevo y lo busqué. Acaricié su nombre con los dedos. Luego hice algo que no era sano, pero que no podía evitar llevar a cabo de vez en cuando. Busqué el nombre de Grace en Facebook y esa red social que aún no entendía del todo me devolvió su foto, sonriente, abrazada a un Levi que parecía feliz. Al instante, vi una última actualización y el corazón se me aceleró. Era una foto. No de ellos. Era una mano. Era un anillo. Era una promesa. Era un principio.

Y un final.

Guardé el teléfono en el bolso y la respuesta se me mostró con claridad.

«Donde nadie sepa quién eres.»

Así que volví a la fiesta, porque allí era Vida Rose y nadie sabía quién era la chica a la que se le acababa de agrietar el corazón.

Las drogas se ocuparon de que doliera un poco menos.

La culminación de quienes quisimos ser (2008-2009)

LEVI & VI

2008
Marzo, Levi

Los Knicks jugaban contra los Mavericks. Nunca había sido un gran aficionado al baloncesto, pero Grace solía seguir la liga con su familia y se me había pegado esa costumbre. Además, era mi cumpleaños, así que juntarnos con los chicos en nuestra casa para ver un partido que no me importaba lo más mínimo me parecía un plan perfecto para empezar mis veinticinco.

Me encontraba terminando un trabajo en la nave de la empresa cuando dieron las seis. Debía irme a casa o Dave y Gillian llegarían antes que yo; siempre eran los primeros. Me lavé las manos y me pasé un segundo por el taller para echar un vistazo a un par de encargos que tenía a medias. Me gustaba entrar allí antes de irme de todos modos, como si observar ese espacio que era solo mío le pusiera el broche final a la jornada.

Estudié una pieza que me estaba costando de más, una mesa con forma de estrella para el jardín de los Moore. Sobre ella aún descansaba una pequeña figura de un oso. La había tallado tres días atrás mientras Vi cumplía años a kilómetros de distancia.

Ya no nos llamábamos. Hacía mucho tiempo que nuestros cumpleaños no tenían nada en común. No obstante, era un día en el que siempre me acordaba de ella.

Lo dejé todo como estaba y salí, no sin antes revisar el buzón que colgaba del muro de la entrada. En él me encontré algo que no esperaba.

Era una postal. A mi nombre. Y reconocía la letra apretujada, caótica, torcida, un poco como era Vi. Una letra que me daba una pista de dónde se encontraba. Una dirección en Beverly Hills hacia la que gritar en caso de que lo necesitara.

En la imagen, un niño sujetaba un muñeco de madera. Una instantánea que imaginaba que a Vi le había recordado a mí. Le di la vuelta y leí la única frase que había escrito en ella. Tres palabras que me hacían viajar muchos años atrás y que casi pude oír con su voz de niña.

¡Feliz cumpleaños, tonto!

Sonreí. De alguna forma, ella había encontrado la manera de que siguiéramos juntos en un día que en el pasado había marcado nuestras vidas. Era un paso. Era un «mis silencios han terminado» por parte de Vi. Una señal de que aún nos unía algo, por muy frágil que fuera. Era un regalo. Al menos, yo lo sentí como tal y decidí devolverle uno en la misma medida.

Cogí la talla de madera y me la metí en el bolsillo.

• V •

Como era de esperar, Dave y Gillian fueron los primeros en llegar. Nos sentamos alrededor de la mesa del salón, me felicitaron y brindamos por mí mientras hacíamos tiempo hasta que Grace regresara del trabajo y Markus pudiera escaquearse del bar. Ninguno miró el partido en la televisión más de dos segundos seguidos.

Cuando oí el sonido de la puerta, miré al pasillo y vi a Grace acercándose con una sonrisa preciosa.

—¿Cómo lleva el día el cumpleañero?

—Ahora, mejor.

Me revolvió el pelo y le pellizqué la cintura. Se rio como una niña y me dejó un beso rápido en los labios antes de quitarse el abrigo y encerrarse en el dormitorio para ponerse cómoda.

Un par de minutos después, el timbre sonó y Markus apareció cargado con dos cajas de cartón de las que sobresalían botellas y un olor delicioso a comida recién hecha.

—El del cumpleaños, mueve el culo y ayúdame con esto.

Lo obedecí y disfruté con mis amigos de una velada perfecta, aún con el eco de una voz en mi cabeza susurrándome al oído cuando soplé las velas.

• V •

Esa noche nos acostamos tarde, pese a que madrugábamos al día siguiente. La culpa fue de Dave, que nos obligó a montar un concurso de karaoke improvisado del que ni yo me libré. De él y de las cervezas que se convirtieron al final en alguna que otra copa.

Mientras me desnudaba pensaba que había sido un gran día. Me había escapado del trabajo en la hora de la comida para celebrarlo con mi familia y por la tarde lo había hecho con las otras personas que también la formaban, aunque no fuera por lazos sanguíneos. Estaba rodeado de gente que me quería y me gustaba mi vida.

Disfrutaba con mi trabajo. Con Grace no solo la convivencia era sencilla, sino que, además, ella respetaba ese espacio que muchas veces me pedía el cuerpo y que me hacía cerrarme un poco en mí mismo. Cuando eso sucedía me escapaba al taller y tallaba sin descanso. Mi introspección se evaporaba con la madera lijada hasta que me encontraba con fuerzas para regresar a esa rutina. Entonces ella siempre me estaba esperando con una sonrisa y los brazos abiertos. Por eso iba a casarme con esa chica. Por eso y por muchos otros motivos no me costaba admitir que era feliz.

Sin embargo, tampoco podía ignorar que el broche para que el día fuera perfecto lo había puesto esa postal inesperada. Recordé que la pequeña figura de madera seguía en el bolsillo de mi abrigo.

Con Grace ya entre las sábanas, me senté al borde de la cama y me quité la camiseta. No estaba nervioso, solo... solo necesitaba compartir con ella lo que sentía en ese instante. Porque para que nuestra relación funcionara era importante que yo callara lo mínimo y ambos lo sabíamos. Ambos teníamos nuestras debilidades y debíamos conocer y respetar las del otro.

—Grace...

—¿Sí?

Cerré los ojos, cogí aire y lo solté sin darle más vueltas.

—Quiero invitarla a la boda.

No hizo falta que le pusiera nombre.

Oí sus movimientos entre las sábanas. Su respiración acelerada. Sentí sus miedos y los entendí.

—Si no quieres, no lo haré, lo sabes y solo tienes que decirlo. Pero necesito que sepas que me gustaría hacerlo.

—Es importante para ti.

No fue una pregunta, porque ambos sabíamos que se trataba de una certeza. Algo que, pese a que lo nuestro fuera hacia delante y no tuviera dudas de mis sentimientos por ella, siempre estaba ahí. Era mi maleta. Todos llevamos un equipaje a cuestas, y Vi para mí era uno enorme, pesado y en ocasiones incómodo, pero que arrastraba conmigo.

Antes de volverme para pedirle perdón a Grace y retirar mis palabras, las suyas me demostraron una vez más que mis decisiones habían sido un acierto.

—Hazlo. Jamás podría negarte eso.

La abracé por detrás y le dejé un beso en el pelo.

Sentí que la quería más que nunca. Y lo hacía, de verdad que lo hacía, aunque eso no siempre parezca suficiente.

Mayo, Vi

—Levi Manson y Grace Allen la invitan a su enlace...

Leí el texto una y otra vez hasta que noté que me sudaban las manos de toquetear el papel. Era una invitación sencilla, en tonos crema y con las letras en verde. Un pequeño lazo rosa cerraba el sobre. Asumí que yo jamás firmaría una como aquella con mi nombre. Solo de pensarlo me hacía sentir atada de un modo que me ahogaba.

¿En qué momento nuestras vidas se habían alejado tanto? ¿En qué instante mi camino se había convertido en uno de arenas movedizas mientras el de Levi parecía un sendero en calma?

Dejé la invitación sobre la mesa y me encendí un cigarrillo con dedos temblorosos.

—¿Algún problema, Violet?

La pregunta de Jacob me sacó de las montañas de Montana y regresé al lugar donde estábamos. Pestañeé y observé el jardín a través de las cristaleras del salón.

—No, ha quedado fantástica.

Jacob sonrió y se sentó en mi nuevo sofá color lila.

Estábamos en la casa que me había comprado. Después de meses sintiéndome una niña de acogida bajo la tutela de Jacob, había tomado la decisión de hallar un hogar que de verdad sintiera mío. Y, por una vez en la vida, no había actuado por un impulso, sino que había buscado hasta encontrar la casa que encajaba conmigo.

Se encontraba en Beverly Hills, tenía un jardín precioso, una piscina y más baños de los que una sola persona podía necesitar. Sin embargo, no la había escogido por esos lujos, sino por sus techos altos, por la luz que entraba por los grandes ventanales y por la intimidad que daban los árboles que la rodeaban. Casi parecía un escondite entre montañas, pese a que las palmeras abundaran. Me hacía gracia que hubiera acabado buscando la misma sensación que me aportaba el hogar del que había huido.

Pese a que la vendían amueblada, Jacob me había ayudado los últimos tres meses a darle mi toque personal para sentirla más mía, y el resultado era increíble.

Miré a aquel hombre maniático y tímido que se había convertido en un pilar para mí y la voz se me rompió al compartir con él aquella bomba que había llegado en un florido sobre.

—Me ha invitado a su boda.

—¿Y cómo te sientes?

—Como si me estuvieran arrancando un trozo de piel.

Jacob me sonrió con ternura y se levantó hasta rodearme los hombros. Con los tacones que llevaba le sacaba una cabeza, así que nuestro abrazo resultaba un tanto extraño.

—Esa es otra ventaja de que seas una víbora, que mudas la piel —bromeó, refiriéndose a los últimos comentarios que habíamos leído de mí en la prensa; luego se puso serio—. Eres la persona más fuerte que he conocido, Violet, y ahora te toca demostrártelo una vez más.

Asentí, acepté el beso que me dejó Jacob en la mejilla y lo acompañé a la salida.

Cuando regresé, cogí de nuevo la invitación y la giré entre mis dedos. Había sido la primera carta que recibía allí, y no había llegado sola. Saqué la figura de madera del bolso y la coloqué sobre la encimera de la chimenea. Era un oso igual a los que tanto temíamos y con los que Levi compartía sus apreciadas montañas. Lo había asustado infinidad de veces fingiendo encontrarme con uno. Y ahora allí estaba, en mi nuevo hogar, recordándome que aún tenía otro. Solo debía evitar que se me olvidara.

Junio, Levi

—¡Vamos, Levi! No seas cobarde.

Markus y Dave me jaleaban como los animales que eran. Yo cogí aire, me llevé el vaso a los labios y me bebí el contenido con los ojos cerrados. Al instante el calor del alcohol me atravesó la garganta y cayó como una losa en mi estómago. Ya no tenía duda alguna: acabaría la noche vomitando.

Estábamos celebrando mi despedida de soltero. Me habían sacado del trabajo y arrastrado hasta meterme en una camioneta. Unas cuantas horas después tenía un embudo en la boca por el que colaban cerveza mientras gritaban las ganas que tenían de disfrutar de esa escapada.

Sonreí al ver a Markus bailando una versión muy alcoholizada del último éxito de Britney Spears al lado de la hoguera. Las montañas a lo lejos aún tenían los restos de la nieve que la primavera no había logrado deshacer y a nuestra espalda las tiendas de campaña no confiaban mucho en que alguien las ocupara esa noche. Pese a ser junio, hacía tanto frío como para que Dave no se hubiera quitado los guantes. Tampoco importaba. Era un plan perfecto.

Había tenido miedo cuando Markus y él se habían emocionado ante la perspectiva de organizar mi despedida de soltero. Los había pillado mirando vuelos a Las Vegas y entradas para clubs de estriptis, plan que no iba para nada conmigo y que me agobiaba solo con imaginármelo. También, haciendo una lista interminable de invitados que me había inquietado; antiguos compañeros de clase, trabajadores con los que compartía la mayor parte del día pero que no cruzaban la línea a la amistad, algunos familiares a los que apenas trataba. Siempre he sido un tío tirando a solitario; mi círculo de confianza ya era reducido por entonces y me gustaba que fuera así. No necesitaba más. Siempre he creído que una colección de tres monedas valiosas es mejor que una de cien que no valen nada. Por eso la perspectiva de ser el centro de atención durante un día con personas que conocía, pero con las que tampoco me sentía seguro del todo... me resultaba angustiosa.

Sin embargo, aquel día descubrí que solo habían sido tonterías para mantenerme engañado. Aquellos dos conocían incluso mis debilidades y las aceptaban, y por eso eran mis mejores amigos. Por ese motivo solo estábamos nosotros tres de acampada en la montaña; nosotros y una cantidad indecente de comida y bebida que acabaría matándonos. Nadie más. Nada más. Y sentía que lo tenía todo.

—Debería odiarte. —Markus me sacó de mis pensamientos y le pregunté a qué se refería con los ojos—. Ahora Gillian no deja de lanzarme indirectas. «Qué bonito sería casarse en la época del deshielo, Markus» —la imitó con gracia—. «Qué afortunada es Grace por poder ponerse un vestido tan precioso al menos una vez en la vida.»

Fingió un escalofrío y nos reímos. Me encendí un cigarrillo y miré a Dave cuando lanzó una pregunta que hizo que la conversación se volviera más seria.

—¿Fue difícil?

—¿El qué?

—Tomar la decisión.

Recordé mi historia con Grace desde los inicios y negué con la cabeza. Con ella nunca nada lo había sido. Con Grace encajar, dejarse llevar por la inercia y hallar una tranquilidad en la que vivir era sencillo.

—No. Simplemente, supe que tenía que hacerlo.

—Pero ¿quieres?

La pregunta de Markus me desconcertó. Lo miré a los ojos y vi en ellos la sospecha que siempre brillaba cuando hablábamos de mis sentimientos. Me recordaba a un animal al acecho.

—Si no quisiera, no lo haría. ¿A qué viene eso?

A Dave se le resbaló el vaso entre los dedos, se mojó las botas y se echó a reír. Estaba bastante pedo.

—Yo jamás me casaré. Soy un lobo salvaje. Auuuuu...

Aulló con el rostro alzado a la luna y rompió esa tensión que no comprendía del todo. Minutos después los tres nos estábamos riendo a carcajadas por otra cosa que ni siquiera recuerdo.

Pese a ello, en mi cabeza los ojos de Markus me recordaban que me conocía muy bien. Casi mejor que yo mismo.

Una hora más tarde la hoguera estaba en las últimas y mi hígado también. Dave farfullaba incoherencias sobre una chica que había conocido en el trabajo y que lo traía de cabeza, y Markus mandaba mensajes obscenos a Gillian sin ocultar su sonrisa bobalicona.

Éramos tres desgraciados.

En un momento dado, recordé que me habían confiscado el teléfono como castigo y refunfuñé como un niño.

—Yo también quiero —le dije a Markus.

Él no se lo pensó demasiado. Se levantó, recuperó mi móvil de su mochila y se encerró con el suyo en el interior de una de las dos tiendas, esperaba que no para dar rienda suelta a las promesas subidas de tono que le estaría haciendo a su novia.

—Solo tienes una llamada, Levi —susurró Dave entre hipidos que me hicieron reír—, como en la cárcel.

Me alejé del campamento y me interné entre los árboles. Notaba las manos heladas, pero apenas percibía el frío. Apoyé la espalda en un tronco grueso y me dejé caer hasta el suelo. Me sentía bien. Iba a casarme con una chica preciosa y buena y no tenía dudas. Íbamos a tener una buena vida. Me encantaba vivir en Whitefish, la tranquilidad de un entorno conocido en el que me movía seguro, las noches silenciosas y la sensación familiar que me acompañaba entre sus calles. Tenía la certeza de que seríamos felices. Una boda. Una casa más grande con jardín. Un perro con el que pasear por los bosques cuando necesitara pensar. Quizá, incluso, un par de críos. Las cosas por allí se hacían de esa manera, pese a que otros creyeran que éramos demasiado jóvenes. Los chicos que no estudiaban trabajaban pronto, formaban familias y seguían las tradiciones que les habían inculcado desde pequeños. Mi familia y la de Grace eran así, y nosotros nos sentíamos cómodos en ese papel.

Pulsé una tecla y la pantalla se iluminó, mostrándome una imagen de nosotros dos. Nos la habíamos hecho una tarde cualquiera antes de ir al bar de Markus a tomar algo. Me gustaba porque en ella nos reconocía y no era algo que me ocurriese siempre con las fotografías. Grace salía sonriendo con esa timidez que en ella resultaba encantadora y yo con los ojos entrecerrados y la mirada perdida. En esa foto no había fingido, pese a que ella se hubiera quejado de que nunca me esforzaba por salir decente. Pero es que en eso consistía, ¿no?, en poder ser yo, aunque no me hiciese perfecto. Y yo era callado y serio, pese a que a veces resultara hosco.

Me di cuenta de que a menudo lo intentaba; me esforzaba. Daba pasos al lado de Grace sintiendo que vestía un disfraz que no me representaba. Me desvivía por ser el hombre que ella necesitaba, el que quería y el que merecía, aunque tuviera que esconder parte de lo que también era para lograrlo.

Comencé a ponerme nervioso. Tiré de un pellejo que tenía alrededor de la uña hasta hacerme sangre. El alcohol se me subió a la cabeza de repente.

Eso sucedía, estaba demasiado borracho como para pensar con claridad. No tenía razones reales para cuestionarme nada. Toda la culpa era de Markus por lanzar acusaciones veladas.

Pulsé una tecla y busqué su nombre. Lo acaricié por encima, como si pudiera tocar con ese gesto todo lo que Grace y yo éramos.

Joder, había bebido demasiado.

Alcé el rostro y miré la luna. Apenas se veía su rastro tras unas nubes oscuras. Entonces recordé una noche, hacía mucho tiempo, en la que una chica de ojos felinos y yo nos prometimos siempre compartirlo todo, incluso lo malo. Una chica que me decía que la luna, cuando se escondía, era porque estaba triste.

«Todos tenemos derecho a estar tristes, Levi, ¿por qué no lo entiendes?»

Suspiré y cerré los ojos. Claro que lo entendía.

Al abrirlos, me encontré buscando otro nombre entre los contactos y pulsando una tecla.

Cuando descolgó el teléfono, solo me encontré el sonido de una respiración.

—¿Vi?

Soltó el aire contenido y sentí mi corazón bombeando más fuerte. Más vivo.

—Hola.

El alivio se extendió por mi piel.

—Hey, hola. No sabía si responderías.

—Ya ves que sí.

Llevábamos meses sin hablar. Yo le había mandado la invitación de boda, en la que se rogaba confirmación, y no había obtenido respuesta.

Después de descubrir la noticia sobre su aborto había intentado contactar con ella sin éxito. Necesitaba hacer preguntas, aunque, principalmente, necesitaba saber que estaba bien, pero ella me lo había negado. Todo indicaba que volvíamos a estar a años luz el uno del otro y, sin embargo, ahí estábamos; ella, tumbada en una cama en Los Ángeles; yo, ebrio en mitad del bosque. Ella, en la cima del mundo; yo, en un rincón perdido del mismo a punto de casarme. Y, pese a todo, nos habíamos encontrado.

—No sé por qué te he llamado, yo... estaba mirando la luna y...

—¿Estás borracho?

Sentí su sonrisa y se me dibujó una sin darme cuenta.

—Es mi despedida de soltero. Me han dejado hacer solo una llamada, como si fuera un preso.

—Y me has llamado a mí para que pague la fianza.

Me mordí el labio y mi sonrisa se desvaneció. Busqué un cigarro en los bolsillos de la cazadora con nerviosismo y lo encendí. ¿Por qué cojones lo había hecho? ¿Por qué, pese a que tenía una vida que deseaba y que era sencilla, cómoda, tranquila, tendía a complicármela en cuanto me dejaba llevar por mis instintos? ¿Por qué siempre, cuando dudaba de todo, volvía a ella?

—Sí. Vi... necesito... Necesito saber...

—No —respondió tajante, pese a que noté el temblor de su voz—. No me lo preguntes, Levi, por favor.

Caí en la cuenta de a lo que se refería. Pensé en su dolor,

en su pérdida, en lo que quizá ambos habíamos perdido, y negué con la cabeza. Ni siquiera me importaba. Bueno, o al menos, no en aquel momento. En aquel instante mi cabeza no estaba centrada en los errores pasados, sino en el futuro. Uno que, de pronto, se me había hecho cuesta arriba y había echado en falta la mano de Vi para ayudarme a alcanzarlo.

—¿Vas a venir a la boda?

Se rio, aunque no era una risa feliz.

—Créeme, no es una buena idea.

Chasqueé la lengua y me convertí en el niño de diez años que se sentía mucho más seguro al lado de la Vi de ocho. Siempre juntos. Siempre apoyándonos y siendo sustento del otro.

—Pero necesito que vengas. No soporto la idea de que no estés en un día tan importante en mi vida. No soportaré mirar atrás y recordarlo sin ti. ¿Es que no lo entiendes?

El silencio nos envolvió, hasta que Vi dijo lo único que necesitaba escuchar para poder levantarme de allí y seguir hacia delante.

—Lo intentaré.

• V •

Cuando regresé, Markus bebía frente al fuego. Dave, en cambio, dormía con la cabeza sobre una bolsa de patatas fritas. Me senté a su lado y su tensión me golpeó antes que sus palabras.

—No has llamado a Grace.

Aparté la mirada y me sentí culpable, pero eso no evitaba que me molestara que se metiera en mi vida. Al fin y al cabo, él no lo comprendía. Nadie podía hacerlo. Solo nosotros.

—Métete en tus asuntos, Markus.

Maldijo entre dientes y se volvió sin ocultar su enfado.

—Tú eres asunto mío. Y Grace también. Sois mis mejores amigos. Y ella es tóxica. Hace mucho tiempo que no es buena para ti, Levi. ¿No te das cuenta?

—Pero es Vi —le dije, como si esa fuera una explicación suficiente.

No obstante, Markus fijó sus ojos alcoholizados en mí y sus palabras se me quedaron grabadas.

—No, no es Vi. Es Vida Rose.

Quizá tuviese razón. Tal vez la Vi que había crecido conmigo ya no existía. Pese a ello, Vida Rose era la única que podía traerla de vuelta. Y, por alguna razón, sentía que solo podía decir que sí a Grace mirando a los ojos a mi pasado y diciéndole con los míos que se acabó.

Agosto, Vi

Llegaba tarde, pero nadie podía reprochármelo. Al fin y al cabo, me había escapado de un rodaje para asistir a una boda.

Me vestí en el baño del hotel y me peiné como pude. El maquillaje aún me duraba como para no parecer un zombi trasnochado. Me lavé los dientes con el dedo y, antes de salir, me saqué una bolsita del sujetador.

Cuando la coca entró en mi cuerpo, suspiré y sentí que todo estaba bien. Más o menos. Menos que más, pero me ayudaba a olvidar lo que fuera que me doliera por dentro. Tenía que dejar esa mierda, pero trabajaba demasiado y me mantenía activa.

Cuando salí del lavabo, sentí la mirada de admiración de la recepcionista puesta en mí.

—Dios... Me encanta tu vestido. ¿Es un Koko original?

Asentí.

—Gracias. Voy a una boda.

—¿Te importaría...?

—Claro que no.

Sonreímos con complicidad y me hice una foto con ella antes de colarme en el salón en el que me esperaba Malcolm, el gorila de seguridad que había contratado después de mi separación de Damon, para acompañarme al lugar en el que se celebraba la ceremonia. Alzó la mirada y me traspasó con sus ojos azul cielo.

—Estoy tan impresionante que te dejo sin habla, ¿no?

No se inmutó, aunque ya nos conocíamos como para saber que sonreía entre dientes.

Pese a sus silencios, me gustaba su compañía. El estreno de *Becca y los caídos* había sido un éxito tan brutal que mi fama había crecido más todavía. Mi inseguridad, también. Sin Damon y su equipo siempre a mi alrededor, me sentía demasiado vulnerable y me había visto obligada a contratar a Malcolm.

• V •

Mi carrera iba mejor que nunca. Al cierre de la trilogía apocalíptica le habían seguido nuevos contratos, algunos más interesantes que otros, pero era afortunada como para poder elegir los que consideraba que más podían aportarme. Me esperaban meses de trabajar sin parar, de viajes, de eventos, de aprendizaje. Y, pese a que a veces la soledad me consumía, me sentía realizada en ese aspecto. Por fin creía que lo había logrado; había alcanzado esa sensación que me permitía estar en paz conmigo misma y era un estado increíble.

En cambio, a nivel personal, la estabilidad se me seguía resistiendo. Si me preguntaban en alguna entrevista si tenía amigos, podía recitar una lista interminable de nombres, muchos de ellos conocidos, pero, en el fondo, cuando llegaba a casa no me apetecía estar con ninguno. Todas las relaciones me parecían superficiales, cubiertas por una pátina falsa que en cuanto la rascaba dejaba a la vista que debajo no había nada. Si me preguntaban por el amor, me reía con picardía y susurraba el nombre de turno con el que compartía cama, pese a que solo se trataba de eso y nunca duraba más de unas semanas. En realidad, era peor que eso, porque la mitad de las veces no recordaba de quién era la boca que besaba.

En esa época volví a salir de más, a olvidar las carencias entre vicios que dejaban mi cuerpo para el arrastre y a tener que lidiar con el arrepentimiento cada día cuando abría los ojos y recordaba lo que había hecho la noche anterior. Disfrutaba, pero la satisfacción se evaporaba con demasiada rapidez y dejaba un poso un tanto decadente del que me costaba desprenderme.

Estaba alimentando al personaje de mí misma que había creado mientras por dentro me comían mis propios monstruos.

No me importaba demasiado. Solo deseaba borrar de mi cabeza la derrota que sentía cada vez que me imaginaba a Levi casándose con Grace y creando un hogar. Solo deseaba dejar de sentir.

• V •

Cuando llegamos a la villa en la que se celebraba el enlace, cogí aire y me bajé del coche con una sonrisa. Malcolm sujetaba la puerta y se despidió de mí en la entrada. Allí contaban con su propio servicio de seguridad y no lo necesitaba.

—Pensé que no llegabas.

Cogí a Jacob del brazo y noté que le temblaban las manos.

—Lo siento. El director de *Luna añil* es más maniático aún que tú. Todas las tomas del día tienen que ser pares.

Nos reímos con complicidad y me fijé bien en su rostro. Estaba atacado pero emocionado. Iba a casarse con el amor de su vida, qué menos que mostrarse asquerosamente feliz.

Lo abracé y lo acompañé donde lo esperaba su madre.

Pese a que era una mujer de valores tradicionales, había aceptado con entusiasmo la noticia de que su único hijo iba a casarse con otro hombre. Apenas tres meses atrás el estado de California había aprobado la ley que permitía el matrimonio entre personas del mismo sexo y Jacob y Alexey no habían dudado; serían de esas parejas que celebrasen por todo lo alto su amor. Poco después la proposición 8 negaría de nuevo ese derecho hasta cinco años más tarde, pero, al menos, durante un día y los tres meses que lo siguieron, ellos se sintieron realmente libres.

Si lo recuerdo, asumo que fue un día perfecto. La comida estaba deliciosa, el lugar escogido era precioso y la familia de Jacob me hizo sentir que yo también formaba parte de ella. Escuché los votos que se dedicaron con la emoción atravesada en la garganta. El amor inundó cada rincón de la villa y nos rozó a todos.

No obstante, mi cabeza no me daba tregua. Observando a los novios con las manos entrelazadas bajo un arco de flores, yo pensaba en otros. Me imaginaba la boda de Levi y Grace, una semana atrás, y la calidez se convertía en otra emoción que me costaba gestionar. El primer beso de Jacob y Alexey me hizo cerrar los ojos para apartar de mi mente otro, otro de unos novios recientes que no había visto, pero que sentía en mi interior como cristales afilados cortando lo que encontraban a su paso.

Y cuando el baile terminó, llegó la hora de despedirme y Jacob me susurró lo orgulloso que estaba de tenerme en su vida mientras me daba las gracias por haber asistido, yo recordaba con tristeza los motivos de que Levi jamás pudiera decirme algo tan bonito.

• V •

El vestido era precioso. Era un diseño que había escogido con Koko para la ocasión, de color azul claro, drapeado en la falda y con un escote cuadrado. No era mi color favorito, pero, cuando me miré en el espejo con él, me sentí más Violet y menos la chica de la alfombra roja que muchos admiraban. Y reconocerme me gustó.

Me costó poco hacer el equipaje; al fin y al cabo, solo iba a pasar tres días en Whitefish y aún tenía ropa allí que me resultaba más cómoda que la que solía vestir en Los Ángeles. Una parte de mí se moría de ganas de ponerse unas deportivas y mi viejo peto vaquero.

Pese a ello, lo tenía todo organizado una semana antes. Estaba nerviosa. ¿Qué digo «nerviosa»? Me encontraba histérica. Y quizá no por los motivos adecuados. Levi se casaba, sí, pero él me había llamado a mí en vez de a Grace la noche de su despedida de soltero y eso no se me iba de la cabeza. Quería verlo. Necesitaba tenerlo delante, mirarlo a los ojos y preguntarle si aquello era lo que deseaba hacer. No quería joder lo suyo. No pretendía hacerlo infeliz. Solo... solo ansiaba saber, tener la certeza de que su decisión era la correcta. Cerrar un ciclo. No lo sé. Y nunca lo haré, porque, días antes de que yo cogiera ese avión, recibí una llamada que cambió las cosas para siempre.

Salía de la ducha cuando el teléfono sonó. Estaba en albornoz y me secaba el pelo con una toalla cuando vi su nombre en la pantalla y noté el cosquilleo en el estómago antes de que se propagase por mis extremidades.

—Hey, chico de las preguntas.

—¿Aún lo quieres?

Su voz hizo que la toalla se me cayera de las manos. No era la de Levi, un poco áspera, susurrada y lenta. Era otra. Era una que conocía bien, pese a que nunca habíamos hablado demasiado entre nosotras. Una dulce, armónica y delicada.

Y sus palabras no eran solo una pregunta. Eran una emboscada, porque ni yo misma me había atrevido a hacérmela en alto en los últimos años.

Cogí aire, cerré los ojos y me miré por dentro. Abrí mi corazón y se lo mostré a una Grace mucho más valiente de lo que había sido yo.

—Sí.

Afirmarlo a viva voz provocó que el vértigo fuese tan intenso que tuve que sentarme.

—Pues deja que lo haga feliz.

Apreté los dientes al asumir lo que Grace me estaba pidiendo. Lo que me estaba echando en cara con solo seis palabras. Lo que me estaba empujando a aceptar.

—No vengas a la boda, Violet.

Su desesperación se coló por el temblor de su voz. Sus miedos. Sus debilidades; todas las relaciones las tienen, ninguna es perfecta, y en su historia yo era la más grande. Yo era una grieta enorme y Grace acababa de confesarme que podía hacerla pedazos.

—¿Por qué no debería hacerlo?

—Porque no es justo.

¿Justicia? ¿Grace me estaba hablando de justicia? Me reí con desdén.

Recordé que ella no había jugado siempre limpio y me tensé. Ya ni siquiera me importaba, pero la espina seguía clavada y era lo único que tenía. Necesitaba agarrarme a algo, lo que fuera, para no aceptar que se acababa. Además, en ese momento me sentía un animal rodeado al que ella intentaba guardar en su jaula.

—Tú no fuiste muy justa en Seattle.

Noté su azoramiento y me apreté la frente con dos dedos. Lo recordé todo. Un beso que no vi, pero que dolió en lo más hondo. A Levi y a mí rompiéndonos en su camioneta antes de marcharme para no regresar en demasiado tiempo. Nuestra vida girando en sentido contrario por ese instante que nos había marcado.

—Yo... lo siento, Violet. Siento mucho lo que pasó en Seattle. Habíamos bebido y Levi siempre ha sido importante para mí. Intenté besarlo, pero me apartó y rápido puse los pies en el suelo. Fue una estupidez. Y me arrepiento, de verdad.

Sentí las palabras de Grace latiendo en mis sienes. Flotando a mi alrededor. Paralizando mi mundo y dándole una forma nueva. Una en la que era cierto que Grace había besado a Levi, pero en la que él nunca respondió. Una en la que descubría que nuestra ruptura no había sido porque él dudara de sus sentimientos o me hubiera engañado con otra, sino porque ya no lo hacía feliz. Una en la que Levi me había mentido para acabar con lo nuestro.

Una hora después aquel maravilloso vestido azul cielo estaba guardado en el fondo de mi armario. ¿Y yo? Yo me sentía más a la deriva que nunca.

Octubre, Levi

Me casé con Grace un caluroso día de verano. Ella estaba preciosa. Yo, medianamente elegante. Nuestras familias, felices. Nuestros amigos se emborracharon antes de la comida. El viejo Russell leyó un texto precioso que nos emocionó a todos, por mucho que él farfullara maldiciones entre dientes al ver nuestras reacciones. Comimos tarta. Brindamos. Bailamos. Nos hicimos promesas frente a nuestros seres queridos. No fue una gran fiesta, solo un encuentro íntimo de unas treinta personas que compartieron que dos se querían. Un enlace de gente joven que aún respetaba las tradiciones.

Fui feliz. De la mano de Grace aquel día sentí que todo estaba bien. Correcto. Tranquilo.

Y, pese a todo, cuando comprobé por última vez que no había ni rastro de Vi entre los invitados, tuve que acallar el deseo en mi interior de querer estar en cualquier otro lugar en vez de allí.

• V •

—¿Qué es?

Grace me preguntó por las cartas que tenía entre las manos y las junté en un montón con indiferencia.

—Nada. Facturas. ¿Te vas?

—Sí, he quedado con mi hermana. Te veo luego.

Me dio un beso y se fue. Olía a lavanda y a hogar.

Cuando me dejó solo, busqué la postal escondida entre los demás sobres y la leí con calma, como si entre esas pocas palabras encontrara mucho más.

La compré porque me recordó a mí.
Feliz vida, señor y señora Manson.

Era una ilustración infantil de un pingüino. Estaba solo sobre una bola del mundo. A mí también me recordaba a Vi. También a nosotros hablando de pingüinos fieles para toda la vida. Quizá esa imagen era más representativa de lo que parecía.

Me levanté, la guardé en el bolsillo de los vaqueros y me marché al taller.

Era una semana tranquila. Últimamente cogía menos encargos para pasar más tiempo con Grace; ella había encontrado un trabajo en un museo de Kalispell y era el modo de poder pasar unas horas juntos.

No obstante, aquel día necesitaba tallar algo. Lo que fuera. Pensando en Vi como un pingüino solitario haciendo el mundo suyo necesitaba sacarme las sensaciones de dentro y el único modo de hacerlo que conocía era con la madera.

Cuando me marché ya era de noche. Guardé la postal en una caja metálica junto a la otra que había recibido meses antes y giré la pieza entre mis dedos. No era la primera vez que tallaba un pingüino, pero ese no se parecía demasiado al primero que había creado. Ese era más profesional; sus líneas, más suaves, sus detalles, más precisos; una demostración de mis años de experiencia. Pensé en el que le regalé hacía mucho tiempo, cuando aún nos queríamos por encima de todo; su pico me había salido rugoso y la base no era recta. Y, aun así, con los ojos mágicos de Vi se veía perfecto.

Por un instante me los imaginé a los dos juntos. Dos piezas de madera que encajaban, pero asumí que no lo hacían, porque eran demasiado diferentes aun habiendo salido ambas de mis manos.

La guardé en la caja junto a las postales y el ruido del metal fue lo único que rompió el silencio antes de marcharme.

2009
Enero, Vi

Todo el mundo sabe que 2009 fue el año de Vida Rose.

Cuando más sentía que tocaba fondo en lo personal mejor me iba en lo profesional.

«Céntrate en tu carrera, no hay nada mejor que el trabajo para curar un corazón roto.»

Ese había sido el consejo de Jacob e intenté aplicarlo lo mejor que supe. Me volqué tanto en ello que conseguí encumbrar más aún al fenómeno que acompañaba a mi nombre. No sabía cuánto iba a durar aquello, así que me dije que debía aprovechar el momento todo lo que pudiera y me lo tomé realmente en serio.

Se estrenaron nada menos que tres películas conmigo como protagonista y una de ellas obtuvo varias nominaciones a los Oscar: mejor actor de reparto, mejor diseño de vestuario y mejor diseño de producción. Celebramos que nos llevamos la estatuilla de la segunda categoría en una gran fiesta en la que acabé con un tacón roto, un tobillo torcido y un romance que, después de tantas idas y venidas, me duraría unos cuantos meses y que me mantendría de nuevo en el foco de la prensa sensacionalista, aunque en esa ocasión lo hacía por otros motivos muy distintos.

Se llamaba Alessandro Andrani y era el hijo del dueño de una bodega de renombre, además de muchos otros negocios que hacían que su familia fuera una de las más ricas de Italia. La clase alta de la sociedad tonteando con una actriz de fama cuestionable.

Las revistas se llenaron los bolsillos.

Alessandro tenía los ojos negros, el pelo espeso y, pese a que acababa de cumplir los veintitrés años, ya llevaba un traje como nadie. Fue su mano la que apoyó una bolsa de hielo en mi tobillo hinchado y la que me hizo tocar el cielo unas horas después en la *suite* del hotel.

De algún modo, cuando ya pensaba que echaba tanto de menos a Levi que el corazón me iba a reventar, Alessandro fue quien me mostró la cara más divertida de la vida. Volví a moverme como pez en el agua de fiesta en fiesta, pero no de la forma en la que lo hacía con Damon, sino de una manera más sana y solo cuando mis responsabilidades me lo permitían. Con Alessandro todo eran risas, caricias y no existían las preocupaciones. Con él descubrí que hacer realidad mi sueño también podía ser bonito, estimulante y que tenía la capacidad de hacerme muy feliz.

Supuestamente, Alessandro trabajaba como imagen de la empresa familiar visitando a clientes que pudieran estar interesados en sus productos, pero en realidad su vida se resumía en viajar y en disfrutar de ella al máximo. Era guapo, un encanto y no se tomaba nada demasiado en serio, ni siquiera a sí mismo. Tampoco a mí. Por eso acepté cuando una tarde, apenas días después de conocernos, me pidió que me marchara con él a Roma.

—¿Estás loco?

—Sabes que sí. —Me reí; su mano estaba apoyada en la curva de mi trasero desnudo; era el tercer hotel en el que nos encontrábamos—. Pero también que es una idea increíble.

Tú... yo... la Fontana de Trevi de fondo y nosotros cumpliendo deseos...

Me besó el cuello y exploté en carcajadas. Todo con él parecía sencillo, un juego, un regalo. Y hacía demasiado tiempo que no veía el lado bueno de las cosas.

—Tengo que trabajar.

—No seas mentirosa. Acabas el rodaje pasado mañana y tienes dos semanas hasta comenzar con el nuevo. Pásalas conmigo. Deja que te enseñe mi hogar.

Pestañeé un poco descolocada. Supongo que no estaba muy acostumbrada a que me escucharan. Con Damon ya podía pegarle un calendario perfectamente explicado en la frente que jamás sabía en qué estaba trabajando y tampoco le importaba. Pero él no era Damon. No se parecían en nada. Tampoco a Levi. Quizá por ese motivo lo dejé colarse en mi vida con tanta facilidad.

Miré a Alessandro y me dije: «¿Por qué no?», al fin y al cabo, me merecía un paréntesis y eso era lo que él me estaba ofreciendo. Unas vacaciones, daba igual el tiempo que estas durasen.

—Claro. Hagámoslo.

Y en eso se convirtió Alessandro para mí, en un paréntesis que me ayudó a reconducir mi vida y a conocerme un poco mejor.

Viajes, trabajo y sexo sin sentimientos; esos fueron los ingredientes de un 2009 que se convirtió en un escape de la realidad en toda regla.

Febrero, Levi

No sé cómo despedirme, no encuentro palabras...

Era una fotografía de la plaza de España y su escalinata. La cita la reconocí enseguida, se trataba de una frase de *Vacaciones en Roma*, una de las películas que más veces habíamos visto siendo unos críos. A Vi le gustaba imaginarse subida en una moto recorriendo sus calles y descubriéndolas igual que hacía Audrey Hepburn en la cinta. Solo que, en nuestro caso, no tenía muy claro si aquellas palabras se referían a la ciudad o a mí.

Era lo único que había escrito, pero tampoco necesitaba más. Sus postales se habían convertido en eso, en un secreto que compartíamos porque éramos incapaces de soltarnos del todo, pero me gustaba. Yo, de vez en cuando, le enviaba alguna figura de madera como toda respuesta. La última había sido un copo de nieve; solía imaginármelo colgado de su árbol de Navidad, aunque intuía que la vida de Vi no era una en la que su mayor preocupación en esas fechas fuese si su casa estaba lo suficientemente adornada o serían necesarias más luces. Además, sus postales me hacían entender que sus pasos cada vez llegaban más lejos. Al final habíamos conseguido lo que tanto anhelábamos: ella estaba recorriendo el mundo y haciéndolo suyo; yo, echando raíces en el único hogar que consideraba posible.

La mano de Grace en mi rodilla me hizo volver a la realidad.

Fijé la vista en las guías de viaje que estábamos estudiando sobre la cama y lancé una pregunta inesperada para los dos.

—¿Y si vamos a Italia?

La risa de Grace me hizo darme cuenta de lo extraña que era mi proposición.

—¿Estás pensando en Europa? Creía que Hawái ya era lo bastante atrevido para nosotros.

Sonreí. Ella tenía razón. Estábamos organizando una escapada para primavera. Nuestro viaje de novios se había aplazado por un problema de salud de su madre y después de meses de espera por fin parecía que íbamos a poder salir de la ciudad unos días.

Grace quería pisar la playa. Yo odiaba la arena, pero había aceptado porque me daba un poco igual dónde mientras lo hiciéramos. Al fin y al cabo, era un enamorado del aire de esas montañas y nunca había sentido deseos de conocer otros lugares. Siempre se da por hecho que a todo el mundo le gusta viajar, pero ¿qué ocurre cuando no es así? ¿Qué pasa si sientes que tu espacio es suficiente como para sentirte lleno y no tienes la necesidad de buscar nada más?

Sin embargo, imaginarme a Vi en rincones que solo había visto en las películas me había hecho plantearme la posibilidad de hacerlo yo también.

Me volví y vi el hombro desnudo de Grace bajo la bata medio abierta. El fino tejido de su sujetador malva incitaba a tocarlo. Me acerqué a ella y le dejé un beso en el cuello.

—Olvídalo. Hawái es perfecto.

Se estremeció. Le rodeé la cintura con un brazo y seguí besando su escote mientras sus suspiros lo llenaban todo. Me quité la camiseta y Grace se dejó caer sobre el colchón deshaciéndose por el camino de la bata y el camisón. Me apoyé a ambos lados de su cuerpo y admiré sus mejillas encendidas, sus labios entreabiertos, sus pechos endurecidos bajo la ropa interior. Era preciosa. Era la chica más guapa que había conocido. Era un jodido afortunado.

Bajé la cabeza y apoyé la boca en su ombligo. Grace gimoteó y pasó los dedos entre mi pelo.

Deslicé mis pantalones. Me ocupé de que sus bragas siguieran el mismo camino.

La acaricié entre las piernas y me bebí sus gemidos.

Cuando sentí que estaba preparada, me incorporé para coger un condón de la mesilla, pero me frenó posando la mano en mi brazo.

—¿Has pensado en lo que te dije?

Su voz estaba ronca por el deseo, aunque se mostraba segura.

Lo hice, pensé en una conversación que habíamos mantenido un par de veces desde la boda, pero a la que yo no le había dado mucha importancia, a pesar de que la tenía. Pensé en lo que implicaba, en mis propios deseos, en cómo veía nuestra vida en un futuro próximo. En mi necesidad de echar raíces, pero quizá... quizá no tan pronto. Pensé en la importancia de las decisiones y le sonreí.

—Ahora mismo no estoy para pensar demasiado, tengo el cerebro situado mucho más abajo. —Clavé la vista en mi erección y Grace rompió a reír.

Después me ocupé de ponerme un preservativo y la besé, haciéndole olvidar ese fantasma que empezaba a acompañarnos cada vez más a menudo.

Mayo, Vi

Una noche Alessandro y yo paseábamos por Venecia. Si bien es cierto que descubrir el mundo a su lado fue una experiencia increíble, conocer Italia, su hogar, a través de sus ojos hizo que se convirtiera en mi destino favorito.

Fueron días felices en los que solo me emborraché de tanta belleza y en el que las preocupaciones comenzaron a pesar menos, a diluirse entre los helados comidos a medias y los besos frente a un atardecer para el recuerdo.

Pese a lo increíble de las vistas desde el puente de Rialto o la plaza de San Marcos, lo que más nos gustaba era callejear y descubrir los secretos de aquella ciudad de cuento. Yo a menudo jugaba a imaginarme a Levi en sus calles; me esforzaba por verlo al girar la esquina saliendo de una de sus casas, sobre una góndola recorriendo los canales, riendo entre los grupos de jóvenes turistas con los que nos cruzábamos o besando a una chica bonita en una terraza. Lo intentaba, pero no podía, porque Levi, mi Levi, estaba tan atado a su hogar y a mis recuerdos que me costaba un mundo sacarlo de allí.

—Estás pensando en él, ¿verdad?

Parpadeé y noté la mano de Alessandro rozando mi nuca con cariño.

—¿Qué? No sé de qué me hablas.

Su risa sonó estruendosa en el estrecho callejón que estábamos atravesando.

—*Amore*, esto es Venecia. Su espíritu te embruja con rapidez, te enciende el corazón y te hace pensar todo el tiempo en quien realmente quieres; sobre todo, si no es la persona que te acompaña.

Sonreí; siempre me daba la sensación de que hablaba como un antiguo trovador; Alessandro era una de esas personas que habían nacido en una época equivocada.

—Pero estoy contigo.

—Pero tú y yo somos otra cosa, lo sabes bien.

Asentí y chasqueé la lengua, porque llevaba toda la razón. Desde fuera parecíamos una pareja enamorada y feliz, pero en realidad no éramos más que dos grandes amigos que se hacían compañía y se apoyaban. Y el sexo era pura diversión. Por eso, quizá, nunca tuvimos problemas. Por eso jamás fue algo complicado.

Pensé en Levi otra vez y le hablé de él, cuando rara vez lo hacía.

—Intento imaginármelo aquí, pero no soy capaz. Me esfuerzo por verlo en cada lugar que visitamos y nunca encaja. Solo... solo puedo verlo en esas malditas montañas.

—No todo el mundo está hecho para deslumbrar donde quiera que vaya. Por eso solo hay una Vida Rose. —Me guiñó un ojo y le regalé una sonrisa cansada.

—Lo sé, pero me he pasado media vida intentando huir de allí y él es tan parte de ese lugar que, indirectamente, creo que también lo rechazaba.

Su rostro se tornó serio y negó con la cabeza. Acto seguido tiró de mi mano y me agarró la barbilla para que lo mirara.

—No solo somos de donde nos encontramos, *amore*, sino

también del lugar al que vamos. No lo olvides. Ahora debes preguntarte: «¿Adónde deseo dirigirme?».

Contuve el aliento y los ojos se me llenaron de lágrimas cuando oí la respuesta alta y clara en mi cabeza.

«A casa. Quiero encontrar el camino de vuelta a casa.»

Agosto, Levi

Estoy perdida, ¿eso tiene arreglo?

Tokio. Vi estaba en Tokio. La frase era de *Lost in Traslation* y me resultaba fácil fantasear con Vi diciéndola con una peluca rosa igual que la que Scarlett Johanson llevaba en la película. La fotografía era una de la ciudad de noche. Me la imaginé tan lejos, en un lugar tan distinto, y supe que ella encajaría allí. Lo haría en cualquier sitio.

Berlín. Barcelona. Londres. París.

No había dejado de recibir postales. La última nada menos que desde Japón. Todas habían llegado acompañadas de unas pocas palabras que ya se habían convertido en un juego en el que yo debía adivinar no solo a qué película pertenecían, sino qué esperaba Vi contarme entre sus letras, pese a que fuese imposible que descubriera esto último con certeza. Aun así, no solo era divertido, sino también adictivo.

—¿Qué miras con esa cara de pánfilo?

Mi hermana Shannon se asomó por encima de mi hombro y vio de refilón lo que ocultaba bajo las manos.

—¿Qué haces aquí?

—Mamá me ha pedido que te trajera comida, niño mimado.

Puso los ojos en blanco y sonreí. Llevaba días quedándome hasta las tantas en el taller. El trabajo iba mejor que nunca y se me acumulaban los encargos.

Dejó una bolsa encima de la mesa y el aroma del guiso me llegó en cuanto abrió la tartera. Mi estómago rugió y me levanté para lavarme las manos antes de atacar la comida. Por el camino guardé la postal junto a las demás bajo los ojos inquisidores de mi hermana.

Comí en su compañía y ella picoteó un trozo del bizcocho que mi madre había metido para el postre. Me contó que le iban bien las cosas; estaba saliendo con un tipo de un pueblo cercano y creía que le gustaba de verdad. También, que estaba harta de compartir cuarto de baño con Anna y Elisa, que cuando volvían por vacaciones de Missoula convertían su vida en un auténtico caos. Me habló de sus jornadas en la floristería, en la que llevaba apenas un par de meses trabajando, y yo la puse al día de las últimas obras que nos habían encargado. Siempre que lo hacía, la mirada de Shannon se oscurecía, no era una novedad, pero sí que aquel día fue la primera vez que la contemplé como si fuera una adulta.

—Si estás mal con el señor Donaldson, puedo buscarte un hueco en la oficina.

Sonrió, pero su mirada era afilada. Siempre había sido la más dura de los cuatro, de carácter agrio y un tanto seco.

—No es necesario, gracias.

De pronto, me di cuenta de que había estado demasiado ciego con las cosas que pasaban a mi alrededor, porque aquel día, mirando a mi hermana juguetear con las migas de la mesa, vi a otra chica; una que se mostraba decepcionada y llena de resentimiento. Una que también tenía sueños, aunque otros se los arrebatáramos.

—¿Por qué nunca lo dijiste?

—¿El qué?

—Que querías trabajar aquí.

Shannon dio un trago a su café, me miró con pesar y me contestó con una aspereza que no se molestó en ocultar.

—¡Porque no habría cambiado nada, Levi! Papá jamás me habría dejado hacer lo que haces tú. Soy una chica, ¿recuerdas? —Se rio con sarcasmo ante esa injusticia—. Y yo no quiero ser una administrativa.

Me pasé las manos por el rostro, repentinamente cansado. Pensé en mis padres, en su idea tradicional de familia, y asumí que no era justo para mi hermana, pero también que cada uno construía la vida del modo en el que la veía. Tampoco podía culpar a mi padre por sus decisiones y sus creencias.

Miré a Shannon con cariño. Siempre había sido la más diferente de los cuatro, incluso físicamente, con su pelo y sus ojos oscuros. No obstante, en ese instante pensé que quedaba muy poco de la hermana con la que había jugado y crecido. No recordaba cuándo se había hecho tan mayor, pero, sin duda, había ocurrido.

—Habrías sido mucho mejor jefa que yo.

Shannon me sonrió como hacía mucho que no lo hacía, sin ese resentimiento constante con el que nos trataba, y se levantó para marcharse.

—Lo sé.

Nos reímos con complicidad. Antes de llegar a la puerta, se volvió y miró hacia la caja metálica que descansaba en uno de los estantes. Pensé en lo que ocultaba y me tensé.

—Era suya, ¿verdad? La postal.

No dije nada. No hacía falta. Solo asentí y Shannon suspiró entre dientes.

—¿Lo sabe Grace?

—No.

Sacudió la cabeza y volvió a sorprenderme por segunda vez en un día.

—«Violet, el centro de tu mundo desde 1993» —dijo con voz grave, como si fuera el eslogan de una marca publicitaria.

—¿A qué viene eso? No es lo que piensas. Solo...

—Solo es Vi, ya lo sé.

Se mordió una uña, un gesto que hacía desde pequeña cuando estaba enfadada o nerviosa, y me atreví a hacerle una pregunta que llevaba años rondándome, aunque nunca le había dado la importancia que merecía para ponerle voz.

—¿Por qué la odias tanto? Nunca te hizo nada.

Entonces Shannon se encogió de hombros y susurró una verdad un tanto incómoda que me demostró que había estado mucho más ciego de lo que creía.

—¿Nunca te has preguntado cómo era ser tu hermana, tener la misma edad que Violet y que jamás me mirases? ¿Que mi hermano mayor, la persona a la que más admiraba en el mundo, nunca quisiera jugar conmigo, pero no se separase de una niña a la que idolatraba? Me pasé años intentando averiguar qué tenía ella que yo no.

—Shannon...

Me levanté con la intención de acercarme, pero alzó una mano para que no lo hiciera.

—No, Levi. Ya no me importa. Con el tiempo entendí que contra el amor no tenía nada que hacer. Ni siquiera tu mujer puede con eso, ¿cómo iba a hacerlo yo?

Se despidió de mí con la mano antes de marcharse y dejó el eco de sus últimas palabras rebotándome por dentro.

Octubre, Levi

Grace entró en el bar de Markus y todos la miramos embelesados. Volvía directamente del trabajo y estaba espectacular. Se había puesto un vestido que habíamos comprado un par de días antes; de color rojo, con un escote pronunciado y una falda que le hacía unas piernas increíbles. También se había cortado un poco el pelo. Últimamente prestaba más atención a su aspecto, aunque no me preguntaba si había algún motivo que la empujara a hacerlo, solo disfrutaba de ello.

—¿Ese vestido es nuevo? —preguntó Gillian con admiración.

—Sí. ¿Te gusta?

Grace se volvió con coquetería y Markus le dio un codazo a Dave al quedarse embobado mirándole las tetas. No pude contener la risa.

—Me encanta con tanto vuelo. Oye, ¿ese escote no será una distracción para ocultarnos que algo está creciendo debajo, señora Manson?

Las dos se rieron a carcajadas, aunque no pude evitar fijarme en el anhelo que desprendía la mirada de Grace cuando se palpó su estómago plano. Cogí el botellín de cerveza y le di un trago largo. Mis amigos sonreían con complicidad.

—No digas tonterías, Gillian.

—¿Tonterías? ¿Acaso no te gustaría?

Volvieron las sonrisas, los guiños, las bromas al respecto como habría sucedido en cualquier grupo de amigos, pero yo fui un cobarde que apartó la mirada cuando Grace buscó mis ojos y sonrió.

—Más pronto que tarde nos haréis tíos. «Tío Dave» suena de lujo, ¿no?

Me volví hacia Markus, le pregunté por las raciones del día y le pedí que sirviera una nueva ronda. Lo que fuera antes que tener que enfrentarme a las grietas cada vez más grandes de mi relación.

• V •

La vida fluía, no puedo decir lo contrario. Avanzábamos en una rueda que giraba y giraba, y todo era perfecto. Trabajo. Amor. Salud. Amigos. Familia. Todas mis necesidades estaban cubiertas y, sin embargo, a ratos me sentía como un hámster dentro de una jaula intentando avanzar en un disco de plástico y asfixiándose. Percibía que no alcanzaba el destino marcado, quizá porque, en realidad, no tenía ni idea de adónde pretendía llegar.

Quería a Grace. Lo había hecho siendo un crío y me gustaba compartir la vida con ella. El amor no siempre juega con las mismas reglas ni tiene la misma intensidad, es cierto, pero lo que yo tenía con ella me bastaba, encajaba conmigo y me hacía feliz. ¿Qué más podía pedir? Quería que ella sintiera lo mismo, deseaba darle todo lo que estuviera en mi mano para conseguirlo, pero, en ocasiones, ese «todo» se convierte en un imposible. Sobre todo, cuando hablábamos de algo tan serio y acojonante como la idea de tener hijos.

—¿Qué pasa con eso?

Markus salió del bar y me palmeó la espalda. Después cogió el cigarrillo que le colgaba de la oreja y lo encendió.

—¿Con qué?

—No te hagas el tonto conmigo, Levi, te conozco demasiado bien. Antes has escapado de esa conversación. —Markus señaló al interior del local y yo chasqueé la lengua porque mi reacción hubiera sido tan obvia—. No te juzgo. Si Gillian se quedara preñada... dudo entre si huiría a Canadá o me dejaría atacar por un oso. —Alzó la mirada al cielo, pensativo, y arrugó el rostro—. Creo que elijo al oso, en Canadá Gillian me encontraría y me daría una paliza peor.

Sonreí y chocamos los botellines.

—Buena elección.

—Ahora en serio, ¿os lo estáis planteando?

Pensé en el gran fantasma que ocupaba cada puto rincón de nuestra casa y me sinceré con mi mejor amigo.

—Grace quiere.

—Y esa respuesta solo significa que tú no.

Cerré los ojos un momento y me esforcé por encontrar las palabras, pero era complicado. Al fin y al cabo, ni yo sabía con exactitud de qué se trataba; solo era una sensación angustiosa que me recorría el cuerpo y me hacía escapar cuando debía tocar el tema.

—No, es que... siempre he querido tener críos. Ese no es el problema. —Pensé en lo que me rondaba la cabeza sin parar y dije la primera excusa que encontré—. Somos muy jóvenes.

Markus se rio con ganas.

—Vamos, Levi. Sabes que para ti eso tampoco es importante. Aquí las cosas funcionan así. Tenéis una vida más estable que mis viejos.

Suspiré y asumí que tenía razón. Me importaba una mierda nuestra edad; los números nunca habían ido conmigo. Me había casado con mi primera novia a los veinticuatro años, ser padre a los veintiséis sonaba totalmente lógico.

Exhalé el humo y observé cómo hacía formas frente a nosotros antes de soltar una verdad que sonó a medias.

—No me siento preparado.

—¿Y crees que llegarás a estarlo?

Pensé en mi futuro. Me lo imaginé como tantas veces lo había hecho. Me vi echando raíces, creando un hogar entre aquellas montañas, siendo feliz con mi propia familia; una mujer, dos niños, un perro, una acampada los fines de semana en la que quemar nubes de azúcar frente al fuego y estudiar las estrellas. Pensé en sus pequeños rostros, tan vivos pese a que solo existían en mi cabeza, y la culpa se me asentó en el estómago. No fui capaz de echarla ni terminándome la cerveza de un trago.

—Ese es el problema, Markus. Que no lo sé.

Pasó el brazo por mis hombros y su comprensión me hizo sentir un poco mejor, aunque no lo mereciera.

—Sí. Sin duda, eso es un problema. No me gustaría estar en tu pellejo, ¿sabes?, pero la noche es joven. Y es sábado. Así que vamos. Ya habrá tiempo para jugar a ser adultos cuando salga el sol.

Sonreí al hombre sabio que vivía en el cuerpo del tarado de Markus y lo acompañé en busca de los demás. Cuando llegué junto a Grace, le dejé un beso en el cuello, pero, por primera vez desde que la conocía, sus manos no buscaron las mías para abrazarlas y tampoco se estremeció.

Hacernos mayores era una auténtica mierda.

Diciembre, Vi

No quería volver a Whitefish, pero tuve que hacerlo. Habría dado la vuelta al mundo con Alessandro hasta que no nos quedara un rincón sin descubrir, pero una tarde había recibido una llamada de mi padre y la burbuja se había roto.

—¿Qué pasa, *amore*?

—Tengo que volver a casa.

Alessandro se levantó de la cama para coger su portátil. Me encendí un cigarrillo y le di la espalda.

—Buscaré vuelos a California.

—No, a Los Ángeles no. A casa.

Asintió, pero no preguntó más. Sabía que cuando se trataba de mis orígenes me cerraba en banda.

Llevábamos meses viajando, escapándonos en cuanto mi trabajo me lo permitía, disfrutando de una vida a la que, por fin, sentía que le estaba sacando sus beneficios. Íbamos y veníamos, saltábamos de hotel en hotel sin preocuparnos por los gastos, vivíamos experiencias para el recuerdo que no tenían nada que ver con el alcohol y las drogas. Con Alessandro me tiré en paracaídas, recorrí La Provenza en globo y descubrí un paraíso bajo el agua en la isla de Malta. Con él abrí los ojos a un mundo que sentí un poco más mío y dejé de sentirme culpable por lo que había dejado atrás para conseguirlo.

Por primera vez, viví. Sin ataduras. Sin responsabilidades. Sin culpa. Y fue maravilloso.

Sin embargo, siempre supimos que lo nuestro tenía fecha de caducidad. Quizá por eso fue tan bonito. Porque no era amor, al menos no del que marca, solo éramos dos personas muy parecidas que se encontraron en el momento justo en el que escapar juntas tenía sentido.

Cuando nos despedimos aquella mañana en el aeropuerto de Milán, asumí que las personas somos etapas y que Alessandro se llevaría consigo el final de una en mi vida.

—Qué pena que no nos enamorásemos, *amore*.

Sonreí a mi zalamero italiano.

—Una verdadera lástima.

—Habríamos sido felices hasta morir.

Asentí y lo abracé. Iba a echarlo de menos, pero ninguno de los dos miraríamos atrás al decirnos adiós. Alessandro y yo éramos así.

—Somos demasiado parecidos.

Me agarró por las mejillas y me observó con calma. Finalmente, sonrió.

—Díselo, *amore*. Dile lo que sientes. Enséñale lo que llevas dentro.

Tragué saliva, acepté el beso cálido de Alessandro y me subí a un avión.

Asumí que 2009 acababa con más de una despedida.

• V •

En aquella ocasión Whitefish me transmitió una tristeza que me costaba digerir. No eran sus calles, ni su clima, ni ese aire tradicional que a veces rozaba lo rancio. Se trataba de otra cosa. Una neblina pegajosa que me acompañó desde que me bajé del coche. Eso y una nostalgia inesperada.

Era el aliento de la pérdida en la nuca empujándome hacia el cementerio.

Russell había muerto una noche de invierno. Se había quedado dormido y no había despertado. Una muerte dulce, como él merecía, aunque no por eso menos triste. De sus siete hijos solo uno no fue a su entierro, lo que, a la vez, me hizo inmensamente feliz, pese a las circunstancias.

Mi padre me esperaba con semblante serio en la entrada. Se había puesto un traje oscuro bajo el abrigo y ese detalle tonto me hizo sonreír. Desde hacía un tiempo solo olía a un perfume amaderado al que aún debía acostumbrarme.

—Lo siento mucho, pajarillo.

—Gracias, papá.

Me besó en la mejilla y nos quedamos en el fondo, un poco agazapados entre los árboles.

La ceremonia fue rápida. No había mucha gente, aunque sí me sorprendió ver a algunos de los vecinos que no sabía que trataban con Russell. El viejo huraño al final había sido más querido de lo que él jamás habría creído. También reconocí la cabeza de Levi y la de Grace, a su lado y con la mano apoyada en su espalda. No pude apartar los ojos de sus finos dedos enguantados hasta que comenzaron a bajar el ataúd.

Cuando lo cubrieron de tierra, tuve que coger aire y sentí la mano de mi padre envolviendo la mía. Sus dedos acariciaron con mimo mi cicatriz. Era la primera vez. Era una forma preciosa de decirme que me quería.

Entonces pensé en Russell, hablándome de la importancia de las cicatrices, y sonreí.

• V •

Una hora más tarde no quedaba nadie en el cementerio. Mi padre se había marchado a casa después de que le prometiera que estaba bien. La señora Hudson nos había invitado a cenar y no quería llegar tarde. Desde el accidente la relación con su familia se había estrechado y me alegraba que tuviera gente cerca que se preocupara por él y lo cuidara.

Una vez sola, me agaché frente a la lápida y rocé la tierra recién alisada con los dedos. Necesitaba un momento a solas con Russell. No sabía qué decirle, pero quería que sintiera mi compañía, aunque fuese en silencio, como tantas veces lo habíamos hecho en el pasado.

—La gente te quería, viejo loco. —Me tembló la voz—. Los mantenías engañados con tus malas pulgas, pero tú tampoco eras un buen actor. Todos sabían que eras un gran hombre, Russell.

Un carraspeo a mi espalda me hizo dar un brinco y me volví asustada.

—Lo siento.

Levi me miró con dulzura. Tenía los ojos enrojecidos.

—Yo también lo siento.

Los míos se humedecieron. Quizá porque no solo nos estábamos dando el pésame por la pérdida de Russell, sino porque esas palabras también englobaban una disculpa hacia nosotros.

Me levanté y me coloqué a su lado. Hacía mucho frío, pero me gustaba sentirlo en el rostro; era un modo de ignorar la calidez de las lágrimas. Recordé todas las tardes en las que habíamos visitado a Russell, los trastos locos que me regalaba, sus sabios consejos, pese a estar siempre envueltos en aparentes reproches, el que fuera testigo y cómplice de nuestra historia.

—Era un viejo cascarrabias.

Levi se rio y sentí el corazón más lleno.

—Sí, pero era el nuestro.

Sonreí. Y entonces recordé mucho más; recordé todo lo que Russell me había enseñado, cómo había creído en mí y me había tomado siempre en serio, y las palabras salieron a borbotones, incontrolables, abriendo otra grieta que me desnudaba más aún delante de Levi.

—Con Russell era con la única persona de este maldito lugar con la que no me sentía culpable.

Noté la mirada de Levi en mí y me estremecí.

—También siento eso, Vi.

Contuve el aliento y digerí aquella inesperada disculpa. No había ido allí a buscarla, pero me di cuenta en ese instante de cuánto la necesitaba. Un alivio inmediato se apoderó de mi cuerpo.

Levi se arrodilló y colocó unas flores sobre la tierra. Eran blancas, pequeñas y muy pronto la nieve las cubriría, pero no recordaba haber visto jamás un ramo más bonito.

Cuando se levantó, se colocó más cerca de mí. Tanto que su abrigo rozaba el mío y sentía el calor de su mano a escasos centímetros. Quería romper el silencio, pero no sabía con qué. Tampoco me hizo falta, porque fue él quien lanzó una pregunta que me pilló desprevenida. Tuve que pestañear para volver a la realidad en la que estábamos; Levi, yo y una tumba recién ocupada.

—¿Qué te dijo Russell? Aquel día, antes de... irte.

Hacía cinco años de aquello y él estaba a punto de romperme el corazón. Aún no lo sabía, aunque intuía que lo nuestro estaba cerca del fin. Pese a todo, nunca me habría imaginado que un día Levi y yo hablaríamos de ello en un cementerio.

Recordé que Russell me pidió que lo acompañase a su granero y allí me hizo comprender que hay relaciones que deben congelarse en el tiempo para que puedan llegar a ser.

Que no todo es blanco y negro, y que los sueños propios son tan importantes como la mejor de las historias de amor.

Miré a Levi y le relaté ese recuerdo casi como si se tratara de un cuento.

—Russell amaba a su mujer, todo el mundo lo sabía. Vivieron en Whitefish desde que se casaron hasta que ella murió y criaron nada menos que a siete hijos. Lo que casi nadie conocía era que él, antes de ser un padre de familia que trabajaba en el campo como muchos otros de la zona, había tenido un sueño. Y no solo eso. Podía haberlo cumplido.

—El cine.

Asentí y noté un nudo en la garganta al recordar aquella historia tan personal que Russell había compartido conmigo. La misma que yo le estaba regalando a Levi. Porque desde que la conocí supe que llegaría el día en el que lo haría y lo sucedido entre nosotros cobraría sentido.

—Russell se dedicaba a la escenografía. Trabajó durante unos años en Hollywood en obras de renombre. Era bueno y podía haber sido el mejor.

—¿Pero?

Levi me miró de reojo y sonreímos. Y es que siempre existe un «pero» capaz de joderlo todo, aunque sea el más bonito de tu vida.

—Pero se enamoró. Conoció a Elisabeth, su mujer, una tarde de verano. Ella estaba en Los Ángeles de vacaciones con sus padres. Visitaban a una tía abuela que vivía en la zona y se encontraron a la salida de un teatro. Estamos hablando de los años cincuenta, imagínatelo con la belleza y el esplendor de entonces. Russell lo dejó todo y luchó por su amor. El resto es historia. —Hice una pausa y observé a Levi; sus ojos llenos de preguntas; también de certezas—. ¿Hace falta que te explique en qué se parece a lo nuestro?

—No, Vi.

Cerré los ojos y volví a aquella tarde, cinco años atrás, cuando acababa de empezar mi carrera en Los Ángeles y no tenía ni idea de lo que me esperaba; cuando aún creía que lo mío con Levi sería para siempre; cuando, entre lágrimas, le confesé a Russell dentro de su granero que estaba pensando en volver por miedo a perder al chico de las montañas.

—Aquel día, yo dudaba, Levi. Aquel día yo le dije que te quería y que si me lo pedías no podría marcharme otra vez. Aquel día estuve a punto de dejarlo todo y luchar por nosotros. —Noté la tensión de su mandíbula y el dolor de su mirada; cogí aire y me sinceré del todo—. Pero entonces Russell me dijo que el amor, si es real, siempre te espera, pero que los sueños no lo hacen. Los sueños tienen fecha de caducidad y no hay que dejar escapar las posibilidades que nos brinda la vida.

Percibí una brisa más cálida en la cara y pensé en Russell. Sonreí y le di las gracias por haberme hecho entenderlo. Y luego, lo sentí de nuevo, después de tanto, cuando pensé que ya no existía.

El vértigo. Leve. Casi inexistente. Agazapado y esperando su momento.

Empezó siendo solo un roce, un tanteo inocente y tembloroso, hasta que noté que mi pecho se expandía cuando los dedos de Levi encontraron los míos. Luego su voz hizo el resto.

—Hiciste bien en marcharte, Vi. De verdad. He dejado de culparte.

—¿Qué ha cambiado?

—Que he descubierto que puedo ser feliz sin ti.

Y allí nos quedamos un tiempo indefinido, con las manos entrelazadas, despidiéndonos de Russell y con la certeza de que, por fin, éramos la versión de quienes habíamos deseado ser desde niños. Él tenía un hogar, un proyecto de futuro, una seguridad y estaba más anclado que nunca a sus montañas nevadas. Y yo había tocado el cielo como Vida Rose. Me había retado, conocido y perdonado. Lo tenía todo a mi alcance y le había demostrado al mundo entero que podía conseguirlo.

—¿Y ahora qué? —le pregunté.

Levi dudó, pero al final se atrevió, me miró y fue más valiente que nunca.

—¿Te apetece venir mañana a cenar a casa?

Tragué saliva, confundida, pero con el corazón latiendo cada vez más rápido.

—Pero es fin de año.

—Ya lo sé, pero a tu padre no le gusta celebrarlo. ¿Vas a acostarte a las diez?

Sonreí con la ilusión de una niña y asentí.

Russell había tenido que morir para que nosotros entendiéramos que la vida es demasiado corta y que no la aceptábamos uno lejos del otro.

Aquel viejo tenía razón, el amor podía esperar, pero, quizá, nosotros ya no.

Diciembre, Levi

Nunca había visto a Vi tan nerviosa como el día que atravesó la puerta de mi casa. Parecía otra. No había rastro de la chica atrevida de Montana a la que no se le ponía nada por delante. Tampoco de la diva que se levantaba y se largaba de una entrevista si lo que le preguntaban no le gustaba. La Vi de aquella noche era una nueva y desconocida para mí, pese a que aún veía en ella retazos de los que habíamos sido.

—Violet, pasa. Puedes dejar el abrigo en esa habitación.

—Gracias, Grace. Qué casa tan bonita.

—Nos ha costado, no te creas. Levi quería hacerlo todo él mismo, así que teníamos que sacar tiempo, del que no disponíamos, para las reformas los fines de semana.

Vi puso los ojos en blanco y me sonrió.

—Él y su sentido de la responsabilidad.

—¡Eso mismo le digo yo!

Se rieron con complicidad y, por un instante, creí que era posible. Que quizá mis dos mundos habían tenido que esperar años para encajar de una vez por todas. Que la madurez y la experiencia nos habrían hecho a todos un poco más sabios, menos impulsivos y más cuerdos.

Qué fácil es agarrarse a un clavo ardiendo cuando es lo único que tienes.

Dave ya estaba en el salón. Como siempre, se puso nervioso cuando Vi entró y se sentó junto a él en el sofá. La miraba como si fuera un extraterrestre recién aterrizado en la Tierra, pese a que la había visto cientos de veces con las rodillas magulladas y corriendo aventuras conmigo.

Estaba muy guapa, con un vestido negro y los labios pintados de rojo. El collar que le hice hacía una eternidad lucía en su cuello como un faro, pese a que lo escondía bajo la tela. Observaba mi casa con lentitud, con verdadero interés, y asentía para sí, como si tuviera que aceptar lo que encontraba. Al fin y al cabo, yo también era otro. Uno que había creado un hogar con otra chica que en ese momento le ofrecía una copa de vino.

Estaba orgulloso de nuestra nueva casa. Se encontraba en una zona residencial, tenía tres habitaciones y dos baños en una sola planta, una cocina inmensa y un salón amplio con chimenea donde era un lujo reunirnos con nuestros amigos y familiares. Grace se había ocupado de decorarla y transmitía candidez, calor y serenidad. Aún discutíamos a veces por el orden de las cosas, pero éramos buenos creando rutinas nuevas encajando en las nuestras las del otro. Era una casa que invitaba a llenarla de vida y de recuerdos.

No obstante, con Vi dentro de ella, mi visión cambiaba. No sabía en qué, pero sentía una gasa sobre mis ojos que le daba a cada rincón un matiz diferente. Vi en mi sofá causaba el mismo efecto que un elefante rosa entre nosotros. Quieres acercarte a él, pero no te atreves por miedo a que desaparezca y solo sea una ilusión.

—¿En qué piensas? —La pregunta de Markus me sacó de mi ensimismamiento.

—En nada.

Se rio y no me molestó; al fin y al cabo, no podía negar quién era el centro de mis pensamientos.

—¿Crees que ha sido buena idea?

Miré de nuevo a Vi y asentí, porque, pese a las dudas, el miedo y lo que sabía que podía implicar aquello, me sentía bien, tranquilo y seguro. Hacía tanto tiempo que entre Vi y yo esas sensaciones no existían que lo asumí como una buena señal.

—¿Sabes? Creo que, por una maldita vez, he hecho lo que debía.

Markus me guiñó un ojo y volvió a la mesa.

A partir de ese momento la noche, pese a su giro inesperado, fluyó con naturalidad. Vi, al principio tan cortada que estaba irreconocible, se fue soltando e integrando en el grupo. Y no lo hacía solo para cumplir, sino que parecía de verdad contenta de estar allí, de sentirse por primera vez en la vida parte de los míos, de burlarse ante el tonteo inocente de Dave, de reírse muy alto de las tonterías de Markus y de compartir conversaciones con las chicas sobre temas tan triviales como moda o una serie de televisión a la que las tres estaban enganchadas.

Mientras Grace y Dave se ocupaban de preparar el postre, me apoyé junto a Vi en el muro de la entrada y me encendí un cigarrillo. Markus, que me seguía, se dio la vuelta en cuanto nos vio y nos dejó solos.

—Sigues comiendo como un oso famélico.

—Es que... ¡madre mía, Levi! ¿Cómo no ibas a casarte con esa chica? Cocina increíblemente bien.

Nos reímos con ganas. De fondo, nos llegaba la risa dulce de Grace desde la cocina.

—Es una de esas personas que mejoran todo lo que tocan.

Vi me observó con una sonrisa cómplice. Sentí sus ojos en

mi pelo, más largo que nunca, en mi rostro, en mi barba dejada.

—Ya lo veo.

Exhalé el humo y sacudí la cabeza.

—Conmigo tiene demasiada paciencia. Soy afortunado.

Vi suspiró y sonrió con sinceridad. De pronto me recordó demasiado a esa niña que fingía que no necesitaba a nadie y que, en realidad, estaba llena de carencias.

—Gracias, Levi. Por esta noche. Por abrirme las puertas de tu casa. Por darme la oportunidad de sentirme una chica normal.

Sus ojos se llenaron de lágrimas. No era habitual ver a Vi llorar, pero comenzaba a creer que la chica que tenía delante estaba ya muy lejos de la que un día quise. Porque cambiamos. Por mucho que nos empeñemos en creerlo, nunca somos los mismos.

Se secó las mejillas y me miró con una mueca de desagrado por su reacción, intentando que no se le estropeara el maquillaje. No debía hacerlo, pero alcé el dedo y atrapé una gota. Estaba preciosa. Y no hablo de sus rasgos, su ropa o su peinado; era todo lo que transmitía solo con una mirada; su energía, siempre a punto de desbordar; esa vulnerabilidad que la hacía parecer invencible en vez de débil.

Sonreí y susurré lo único que era capaz de decir sin hablar de más.

—Gracias por seguir siendo solo Violet.

Diciembre, Vi

Puedes tener una imagen de una persona a la que conociste pero que ya no forma parte de tu día a día. Puedes imaginarte cómo crees que será su vida, sus rutinas, sus relaciones. Si aún toma el café solo, si tiene una mecedora en el porche en la que se sienta a fumar o si besa a su mujer cada vez que se cruza con ella por el pasillo camino de la cocina, como creías que sucedería si se hubiera casado contigo.

Sin embargo, por mucho que imagines y por mucho que creas conocer a esa persona, nunca nada es igual, porque ya se ha convertido en otra. El tiempo, la distancia y las experiencias nos moldean y nos cambian. Y no pasa nada, aunque toca pasar el trago de aceptar que lo que amaste un día quizá ya no exista.

Levi todavía tomaba el café solo, pero en la entrada de su casa no había ninguna mecedora, sino un banco forjado que nunca habría asociado con el chico que yo conocí en el pasado. Grace y él se miraban con cariño y su brazo la rodeaba a la mínima posibilidad; daba la sensación de que se sentía más seguro si la tenía cerca. Ella lo besaba en la mejilla cuando le hacía reír y él le apartaba el pelo de la cara cuando ella se sonrojaba. Gestos que les pertenecían y que no se parecían en nada a los nuestros propios.

Su casa era bonita, de tonos cálidos y práctica. Estaba llena de recuerdos fotografiados, de detalles elegidos con mimo, de rincones que te hacían pensar en estabilidad, en que aquello no era un lugar pasajero, sino un proyecto de hogar futuro. En raíces.

Y, pese a ello, me había sorprendido que estuviera cerca de un parque, en una zona bastante transitada y que su jardín se pareciera más al de la típica familia americana de clase acomodada, con una pequeña fuente y setos bien recortados, que a la naturaleza salvaje de Montana.

Aquella noche descubrí muchas cosas de Levi. Algunas me gustaron y sentí que otras me alejaban más aún de él, pero todas me hicieron comprender que el chico al que tanto quise se había quedado atrás. Era otro. No mejor, ni peor, solo uno distinto al que me moría de ganas de conocer para averiguar qué escondía.

Los escuché hablar de su afición por los juegos de mesa. Grace era competitiva. Levi siempre arriesgaba poco. Ella quería un gato; él, un perro. Tenían diferencias, pero no trascendían. No suponían un obstáculo. Al menos, no uno que no pudieran sortear. Y, aunque estuviera descubriendo tonterías que no tenían la menor importancia, no podía dejar de observarlos. Quizá porque de pronto me daba cuenta de que nunca había visto al Levi que existía fuera de aquella burbuja en la que jamás dejamos entrar a nadie. Era un completo desconocido para mí. Y quería a otra. Eso también me fascinaba contemplarlo, porque nunca se quiere igual.

—Siempre discuten cuando jugamos a las películas.

Markus se sentó a mi lado y sonreímos mientras contemplábamos a Levi tirarse de los pelos ante una Grace estupefacta que no entendía nada de lo que él intentaba explicarle solo con mímica.

—Es que Levi es malísimo —susurré entre dientes.

—Me apuesto diez pavos a que tú lo adivinarías.

Miré a Markus y me mordí el labio ante su ceja alzada. Suspiré y acabé confesando.

—*El retorno del Jedi.*

Él se rio. No había necesitado más que dos gestos de Levi para averiguar qué película era; no solo eso, también para recordar la primera vez que la vimos, en un viejo vídeo y rodeados de palomitas recién hechas.

—Siempre habéis tenido una conexión especial.

Sus palabras, pese a ser bonitas, estaban cargadas de resentimiento. Con Markus siempre había sido así. Nos llevábamos bien y nos teníamos cariño, nunca me sentí rechazada por él, pero desde que Levi y yo nos habíamos distanciado todo lo que salía de su boca sonaba a advertencia.

—¿Te molesta que esté aquí, Markus?

Negó con la cabeza, se pasó las manos por el rostro y tragué saliva para disipar el nudo incómodo que comenzaba a formarse en mi garganta.

—No, no es por ti, Violet. De verdad. Es que... Es porque me da miedo que no sepáis controlarlo. Joder, me aterra que en vuestro empeño por recuperar lo que tuvisteis de niños os hagáis tremendamente infelices.

Markus dio un sorbo con nerviosismo a su copa y me miró con culpa.

—Lo siento. Sé que no debo...

—No..., está bien, Markus. —Sonreí con tristeza y dejé que las palabras fluyeran, pese a que me desnudaban más de lo que era correcto—. Lo entiendo, pero lo que necesito que comprendas es que yo también estoy muerta de miedo. Estoy aterrorizada porque, sin Levi en mi vida, nunca lo alcanzo del todo. Nunca llego a ser feliz, ¿sabes? Lo rozo con los dedos, pero no logro atraparlo. Y es una sensación angustiosa.

Markus meditó mis palabras y finalmente asintió. De fondo nos llegaban las risas de Dave intentando explicarle a Gillian un nuevo título, pero los dos estábamos ausentes. Segundos después llegó el turno de Markus en el juego y se levantó para que yo adivinara la película. Al otro lado del salón, unos ojos azules me miraban sin pestañear. Unos llenos de preguntas, miedos y recuerdos.

• V •

—Gracias a todos. Me lo he pasado muy bien.

Me despedí de ellos antes de ponerme el abrigo y dejarme guiar por Levi hasta la puerta. Grace se había mostrado tan adorable conmigo que me había preparado algunas sobras de la cena para llevarme a casa y que las probara mi padre. Pese a que intuía que era un modo de disimular que para ella yo seguía siendo un estorbo en su relación, era imposible odiarla. No es que quisiera hacerlo, pero quizá habría sido más fácil para lidiar con todas las sensaciones que notaba desperezándose en mí desde que había puesto un pie en Whitefish. A ratos recordaba nuestra conversación telefónica y me tensaba; me preguntaba qué habría pasado de no haber aceptado su súplica; si nuestras vidas habrían sido distintas de haber acudido a su boda. Luego miraba a Levi y aceptaba que Grace había hecho bien en defender lo suyo, por mucho que me doliera, porque habían creado algo muy bueno juntos.

Aun así, me sentía bien. Un poco acalorada por el vino, los dulces y las risas de la noche, pero... feliz. Y allí nunca creía haberlo sido del todo. Mucho menos con ellos.

—Te acompaño a casa.

—No, Levi. No es necesario. —Frunció el ceño, pero mi mirada le dijo que no pensaba aceptar lo contrario, por mucho que me apeteciera pasar un rato más a solas con él; no era nuestro momento y su sitio estaba dentro de esas paredes—. Debes volver con ellos. Debes volver con ella.

Nos miramos sin pestañear unos segundos y, finalmente, asintió.

—Feliz año, Vi.

—Feliz año, Levi.

Dudó, pero dio un paso y se encontró con el mío a medio camino. Y tuve que morderme los labios para no reírme, porque sentí que éramos de nuevo unos adolescentes temblorosos y torpes que no sabían cómo despedirse.

Levi pasó la mano por mi espalda y apoyé la mejilla en su pecho; lentamente, con cautela, también con una timidez que chocaba con la chica que todos conocían. Sus dedos me empujaron hacia él y suspiramos con alivio. Y así le dimos la bienvenida a 2010, en un abrazo que había tardado mucho en llegar y que hacía temblar mi mundo desde los cimientos.

—Te he echado mucho de menos —me susurró.

Dejé escapar el aliento contenido sobre su jersey.

—Yo también, Levi, tanto como he estado perdida.

Sonrió y yo también lo hice, porque Levi había entendido a la perfección lo que aquello significaba. Alessandro estaba en lo cierto: somos del lugar adonde vamos cuando cerramos los ojos. Y, al fin y al cabo, en aquel abrazo ambos volvíamos a experimentar la sensación de regresar a casa.

Sentí que había encontrado el camino de vuelta.

El equilibrio que nunca tuvimos (2010-2011)

LEVI & VI

2010

Febrero, Vi

En 2010, de pronto, me hice mayor. Suena un poco estúpido, ¿verdad?, las personas no crecen ni maduran de un día para otro. Pero yo sí. Yo vivía de ese modo, a trompicones, dando saltos enormes con los que iba cambiando. Todo o nada. Podría haberme tatuado eso como el lema de mi vida.

Después de mucho trastabillar, percibía que me iban bien las cosas. No me faltaba el trabajo, pero, de una vez por todas, me sentía de verdad realizada y satisfecha con las decisiones que tomaba. Empecé a moverme por otros círculos, más centrados en la publicidad y en la moda, y solo acepté un papel en una película independiente, uno casi anecdótico pero reconfortante que se convertiría en el último. Siempre había asumido que estaba viviendo una etapa más de mi vida y que un día terminaría para dar paso a otras. Nunca vi en Vida Rose algo eterno, sino más bien efímero, como tantos otros personajes cuya fama se evaporaba de la noche a la mañana. Solo éramos marionetas en una industria constante para unos pocos privilegiados. Y, al fin y al cabo, yo no era una buena actriz, solo había sabido explotar mis virtudes a la vez que ocultaba mis defectos o los usaba en mi propio beneficio, y ya tenía un nombre y una estabilidad suficientes como para poder dedicarme a lo que me aportase algo en cada momento, sin pensar en el futuro. ¿Podría haber sido más codiciosa y logrado tener una carrera larga de la que vivir décadas? Puede ser, pero nunca fue ese mi propósito. Yo solo quise demostrarle al mundo, y sobre todo a mí misma, que merecía lo que deseaba; que podía lograrlo; que no era una fracasada hundida en una casa destartalada con un padre alcohólico.

Cuando no tienes nada, te hacen creer que eso es lo que mereces, y no es cierto. Y yo se lo había gritado al mundo de todas las formas posibles.

Las fiestas ya no eran para mí. No significa que de un día para otro me convirtiera en un alma cándida, creo que ni hoy se podría asociar ese adjetivo conmigo, pero ya no respondía a las llamadas de aquellos que solo querían ver a Vida Rose tocando fondo después de unas copas o arrancarle la ropa interior. Salía de vez en cuando, pero mi ideal de una noche loca pasaba por unos vinos en la cena, una charla interesante y no levantarme al día siguiente con resaca. Al menos, no con tanta como para sentir que mi vida se colaba por el retrete.

Después de unos años inestables, me hice con un grupo de personas de confianza con las que disfrutaba en mi tiempo libre. No eran Heaven, ni Damon, ni tantos otros nombres que había olvidado; tampoco Levi ni ancianos de malas pulgas como Russell. Pero eran otros. Eran Fiona, Denis y Sandra, personas buenas, divertidas, que conocían el mundillo y, aun así, mantenían los pies en el suelo. No se creían inmortales. No compartían sus planes conmigo por interés. Sentía una sensación cálida en las tripas al poder llamarlos «amigos» y no me cansaba de hacerlo.

Un día, además, llamé a Camila. Había visto un vestido en una revista y pensé que le gustaría. Tuve el impulso de decírselo y lo hice. Nunca me ha dado miedo pedir perdón, así que cogí el teléfono, le hablé de un nuevo diseñador que usaba unos cortes que la favorecerían un montón y le pedí disculpas por haberla perdido. Eso fue todo. Unas semanas después nos tomamos un café y le confesé que la fotografía que me hizo antes de salir de casa en mi primer estreno seguía en el espejo de mi tocador. Y que la echaba de menos. Ella me contó que había conseguido un pequeño papel en un musical y que Kevin, el chico con el que salía cuando nuestros caminos se separaron, le había roto el corazón.

Volvimos a ser Violet y Camila, las dos chicas que servían café y soñaban alto, aunque con unas vidas muy diferentes.

En el fondo y de cara a la prensa, yo seguía fumando demasiado, cenaba siempre con vino y vestía modelos imposibles de Koko por el simple placer de llamar la atención, pero me sentía más serena, más dueña de mí misma y más... más feliz. Y era una sensación increíble.

Quizá que Levi hubiera regresado a mi vida tuviese algo que ver. O tal vez no. Puede que la clave estuviera en que había logrado aceptarme, quererme y perdonarme. El caso es que aquel abrazo con Levi marcó un nuevo comienzo y mi vida se tiñó de una serenidad a la que no estaba acostumbrada.

Grace y él me habían abierto las puertas de su casa y, pese a que en un principio me aterraba que aquello doliera demasiado y que Grace no se mostrara dispuesta a incluirme en su nueva vida, había sucedido lo contrario. Ver su propia realidad y lo que habían conseguido, comprobar que eran felices, que sus amigos los querían de verdad, fue lo que necesité para aceptar que el corazón no es esclavo de un solo amor y que era verdad eso que me dijo Levi frente a la tumba de Russell: él había descubierto que podía ser feliz sin mí. Y yo sentía que iba por el mismo camino.

La vida continuaba su curso y nosotros con ella, ya no tan

lejos, ya no tan heridos. Incluso éramos capaces de amar a otros. Y es que en 2010 no solo me hice mayor, sino que también conocí a Hannah Abney y descubrí la cara más dulce del amor.

• V •

Podría haber sido una noche cualquiera. Podría no haber salido; de hecho, ya rara vez me apetecía y solo lo hacía por compromisos ineludibles. Podría haberme ido antes de las doce, como Cenicienta. Podría haber acabado en otro *pub* y no en ese.

Sin embargo, la vida es un sinfín de casualidades, de decisiones, de pasos que nos acercan y alejan una y otra vez del camino que creíamos firme.

Así que el día que conocí a Hannah, yo, una chica amiga de los desfases y de no volver a casa hasta que salía el sol, estaba a punto de escaparme de un cumpleaños sin haber probado una gota de alcohol y ella, una chica que odiaba la noche y que jamás bebía más de la cuenta, estaba bastante borracha y lo acababa de dejar con su novia. Es posible que los astros se alinearan de una forma un tanto extraña, pero provocaron que nos encontráramos en los lavabos de un *pub* bastante exclusivo en el que era fácil cruzarse con personas de renombre y que nos mirásemos como si ya nos conociéramos. No lo hacíamos. Al fin y al cabo, en Los Ángeles nadie te conocía, pero sí sabíamos quién era la otra. Yo era una de las actrices consentidas de ese Hollywood de excesos y portadas sensacionalistas, de las que llegaban alto muy rápido y por cuestiones que tenían poco que ver con el talento, y ella una que acababa de ser nominada a los Oscar por interpretar el papel protagonista de uno de los dramas históricos más taquilleros de los últimos años, cuya carrera se basaba puramente en la seriedad del trabajo bien hecho. Dos polos opuestos que se cruzaron una noche y que unirían sus caminos durante un tiempo.

—¿Tienes un pañuelo?

—Sí, espera.

Lo saqué del bolso y se lo tendí.

—Gracias.

Hannah se secó las lágrimas, se sonó los mocos y me miró con cierta humillación. Tenía los ojos vidriosos y los labios húmedos con restos de carmín. Estaba hecha un asco. Lo que solo significaba que era el blanco perfecto para la mala prensa.

No era la primera vez que me encontraba con una chica en ese estado, pero sí la primera en la que me importó. La Vida Rose de años atrás quizá incluso la habría mirado con condescendencia antes de ignorarla y largarse de allí. Tal vez, en mi época más dañina, me habría burlado, le habría pedido un cigarrillo o le habría dado un mal consejo que no me había pedido. Pero ya era otra. En ese baño, después de tanto tiempo en Los Ángeles, me di cuenta de que la que la miraba no era Vida Rose, sino que era Violet, y me encontré pensando en cómo ayudarla antes de que se arrepintiera de sus decisiones.

—No puedes salir así.

—¿Acaso importa?

Le bloqueé el paso frente a la puerta y ella me observó con el ceño fruncido.

—Claro que importa. ¿Quieres seguir siendo Hannah, la nueva promesa del cine, icono de elegancia y un buen ejemplo a seguir para los jóvenes, o convertirte en otro producto del Hollywood que sucumbe a los pecados capitales?

—No estás para dar consejos cuando eso es lo que dicen de ti.

Me reí por ese atrevimiento que chocaba un poco con su aspecto angelical.

—Por eso mismo, ¡ese puesto es mío! Debo protegerlo. Además, de mí dicen muchas cosas, pero ninguna tan amable.

Sonrió y entendí con ese simple gesto por qué tenía encandilado a todo un país. Era bonita, dulce y, a todas luces, una buena chica que no merecía desviarse del camino por una decisión tomada en un mal momento. No podía permitir que jodiera toda su carrera por unas copas de más y una discusión amorosa en una fiesta. Quizá fuera incapaz de reconducir mi vida, pero aún podía ayudar a que la suya no acabara arruinada por un instante de debilidad.

—Bien, toma. —Le ofrecí el neceser que guardaba en mi bolso—. Arregla ese desastre. Luego, grita.

—¿Cómo?

—Que grites. Igual que en esa escena en la que aquel noble intenta quitarte la enagua; estuviste fantástica, por cierto —le dije refiriéndome a la interpretación de su última película mientras ella me miraba estupefacta—. Pide ayuda y del resto ya me ocupo yo.

Hannah obedeció. Supongo que estaba demasiado aterrorizada por las consecuencias que podía acarrearle estar borracha y llorando en un baño con una de las niñas malas de Hollywood.

Cuando abrieron la puerta para auxiliarla, yo me tiré al suelo y fingí que estaba a punto de perder el conocimiento por culpa de los excesos que siempre habían asociado conmigo. Monté un espectáculo que me traería más de un quebradero de cabeza y que, sin duda, fue una de mis mejores actuaciones.

Dos días después me encontraba descansando en mi camerino en mitad de un rodaje cuando alguien golpeó la puerta con los nudillos. Cuando abrí, su rostro nervioso apareció bajo unas gafas de sol gigantescas. Estaba ruborizada y miraba a los lados con la esperanza de que nadie se fijara en su presencia. Llevaba un vestido azul cielo y la melena castaña perfectamente peinada.

—¿Qué haces tú aquí?

—¿Puedo pasar?

—Claro, pero solo tengo un par de minutos antes de que me llamen.

Hannah se coló y observó la habitación con curiosidad. El desorden siempre presente en mi vida, mis pertenencias desperdigadas por cada rincón, un montón de vasos desechables con restos de café y envoltorios de dónuts. Mi foto con Camila en el tocador y una figurita de madera con forma de luna entre las barras de maquillaje. Luego se volvió y me atravesó con sus enormes ojos castaños.

—Quería darte las gracias. Por lo que hiciste. No tenías por qué.

Me encogí de hombros con indiferencia y me retoqué los labios una última vez frente al espejo.

—No hay de qué. ¿Has venido hasta aquí solo para eso? No era necesario.

—Y para invitarte a una copa.

El pintalabios se quedó a medio camino y observé su reflejo. Sus mejillas se habían ruborizado y parecía realmente nerviosa ante esa proposición. Siendo honesta, no la esperaba. Había actuado de ese modo con ella sin buscar nada a cambio y quizá eso fue precisamente lo que hizo que Hannah se atreviera a dar un paso que ninguna de las dos se habría imaginado jamás. No nos parecíamos en nada. Éramos como los dos polos opuestos de un medidor, pero, en ese momento, casi sentí que formábamos las dos caras de una moneda, y que estas siempre se complementaban.

La miré y sentí un pequeño tirón en la base del estómago. Uno que hacía demasiado que no sentía. Uno que me despertaba después de mucho tiempo anestesiada. Sonreí y me agarré a él. Es fácil agarrarse a lo que sea que te haga sentir viva y un poco menos vacía.

—Puedes esperarme aquí hasta que terminemos la escena.

Unas horas más tarde nos escapábamos juntas hasta mi casa. Cenamos comida china y hablamos durante horas. Y, sorprendentemente, fue tan natural como si lo hubiéramos hecho antes miles de veces, solo que era la primera. Aposté a que aquello debía significar algo.

Cuando amaneció, yo ya conocía el sabor de sus orgasmos.

Cuando anocheció al día siguiente, ambas aceptamos que lo nuestro sería más que un encuentro inesperado.

Marzo, Levi & Vi

—Feliz cumpleaños, Vi.

—¡Gracias! Veinticinco velas he soplado, Levi, ¿te lo puedes creer? El tiempo vuela, dentro de poco estaremos celebrando tu ochenta cumpleaños. Se te caerá la dentadura encima de la tarta.

—Eso te encantaría.

—Podría morirme de la risa allí mismo, aunque seguro que me mearía en los pantalones, por la incontinencia, ya sabes, y acabaríamos los dos desternillados.

—Por cierto, gracias por tu postal, ha llegado hoy.

¿Tan pronto? Bueno, pues date por felicitado. ¿Te ha gustado?

—¿Una mujer desnuda de tetas enormes saliendo de una tarta? Me conoces bien.

—Sabía que te horrorizaría. Era la más vulgar que encontré. No se la enseñes a Grace, si puede darte problemas, jamás sería esa mi intención. Escóndela para cuando te apetezca un homenaje en solitario.

—¿Cómo de amigos somos ahora para hablar de masturbarme con una postal?

—Mmm, creo que aún no lo bastante. Tienes razón. Prefiero no hablar de... de eso.

—De eso.

—Ajá.

—Vale.

—¿Podrías cambiar de tema ya para que deje de pensar en ciertas cosas que no son muy de amigos, Levi?

—Claro, vale..., eh... ¡te hemos visto en una revista!

—Seguro que contaban algo interesante. Déjame que lo adivine... «Vida Rose combina un vestido de terciopelo con el vodka a la perfección.» ¡No, espera! «Encuentran a Vida Rose tirada en los baños de un *pub*. Su reputación está por los suelos.» Tengo que reconocer que ese juego de palabras tuvo su gracia, pero lamento decirte que es mentira, Levi. No dejan de inventarse mierda. Bueno, o al menos deberías escuchar mi versión, porque no fue exactamente lo que parecía.

—No, no tiene nada que ver con eso. Era... era una foto tuya con... Es... es... es guapa.

—Oh. Te refieres a *eso*. Gracias.

—¿Es algo serio?

—Es... de verdad. Se llama Hannah. Bueno, ¡qué tonta!, eso ya lo sabes. Es... es increíble. Creo que te caería bien. Y a Grace también. En verdad, no creo que haya nadie en este mundo que pueda odiar a Hannah Abney, es jodidamente adorable. Si te soy sincera, aún no sé qué narices hace saliendo conmigo.

—Porque tú también eres adorable.

—No tanto.

—Me alegro por ti, Vi.

—Yo también, ¿sabes?, yo también me alegro por mí.

Mayo, Levi

William, el padre de Grace, me ofreció un puro y lo acepté. Los odiaba, pero más aún llevarle la contraria a un hombre que seguía mirándome con cierto recelo.

—Es un gran día y hay que celebrarlo como se merece, hijo. ¡Voy a ser abuelo!

Sonreí con una tensión más que evidente y corté el puro antes de llevármelo a la boca para encenderlo.

Estábamos en el jardín de su casa celebrando una barbacoa. Felicity, Grace y su madre charlaban emocionadas por la buena noticia rodeadas de pasteles. La mayor de las hermanas se incorporó y se levantó la camisa para mostrarles a las otras dos la pequeña curva que ya se marcaba en su estómago. Preston, su marido, la miraba con adoración mientras fumaba con gusto, pese a que él no lo hacía de forma habitual y me costaba creer que pudiera encontrar algo agradable en ese olor nauseabundo.

—¿Algún consejo, William? Tú tienes dos hijas que no pueden ser más perfectas.

Puse los ojos en blanco. Preston era un chupaculos oficial. Lo que, pensándolo bien, no ayudaba demasiado a mejorar la imagen que tenían de mí.

—Gracias, hijo. El único consejo que te puedo dar es que confíes en tu instinto. Y que, si es una chica, te armes de paciencia.

Ambos se rieron y yo sonreí entre dientes, aunque me daban arcadas esa clase de comentarios y me costaba disimularlo. En realidad, siempre me suponía un gran esfuerzo fingir delante de los Allen que encajaba en su familia, cuando a menudo me daba la sensación de ser un extraño entre ellos. Me respetaban y respetaban la elección de su hija, pero siempre me miraban como si se mereciera algo más. Supongo que, de alguna forma, era cierto y no podía culparlos.

—Lo tendré en cuenta.

—Ahora solo falta que mi Grace nos dé la sorpresa. Sería maravilloso que los primos se llevaran poco tiempo, ¿no crees, Levi?

Me tensé más aún y asentí en silencio.

—Sería una alegría, William. Perdonadme, es importante.

Saqué el teléfono del bolsillo, una excusa demasiado obvia para largarme de allí, y me colé dentro de la casa. No podía respirar. Sentía el sabor del puro en la lengua y sudor en la espalda. Y la responsabilidad. Y la jodida culpa. Todo ello pesando sobre mis hombros como piedras cada vez más grandes que no sabía cuánto tiempo podría soportar.

• V •

De camino a casa en la camioneta, Grace estaba molesta. Se le notaba por la forma en la que arrugaba la nariz, como un ratoncito, y en los suspiros que lanzaba sin aparente motivo. No me apetecía discutir, la velada ya había sido jodidamente agotadora, pero tampoco me resultaba alentador meternos en la misma cama en ese estado. Ya había comprobado que lo que se calla antes de dormir acaba por acompañarte en sueños.

—¿Se puede saber qué te pasa?

—Nada.

Coloqué la mano sobre su muslo, pero ella apartó la pierna y se volvió hacia mí con brusquedad.

—¿Se puede saber qué te pasa a ti? Llevas así desde la comida.

La miré de reojo y apreté el volante entre mis dedos.

—¿Qué significa «así»?

Ella bufó y se cruzó de brazos.

—Así. Como eres cada vez que te encierras en ti mismo.

Tragué saliva e intenté justificar mi actitud huraña ante una Grace a la que no era habitual ver tan enfadada.

—Solo... sabes que tus padres son demasiado intensos para mí. Lo siento. Procuraré mostrarme más cercano la próxima vez.

Cogí su mano y le dejé un beso en la palma. Pareció funcionar. Se tranquilizó, suspiró y clavó la mirada en la ventana. Solo fue una calle, porque cuando giramos la siguiente la tensión en el coche se hizo de repente irrespirable.

—Es por el bebé. Te molesta el embarazo de mi hermana —susurró asombrada.

—¿Estás loca? ¿Cómo iba a molestarme? Me alegro mucho por ellos, Grace. De verdad. Van a ser unos padres estupendos.

Ella se rio con desgana. Miré de reojo mientras conducía, intentando discernir qué era lo que estaba pasando por su cabeza, pero todo iba demasiado deprisa y, siendo honesto, sabía que no estaba preparado para una conversación que me aterrorizaba.

—Lo sé, eso lo sé. Pero te molesta porque, en el fondo, te recuerda que nosotros deberíamos ser los siguientes. Te hace pensar en todo eso que no me cuentas, no sé si por cobardía o porque crees que soy tan tonta como para no saberlo.

Su voz se rompió al final, pero no lloró. Parecía más serena que nunca, aunque también inmensamente triste.

—Grace.

Volví a buscar su tacto, pero no me lo permitió.

—No, Levi. Estoy cansada de fingir que todo va bien, cuando no es cierto. Para el coche.

—¿Por qué iba...?

—¡Que pares el coche! —dijo fuera de sí, lo que nos sorprendió a los dos.

Me desvié en la bocacalle que llevaba a la escuela y paré el motor. Su respiración sonaba errática y tenía los ojos vidriosos, aunque no derramó ni una lágrima. Parecía a punto de reventar y eso fue justo lo que hizo.

—Levi, ¿quieres tener hijos? Sé sincero. Porque yo sí. Sé que somos jóvenes y no tiene por qué ser ahora, no te estoy presionando, pero necesito saber si esa posibilidad sigue existiendo o no. Necesito que seas sincero conmigo como yo siempre lo he sido contigo y que no eches a correr cada vez que el tema se menciona, aunque sea de pasada.

Ahí estaba, el puto fantasma que compartía cama, casa y vida con nosotros. Uno enorme que me empujaba, me asfixiaba y me hacía huir de todo lo que tuviera que ver con la toma de decisiones. Era un cobarde. Un puto cobarde que había querido crecer tan deprisa que se había acabado dando de bruces con algunas parcelas de madurez para las que no estaba preparado.

Me pasé las manos por el rostro y pensé de nuevo en nuestros planes, en las conversaciones que habíamos tenido al comenzar a salir, en el futuro que yo me imaginaba y en el que sí, siempre había dos niños corriendo a mi alrededor; dos críos con los que me veía de excursión por el bosque, enseñándoles a orientarse con las estrellas y que me harían desear ser mejor persona. Dos niños que, dentro de la camioneta aquel día con Grace, me hicieron sentir tan culpable como para odiarme.

—Quiero ser padre, Grace. Pero no ahora. No quiero que nadie me empuje a tomar una decisión que no sé si puedo escoger ahora. ¿Entiendes eso?

Meditó mi respuesta unos segundos y después me pidió que arrancara el coche. Sin más. Como si no hubiese sucedido nada. La conversación acabó ahí; no sé si porque lo que le dije fue suficiente para ella o porque, en su interior, Grace había tirado la toalla. Solo sé que las cosas a partir de ese momento cambiaron, aunque escogimos no darnos cuenta.

• V •

Aquella noche, cuando Grace se desnudó, la atraje hacia mi cuerpo y la abracé. No hubo sexo. Tampoco palabras. Creo que ya se dijo demasiado en aquel coche y se calló mucho más en aquella cama. Sabía que no estaba siendo justo, pero las relaciones no siempre se mantienen con la verdad, seamos sinceros, las mentiras funcionan como tiras de celo que tapan las grietas; tiritas que esconden las heridas que aún están, aunque las ignoremos.

Además, hasta ese momento callarnos algunas cosas nos había funcionado bien, así que nos agarrábamos a ello; cada uno se sujeta como puede para no caer. Yo tenía mis secretos y Grace también. No intento justificar mis actos, pero ella ya por entonces comenzaba a desviarse del camino que nos mantenía unidos.

Cerré los ojos para dormirme y los vi de nuevo. Esos dos críos. Esos que Grace deseaba y que juro que yo también. Esos que veía en mi futuro pero que, a la vez, me hacían regodearme en la culpa por lo que significaban. Esos que en mi cabeza no tenían el cabello y los ojos claros que compartíamos Grace y yo, sino el pelo oscuro alborotado de Violet y sus preciosos ojos rasgados.

Julio, Vi

Me gustaba perderme en su espalda. Algunas tardes las pasábamos tiradas en la cama, viendo películas o hablando de todo y nada, sin ropa, con las sábanas enredadas que nos acabábamos arrancando para olvidarnos del mundo la una en los brazos de la otra. Y, cuando nos saciábamos y volvíamos a descansar en silencio, yo me perdía en su espalda. Hannah tenía una línea de lunares en la zona baja, eran siete y los recorría una y otra vez con los dedos. A veces, con la boca. Me imaginaba que eran un universo paralelo que solo yo conocía.

«Vas a borrármelos», me decía, pero se reía como una niña y me dejaba hacer sin quejas.

A Hannah le gustaba jugar con mi pelo. Su mano traviesa se ocultaba entre los mechones mientras yo le contaba cómo me había ido el día y lo cansada que estaba. Compartía con ella cualquier tontería que se me pasaba por la cabeza y ella siempre se las tomaba todas en serio.

Salíamos poco, pero, cuando lo hacíamos, lo disfrutábamos de un modo sano, calmado, nada que ver con las fiestas que tanto me gustaron en el pasado. Sus amigos se convirtieron en los míos y viceversa. Conocí a su hermano y yo le hablé de mi padre, incluidas sus sombras, porque quería que lo supiera todo de mí. Eso ocurre, ¿no?, cuando quieres a alguien deseas que lo haga por lo que eres, tanto lo bueno como lo malo.

Y si algo tengo claro es que Hannah y yo nos enamoramos. Así de simple y de bonito. Así de perfecto.

• V •

—Me gusta esta.

La abracé por detrás y observé con ella las figuras de madera que Levi seguía enviándome de vez en cuando y que decoraban la base de la chimenea. Hannah había cogido una mariposa. Jamás la habría elegido mi favorita. Yo habría escogido cualquier otra con la que me sintiera más cerca de Levi, pero no esa. Y por eso también me gustaba Hannah, porque respetaba mis secretos y no deseaba hacerlos suyos.

—Se lo diré la próxima vez que hable con él.

—¿Cuándo voy a conocerlo?

Me encogí de hombros. No era la primera vez que mostraba su interés por acompañarme a Whitefish. Y yo quería que Hannah conociera todo lo que formaba parte de mi vida, incluso lo menos bonito, pero a ratos me inquietaba la idea. Juntar mi pasado y mi presente en la misma habitación me daba miedo. ¿Y qué hacía yo cuando algo me daba miedo? Me lanzaba como una kamikaze esperando que el trago pasara cuanto antes.

—Podríamos ir en octubre. Tú ya habrás acabado el rodaje y yo estoy libre hasta noviembre.

Se volvió con una sonrisa radiante y tragué saliva.

—¿De verdad? —Asentí y me dio un beso suave—. Tengo muchas ganas de conocerlos a todos. Quiero saber dónde te criaste. Me cuesta imaginarte entre montañas.

Me reí, aunque por dentro temblaba. Supuse que era la reacción ante la idea de cerrar del todo una puerta. Pero me hacía mayor. Y era feliz. Había llegado el momento de dejar atrás lo que ya no podía ser y vivir lo que sí era.

Septiembre, Levi & Vi

—Eres un blando, Levi Manson.

—¿Qué he hecho ahora?

—Eres un hombre blando y ñoño.

—¿Estás llorando, Vi? ¿Qué ha pasado?

—Eres un hombre, blando, ñoño y un grano en el culo a veces, pero también jodidamente encantador.

—No llores, Vi...

—Le ha encantado. A Hannah. Ha llegado la mariposa de madera que has tallado para ella y, si hubieras visto su cara, te habrías enamorado locamente.

—¿Y a ti? ¿A ti te ha gustado?

—A mí me ha hecho quererte más de lo que ya te quiero.

—Vi..., no.

—Sé que te lo digo poco. Sé que quizá no debería hacerlo. Pero te quiero, Levi. Joder si te quiero.

—Oye, Vi... Yo también. Yo...

—Ya lo sé, tonto. Ya lo sé.

Octubre, Vi

Nunca había llevado a nadie a mi casa. Me di cuenta en el momento en el que Hannah entró en el salón y mi padre la saludó tan nervioso que le temblaba la voz. Jamás. Ni siendo una niña había invitado a amigos; tampoco de adolescente. Mucho menos una vez había rehecho mi vida lejos de allí. Solo a Levi. Pero Levi era tan parte de esa casa como yo, así que no contaba.

Por eso, cuando vi a Hannah observando las paredes que sujetaron mi infancia, sentí una opresión en el pecho. No era tristeza, ni vergüenza, ni miedo. Era amor. Era algo que creí que nunca volvería a sentir. Y no se parecía al primero, era otro; bonito, sincero, sereno y feliz. Otro que Levi había encontrado en Grace y que Hannah me había regalado también a mí.

—Luke, es una casa preciosa.

Mi padre negó con la cabeza, un poco avergonzado, y me mordí el labio para contener la risa.

—Es vieja, pero Violet y yo nunca necesitamos más.

Sonreí y me fijé en los detalles que la hacían distinta. No solo estaba reluciente, sino que había algo en ella que la hacía parecer un hogar acogedor. Habría sido bonito crecer en esa casa, la misma en la que lo hice y, a la vez, otra totalmente diferente.

—Es cierto, aunque Hannah tiene razón, papá. Está mucho mejor. ¿Has cambiado las cortinas?

—Laura me ayudó.

Alcé una ceja y me volví para observar a mi padre, que apartó la mirada con disimulo.

—¿Laura?

—La señora Hudson. —Chasqueó la lengua—. Sabes que somos amigos.

Sonreí entre dientes y compartí con Hannah una mirada llena de complicidad. «Vaya, vaya —pensé—, mi padre y Laura Hudson.»

La vida, sin duda, me volvía a demostrar su cara más impredecible.

• V •

—¿Qué es?

Estábamos en mi cuarto y Hannah había seguido mi mirada hasta el cuaderno de recortes que guardaba polvo en la mesa. Me acerqué con rapidez y tapé su título con las manos, un poco avergonzada por lo que ocultaba entre sus páginas. No sabía por qué, pero no me gustaba la idea de compartir esa parte de mi vida con nadie que no fuera Levi. De alguna forma, era tan nuestro como el mayor de los secretos.

—Nada. Juegos de niña.

Lo metí en una caja en la que la última vez había separado algunas cosas que ya no tenía sentido guardar. Trastos que no servían para nada. Juguetes rotos. Ropa con la que vivía disfrazada la mayor parte del tiempo. Recuerdos que no me sentía tan valiente como para tirar, pero que tampoco sabía cómo encajar con mi vida en Los Ángeles. Por eso seguían ahí, sin encontrar su sitio.

Mi habitación ya no era más que un lugar de paso donde ni siquiera dormía, porque papá y Laura se habían ocupado de acondicionar el otro cuarto que teníamos para que Hannah y yo pudiéramos dormir juntas en una cama que no fuera de tamaño infantil. Sonreí al recordar las veces en las que Levi y yo nos hicimos un ovillo y soñamos en ella sin miedo. Nunca nos pareció pequeña. Nunca necesitamos más espacio.

Aparté la mirada de los recuerdos y tragué saliva.

—¿No te da pena? —me preguntó Hannah.

—Quizá, pero ¿qué sentido tiene congelar este lugar? Mi padre podría usarlo para algo más útil.

—¿Como un gimnasio? —Nos reímos; ninguna imaginaba a Luke Cassavetes convirtiendo la habitación en una sala de musculación—. Tal vez sería una bonita biblioteca.

—O una bodega. —Hannah me recriminó con la mirada por bromear con eso, aunque escondió una sonrisa—. Lo siento. Es la costumbre.

Asintió y yo contuve el aliento al ver el bastón que me hizo Levi apoyado bajo la ventana. Había pasado tanto tiempo que apenas era capaz de reconocerme en esa niña excéntrica que lo conoció a la salida de un entierro.

—¿Lo hizo Levi?

—Sí. Podría decirse que por ese bastón nos hicimos amigos.

Hannah me abrazó por la espalda y entrelacé mis manos con las suyas. Me dejé caer sobre su cuerpo y sentí sus labios en mi cuello. Estaba bien tenerla allí. No era malo, como había creído durante años. Siempre me había imaginado que me sentiría triste, enfadada o avergonzada si algún día alguien veía el agujero donde había crecido. Pero todas esas ideas se habían evaporado. Quizá porque ya no me importaban ni me hacían daño. Me había perdonado y era una sensación increíble.

Noté su aliento en el oído.

—Tenemos que irnos. Levi no soporta la impuntualidad.

Me reí porque Hannah supiera algo tan personal sobre Levi. Después cogí aire, me volví y le besé los labios con ganas antes de cambiarnos para marcharnos y hacer real del todo que Levi y yo ya éramos historia.

Octubre, Levi

Nos despedimos de ellas en el porche. Hannah y Grace se dieron un abrazo mientras Vi y yo nos mirábamos ocultando una sonrisa inevitable. Seguía siendo extraño verlas juntas. Se deshicieron una vez más en halagos una hacia la otra, hasta que Vi puso los ojos en blanco.

—Ya basta, Grace. O querrá quedarse aquí con vosotros.

Hannah se rio y le dio un pellizco a Vi en la cintura.

—Al ritmo que vamos, acabaremos adoptando, ¿quién mejor que alguien como Hannah Abney?

Nos reímos ante la broma de Grace, aunque fue tan afilada que la sentí clavárseme en la piel. Un reproche envuelto en dulzura que sumar a los que ya cargábamos. Vi lo notó, pero no dijo nada. Solo dio un paso un tanto brusco, como si hubiera estado conteniéndose toda la noche, y me abrazó con fuerza. Su olor me transportó a aquellas noches en el bosque en las que creíamos que todo era posible.

—Me ha encantado verte, Levi.

—Es perfecta para ti, Vi.

—Lo sé.

Sentí sus dedos apretándome las costillas, agarrándose a

mí por un instante demasiado breve, y le dejé un beso sentido en la frente. Ya la echaba de menos y aún no se había ido.

—Ve un día a casa —me susurró para que solo lo oyera yo; a mi lado, Grace alababa el bolso de Hannah; su voz me resultaba vacía, aguda y molesta; su emoción por tenerlas en casa era excesiva—. Hay algunas cajas en nuestro dormitorio. Ocúpate de los recuerdos, Levi. Ocúpate tú, porque yo no puedo.

Tragué saliva y asentí. Luego las vimos marchar.

Por una vez tenía la certeza de que Vi no solo parecía feliz, sino de que lo era; pese a ello, en mi cabeza solo podía oír una y otra vez ese pequeño desliz que había tenido con su petición. «Nuestro dormitorio», había dicho. No suyo, sino también mío. Un hilo minúsculo que se me anudaba en el dedo y que me hacía desear tirar y tirar.

• V •

—Ha ido bien, ¿no? —preguntó Grace, aún demasiado excitada por la visita.

—Claro.

Seguí metiendo los platos en el lavavajillas mientras ella secaba las copas que había lavado a mano para que no se rompieran. Era como tener a mi lado a la Grace adolescente que colgaba pósteres de famosos en su dormitorio.

Habíamos compartido una cena mucho más agradable de lo que me habría imaginado nunca. El encuentro había superado todas mis expectativas y se acercaba mucho a mi ideal de relación entre las dos partes fundamentales de mi vida. Yo necesitaba a Vi en ella y, por fin, había logrado encajarla de un modo con el que Grace se sentía cómoda. No había sido sencillo, pero habíamos encontrado una parcela en la que todos parecíamos estar a gusto.

Sin embargo, algo no me cuadraba. Nuestras actitudes me resultaban un tanto impostadas. La de Vi, comportándose de un modo complaciente que no casaba muy bien con ella. La de Grace, demasiado entregada a que la situación fuera amigable, casi familiar, casi íntima. La de Hannah, en exceso confiada de que ninguno guardábamos secretos. Como si tuviéramos que esforzarnos demasiado para que esa dulce burbuja en la que nos mecíamos no saltara por los aires.

—Hannah es encantadora. Aún no me creo que haya estado en nuestra casa. Y Violet parece otra. Se la ve... Está...

Pensé en Vi. En sus ojos brillantes. En su intensidad, avivada por mil. En sus sonrisas. En el orgullo que transmitía hablándole a Hannah del mismo hogar del que se había esforzado tanto por huir; contándole anécdotas de los dos sin parar de las que nos habíamos reído con ganas, pese a que la nostalgia se nos escapaba en cada bocanada.

La palabra que Grace no encontraba me salió sola y con demasiada vehemencia.

—Radiante.

—Eso es. ¡Sí! Es exactamente eso. Brillaba de pura felicidad. ¿No es increíble que estén juntas? Sabes que no lo juzgo, solo que jamás creí que Violet acabaría tan enamorada de una mujer.

Metí una bandeja con fuerza y chocó con la vajilla. El sonido rompió un silencio que no sabía que existía por debajo de esa conversación que era más incómoda de lo que parecía. Y yo tampoco juzgaba, solo que... solo que estaba hablando de Violet.

—Está bien que te alegres por ella, pero ¿desde cuándo la felicidad de Vi te importa?

Mi dureza nos sorprendió a ambos, pero no podía parar. Necesitaba soltar algo de lo que me bullía por dentro, si no quería explotar.

—¿A qué viene eso? ¿Acaso tú no te alegras de que sea feliz? Es tu mejor amiga.

—Claro que me alegro, Grace. Lo que no entiendo es por qué te has comportado hoy como si fuera la tuya.

De repente, sentía que no conocía a la persona con la que compartía la vida. Porque Grace, la misma que era buena, comprensiva y que siempre había defendido mi amistad con Vi, pese a lo que arrastrábamos, estaba exultante solo porque esa noche la había visto tan enamorada de Hannah que se había convertido en alguien inalcanzable; lo que significaba que también lo era para mí. Y no lo hacía por pura protección, sino porque se alegraba de que eso pudiera hacerme daño. En eso nos estábamos convirtiendo.

Se apoyó en la encimera con los brazos cruzados y me miró con una sonrisa altiva.

—¿Estás celoso?

—¿De Hannah? Joder, Grace, no creo que volvamos a discutir por...

—No me refiero a eso. ¡Estás celoso de mí!

Se echó a reír y negué con la cabeza. No comprendía cómo habíamos llegado a esa conversación. En realidad, seguía sin entender en qué momento nuestra relación se había transformado en una llena de puntas afiladas que nos lanzábamos sin cesar. Habíamos pasado de encajar a la perfección a molestarnos solo por estar al lado del otro. Los detalles, las manías que nos hacían gracia, habían pasado a resultarnos irritantes. Yo quería a Grace, pero ya no sabía si lo hacía con la intensidad suficiente; la indiferencia comenzaba a comerme por dentro y a ocuparlo todo.

¿Estaba celoso de ella por la complicidad que le había mostrado a Vi y que ella había aceptado como un regalo para dejar de sentirse culpable? No, no era eso. O quizá sí. Pero había más, mucho más. Estaba el vacío que había sentido al darme cuenta de cómo Hannah y ella se miraban; el sentimiento de pérdida, duro y punzante, porque Vi ya no me mirase a mí de ese modo; la sensación de querer viajar atrás en el tiempo y no permitir que lo mío con Grace se torciera tanto como para sentirme un preso en mi propia casa.

—Ni siquiera voy a contestar a eso.

—Estás celoso, Levi. Odias no ser el centro de su universo y odias que hoy hayamos sido dos parejas normales, porque solo significa que lo que fuisteis ya no existe. Eso tan especial que teníais se ha desvanecido. —Hizo una pausa y yo sentí que me temblaba el cuerpo; sus palabras no eran solo verdades, sino también golpes que me costaba encajar sin derrumbarme—. Siempre habéis sido demasiado egoístas el uno con el otro. Al menos me alegra saber que uno de los dos lo ha superado ya. Qué lástima que no sea mi marido.

—Grace...

Cerré los ojos y digerí ese discurso que dolía más que el rencor que se colaba entre sus palabras.

—No te preocupes, Levi. Ha dejado de importarme. Como todo lo demás.

Se encogió de hombros y se encerró en el lavabo. Últimamente lo hacía a menudo. Cuando salía yo ya estaba en la cama y fingía que no escuchaba los susurros hablando por teléfono al otro lado de la puerta.

• V •

Unos días después me acerqué a casa de los Cassavetes. Hacía tiempo que no pasaba por allí y me alegré de comprobar con mis propios ojos lo que Vi nos había contado en la cena. Su padre, gracias a la siempre bondadosa Laura Hudson, parecía otro, y ese cambio se reflejaba en cada puto rincón de la casa. No solo no había vuelto a beber tras el accidente, sino que, aunque tarde, había levantado un hogar.

—Luke.

—Señor Manson. Qué inesperado placer.

Me saludó quitándose un sombrero imaginario, como cuando solo era un crío y él, un borracho, y acabé estrechándole la mano con una sonrisa. Me alegraba de veras de verlo así.

—He oído que le van bien las cosas —le dije sin ocultar mis segundas intenciones; Vi nos había confesado que tenía un presentimiento sobre su padre y la señora Hudson, lo que solo había confirmado los rumores que ya corrían sobre ellos.

Luke cuadró los hombros con orgullo, aunque parecía algo cortado.

—No puedo quejarme. Mi hija es feliz y yo he resarcido mis demonios. ¿Qué más puede pedir un hombre?

—¿Amor?

Carraspeó y me dio una colleja al pasar por su lado.

—Métete en tus asuntos, Manson. Para mí sigues siendo un niño.

Me reí y, pese a que estaba siendo divertido verlo tartamudear como un crío, decidí dejar el tema y explicarle a qué se debía mi visita.

—Me dijo Vi que había dejado unas cajas en su cuarto.

—Claro, pasa. Estás en tu casa.

Subí la escalera conteniendo el aliento. Notaba el corazón acelerado y me temblaban las manos. ¿Por qué? Joder, no lo sé. Supongo que conocía lo bastante a Vi como para saber que podía encontrarme cualquier cosa.

Sin embargo, en cuanto entré en esa habitación en la que nos habíamos escondido tantas veces del mundo, la impresión fue como un balazo. No quedaba nada. Todo estaba vacío y limpio. No había restos de la Violet soñadora, caótica y única que creció entre esas paredes y las llenó de vida. Los muebles no guardaban más que polvo y se había deshecho del armario. La cama estaba sin hacer y a los pies del colchón se veía un agujero comido por las polillas. No había cortinas. Ni fotos.

Me senté en la cama y me esforcé por recuperar la respiración. Me estaba ahogando. Porque Violet se había ido del todo. Eso sentía; que, si ella desaparecía, una parte de mí también lo hacía. Grace tenía razón. Nos habíamos convertido en otros, pero en esa ocasión yo sentía que me había quedado atrás, estancado, y que Vi había volado demasiado lejos. Vi tenía a Hannah y yo tenía a Grace, pero era una Grace a la que ya no podía sujetarme.

Reparé de reojo en una caja bajo la ventana y la cogí. En su interior había un montón de trastos y todos los reconocía. Un taco de entradas de cine de todas las veces en las que la invité y después jugamos a cambiarles los finales a esas películas. Un ramo de flores que recogimos una tarde en la montaña y que Vi prensó entre las hojas de un libro para que nunca olvidáramos que habíamos visto un oso bailando. Un collar de cuentas, hecho con los cristales de una vieja lámpara, que solo se ponía los días de lluvia. Una peluca que le había regalado Russell y con la que disfrutaba asustando a su padre por el pasillo. Momentos. Aventuras inventadas. Instantes que cobraban valor y sentido a través de sus ojos mágicos. Nuestra infancia condensada en una jodida caja que Vi no había sido capaz de llevarse con ella y de la que me hacía responsable a mí.

La magia se había evaporado. Crecer era dolorosamente cruel.

Entonces, entre todos esos objetos, vi un destello. Saqué el cuaderno y sonreí.

La extraordinaria vida de Violet Cassavetes

Me había olvidado de su existencia, pero ahí estaba.

Lo abrí con cuidado; aún se desprendía la purpurina azul de su portada. Pasé las páginas, riéndome a carcajadas cuando leía las anotaciones de Vi o veía esos estrambóticos modelos que deseaba vestir cuando se hiciese mayor. Algunos habían acabado copando portadas.

Tuve que aceptar que lo había logrado todo.

No obstante, cuando llegué a la última página, sentí que mi mundo se rompía de nuevo. Se desestabilizaba. Se deshacía bajo mis pies para recordarme que daba igual las vueltas que diera la vida, daban igual las decisiones que tomáramos o que nos enamorásemos de otros. Nada de eso importaba. Nada. Porque Violet lo había escrito en el libro de su vida y eso era todo. Así eran las cosas. Así funcionábamos nosotros.

Levi & Vi, desde 1993 hasta el fin del mundo

Acaricié las letras escritas bajo la fotografía. En ella Vi tenía nudos en el pelo y yo un corte en la ceja de una de nuestras aventuras en el bosque. Sonreíamos, soñábamos sin miedo y lo hacíamos juntos. Una imagen de los dos que ponía punto final al futuro soñado de Vi y asumí que no podía ser de otra manera. Lo quisiéramos o no, éramos Levi y Vi. Estábamos unidos. Nuestro pasado cabía en una caja, pero el futuro... el futuro aún estaba por ver. Un infinito lleno de posibilidades.

Recogí todo y me marché. Ya en mi taller, junté aquellos recuerdos con los que yo también escondía.

Noviembre, Levi

—¿Dónde está Grace? —me preguntó Markus.

—Se ha ido a Kalispell.

—¿Otra vez?

Asentí, curvando los labios, y acepté la cerveza que dejaba frente a mí. Era un sábado más, pero por primera vez desde hacía más tiempo del que podía recordar estábamos Markus y yo solos. Gillian tenía un asunto familiar del que su novio se había librado con la excusa del trabajo y Dave, una cita que ya sabíamos de antemano que saldría igual de mal que todas las demás.

—Tenía una cena con los del museo. No la culpo. Nos tiene muy vistos y cuando llega el frío esto es demasiado aburrido.

Sonreí a medias, pero sabía que Markus no era tonto. Ninguno lo éramos, aunque ya sabes lo que dicen, no hay más tonto que el que no quiere ver, y me daba la sensación de que no dejaba de apretarme yo mismo la venda que me cubría los ojos.

—¿Va todo bien entre vosotros?

—Sí.

—¿Y por qué no te creo?

Suspiré y pedí otra cerveza.

• V •

Dos horas más tarde tenía los ojos vidriosos y los reflejos ralentizados. Markus fumaba a mi lado y se reía de vez en cuando con la mirada clavada en un grupo de chicas que bailaban con gracia en la entrada del *pub*. No habíamos hecho gran cosa, beber una cerveza detrás de otra mientras hablábamos de todo y nada, pero sentía que estaba a punto de abrir una puerta que me convenía tener cerrada.

No obstante, el alcohol nunca es aliado de las decisiones sensatas.

Miré a mi mejor amigo y lancé una pregunta que me desnudaba más de lo que deseaba.

—Markus, ¿crees en los «para siempre»?

Se volvió sobresaltado y frunció el ceño.

—Joder, has bebido demasiado. No te pongas moñas conmigo, te lo aviso.

Me reí y negué con la cabeza. Quizá era cierto que me había pasado con las cervezas, pero, de pronto, me sentía más sereno que nunca. Notaba que veía lo que me rodeaba con una claridad que llevaba tiempo evitando.

—No, no es eso. ¿Crees que Gillian es el amor de tu vida?

Markus chasqueó la lengua y meditó mi pregunta con la mirada alzada al cielo. Llovía un poco, pero ni siquiera parecíamos notarlo.

—No me gusta pensar en ello, porque, aunque me agrade la idea, no lo sé. Es imposible saberlo. Podría decirte que sí, que es la mujer con la que me veo levantándome cada mañana, pero a lo mejor en una semana la odio y todo se acaba, así que ¿para qué comerme la cabeza?

Aquello tenía sentido. Sin embargo, pensé en mi vida, en mis relaciones, en mis sentimientos, en lo jodido del amor como concepto y confesé lo que llevaba meses callando por miedo a tener que tomar decisiones al respecto.

—Creo que Grace tiene una aventura.

Markus asintió con calma, pero no pareció sorprendido. Solo suspiró y me ofreció un cigarrillo. Joder, mi vida era aún más desastrosa de lo que pensaba.

—¿No vas a decir nada?

—¿Qué quieres que te diga? ¿Que no me lo esperaba? —Maldijo entre dientes—. No te culpo por ello y, créeme, no me parece la salida más honrada por su parte, pero sí, no te voy mentir y decirte que me sorprenda.

Sonreí sin apartar la mirada y le palmeé la espalda.

—Gracias, Markus.

—¿Por qué?

—Por ser así. Por no disfrazar nunca la realidad.

Aceptó mi cumplido y nos mantuvimos en silencio unos segundos, un silencio solo roto por los cigarrillos consumiéndose y las risas de esas chicas desconocidas a lo lejos. No sé en qué pensaría Markus, pero yo intenté comprender qué significaba «para siempre» y fue fácil. Fue jodidamente sencillo.

—Sigues pensando en ella, ¿verdad?

Suspiré y me agarré a esa imagen que no se me iba de la cabeza. A los recuerdos. Al vértigo. A lo único constante de mi vida, en los buenos y en los malos momentos. A lo que nunca se iba, quizá, porque era tan parte de mí como mis manos callosas o mi carácter introvertido.

—Constantemente.

Markus arrugó el rostro, pero, por primera vez desde que pensaba en Vi y en mí, no pareció irritado, sino resignado.

—Quizá sí que exista eso de «el amor de tu vida», Levi. Solo que para algunos está más claro que para otros. Algunos tenéis la suerte de encontrarlo a los diez años.

Pensé en Vi y el corazón me latió más fuerte.

Diciembre, Levi

Era una tarde de diciembre. La Navidad estaba a la vuelta de la esquina y llevábamos días sin quitarnos las botas de nieve. Grace había ido a recogerme al taller; sus padres nos habían invitado a cenar y se me había venido el tiempo encima trabajando, así que se había molestado en llevarme ropa limpia para cambiarme allí e ir directamente al restaurante.

—¿Sigues sin saber qué celebramos esta noche? —le pregunté.

—Intuyo que el ascenso de Preston en el banco, pero ya sabes lo que les gusta el misterio. Podría ser cualquier cosa.

Sonreí y cogí la bolsa que me había traído.

—Deja que me asee un poco y nos vamos.

—Claro.

Se sirvió un café y me encerré en el baño. Me quité la ropa y me lavé como pude; no tenía un gran aspecto, llevaba la barba demasiado crecida y se me veía cansado, pero su familia debería conformarse con eso. Durante esas fechas siempre teníamos demasiado trabajo. Además, el numerito de familia perfecta me apetecía lo mismo que comerme un plato de insectos.

Las cosas no iban fatal, pero tampoco bien; simplemente,

iban. Entre Grace y yo se había alzado un muro que nos esforzábamos por ignorar, pese a que todo el mundo lo percibía. Habíamos dejado de hablar del futuro; eso podía haber sido bueno si hubiéramos sido capaces de centrarnos en el presente, pero tampoco era el caso. Los gestos espontáneos de cariño habían ido desapareciendo poco a poco. A ratos me costaba recordar cómo era pasar por su lado y sentir sus labios en mi mejilla solo por su necesidad constante de demostrarme su afecto. A otros debía reconocer que había olvidado cómo era tirar de su mano y sentarla en mi regazo por la mía de sentirla cerca. Vivíamos juntos y compartíamos las rutinas del día a día, pero nos habíamos distanciado y ninguno de los dos parecía querer hacer nada para remediarlo. No era que nos hubiésemos conformado, sino que había tantos silencios sin romper que habían abierto un abismo entre nosotros.

Cuando te aíslas tanto, es complicado acercarse incluso para discutir.

Salí con la toalla en las manos y entonces me la encontré seria, más lejos que nunca y con un final escrito en su rostro. Uno que, pese a que llevábamos tiempo tentándolo, me resultaba un golpe de realidad para el que no estaba preparado.

«No, Grace, no lo hagas. No me dejes. No me obligues a enfrentarme a lo que llevo años intentando olvidar.»

El corazón me retumbaba en los oídos. Las manos me sudaban. Quería echar a correr hacia ella, guardar todo lo que había descubierto, lanzarlo sobre la nieve hasta que quedara oculto de nuevo y gritarle que aquello no era nada. Que todo iba bien. Que nosotros éramos Levi y Grace y lo seguiríamos siendo. Pero, en cambio, me sentía paralizado. Quizá porque ni siquiera en ese momento me creí las mentiras que llevaba una eternidad repitiéndome.

La caja roja metálica estaba sobre la mesa. Grace había sacado todas las postales y las había colocado con rectitud, como si guardaran un orden en su cabeza. Las pertenencias que Vi me había cedido descansaban a su lado. Todo mi pasado expuesto entre ambos, un pasado que Grace acababa de descubrir que seguía formando parte de nuestro presente más allá de lo que ella nos había permitido. Uno que también dejaba a la vista que, en aquel taller, que era más mío que ningún otro lugar en el mundo, no había ni un rincón que me recordara a mi mujer. Ni una foto. Ni un detalle que me hiciera pensar en nosotros cuando me encerraba allí durante horas solo. Nada.

Me sentía desnudo; vulnerable; avergonzado a tantos niveles que me costaba encontrar las palabras que ella acabó pronunciando por los dos.

Alzó la mirada y me clavó sus ojos enrojecidos.

—Nunca escogiste.

—Grace, eso no es cierto.

Sacudió la cabeza y se pasó la lengua por los labios. Los tenía agrietados por el frío. Después rozó las esquinas de esas postales con delicadeza, como si el gesto la ayudase a comprender qué más secretos escondían.

—Lo peor de todo es que, en el fondo, lo sabía. Preferí ignorarlo porque te quería, Levi, pero lo sabía. Siempre ha sido ella.

Di dos pasos, pero la mesa se interponía entre nosotros. Tenía miedo. Estaba aterrorizado. Y necesitaba que ella lo supiera; necesitaba que Grace entendiera que aquello me dolía y que no podía aceptar que lo nuestro se terminara. Porque, pese a todo, pese a Vi y a mis sentimientos, yo la quería. La deseaba, y deseaba nuestra vida. Era el camino que había escogido.

—No... Te elegí, Grace. Te elegí a ti.

—Quizá sea cierto, pero este pequeño altar dedicado a Violet demuestra que no sirvió de nada. Este taller eres tú y no hay sitio para mí, pero sí para ella. ¿Es que no lo ves?

La vi guardar las postales en la caja con cuidado. Su delicadeza me ponía nervioso. Habría preferido que las tirase, que las rompiese en mil pedazos, que me gritase e hiciese que volasen trozos de madera y polvo por los aires. Pero entonces me di cuenta de que Grace ya no era una Grace dispuesta a pelear por lo que quería. Quizá porque, precisamente, eso era lo que sucedía: aquello que teníamos ya no lo quería. Tan simple. Tan doloroso.

Rodeé la mesa para acercarme a ella.

—Lo siento. Es lo único que puedo decirte. No debí haber escondido las postales. Pero no significan nada. Vi y yo solo somos buenos amigos. Lo sabes. Lo has visto.

Ambos pensamos en la cena que habíamos compartido los cuatro, tan idílica en apariencia, pero Grace sacudió la cabeza.

—Vi y tú siempre seréis algo más. A Hannah podréis colársela, pero a mí no me trates como si fuera imbécil.

Chasqueé la lengua y miré al techo. Obviamente, las vigas no me dieron ninguna respuesta. Odiaba decepcionar a las personas a las que quería y no dejaba de hacerlo. Eso sentía. Y, de algún modo, asumía que siempre era por Vi; por aquello que nos hacía seguir unidos, por encima incluso del amor por otros.

Me pasé las manos por el rostro y acepté que había tocado fondo. Estaba perdido y ya no tenía sentido seguir fingiendo una vida que hacía tiempo que no encajaba conmigo.

Pensé en Vi. En lo que aún despertaba en mí. En que era incapaz de soltarla. En los recuerdos encerrados en una caja.

—Ni siquiera sé qué somos, solo...

No terminé la frase. Ella tampoco me lo pidió. Dejé en el

aire todas las posibilidades que nos englobaban a Vi y a mí, y ese silencio fue lo que Grace necesitó para alejarse del todo.

—Se acabó, Levi. Voy a mudarme a Kalispell.

Sus palabras me cayeron con fuerza y se me revolvió el estómago. Estaba sucediendo y no podía permitirlo. No después de tanto esfuerzo, de tantas decisiones pensando únicamente en lograr ser felices juntos.

—¿Qué? ¿Por qué?

Sonrió a medias.

—Porque quizá tú no te atrevas a escoger lo que de verdad quieres, pero yo sí. Y lo elijo a él. Bueno, en realidad, me elijo a mí.

Cerré las manos y observé mis puños blanquecinos. Pensé en aquel tío sin rostro que era para mí un desconocido. El mismo con el que ella hablaba a escondidas, dando así rienda suelta a sus propios secretos. ¿Me molestaba? Claro que lo hacía. Joder, dolía. Notaba la ira en los ojos, en la piel, en cada terminación nerviosa de mi cuerpo al pensar en ella con otro.

—¿Ni siquiera vas a preguntarme quién es?

—Eso no importa.

Mantuve la calma, pero Grace quiso meter el dedo en la llaga y llevarme al límite. Quizá como un modo de devolverme todo eso que ella sentía cada vez que Vi volvía a nuestra vida. Todo eso que yo no había sentido hasta entonces, pese a las señales; pese a saber que cada mañana se peinaba y se maquillaba con más entusiasmo para marcharse al trabajo; pese a las llamadas ocultas, con las que ya ni se esforzaba por controlar el volumen de su voz; pese a que mis propios amigos veían que las cosas no iban bien.

Estaba anestesiado. Vivía anestesiado.

—Se llama Derek. Es higienista dental. Lo conocí en una visita guiada en el museo. Es amigo de mi compañera Naomi.

Quizá no quieras saberlo, pero yo sí. Quiero que sepas que no eres el único que tiene secretos. Quiero que sepas lo que duele.

Sonreí con sarcasmo. Así que eso era todo. Así iba a terminar lo nuestro.

Cogí aire y me esforcé porque mis palabras sonaran sinceras, y ya no por mis propios deseos, sino porque creí que era lo mínimo que ella merecía. Grace se merecía que la escogiera una y otra vez, aunque solo fuera para evitarle la sensación de derrota frente a una Vi siempre presente.

—No te marches, Grace. Podemos intentarlo. Podemos arreglarlo.

Su rostro se oscureció y me pareció más triste que nunca.

—¿Por qué lo haces? ¿Por qué te agarras tanto a esto? ¿Por qué no me dejas ir, si es lo que en realidad deseas?

No fui capaz de darle una respuesta. Solo la vi marchar. Tal vez, porque no la tenía. O porque prefería no pensar en ella.

• V •

Aquella noche dormí en el taller. No regresé a nuestra casa más que un par de días después para recoger mis cosas. Cuando lo hice, Grace ya se había llevado lo suyo. Sobre la mesa había una nota en la que me decía que podía vivir allí mientras me ocupara de la venta. Solo una semana más tarde me llegó una solicitud de divorcio.

Firmé el acuerdo, pero no acepté su propuesta. No quería permanecer más tiempo en un hogar con el que, pese a que me había regalado muy buenos momentos, nunca me sentí del todo identificad; me había esforzado tanto por darle a Grace lo que quería que se me había olvidado que yo también formaba parte de eso. Y, haciendo las maletas, me di cuenta de que no había un solo rincón, ni un mueble, ni un color de aquella casa que hubiese escogido yo. Recogí las pocas cosas que sentía mías, mi ropa, discos y algunos libros de carpintería, y me instalé en el taller. Lo acomodé para que fuera lo más parecido a una vivienda posible y me pasé los siguientes meses más solo que nunca y prácticamente sin salir de ese espacio que había creado a mi medida. No quedaba con nadie. Dejé de responder a las llamadas de Vi. Mi familia aceptó que necesitaba soledad para superar lo sucedido. Mis amigos asumieron que estaba tan jodido como para volcarme en el trabajo y lo dejaron estar.

Sin embargo, lo que ninguno comprendía era que no estaba destrozado por mi ruptura con Grace. Lo que ninguno se podía imaginar era que había necesitado que mi mujer me abandonase por otro para abrir los ojos y darme cuenta de una jodida vez del tiempo que había perdido. Para aceptar de una vez por todas que había malgastado años de mi vida en intentar alejar a Vi, cuando ni el tiempo ni la distancia habían logrado sacármela de dentro.

«¿Por qué te agarras tanto a esto?», me había preguntado Grace. Y ya tenía la respuesta. La había encontrado después de días tallando sin cesar, fumando de madrugada mientras afuera solo veía la nieve; noches en vela solo conmigo mismo, con mis fantasmas y mis recuerdos, y enfrentándome a todo eso que ya no podía contener más.

Me había agarrado tan fuerte a mi historia con Grace porque quería crear algo duradero y sano con alguien, sin ser consciente de que eso era imposible, porque hacía mucho tiempo una niña morena y menuda de ojos mágicos se había enredado dentro de mí para nunca soltarme. Tenía a Vi enraizada en el centro del pecho y daba igual lo lejos que ella volara, su raíz siempre seguiría latiendo.

Información adicional

«Gracias, oh, Dios mío, gracias. Había preparado un discurso, pero jamás creí que tendría que leerlo y ahora me parece un poco presuntuoso así que... (Hannah Abney arruga una hoja entre sus dedos y el público se ríe.) Este es un sueño que tuve de niña. Le estoy profundamente agradecida a Oliver Howland por haber confiado en mí para un papel tan complejo y hermoso como el de Beatrice. Gracias también al equipo maravilloso que convirtió el rodaje en un hogar. Y, por último, pero no menos importante, quiero dedicarle este premio a mi familia, por respetar siempre quién soy. Y, en especial, a mi amiga, compañera de viaje y el amor de mi vida. Vida Rose, esto va por ti.»

Discurso de agradecimiento de Hannah Abney, ganadora del Globo de Oro a mejor actriz en la categoría de drama en enero de 2011.

2011
Marzo, Levi

—¿Levi? ¿Eres tú?

Cogí aire ante la ilusión de su voz. Me había costado mucho esfuerzo marcar su número, pero al fin ahí la tenía, al otro lado, llena de preguntas que le explicaran el motivo de esos meses de silencio.

—Feliz cumpleaños, Vi.

—Gracias. Pensé que ya no...

Suspiré y dije lo único que se me ocurrió.

—Han sido meses raros.

Llevaba ausente desde su visita. Al principio Vi me había llamado una vez por semana, pero había acabado comprendiendo mis negativas y se habían espaciado hasta desaparecer. También sabía que no me preguntaría las razones. Nosotros éramos así. Llevábamos años fingiendo que lo nuestro no era un obstáculo para nuestras relaciones con otros, así que respetábamos cuando alguno de los dos reculaba.

—¿Todo va bien?

—Sí, todo va bien.

Noté su recelo y apreté el teléfono entre los dedos. Nada iba bien. Grace me había dejado, yo me estaba convirtiendo en un ermitaño y, ahora que no tenía hacia quién dirigir mis esfuerzos, echaba tanto de menos a Vi que pensé que acabaría enloqueciendo. Puedes tapar una herida un tiempo, pero una vez arrancas la tirita el escozor te recuerda una y otra vez que sigue ahí. Vi era una jodida llaga que nunca sanaba. Eso sí, nunca una cicatriz me había parecido tan bonita.

—¿Cómo está Grace?

Dudé una milésima de segundo y mentí como si lo hubiera hecho miles de veces.

—Como siempre. Anda liada con su hermana. Os manda recuerdos. Por cierto, felicita a Hannah de nuestra parte por el premio.

—¿La visteis? ¿No estuvo increíble? —preguntó Vi emocionada.

—Lo estuvo. Estaba muy guapa y no se pisó el vestido al subir la escalera.

Nos reímos; Hannah había compartido sus miedos con nosotros en aquella cena que me parecía que había ocurrido hacía una eternidad. En apenas cinco meses mi vida había cambiado tanto que ni siquiera la reconocía.

—Gracias, lo hemos colocado junto a tus figuras de madera. Sobre la chimenea.

—Todo un honor.

Nos quedamos en silencio. Los silencios con Vi siempre eran algo distinto; algo más; sentía que en ellos cabía en mundo entero. No obstante, aquel día no quería que ella viera nada; aquel día debía fingir que todo seguía como la última vez que ella había entrado en mi casa.

—Levi..., ¿de verdad que todo va bien?

Carraspeé.

—Claro. Hablamos pronto. Cuidaos mucho.

No esperé a que se despidiera; simplemente, entre palabras atropelladas, colgué el teléfono. Tres días después fui incapaz de responder a su llamada.

• V •

Después de la separación, me convertí en un gilipollas. No es que no lo hubiera sido con anterioridad, pero la ruptura con Grace me hizo abrir los ojos y ver que mi vida había sido una mentira tan grande que odiaba todo lo que estuviera relacionado con ella. No odiaba a mis amigos, ni a mi familia, ni lo que había logrado esos años a su lado, pero sí quien había sido yo, una especie de marioneta que se moldeaba a los antojos de una chica solo por hacerla feliz. ¿Y qué había logrado? Nada. Que se marchara. Como la primera. Por ese motivo renegaba de todos y todo, quizá como un modo de no tener que aceptar mis errores. Por ese motivo me encerré en mí mismo más que nunca y conseguí que los demás llegaran a respetarlo.

Supongo que era eso o mandarme a la mierda.

Trabajaba sin parar, apenas me relacionaba con mis empleados y delegaba de más solo para poder centrarme en lo que de verdad me apetecía: la madera. Mi padre no se quejaba al respecto; en el fondo, confiaba en que mis decisiones fueran las acertadas. Al menos hasta que, una tarde, decidí ofrecerle a mi hermana Shannon un puesto.

—Pero ¿tú estás loco?

—¿No era lo que querías? Te estoy dando una oportunidad de comenzar desde abajo, no es que vaya a cederte la empresa. Tendrás que aprender, y por el sueldo mínimo.

No me había vuelto tan loco, solo quería una persona que coordinara las obras cuando yo no estuviera, lo que últimamente sucedía demasiado a menudo. Solo necesitaba ceder algo más de responsabilidad y Shannon me parecía la candidata perfecta. Era dura, cuidadosa, comprometida y, pese a que fuera nueva y no tuviera experiencia, seguía siendo la hija del jefe y eso le otorgaba un respeto inmediato entre los miembros de la plantilla.

—Papá va a matarte —susurró con una sonrisa, como si la posibilidad de cabrear a mi padre le gustara más que mi propuesta, mientras se mordisqueaba una uña, cada vez más ilusionada.

—Me importa una mierda lo que piense. La empresa está bajo mi mando, ¿no? Pues es mi decisión. ¿Aceptas o no?

Shannon lanzó un grito, me abrazó con fuerza y abandonó su puesto en la floristería a la mañana siguiente.

A partir de entonces, me escapaba en cuanto las circunstancias me lo permitían. Como ya habíamos previsto, mi padre montó en cólera al enterarse. No entendía nada. Pensaba que yo estaba siendo un desagradecido y después se sentía culpable por lo que sus reacciones significaban de cara a Shannon, lo que lo hacía odiarme más aún a mí por ponerlo en esa encrucijada. Sin embargo, duró poco, porque gracias a que mi hermana resultó ser más eficiente de lo que ninguno jamás habría pensado, pudimos dividir tareas y ganar tiempo, lo que nos hizo aumentar el ritmo de trabajo y, por consiguiente, aceptar nuevas obras. Y a mi padre, asumir que una mujer podía ser igual de buena en su campo que un hombre; todo un giro de guion en la vida de Henry Manson.

Ese movimiento me hizo tener más excusas para encerrarme en el taller y perderme en mis pensamientos. Tallaba sin parar. Y no solo encargos que me reportaban un buen sustento económico, sino lo que se me pasaba por la cabeza. Apenas quedaba hueco en las estanterías para más figuras. Los recuerdos de Vi acabaron sepultados por herramientas y serrín. Todo lo hizo. Me deshice del dolor, de los remordimientos, de la culpa y de los reproches bajo astillas y tablones.

El estudio casi parecía un hogar. Aunque había descubierto que mi concepto de «hogar» se parecía más al del viejo Russell que al que un día juré desear junto a Grace. En un rincón había colocado un colchón, una lámpara y un pequeño perchero donde colocar mi ropa. Para ser un tío que hacía muebles con sus manos era incapaz de reservar una cajonera para mis cosas. El resto del espacio era un caos de trastos, algunos terminados y otros a medio acabar, pero, pese a lo que jamás hubiera creído, era un sinsentido que me gustaba y con el que me sentía identificado.

Algunos días sorprendía a mis padres apareciendo en su casa sin avisar, aunque solían ser visitas cortas con el único objetivo de que supieran que seguía vivo y cuerdo.

—Nunca has sabido gestionar el dolor, Levi —me dijo mi madre una de esas tardes.

Quizá tenía razón. Al fin y al cabo, estaba más perdido que nunca en mi vida, pero, en el fondo, tenía la constante sensación de que era lo que necesitaba para de verdad encontrarme. Porque, por primera vez, estaba solo. Vi era feliz lejos y quería a Hannah. Grace no estaba para sujetarme a ella. Así que había tenido que caer y, hasta ese momento, nunca lo había hecho del todo. Siempre me había volcado en alguien, como un cobarde, como una persona incapaz de dar los pasos por sí mismo hacia donde de verdad deseaba. Llevaba años recorriendo los caminos de otros y era mi momento. Todo consistía en aprender a levantarme.

—Cada uno hace lo que puede, mamá. Y este es mi modo.

Ella asintió, me dio un beso en la mejilla y continuó tejiendo una bufanda para que Shannon se pusiera en las obras los días fríos. De pronto, y después de años sintiéndose siempre una segundona, se había convertido en su niña mimada y yo me alegraba profundamente por ello.

Otras noches pasaba por el local de los Baker antes del

cierre, cuando ya apenas quedaba nadie, y Markus me preparaba comida para llevar entre silencios que respetaba y que me hacían quererlo más de lo que ya lo hacía.

—Nos vemos la semana que viene —me decía antes de irme; un aviso para que le confirmase que volvería y que, mientras lo hiciera, todo iría bien.

—Nos vemos.

Apretaba la bolsa entre sus dedos antes de soltarla, como diciéndome con ese simple gesto que él estaba allí para lo que necesitara, y eso era todo. Esa era mi vida. Así fue como superé un duelo que no solo englobaba mi ruptura con Grace, sino la aceptación de todo lo que había perdido los últimos años por no ser valiente.

Junio, Vi

La vida es un poco puta. Puedes creer que lo tienes todo controlado y, de repente, da un giro y cambia, te hace escoger, te pone bocabajo y debes recuperar el equilibrio. Provoca que el suelo vuele por los aires y debas recoger las migajas, si quieres seguir pisando firme.

Yo sentía que acababa de encontrar el mío. Hannah y yo éramos felices. Nos gustaba vivir en Los Ángeles, nos gustaban nuestros amigos, nos gustaba nuestro trabajo. Teníamos planes. No muy a largo plazo, pero éramos jóvenes y privilegiadas, nuestro deber moral casi era, simplemente, disfrutarlo.

Teníamos una vida perfecta y pensábamos aprovecharla todo el tiempo que pudiéramos. Solo necesitábamos que esta nos lo permitiera.

• V •

Noté un tirón en el brazo y abrí los ojos. Frente a mí, Hannah me tendía mi teléfono móvil. Me quité los cascos y apoyé el iPod en la tumbona antes de cogerlo.

—Es tu padre.

Le lancé un beso como agradecimiento y contesté la llamada.

—¿Papá?

—Pajarillo, ¿estás ocupada? Puedo llamarte en otro momento.

Sonreí, porque aún le costaba llamarme a menudo; siempre que lo hacía tenía miedo de molestarme, como si mi vida fuera tan importante como para no poder perder mi tiempo hablando con él.

—Estoy en bikini dormitando al sol. ¿Tú qué crees?

Sentí su sonrisa antes de que comenzara a temblarle la voz.

—Quería decirte que... que...

Me quité las gafas de sol y me incorporé preocupada.

—¿Qué pasa, papá?

—He decidido vender la casa.

Lo dijo tan rápido y de una forma tan atropellada que me costó comprender lo que significaba.

—¿Qué? ¿Por qué?

—Bueno, en realidad, es tuya. Era de la familia de tu madre y puedes hacer lo que quieras con lo que nos den por ella, pero hay un comprador interesado en el terreno y yo aquí estoy muy solo. Es una casa demasiado grande y vieja para que se desaproveche la ladera. ¿No crees? Habría que...

—Papá —intenté frenarlo sin mucho éxito.

—Si no te parece una buena idea, siempre podemos hacer como que...

—Papá. ¿Qué intentas decirme?

Se calló de golpe y entonces lo supe; supe que sus nervios no se debían al temor porque aquella decisión no me pareciese acertada, sino porque escondían algo mucho más grande. A mí la casa me importaba una mierda; llevaba años intentando que aceptara mi oferta de comprarle una nueva en cualquier lugar del planeta sin ningún éxito. A mí lo que me importaba era lo que implicaba para su vida quedarse sin ella.

Sonreí y crucé los dedos en mi cabeza muy fuerte.

—Laura quiere que vivamos juntos.

—¡Eso es fantástico! ¿Y Michael? —le pregunté por el hijo de Laura, que hasta donde yo sabía pasaba algunas temporadas en casa de su madre para que ella no se sintiera tan sola.

—Ha encontrado un trabajo en Helena. Se marchó el mes pasado. Él estaba de acuerdo con esto, si es lo que te preocupa.

Sacudí la cabeza, aún incrédula porque mi padre tuviera una historia con Laura Hudson, pero tan emocionada por él que me costaba controlarlo. De pronto, caí en la cuenta de lo que significaba que Michael ya lo supiera antes de mudarse y fruncí el ceño.

—¿Has tardado un mes en darle una respuesta a esa mujer?

—Bueno, si te soy sincero, aún no le he dicho que sí —respondió con la boca pequeña.

Iba a reñirle, porque después de tantos años estando tan solo me costaba comprender que pudiera arriesgarse a perder una oportunidad como esa de ser feliz, pero entonces lo comprendí y sentí una ternura tan grande por aquel hombre que noté el escozor de las lágrimas sin aviso.

—¿Tanto miedo tienes?

—Estoy aterrorizado.

—No vas a cagarla, papá. No lo harás.

—No quiero...

—No lo harás, ¿me has oído?

Suspiró y me mordí los labios para no echarme a llorar. Pese a todo, Luke Cassavetes era un buen hombre.

—Claro. No lo haré. Todo irá bien, ¿verdad?

—Eso es. —Noté su sonrisa al otro lado del teléfono—. Bueno, ponme al día, ¿quién es el comprador?

—Un ricachón del sur está construyéndose una casa al final de la carretera. Quiere montar unos establos.

Me imaginé mi jardín lleno de caballos y, pese a la tristeza inesperada por deshacernos del único hogar que conocía, sonreí.

—Suena bien.

—Los Manson se ocupan de la obra. —Me estremecí solo por oír su nombre—. Podría llamar al chico y ellos me ayudarían con la negociación, aunque desde la separación es su hermana la que se ocupa de casi todo. Esa chica da miedo, ¿lo sabías? Tiene a la plantilla a raya.

Todo a mi alrededor pareció desvanecerse. Al otro lado de la cristalera Hannah me observaba sonriendo mientras ensayaba un guion. Una ligera brisa movía las palmeras que rodeaban la casa. Un murmullo se escapaba de los auriculares que había apoyado en la tumbona. Y, sin embargo, yo no oía nada. Nada que no fueran mis latidos. Y mi respiración profunda y nerviosa. Y las palabras de mi padre como un eco insistente que hacía que el mundo tuviera una nueva perspectiva.

—¿Qué has dicho?

—Shannon. La mayor. Siempre parece enfadada. ¿No ibais juntas a la escuela?

—No, has dicho «desde la separación». ¿Sus padres se han divorciado?

Se rio, un poco confundido y tan nervioso que solo me confirmó que había metido la pata.

—No, Violet, no he dicho nada de eso.

Cerré los ojos y mi voz sonó suplicante.

—Papá...

—Quizá... Yo pensaba que lo sabrías. Tú y yo nunca hablamos de vosotros. —Chasqueó la lengua y me confesó lo que jamás creí que pudiera ser un secreto para mí—. Ella se marchó de Whitefish.

—¿Grace?

—Sí.

Me pesaba el cuerpo. Notaba la boca seca, la lengua pastosa y mis sentidos abotargados. No debía afectarme tanto. No debía afectarme, punto. No más allá de sentir pena por ellos. Y, pese a todo, percibí que una esperanza estúpida y dolorosa se despertaba en mi interior. Una ilusión a la que no podía permitir que se hiciera un hueco en mí.

—¿Cuándo?

—Laura me contó que se mudó a Kalispell a comienzos de año.

Estábamos en junio. Llevaba sin saber de Levi desde marzo, y solo para una escueta llamada de cumpleaños. Tantos meses. Tanto silencio. Tanta necesidad de saber cómo estaba, de abrazarlo, de decirle que todo iría bien, porque nos teníamos el uno al otro y el resto del mundo podía irse al carajo.

Aparté la mirada de Hannah y me recreé en la punzada de dolor que se despertó en mi pecho.

—¿Y Levi?

—Al chico... apenas lo vemos. Creo que sale poco de la nave. Yo... si no te lo contó, tal vez es porque él no quería...

Negué con la cabeza y acepté que mi padre tenía razón. Pese a lo que yo sintiera, Levi había tomado la decisión de lidiar él solo con su dolor y debía respetarlo. Igual que en el pasado lo había hecho yo en otros asuntos. Y también asumí que la vida era tan impredecible como para que fuera más sensato no acostumbrarse a nada, porque todo puede cambiar en un puto segundo.

—No te preocupes, papá. No le diré nada. Y, ahora, cuéntame tú, ¿cómo te va con Laura?

Septiembre, Vi

Me despedí de Hannah en casa esa mañana sin saber que iba a acabar la noche pidiendo un deseo a una estrella.

Regresé a Whitefish sola y con la sensación de que lo hacía más triste que nunca. Más incluso que cuando me marché de allí con el corazón roto.

La casa se había vendido sin problemas. Nos habían dado un dinero más que justo, teniendo en cuenta que la tirarían abajo y que lo único que interesaba era el terreno en el que se encontraba. A la mañana siguiente tenía una cita para firmar los papeles y desde ese momento ya no quedaría nada del hogar de los Cassavetes.

Mi padre se había mudado con Laura hacía unas semanas. Tenía ganas de ver cómo era su nueva vida, aunque también me inquietaba la posibilidad de que no hubiera espacio en ella para mí. Un pensamiento un tanto infantil, pero inevitable, al fin y al cabo.

Pronto me daría cuenta de que estaba errada y que Laura Hudson era un ángel caído del cielo.

Comí con ellos, comprobé con mis propios ojos que Luke Cassavetes había logrado reconstruir su vida desde los cimientos y disfruté de sacarle los colores a la mínima posibilidad por su actitud casi adolescente cuando estaba cerca de Laura. Me encantaba mirarlo. Sentía una fascinación única por mi padre, que era el mismo y a la vez no se parecía en absoluto a la persona con la que crecí. Nunca lo había visto enamorado, no al menos de alguien que estuviera a su lado.

La capacidad de reconstrucción del ser humano es asombrosa.

Pensé en el otro hombre de mi vida y noté la congoja en la boca del estómago.

Ya casi había anochecido cuando decidí dar un paseo. No fue una idea espontánea, sino que llevaba todo el día dándole vueltas al hecho de que era imposible que pisara aquellas montañas sin verlo.

Volver a Whitefish era volver a él.

Arranqué el viejo coche de mi padre; casi nunca lo movíamos, había estado años aparcado en la parte de atrás de la casa sin que nadie lo usara, pero desde que era un nuevo hombre lo mantenía a punto en caso de necesitarlo. Yo no tenía permiso de conducir, pero sí que había aprendido lo básico en un rodaje para grabar una escena de apenas segundos; también recordaba las instrucciones que Levi se había esforzado por enseñarme en el pasado, las mismas que yo había fingido ignorar para sacarlo de quicio. Suspiré y me dije que, al fin y al cabo, por esas carreteras apenas se cruzaban coches y el trayecto era corto. Y que el riesgo de meterme en un lío por ello merecía la pena.

Según el camino se acortaba y comencé a ver la silueta de la nave, me impacienté. Estaba nerviosa. Entre otras cosas, porque no tenía del todo claro que fuera a ser bienvenida allí. Habían pasado más meses de silencios que no comprendía por su parte y en mi cabeza, al tratarse de él, sentía que todo era ruido, y caos, y un montón de sensaciones entremezcladas que no sabía gestionar. Levi me despertaba más que nadie, incluso cuando se ocultaba. Por eso estaba allí. Por eso y porque seguía habiendo algo demasiado fuerte que nos imantaba entre esas montañas.

Dejé el coche en medio de la entrada y me bajé. Él había salido al oír el motor y me esperaba muy quieto, con la puerta del taller abierta a su espalda y con una expresión seria que me costaba descifrar.

—Vi..., ¿qué haces...? ¿Qué estás haciendo aquí?

Me acerqué y estudié su rostro con nerviosismo. Sus ojos. Las arrugas por la tensión alrededor de ellos. Su boca. Su barba, demasiado larga. Su camisa de franela abierta y la camiseta con restos de pintura que llevaba debajo. Sus manos callosas y cubiertas de polvo.

—Quería ver cómo estabas.

Tragó saliva y asintió. Estaba cansado, triste, herido, enfadado con el mundo, decepcionado, roto. Lo sentía solo con mirarlo, sin necesidad de palabras, ni gestos, ni explicaciones. Porque entre nosotros nunca hizo falta nada de eso. Levi estaba mal y yo lo había percibido incluso a miles de kilómetros.

—Ya lo ves.

—Sí, ya lo veo.

Sonreí a medias, él se volvió y se coló dentro. Me lo tomé como una invitación, así que lo seguí y cerré la puerta.

Olía a café, a madera y un poco a sudor, pero no de una forma incómoda, sino que se notaba que lo había pillado trabajando sin descanso y dentro hacía calor. El taller estaba muy distinto a la única vez que había estado allí. Ahora era una casa, un espacio más íntimo aún, con la ropa de Levi cubriendo una parte del espacio, con su cama deshecha en un rincón y restos de comida en platos de plástico. Había colocado un equipo de música contra la pared y en ese momento sonaba una canción de piano de las que erizan la piel.

Me paseé a su alrededor y estudié todo lo que había tallado con sus manos mientras Levi sacaba dos cervezas de la nevera y me tendía una. Me abrumaban las sensaciones, y no se trataba de las que él provocaba, sino de todo lo que nos rodeaba. Era... era excesivo. Era una exposición de lo que Levi guardaba en su interior y que no era capaz de sacar de otro modo que no fuera moldeando madera.

Yo siempre había sido hacia fuera, una explosión constante, pero él no. Él se doblaba hacia dentro y sentía que, por fin, en aquel taller hecho a su medida, comenzaba a abrirse. Para una persona con tendencia a esconderse aquello resultaba casi violento.

Lo miré y contuve mis ganas de acunarlo entre los brazos, como si fuera un niño asustado.

—¿A qué has venido?

Chasqueé la lengua y pensé cuál era la respuesta más correcta de todas las que se me amontonaban.

—Mi padre ha vendido la casa.

—Aquí —especificó sin miedo—. A qué has venido aquí.

Sonreí y Levi dio un trago al botellín. Observé el movimiento de su garganta, la palidez de su piel, recordé el sabor de ese punto cuando lo besaba y sacudí la cabeza. No comprendía por qué los recuerdos llegaban a borbotones de una forma tan repentina e incontrolable. No cuando llevábamos años jugando a fingir que ya no existían.

—No lo sé. Podría decirte que estoy preocupada por ti, porque no contestabas a las llamadas. O enfadada. O que te echaba de menos. Todas esas cosas serían verdad, pero también te estaría mintiendo. He venido porque desde que he pisado este maldito lugar no dejo de pensar en ti.

Levi asintió y se encendió un cigarrillo. No pareció impresionado. De hecho, parecía extrañamente tranquilo; como si hubiera aceptado algo que yo aún desconocía. Luego me invitó a acompañarlo fuera y dimos la vuelta a la nave más grande, la que guardaba la maquinaria de la empresa de su familia, hasta encontrarnos en una especie de porche improvisado. Nos sentamos y me lanzó una vieja cazadora para que me resguardara del frío. Olía al bosque y a él. Sobre todo, a él.

—¿Aquí ves la vida pasar? —le dije; Levi sonrió.

—Yo también te he echado de menos, Vi.

Noté el cosquilleo de sus palabras en el ombligo. Sentí que su confesión me acariciaba, aunque fuera imposible. Y que mi piel seguía reaccionando a él como la primera vez. Observé su perfil y, en ese instante, pensé que Levi parecía otro. Más seguro. Más adulto. Menos a la defensiva. Más ligero, como el que se desprende de un peso que lleva demasiado tiempo cargando. Y lo recordé todo. Recordé todo lo vivido, todo lo sentido, todo lo que creía olvidado. Recordé todo y olvidé lo que había dejado esa misma mañana en Los Ángeles. Recordé por qué Levi y yo siempre habíamos sido Levi y yo, sin necesidad de más.

Y exploté. Porque allí, aquella noche, solo estábamos nosotros y un cielo plagado de estrellas. Y hacía una eternidad que no sentía que la vida pudiera ser tan perfecta.

—No la besaste. En Seattle.

Se volvió y vi el brillo en sus ojos al entender que estaba abriendo una puerta que creíamos del todo cerrada. Le estaba confesando de forma indirecta que Grace me había contado la verdad. Al fin y al cabo, ella se había marchado, así que ya no importaba. No debíamos guardarle lealtad. Su mirada se enredó con la mía y descubrí que en sus ojos ya no había preguntas, sino que Levi parecía haber comenzado a encontrar por sí mismo las respuestas.

—No, no la besé, Vi.

Tragué saliva y puse voz a la verdadera razón de que hubiéramos acabado así.

—Lo dijiste para alejarme.

Suspiró y clavó la vista en el frondoso bosque que nos rodeaba. No hacía falta que dijera nada, porque los dos lo sabíamos.

—Nos estábamos destrozando, Vi. Y éramos incapaces de soltarnos. Seguías atada aquí cuando solo querías volar. «No te ates a alguien que no está hecho para cuerdas.» Me lo dijo mi madre. Y tenía razón.

Asimilé sus palabras. Las tragué y paladeé el dolor que traían consigo. Y, aun así, lo entendía y me hacía quererlo más de lo que ya lo hacía. Incluso con lo que supuso nuestra ruptura, aquel había sido un acto de amor.

—Así que la cortaste. —Lo miré con los ojos entrecerrados por la emoción—. La cuerda.

Levi asintió. Tuve que apartar la vista para ocultarle lo que estaba sintiendo porque, si yo había conseguido todo lo que me había propuesto, también había sido gracias a él.

Cogí aire y me esforcé por reconducir la conversación hacia un tema más seguro. Volví a Grace y quise saber por qué, después de tanto, lo suyo no había funcionado. Quise que me diera razones para no querer quedarme para siempre en ese rincón de Montana. A su lado.

—¿Por qué se marchó?

Levi se rio.

—Yo no quería tener hijos.

No fui capaz de ocultar mi sorpresa, porque el Levi que yo había conocido sí que veía hijos en su futuro. Fantaseaba a menudo con ello y me hacía reír a carcajadas que acallábamos en la boca del otro.

—Pero eso no es verdad...

—No quería tener hijos con ella. Con Grace.

Contuve el aliento y me abracé las rodillas.

«Con ella no, pero contigo sí.»

A lo lejos oímos el ruido de un coche pasar a toda velocidad. Me centré en ese sonido para acallar la voz de mi cabeza, cada vez más insistente.

—Necesito preguntarte algo, Vi. Necesito saber... ¿era mío?

Su voz tembló.

Cerré los ojos y el dolor me bloqueó por un momento.

Pensé en la última vez que nos besamos; la última vez en la que nos sentimos; la última vez en la que nos dejamos llevar sin miedo a las consecuencias. Las mismas a las que me tuve que enfrentar al regresar a Los Ángeles. Pensé en mis manos sobre mi abdomen una noche mirando por la ventana mientras me imaginaba una realidad paralela en la que Levi y yo celebrábamos esa noticia juntos y me estremecí.

—Sí. Lo siento tanto, Levi...

—Ya lo sé. Pero no fue culpa tuya.

Estiró la mano y rozó la mía. Noté que era mi corazón el que estrujaba entre sus dedos. Y la astilla clavada en él salió. La arrancó y por fin hablé de aquello que no había sido capaz de hablar con nadie.

—Yo lo quise, ¿sabes?, aunque no deseaba tenerlo. Lo quise mucho más porque era tuyo. Nuestro. —La última palabra se rompió entre mis labios y me tapé el rostro con el cuello de su cazadora—. No deberías hablarme después de aquello.

Sin embargo, un Levi que distaba mucho del que parecía tenso las últimas veces que nos habíamos visto negó con la cabeza con una sonrisa dulce.

—Cuando menos lo merezcas, ¿recuerdas?

Mi cuerpo se sacudió levemente y completé esa promesa que me había hecho hacía tanto tiempo sin saber que un día la cumpliría.

—Será cuando más me quieras.

Alzó la mano y me apartó el pelo de la cara. Tan cuidadoso. Tan tierno.

Cogí aire y volví a poner los pies en la tierra.

—Yo siento que Grace te dejara por eso.

Se encogió de hombros y se mordió el labio, un poco avergonzado.

—Encontró tus postales. Y la caja. No le gustó. Y lo entiendo.

—Joder, Levi...

Y, pese a que no era el momento, rompimos a reír. Quizá porque estábamos abocados al desastre.

—No importa. En realidad, nunca tuve que casarme con ella.

—Has sido un marido de mierda.

—Tú no habrías sido mejor.

—*Touché*.

Sonreímos y pensé que allí todo parecía más fácil; perdidos en una carretera secundaria en el jardín improvisado de una nave industrial. Porque en eso consistía. Juntos resultaba sencillo. Separados, el mundo se convertía en un continuo desastre natural.

—No viniste a la boda. —Levi me miró y meneó la cabeza—. Ya no me importa, pero necesito que sepas que en ese momento sí lo hizo.

Parpadeé, un poco incómoda por algunos de esos recuerdos, y desvelé uno de los pocos secretos que nos quedaban; uno que nos mostraba que yo también lo había soltado a él en algún momento para que lograra volar.

—Alguien que te quería mucho me pidió que no lo hiciese. Y llevaba razón.

Asintió, suspiró y clavó la mirada en esas montañas que tanto sabían de nosotros.

—¿Os han hecho una buena oferta por la casa?

—Sí, pero, sinceramente, me importa una mierda la casa. En el fondo, era una excusa para venir aquí, verte y preguntarte por qué maldita razón no me contaste que Grace se había largado.

De pronto, estaba molesta con él. Quizá porque estaba sintiendo demasiado; demasiado bueno; demasiado de lo que no debía sentir por Levi; demasiado de lo que me dejaría hecha polvo al despedirme una vez más.

—Vi...

Me humedecí los labios e intenté recuperar el equilibrio, siempre complicado entre nosotros, antes de perderme del todo y hacer alguna tontería de la que me arrepentiría al día siguiente.

—No, escúchame. Eres mi amigo. Por encima de todo, del amor, de los errores, del jodido vértigo, eres mi mejor amigo. Y mi familia. Y tienes el deber de compartir conmigo esto, para que yo pueda venir y abrazarte y decirte que todo va a ir bien, ¿me oyes, Levi Manson? ¿Oyes lo que te he dicho?

Y, pese a que él podía haberme echado en cara lo mismo por mis propios silencios, su mano aún seguía sujetando la mía. Porque eso hacíamos Levi y yo, nos sosteníamos. La apretó con fuerza y después la soltó.

—Me alegro de verte, Vi.

Yo dejé salir el aliento contenido.

—Bien. Eso me parecía.

Me relajé sobre la silla y eso fue todo. Terminamos la cerveza. Hablamos de su divorcio, de que nunca había sentido suya la casa que habían comprado, de que llevaba años esforzándose demasiado por ser lo que se esperaba de él y sin ser él mismo del todo, y de que en el taller se sentía en el jodido paraíso. Hablamos hasta que Levi pareció vaciarse y el frío de la madrugada me hizo tiritar.

—Debería irme.

Se levantó y me ofreció la mano para ayudarme.

—Supongo que ahora que tienes el permiso de conducir no debo preocuparme por llevarte a casa.

Sonreí con picardía y me dirigí hacia el coche.

—¿Quién ha dicho que me lo haya sacado?

—Vi...

Rompí en carcajadas mientras corría hacia el viejo coche de mi padre y él acabó por acompañarme. Por un instante, nos vi como los dos niños que fuimos persiguiéndonos sin poder parar de reír.

Cuando llegamos, me apoyé contra la puerta y nos miramos uno frente al otro. Nuestros alientos se veían entrecortados por el frío. Levi dio un paso hasta quedar demasiado cerca de mí, aunque con él nunca era demasiado cerca. Sonrió y la curva de sus labios se me enredó en las venas. Clavé la vista en ellos y me perdí. Sus ojos recorrieron el mismo camino en mi rostro. Nos sobrevoló un beso. Y las ganas. Las jodidas ganas que jamás desaparecían, daba igual lo que hiciéramos, quiénes fuéramos y que nuestras vidas siguieran su rumbo lejos del otro.

—¿Por qué hemos tardado tanto en hablar las cosas? —le dije en un susurro ronco.

—Porque a veces las palabras no son suficiente.

Su mano se movió muy lentamente hasta rozar mi boca.

Suspiré, nerviosa, y esperé a que Levi se lanzase, o se apartase, o lo que fuera. Pero que tomara la decisión por los dos. Que hiciera detonar el mundo antes de que lo hiciera yo desde dentro.

Sin embargo, apoyó un dedo en mi mejilla y guio mi mirada al cielo.

—Mira, Vi, una estrella fugaz.

Levanté el brazo y cerré el puño inconscientemente,

como hacíamos de pequeños para atraparlas, y entonces pedí un deseo. No debía. No era lo correcto. No era lo que se esperaba de mí. Pero lo hice de todos modos. Porque los deseos son eso, son lo que ocultamos, lo que nos negamos, lo que es inalcanzable, aunque lo tengamos a un solo palmo de distancia y sonriéndonos.

«A ti. Te deseo a ti.»

¿Con quién te gustaría estar si supieras que mañana se acaba el mundo? Esa persona en la que has pensado es la única respuesta que importa. Es la única que deberíamos tener en cuenta.

Él era mi persona.

Abrí la mano hacia el cielo y sonreí.

• V •

Entré en la casa con el corazón aún en la garganta. A ratos creía que se había quedado allí, enganchado a la cazadora de Levi y pidiendo deseos a las estrellas. Me sentía desubicada. Como si alguien me hubiera arrancado de mi propio cuerpo y de pronto no me perteneciera. Era angustioso. La culpa lo es. La tristeza. El desamor. O el amor, lo mismo me da, porque cuando no lo dejamos libre se convierte en un nudo que ahoga.

Mi padre y Laura ya se habían acostado, aunque habían dejado un par de luces encendidas para cuando regresara. Aquel detalle hizo que me tambaleara y noté la emoción a punto de derrumbarme.

Me senté en el sofá frente las cenizas aún calientes de la chimenea y me tapé el rostro con las manos. Me temblaban. Toda yo lo hacía. Nunca he sabido gestionar demasiado bien el exceso de emociones.

—Pajarillo, ¿va todo bien?

Me incorporé sorprendida y me encontré a mi padre en pijama con expresión preocupada. Por un momento me pareció más mayor que nunca.

—Yo... yo... no puedo respirar, papá.

—Espera.

Regresó rápido con un vaso de agua y se sentó a mi lado. Sus dedos me apartaron el pelo de la cara de una forma tan parecida a la de Levi que me estremecí y reventé entre palabras atropelladas y gemidos roncos.

—No sé si aún hay un «nosotros». Sé que no debería. Sé que no soy la persona que Levi necesita. Y sé que yo tengo a Hannah y que me hace muy feliz. Sé un montón de cosas, papá, pero lo único que me atormenta, en lo que no puedo dejar de pensar, es que no sé si aún hay un «nosotros». Y, si eso ya no existe, yo me muero.

Me dejé caer sobre su hombro y me acarició con ternura. Después suspiró y sonrió como si yo aún fuera una niña que no tuviera ni idea del mundo que existía ahí fuera.

—Siempre habrá un «vosotros».

—¿Cómo lo sabes?

—Porque cuando os veía juntos... Te parecías más que nunca a tu madre.

Alcé el rostro y me encontré con el suyo descompuesto. Pálido. Roto en mil pedazos que se sujetaban entre sus arrugas.

—Papá...

Cerró los ojos y la culpabilidad lo azotó con fuerza.

—Lo sé. Es horrible. Y también lo siento, pero para mí era un infierno. Tu felicidad era un infierno para mí, ¿en qué clase de padre me convertía eso?

Los ojos se me llenaron de lágrimas que ya no me esforcé por controlar. Me sentía exhausta. Y muy perdida. Solo necesitaba que alguien me susurrase al oído que todo iría bien y creérmelo para poder lidiar con los errores que seguía cometiendo una y otra vez.

Me tumbé en su regazo y me deshice en un llanto silencioso.

Antes de quedarme dormida en el sofá, confesé lo que más me pesaba por dentro y que me costaba ocultar por más tiempo.

—Tengo miedo, papá. Tengo miedo porque, por primera vez, no quiero huir de este agujero. Tengo miedo porque hoy me he dado cuenta de que quería quedarme con él allí para siempre, mirando las estrellas en silencio. Tengo miedo de descubrir que el agujero no era este lugar, sino que estaba dentro de mí. Tengo miedo de tener que aceptar que Levi y yo hemos perdido demasiado por mi culpa.

Una vez fuera, mi cuerpo se relajó y caí profundamente dormida.

• V •

Al día siguiente, firmé los papeles de la venta de la casa y comí con Laura y mi padre; al caer la tarde, me despedí de aquella bondadosa mujer con la promesa de que los visitaría pronto. Antes de que mi padre me acercase al aeropuerto de Kalispell, algo captó mi atención en el parabrisas del viejo Ford aparcado en un lateral de la casa.

Mi intuición me dijo que se trataba de una de esas señales que nos mandábamos Levi y yo continuamente. Me acerqué y la cogí con cuidado. Era una nueva figura para mi colección. Una que ya sabía que pasaría a formar parte de mis favoritas.

Sonreí, la guardé en el bolso y le dije adiós a Levi en mi cabeza.

Un par de horas después volaba hacia California jugueteando entre mis dedos con una estrella fugaz.

Septiembre, Levi

La quería. Supongo que nunca había dejado de hacerlo.

La quería sin motivos y sin tener que esforzarme.

La quería por cómo era, incluso con lo malo.

Cuando lo merecía y cuando no.

Simplemente, la quería.

Y eso era todo. Había tenido que recorrer un camino muy largo para volver a la casilla de salida. Después de tantas idas y venidas, estaba preparado y, por primera vez, sentía que yo iba por delante de Vi.

¿Cuánto tardaría ella en darse cuenta? No me importaba, esperaría. Así que eso hice, cogí un trozo de madera, me senté frente al fuego con una navaja y esperé. Porque el viejo Russell tenía razón, el amor, si es de verdad, siempre lo hace.

Y yo... yo la quería.

Información adicional

—Es un placer tenerte aquí de nuevo, Vida Rose.

—Yo no sé si decir lo mismo, Jean.

—La última vez que nos vimos hablamos de amor. Creo que algunas de tus respuestas habrán cambiado.

—Sí, he aprendido mucho desde entonces.

—Solo han pasado tres años. Bueno, cuando eres Vida Rose supongo que todo es más intenso. Tu año equivale a siete míos.

—¿No es así con los perros?

—¡Cierto! Bromas aparte, podríamos decir que has encontrado una estabilidad.

—Sí. Soy feliz, no me da vergüenza decirlo.

—Y no solo eso, la última vez que me crucé con Hannah Abney me contó que llevas una vida mucho más tranquila que antes.

—Esto no me lo esperaba, ¿qué te ha contado?

—Que coses.

—Dios, voy a matarla, pero es verdad. ¡Me encanta coser!, aunque lo hago de pena.

—¿Qué es lo que haces?

—Punto. También bordados.

—Que no necesites más que eso creo que significa que has encontrado al amor de tu vida.

—Bueno, ese es un concepto un tanto arcaico, ¿no?

—¿A qué te refieres?

—No lo sé. ¿No es una idea un tanto... estática?

—Bueno, eso es lo bonito, que pienses que alguien es inamovible en tu vida, ¿no?

—Y lo es, claro que lo es.

FRAGMENTO DE LA ENTREVISTA REALIZADA EN EL PROGRAMA
LA NOCHE DE JEAN S., OCTUBRE DE 2011.

Noviembre, Vi

Jamás habría creído que el amor fuera tan moldeable, un pegote de arcilla capaz de tomar mil formas, hacerse añicos, cambiar hasta el punto de no parecerse nada a su aspecto original. Nunca creí que el mismo amor que sentía por Hannah, bonito, plácido, suficiente, se convirtiera de la noche a la mañana en un sentimiento siempre a expensas de otros.

La quería, pero, de repente, de un modo difuminado por culpa de lo que nunca dejaría de sentir por Levi. Volver a casa, verlo, hablar con él y sentirlo cerca y aún tan parte de mí, no había hecho más que acentuar las diferencias entre lo que él y ella me despertaban.

¿El amor como algo inamovible? Jean S. no tenía ni idea. El amor es lo más vivo que existe, por eso, con la misma facilidad con la que nace, muere.

—¿No puedes dormir?

Me volví y miré a Hannah. Tenía el pelo revuelto y los ojos enrojecidos por el sueño. Era preciosa. Era tan bonita, y tan buena, y tan generosa que me dolía cada parte del cuerpo al no poder darme por entero, sino solo a trozos, mientras me guardaba otros cada vez más grandes solo para mí. Cada vez más a menudo. Cada vez más secretos que acabarían por volverme loca.

¿Cuánto tiempo se puede contener el amor? Llega un momento en el que rebosa. Y nosotros llevábamos años jugando a escondernos.

—No.

Suspiró y bostezó.

—Últimamente te desvelas mucho. ¿Ocurre algo?

Negué y la culpabilidad regresó con fuerza.

—No, todo está bien. Deja de preocuparte.

Pero no era cierto. No podía dormir. Ni comer. Estaba despistada en el trabajo y era más desastre de lo habitual. Solo fumaba, pensaba y me sujetaba las ganas que tenía de huir. Y, por primera vez, no de Whitefish ni de mi pasado, sino de mi presente. Me sentía enferma. Esa era la sensación, como si estuviera incubando una infección que me comía poco a poco. Me estaba pudriendo, y es imposible convivir durante mucho tiempo en el mismo frutero con otra pieza podrida.

Le había contado a Hannah la separación de Levi y Grace, pero más como un dato informativo que como una revelación que había puesto mi mundo del revés. Había fingido que no tenía importancia en nuestra vida, pese a que había revuelto la mía. Seguía sin comprender los motivos, pero saber que Levi volvía a estar solo lo había cambiado todo. Llevábamos años dando tumbos, alejándonos y acercándonos, pero nunca encontrándonos a medio camino, sino entre obstáculos. Primero había sido Damon, luego Grace y, cuando al fin parecía que los dos habíamos logrado continuar y darle al otro un papel en su vida distinto y acorde a las circunstancias, su ruptura había provocado que las posibilidades me nublaran.

¿Y si era nuestro momento? ¿Y si lo dejaba escapar y nunca volvíamos a tener otro? Pensar eso me asfixiaba, me atosigaba y hacía que mi cuerpo se rebelara contra mí.

• V •

—¿Qué te pasa? Estás ida.

Miré a Camila y le pedí disculpas con los ojos.

—Estoy estresada. Demasiadas cosas en la cabeza.

No era mentira del todo, pero tampoco verdad y ella lo intuía, porque lo que me mantenía el estómago revuelto era otra cosa. Me observó con una ceja alzada y entró a matar, porque así actuaba Camila y era una de las razones de que, incluso con ese distanciamiento que ya habíamos olvidado, fuéramos tan buenas amigas.

—¿Vas a contarme de una maldita vez qué pasó en Whitefish?

Podía haberle confesado que anhelé que Levi me besara; que quise que me pidiese que me quedara, encerrarnos en su taller y no salir de allí jamás; que le pedí un deseo a una estrella a la que puse su nombre. Podía haberle confesado a Camila en ese momento que, después de tanto huir, me había dado cuenta de que siempre había sido él; que Levi era el único sitio al que regresaría una y otra vez. Pero no lo hice.

—¿Sabes eso que se siente cuando quieres decir algo y no encuentras la palabra? —Asintió ante mi rara explicación y me miró inquisitiva—. Estuve con Levi. Nos vimos, hablamos y nos dijimos cosas que llevábamos mucho tiempo callando. Cosas que habían abierto grietas en lo nuestro que parecían insalvables, pero, de pronto, allí juntos, sentí que las grietas volvían a unirse y perdían la importancia que habían tenido estos años.

—Encontraste la palabra exacta.

Le sonreí con tristeza por haberme entendido y noté su mano sobre la mía.

—Sí, encontré la palabra y un poco a mí misma. Y, al volver, mi vida aquí se convirtió en una cárcel. ¿Tiene eso algún sentido?

Tragué saliva y aparté la vista. Las emociones se me escapaban y no quería romper a llorar en medio de una cafetería.

—No lo sé, la mitad de las veces no entiendo tu forma de ver el mundo, Violet. —Nos reímos, porque así había sido siempre—. Lo que sí sé es que lo vuestro es especial. Los demás nos pasamos la vida buscándolo y parece que tú lleves años huyendo de ello —me recriminó sin esconder su envidia—. Entiendo que te marcharas a cumplir tus sueños, de verdad, pero a veces lo mejor de irse es la posibilidad de regresar.

—¿Por qué me da la sensación de que me estás riñendo?

Sonrió.

—Porque quizá haya llegado el momento de que alguien lo haga. Espabila, Violet. La vida no va a esperaros eternamente.

Digerí las palabras de Camila. Las guardé dentro de mí. Las analicé tantas veces que perdieron el significado. Y, cuando me despedí de ella, supe que tenía razón. Era muy afortunada. Lo había sido a los ocho años. Y a los doce. Y a los catorce. Incluso cuando Levi y yo nos rompimos el corazón. Lo había sido de mil maneras diferentes y había tardado demasiado en darme cuenta. Quizá tanto como para condenarnos para siempre.

• V •

Cuando volví a casa, Hannah estaba comiéndose una manzana. Había llorado. Me recordó a la Hannah que había conocido en los lavabos de un baño, con la mirada de un cervatillo asustado. Cortaba los trozos en tiras y se los llevaba a la boca muy despacio.

—Hola.

Me miró sin pestañear y continuó con su tarea. No me saludó. No me regaló una de sus tímidas sonrisas. No sentí su alegría por verme como cada día, sino un muro de hielo entre las dos. Y, con ese simple gesto, supe que ya la había perdido. No conocía los motivos, pero, de alguna forma, Hannah se había adelantado a una despedida que sabíamos que se acercaba.

—Te he visto hoy en *La noche de Jean S.*, han puesto una reposición especial de sus mejores programas y tú salías en dos de ellos.

Recordé la entrevista que Jean me había hecho el mes anterior y su contenido, y cerré los ojos avergonzada. Había preferido no darle importancia. En las intervenciones de Jean siempre acababa hablando demasiado. Tenía algo que me hacía confiar al instante en ella y una facilidad pasmosa para sacarme información más íntima de mi vida que cualquier otro periodista. Lo había hecho una vez, hacía una eternidad, cuando hablamos de mi primer amor; y una segunda en la que me había mostrado mucho más realista ante ese sentimiento. Más adulta, quizá. Más esquiva, tal vez.

—Hannah, no...

Alzó la mano para callarme.

—No hace falta que digas nada, pero ¿puedo hacerte una pregunta?

—Claro.

—¿Qué habrías contestado ahora de tratarse de él?

—No...

Me mordí el labio y quise escapar de allí. Porque todo era Levi. Se había colado de nuevo por cada rendija de mi existencia y lo había manchado todo. Hasta a la preciosa Hannah y su amor sincero y sano. Todo. Eso hacíamos. Eso nos hacíamos y no podíamos pararlo.

—¿Qué dijiste la primera vez que Jean te preguntó por el amor de tu vida? ¿Fuiste tan fría, Vi?

No lo recordaba con exactitud. En realidad, no me acordaba mucho de aquella época y tampoco deseaba hacerlo. Yo ya no era esa chica y Hannah lo sabía. No tenía sentido rememorar una entrevista en la que, seguramente, ni siquiera habría sido honesta del todo.

Sin embargo, me equivoqué, porque ella no iba a permitirme que olvidara la única certeza de mi vida.

—No tuviste reparos en hablar de tu gran amor, Violet. Hablaste de un chico. Y de un beso a tus catorce años. Confesaste delante de un montón de desconocidos que él era tu gran historia y que aún tenía en sus manos tu corazón. El mismo chico del que te enteraste hace semanas que se ha divorciado y eso provocó que algo en ti cambiara.

—Eso no es cierto.

Me odié mucho más de lo que ya lo hacía por esa mentira.

—Tan sutil, Violet... —Dejó las palabras en el aire y se levantó—. Un cambio tan leve que, si no hubiera visto las dos entrevistas seguidas, lo habría pasado por alto.

Y lo noté salir de mí, del todo, escapando de mi boca, de los poros de mi piel y de mis ojos cuando se humedecieron. Lo sentí escapar y yo lo hice también. Toqué fondo. Me dejé ir. Tomé una decisión que había pospuesto demasiado tiempo. Reventé y el mundo tal y como lo conocía explotó conmigo.

—Lo siento.

Me atravesó con sus ojos enormes llenos de dolor y supe que esa sería la última vez.

—¿Por qué, exactamente?

Su voz rota se me clavó en el corazón. Mi respuesta lo hizo en el suyo.

—Por quererte, pero seguir enamorada de él.

• V •

A la mañana siguiente, Hannah ya no estaba. No se había llevado nada, aunque su hermano no tardaría en ocuparse de hacerlo. No hubo gritos. Ni reproches. Ni grandes dramas. Fue una separación triste pero madura. Posiblemente, lo único adulto que había hecho hasta entonces en mi vida. Fue tan silenciosa que ni la prensa se enteró y nosotras tampoco dimos explicaciones. Era mejor que siguieran creyendo que éramos felices para que no vendieran nuestro dolor. Sentía que mi carrera hacía aguas, y no porque estuviera en un mal momento. Me llovían las ofertas y los entendidos en la materia me auguraban un futuro aún más prometedor. Sin embargo, yo misma le había colocado una fecha de caducidad cuya cuenta atrás había comenzado. Pero Hannah no. Hannah necesitaba seguir creciendo, y por esa razón no convenía que pusieran el foco en su vida personal.

Pese a los motivos de la separación, fue muy duro para mí. Me pasé días sola, regodeándome en lo perdido una vez más, durmiendo en las sábanas que aún olían a Hannah y sintiéndome una persona horrible por haberla herido. Fue una ruptura con una persona a la quería muchísimo y, como tal, la sufrí en mi propia piel.

Unas semanas más tarde, me levanté sin más y volví a peinarme y maquillarme como si tuviera más ganas que nunca de comerme el mundo. En realidad, no se trataba de eso, pero sí era la hora de coger las riendas y necesitaba verme fuerte al mirarme al espejo. Después de muchos meses de incertidumbre, ya no me dolía nada, había logrado dormir una noche del tirón y lo que me devolvió el reflejo me gustó. Fue entonces cuando supe que había llegado el momento.

Las personas somos decisiones. Las personas somos lo que hacemos, no lo que decimos o nos esforzamos por creer. Las personas somos los riesgos que corremos, las promesas que cumplimos y lo que damos a los demás de nosotros mismos.

Y yo... yo ya sabía quién era, solo debía actuar en consecuencia.

Llamé a una inmobiliaria para que se ocuparan de la venta de la casa. Me centré en cumplir con mis contratos publicitarios pendientes y dije que no a algunas propuestas que seguían en el aire. Anuncié que Vida Rose iba a tomarse un descanso. Me despedí de mi melena rubia y me reencontré con mi pelo oscuro y rebelde. Llamé a mi padre y compartí con él y con Laura mis planes. E hice otra llamada, una que jamás creí que haría, y pedí un favor que cambiaría mi vida.

Al fin y al cabo, vivir consiste en eso, en asomarse a un precipicio, sentir el vértigo en la boca del estómago y lanzarse. Y yo estaba a punto de saltar al vacío.

El principio del final (2012-2013)

LEVI & VI

2012, Levi

—¿No es un poco pequeña?

La señora Benson estudiaba la mesa con los ojos entrecerrados. Yo me armé de paciencia una vez más, porque su marido y yo habíamos revisado las medidas diez veces por petición suya y era exactamente lo que me había pedido, y le hablé con suavidad.

—Es el tamaño perfecto para su salón, créame.

Frunció el ceño y acabó por asentir lentamente.

—De acuerdo. Me fiaré de ti, Manson. Espero que no me decepciones.

Sacudí la cabeza y descargué la mesa de la camioneta. La metí en su casa, acepté que me pellizcara las mejillas como agradecimiento —porque sí, la mesa encajaba perfectamente—, y volví a conducir hacia el taller con la satisfacción de otro trabajo bien hecho.

Bajé las ventanillas; la primavera había llegado pronto y era una gozada notar el aire en la cara sin que se te congelaran las pestañas. Saqué la mano por la ventanilla para saludar al señor Barret, el dueño de la ferretería, y me dirigí a la nave. Aún debía acabar de restaurar un viejo banco antes de que acabara la semana y me parecía un buen plan para dar la jornada por terminada.

Las cosas estaban tranquilas. Mi vida lo era.

De alguna forma, había encontrado al fin un equilibrio que me gustaba. Me gustaba la libertad de mi trabajo, uno en el que había cedido casi toda la responsabilidad de la empresa a Shannon y que me permitía centrarme en mi taller, en el que incluso había colocado una placa en la entrada en la que se leía: «Taller de carpintería Manson». Me gustaba vivir allí, apartado del bullicio de la ciudad, con el bosque de fondo y el olor de la madera. Hasta me gustaba que mis amigos se burlaran de mí diciendo que me faltaba que el pelo me rozara los hombros para convertirme en un verdadero ermitaño. Joder, me gustaba quién era y me había costado mucho experimentar esa sensación.

No siempre conocemos nuestros sueños, a veces nos toca descubrirlos por el camino, y a mí me había sucedido eso. Había cumplido algunos que no sabía que tenía y que eran igual de importantes que una carrera en Hollywood o formar una familia.

A mi alrededor, las cosas seguían su curso.

Grace se había marchado y no había vuelto a verla. Me constaba que era feliz, a menudo hablaba con Gillian y los demás, pero nunca quiso mantener el contacto conmigo y no podía juzgarla por ello. En ocasiones el dolor nos hace pagar un precio demasiado alto. Yo deseaba que fuera feliz. Cuando pensaba en ella, les pedía a las estrellas que encontrara ese equilibrio que tanto me había costado a mí, aunque fuera junto a otro y lejos de lo que un día habíamos planificado juntos.

Tampoco sabía nada de Vi. Resultaba fácil conocer nueva información sobre Vida Rose, pero no de la chica con la que tanto había compartido. No obstante, por primera vez, no saber de ella no me dolía ni me mantenía permanentemente a la defensiva, sino que había asumido que, de tener que llegar nuestro momento, lo haría y, si no lo hacía, también asumía la derrota con filosofía.

Supongo que había crecido. Porque ¿qué es madurar más que aceptar la vida como viene?

Bajé de la camioneta y saludé a *Storm*. Era un perro mestizo de color canela que se había resguardado una noche de tormenta en el taller y había acabado compartiendo piso conmigo. El nombre que le había dado no era una casualidad.

—Vamos, chico. ¿Por qué ladras tanto?

No era lo habitual, ya que había aprendido en muy poco tiempo que *Storm* solo ladraba cuando no estábamos solos o pretendía conseguir algo de comida. Fruncí el ceño al ver que una esquina blanca sobresalía de debajo de la puerta.

—¿Quién ha pasado a visitarnos? ¿Lo has asustado mucho? —Le palmeé el lomo y le rasqué las orejas peludas y largas; no era la primera vez que un mensajero me recriminaba los modales de mi compañero—. No quiero denuncias, ¿me oyes? Y, si no te portas bien, tendré que atarte cuando estés solo y ninguno de los dos quiere eso. —Me lamió la mano y acabé riéndome—. Buen chico, veo que nos entendemos.

Abrí la puerta y recuperé el sobre que alguien había dejado allí durante mi ausencia. En apariencia, algo sin importancia. Una simple nota que podía albergar cualquier cosa, desde publicidad a un nuevo aviso para que atara al perro antes de irme. Una factura. Una invitación a algún festejo de la zona que rehusaría. Un bono de 2 x 1 para la noche de cerveza en el bar recién inaugurado de la carretera principal. Lo que fuera. Pero no un futuro. No un final que sonaba a principio. No una postal con una fotografía de una casa perdida entre las montañas, un paisaje que conocía muy bien, y que iba acompañada por una sola frase.

Te espero en el fin del mundo

Sí, eso era, el jodido fin del mundo entre mis manos. Al menos, se sentía igual.

Dejé la postal sobre la mesa, sonreí como un crío y salí del taller para coger de nuevo la camioneta.

Vi

Hay quien cree que solo puedes enamorarte una vez, pero es mentira. Puedes enamorarte mil veces. En ocasiones lo haces de la misma persona en diferentes momentos de tu vida. Yo me enamoré de Levi una vez, y dos, y cientos. También de Damon. Y de Hannah. Todas únicas. Todas importantes. Que yo amase a Levi no significa que no suspirase por Damon ni sufriera cuando nos dejamos. Tampoco que no me estremeciera ante las caricias de Hannah ni sienta una plenitud única al recordar nuestros mejores momentos. Si algo he aprendido a lo largo de los años y mientras sumaba tropiezos es que el amor puede tener tantas versiones como personas despiertan ese sentimiento. Y eso resulta fascinante. Los seres humanos somos unos privilegiados y rara vez nos damos cuenta.

Sin embargo, con Levi siempre fue más. Algo que seguía latiendo por encima, incluso, de los corazones de otros.

Levi había sido mi primer amor y sería el último, pero no el único. Quizá por eso fue el que acabé escogiendo, porque nunca se marchó. Siempre se quedó conmigo. Siempre lo veía en mi futuro cuando jugaba a imaginármelo. Mi constante. Mi chico de las preguntas. El otro extremo de un hilo que nos unía y que nos había hecho tirar el uno del otro desde el instante en que nuestros caminos se cruzaron. Todos los demás... solo habían sido nudos que deshacer en el tiempo hasta volver a llegar a él.

Bajé la escalera del porche y esperé sentada en la mecedora que los chicos de Shannon habían dejado esa misma mañana. Pensar que había sido tallada por Levi me provocaba un cosquilleo inmediato. Estaba nerviosa. Jamás lo había estado tanto. Había tenido que correr delante de un perro para lograr dejar la foto de la cabaña bajo la puerta del taller antes de que se me tirara encima, no sabía si con el propósito de atacarme o de cubrirme de cariñosos lametazos. No quise arriesgarme, así que había corrido de vuelta al coche en el que me esperaba mi padre con el corazón desbocado.

—¿Todo bien?

—¿Habrías dejado que me mordiera? —le recriminé mientras él se aguantaba la risa.

—Solo quería jugar, pajarillo. Es un cachorro. ¿Estás lista?

Sonreí. Porque lo estaba. Más que nunca. Más que con ningún otro propósito en mi vida.

—Lo estoy, papá. Arranca y vamos allá.

Noté su mano palmear la mía antes de que girase la llave y me llevara de vuelta a la antigua cabaña de los Collins.

Había fantaseado miles de veces con ella. Con un salón con chimenea en el que leer historias frente al fuego. Con una cocina con olor a naranja y canela. Con un dormitorio de sábanas blancas revueltas. Había soñado con el viejo anorak de Levi colgado en la entrada. Con fotografías nuestras adornando las paredes. Pequeñas lucecitas adornarían un porche en el que nos sentaríamos bajo una manta; Levi en una mecedora con un sombrero y yo sobre él con unos gruesos calcetines de lana. No habría música, ni las risas enlatadas de la televisión de fondo ni otras voces. Solo nuestras respiraciones y las montañas hablándonos.

«¿Las oyes, Levi? ¿Puedes oírlas?»

Él asentiría, como si oír el murmullo de las montañas fuese lo más normal del mundo, y me besaría lento, muy lento, y la vida fluiría bonita y feliz en un rincón del planeta que nos pertenecería.

Sin embargo, con la cabaña recién reformada, esas fantasías me daban más miedo. Quizá porque, por primera vez, no eran un juego, sino que podían hacerse realidad. La chimenea existía, y el perchero en el recibidor ocupado por mis gorros, y una cama de sábanas nuevas color arena, no blancas. Aún no había fotografías, pero sobraban los huecos para cuando su momento llegara.

Continuaba sentada en la mecedora cuando oí el motor de una camioneta entrando por el sendero. Era imposible conducir hasta la entrada, así que quien fuera que llegara debía aparcar allí y hacer el resto del camino a pie.

Aguardé impaciente recordando cómo había sucedido todo. Había comprado la casa hacía años y sin ninguna intención en particular, solo por la posibilidad de hacerlo y de proteger un sueño que había sido demasiado importante para nosotros. No se lo había contado a Levi. Tal vez porque en aquel momento hacerlo solo podía darnos esperanzas de algo que se estaba rompiendo y no tenía demasiado sentido alimentarlas.

No obstante, una noche después de que Hannah se marchara, había cerrado los ojos y rememorado mi vida desde donde me alcanzaba la memoria. La primera noche que mi padre y yo llegamos a Whitefish y que dormimos en la casa que se convertiría en hogar. La primera vez que vi a Levi, el niño rubio de ojos azules llenos de interrogantes y miedos. Nuestras primeras aventuras en los bosques, las carreras en busca de osos, las noches bajo una sábana vieja que hacía la función de tienda de campaña improvisada. El inicio del cosquilleo cuando me miraba, el mismo que se convirtió en un vértigo tan intenso como arrollador. El primer beso. Nuestra primera vez. El amor.

Aquel recordatorio había acabado en esa casa. Porque todos mis recuerdos de Whitefish me hacían pensar una y otra vez que, si la había comprado en un impulso irrefrenable cuando jamás creí que regresaría a Montana, debía haber una razón. Solo tenía que encontrarla.

Me había costado comprenderlo, pero lo había logrado. Quizá porque hacerlo suponía admitir también que mis decisiones no habían sido siempre acertadas; a veces, egoístas; a veces, demasiado impulsivas. Pero, al final, un día lo entendí. Los motivos, en realidad, no importaban; lo que sí lo hacía era qué deseaba hacer con ella y con quién quería compartirla. Lo verdaderamente importante era entender que yo no había huido de allí porque no estuviera hecha para tener un hogar, sino que lo había hecho porque deseaba fervientemente encontrar uno que encajara conmigo. Eso sí, me había equivocado en dónde buscar, porque siempre lo tuve más cerca de lo que creí posible.

«Hogar» no es donde uno crece, ni duerme, ni vive. «Hogar» es donde uno quiere echar raíces, envejecer y morir. Puede ser un lugar o las manos de alguien que te sujeten.

Contuve el aliento cuando vi que la razón de comprar la antigua cabaña de los Collins se abría paso en el camino de tierra que bajaba por la ladera.

Levi

No podía dejar de sonreír según llegaba a la casa. Shannon llevaba semanas trabajando en ella, lo que solo significaba que me lo habían ocultado juntas. Y allí estaba ella, después de tanto tiempo. Mi Violet, la de melena oscura, salvaje y ojos atrevidos. Con un peto vaquero y sus viejas botas. Tan lejos de la Vida Rose que otros conocían que la sentí al instante más cerca que nunca.

Cuando la mirada asustada de Vi se cruzó con la mía, sacudí la cabeza con incredulidad. Mis pasos frenaron antes de subir los tres escalones que nos separaban.

—Así que es tuya. Tú eres el comprador misterioso que no quiso darnos su nombre.

—Culpable.

—Shannon...

Se mordió el labio con picardía y mis labios se curvaron de nuevo.

—Lo sabía. Me ha guardado el secreto durante estos meses. No quería que la vieras antes de que estuviera acababa. No quería que supieras...

No terminó la frase. No hacía falta.

—¿Cuándo has llegado? —pregunté; seguía encajando todas las piezas.

—Ayer.

—¿Cuándo te vas?

Vi dio un paso; tenía una gruesa manta sobre los hombros, lo que le hacía parecer una niña pequeña bajo una capa. Se pasó la lengua por los labios y lanzó las palabras que lo cambiaban todo. Inesperadas. Nuevas para nosotros. Llenas de posibilidades.

—No pienso marcharme. He decidido quedarme un tiempo.

Llevaba tantos años esperándolas que me sonaron extrañas.

—Así que por una vez lo que dice la prensa es cierto. Te has retirado.

Asintió y se abrazó bajo la capa de lana antes de volverse e invitarme con una mirada a que entrase en la cabaña.

—He pensado que estaría bien cumplir los sueños que me quedan.

—¿No has cumplido ya bastantes allí? ¿No te marchaste precisamente por eso?

Vi se paró y me observó de reojo por encima de su hombro. Su brillo seguía siendo inconfundible.

—Sí, pero me faltan los más importantes. Me faltan los que tuvimos juntos, Levi.

Tragué saliva y le devolví la mirada. Sonrió con una vulnerabilidad desconcertante en ella y la seguí al interior de la casa.

La chimenea estaba encendida; olía a flores y a café. Se había tirado un muro que unía el salón a la cocina, dándole una sensación de amplitud. Las vigas del techo se habían aprovechado y algunos de los muebles los reconocía porque los había hecho yo. Aun así, veía el toque de Vi en cada rincón. Una manta étnica encima del sofá color vino. Montones de cajas de galletas y dulces sobre la barra de la cocina. Sus gorros de lana con orejeras en el perchero de la entrada. El sonido de sus pasos sobre la alfombra del pasillo...

Entramos en el dormitorio principal. La cama estaba hecha, aunque las arrugas de la colcha me dejaban entrever que Vi seguía siendo un desastre para las tareas domésticas. Su ropa estaba colocada en el armario. No había vestidos imposibles, ni colores estridentes de tejidos suaves y sofisticados, ni zapatos de tacón. Solo eran prendas cómodas para una vida en la montaña; prendas que me encajaban con la Vi que aún sentía que conocía.

Pensé en esos sueños que un día tuvimos y me costó encontrarlos. Había pasado tanto tiempo, tantas vivencias, que no eran más que un pasado difuso. Me dolía haber perdido algo tan nuestro.

—Si te soy sincero, ni siquiera los recuerdo.

Vi se volvió y su sonrisa iluminó la cabaña entera.

—Puedo hacerlo yo por los dos. Mira —volvió al salón sin ocultar su emoción y señaló la zona ocupada por una mesa de comedor—, aquí queríamos poner una cama redonda, pero quizá ya no sea tan buena idea.

—No, no lo creo.

Me mordí el labio para frenar una carcajada que acabamos compartiendo. Porque ya no éramos unos niños que querían cubrir la entrada de luciérnagas para iluminar el porche o tener una máquina de helados en el jardín. Tampoco los adolescentes salidos que pondrían una cama redonda e inmensa en el salón, mucho más útil a su parecer que una mesa donde comer. Pero éramos otros. Otros que seguían soñando, aunque lo hiciéramos con los pies en el suelo. Tal vez por eso los sueños eran mejores, porque con los pies en la tierra los teníamos al alcance.

Vi se acercó a mí dubitativa. Le temblaban las manos. Se humedeció los labios antes de hablar y noté la caricia de sus dedos pidiendo permiso para rozar los míos.

—En realidad, podemos hacer lo que nos dé la gana, porque esto es nuestro. Nuestro, Levi. Tú y yo, tus montañas, nada más. Como tantas veces quisimos.

Cerré los ojos y disfruté de esa declaración de intenciones. La había deseado tanto... y ahí la tenía; solo debía decir que sí, abrazarla y no soltarla.

Sin embargo, eso no era todo. También debía dejarle claro que no iba a aceptar nada que no supusiera lo que consideraba que nos merecíamos.

—¿Y cómo sé que mañana seguirás deseando esto? ¿Cómo sé que no querrás huir, que no me culparás por tener que elegir esta vida, que no sentirás que es poco para lo que mereces?

Vi digirió mis palabras y asintió. Luego cogió mi mano entre las suyas y se la llevó al pecho. Su corazón latía con fuerza.

—No puedes saberlo. Deberás confiar en mí, Levi.

Tragué saliva y me perdí en sus ojos. Tan vivos. Tan llenos de tanto. Tan espejo de los mejores momentos de mi vida.

Confiaba en ella. Eso nunca había sido un problema ni lo sería. Y, después de tanto, también confiaba en mí. Solo me faltaba volver a sentir que confiaba en lo que éramos juntos.

Aparté la mano y la vista para centrarme de nuevo en la casa. Me costaba creer que fuera suya.

—¿Cuándo la compraste?

Vi suspiró y me confesó algo que no se me había pasado por la cabeza.

—En cuanto me ocupé de mis deudas y de que mi padre estuviera bien.

—¿Así que ya era tuya cuando...?

Cuando vinimos aquí y nos acostamos por última vez antes de romper. Cuando aún nos queríamos, pero lo nuestro pendía de un hilo. Cuando todos los sueños que habíamos compartido se iban rompiendo uno a uno para desaparecer.

Al menos eso había creído yo, porque ella se había ocupado de protegerlos comprando esta casa. Yo le decía adiós mientras ella luchaba por nosotros en secreto. Una demostración mucho más grande para mí de lo que Vi imaginaba.

—Lo hice poco después de aquello. Cuando regresé.

—Pero ya habíamos roto, Vi.

—¿Y qué importancia tiene eso? Seguía siendo algo demasiado nuestro como para arriesgarme a que nos lo arrebataran.

Apartó la mirada; parecía avergonzada, aunque no debía sentirse así, porque lo que había hecho... lo que había hecho solo me demostraba que ella siempre supo que volvería.

De pronto, oí una voz en mi cabeza; hacía años que no pensaba en aquel momento.

«Muchacho, no sabes que se trata de la gran historia de tu vida hasta que te encuentras en su final.»

Regresé sin querer al primer día en el que nos conocimos, cuando aquel hombre desconocido estaba enterrando al amor de su vida, un amor secreto, sin finalizar, que nadie más conocía. Un hombre que me dio consejos sin saber las similitudes que tendrían nuestros caminos.

«Exprime la vida, muchacho. Hazlo antes de que llegue el final y tengas que aceptar lo que has perdido.»

No obstante, con Vi frente a mí después de tanto, pensé que ese hombre estaba equivocado, porque allí, con ella haciendo pedazos mi mundo para convertirlo en suyo, no estábamos en el final de la gran historia de nuestras vidas, sino que solo se trataba del principio.

Me pasé las manos por el rostro y no me escondí. La miré con todo eso que sentía por ella en cuanto la tenía cerca. Dejé de ocultar que Vi para mí siempre sería la única opción entre todas las posibles.

Me acerqué y acaricié su mejilla. Ella tembló.

—¿Tan claro tenías que regresarías?

—A ratos pensaba que no, pero te lo prometí, Levi. Te prometí que volvería a por ti. Y lo he hecho.

Apoyé la frente en el comienzo de su pelo. Seguía oliendo a todo lo que yo deseaba en la vida. Vi se agarró a mi camiseta y susurré unas últimas palabras que sonaban a reproche, pero que no eran más que una súplica para que nunca volviéramos a separarnos.

—Les hicimos daño. A Grace y a Hannah. No lo merecían.

—Ya lo sé.

—Estoy cansado de hacer daño a la gente que quiero. Si te marchas, lo entenderé, pero no quiero volver a decepcionar a nadie. He aprendido a estar solo estos meses, Vi. He aprendido a ser feliz sin ti y puedo volver a serlo. Es duro, pero necesito que lo sepas. Necesito que sepas que somos «todo o nada».

Alzó la mirada y rocé su nariz con dulzura.

—Siempre lo hemos sido.

Su aliento calentó mis labios.

—Sí. Pero estos años lo intentamos a medias y mira cómo nos ha ido. Debemos elegir y hacerlo bien.

—¿Y qué escoges, Levi? —susurró con miedo.

—¿Ahora las preguntas las haces tú?

Sonreímos.

—Supongo que me he quedado sin respuestas.

Pero yo no. Yo las tenía todas al alcance. Yo había dejado de dudar. Yo tenía el sueño de mi vida entre mis brazos, esperando a que me asomara al precipicio y lo hiciera por los dos.

La sujeté por las mejillas, rocé sus labios y sonreí antes de sentir el vértigo del primer beso de todos los que estaban por venir.

—Elijo saltar.

2013, Vi

¿Quieres saber qué fue lo que pasó entonces?

Levi me besó y todo desapareció.

Caímos al vacío.

El resto... el resto es historia. Nuestra historia. Nada más que eso.

Levi

A partir de entonces todo cambió y, a la vez, nada lo hizo, porque fue tan natural como lo había sido veinte años atrás.

Hay personas que nacen para encontrarse.

Veíamos el sol salir aún desde la cama. Se colaba entre las montañas y nos tocaba con su luz. Vi remoloneaba desnuda entre mis brazos y yo jugaba a encontrarle nuevas cosquillas con las que hacerla estremecer.

Los primeros meses salimos poco de la cabaña. Nunca habíamos necesitado mucho más que el uno al otro, así que nos cerramos hasta el punto de parecer dos salvajes viviendo en ese bosque que tanto sabía de nosotros.

Lo cumplimos todo; al menos, todo lo que de verdad nos parecía importante. Pintamos los muebles de colores alegres. Contamos estrellas cada noche bajo una manta en el porche. Le tallé tantas figuras que ya no entraban en la cornisa de la chimenea. Colocamos el pingüino que yo guardaba junto al que le había regalado en el pasado y comprobamos que, aunque no se parecían en absoluto, se habían elegido y debían permanecer juntos. Hicimos el amor en cada superficie de la casa. Nos besamos cada día al despertar y cada noche antes de dormir. Nos quisimos. Nos conocimos. Nos enamoramos una vez más. Nos perdonamos. Convertimos el «nosotros» que en el pasado había existido en otro nuevo. Crecimos.

Un amanecer saqué un anillo de una caja y se lo puse en el dedo; uno que llevaba guardado desde su decimoctavo cumpleaños porque escogí cambiarlo por un billete de avión.

—¿Te gusta?

—Es perfecto.

Y eso fue todo. No hubo nada que celebrar, solo era un anillo, solo era un recordatorio de que un día, siendo aún dos adolescentes, yo tuve tan claro que la quería como para esperarla durante años y que lo haría cada día de mi vida.

Y quizá no todos lo entiendan. Tal vez nuestra historia esté llena de errores y tropiezos. Puede que muchos crean que nos ha hecho más mal que bien y que el amor debe ser otra cosa. Es posible que, para algunos, lo vivido no merezca la pena. No obstante, cuando la miro, cuando respiro el mismo aire que ella, todo eso se desvanece y se pierde entre los recuerdos, porque solo Vi y yo podemos comprender lo que se siente al estar en los brazos, en la mirada, en la boca y en el corazón del otro. Solo nosotros conocemos la sensación de vivir en el segundo exacto antes de que se acabe el mundo.

Epílogo

Jennifer Dawson, 2019

Aparco el coche en un camino de tierra. He dejado el asfalto unos kilómetros atrás y, según las indicaciones que me dieron por correo electrónico, dudo que pueda seguir por la senda que me lleva hasta la cabaña. El plano es un dibujo hecho a mano que llevo impreso en una carpeta sobre el regazo.

Camino unos diez minutos entre la maleza hasta que comienzo a distinguir los muros de la casa. Mi espíritu de periodista pone todos mis sentidos alerta al instante. Debo asumir que el paisaje deja sin aliento. Es una imagen de cuento, con las montañas al fondo, el bosque frondoso rodeando la propiedad y el aire tan puro como jamás lo he respirado en San Francisco.

Me cuesta imaginar que Vida Rose viva aquí. Debo asumir que es un lugar increíble en el que perderse.

Cuando llego al porche la puerta de la cabaña se abre y la veo. Soy incapaz de disimular la sorpresa. La he visto miles de veces en imágenes y películas, pero se parece poco a la que era entonces. Aun así, sigue siendo guapa. No de un modo obvio, sino de una forma un tanto peculiar. Salvaje.

Lleva el pelo largo, oscuro y espeso recogido en una trenza. Sus ojos brillan bajo el flequillo desigual. No va maquillada, ni vestida de un modo que destaque y, aun así, llamaría la atención en una sala llena de gente. Tiene pocos años más que yo pero la mirada de alguien que ha vivido intensamente. Es verdad eso que dicen los que la conocieron: Vida Rose no sería una actriz inolvidable, pero sí una persona destinada a brillar.

—¿Jennifer?

Carraspeo y le tiendo la mano fingiendo que no estoy nerviosa. Aún no me creo del todo que haya accedido a mi propuesta.

—Vida Rose, encantada de conocerte.

Sonríe y sacude la cabeza.

—Llámame Violet, por favor. Pasa.

Entramos en la casa y un perro se levanta de la alfombra para saludarme.

—*Storm*, sé bueno.

Le acaricio las orejas y obedece a Violet antes de recuperar su lugar frente al fuego de la chimenea.

—¿Café?

—Sí, con leche, por favor.

Dejo mi mochila encima de una mesa y observo la estancia mientras ella prepara las tazas y un plato con dulces en la cocina abierta. Es un hogar de revista, pero no por su diseño ni por su lujo o su elegancia, no es nada de eso. Es una casa sencilla, llena de vida, que transmite una intimidad que invita a quedarse. Nada de lo que nadie jamás asoció con la chica de melena rubio platino de la que parece no quedar demasiado.

—Levi está al llegar. Ha ido a cortar algo de leña.

La miro y me siento frente a ella. Violet sirve café y me ofrece una jarrita con leche templada y un azucarero.

Es extraño. Cuando conseguí que aceptara mi visita creí

que tendría que lidiar con una diva caprichosa que no pondría mucho de su parte para ponerme las cosas fáciles, pero lo que nunca habría imaginado es que tomaría café en una cabaña apartada del mundo con una chica que podría ser una amiga mía por la cercanía y normalidad que desprende.

Antes de darme cuenta de lo que estoy haciendo, ya he lanzado la pregunta y morderme la lengua no sirve de nada.

—¿Por qué aceptaste?

Abre los ojos igual de sorprendida que yo por ser tan directa y me arrepiento en el acto de esta impulsividad que acabará cargándose mi carrera antes siquiera de que haya empezado.

No obstante, Violet me sorprende mucho más a mí con su respuesta.

—Todos merecemos cumplir nuestros sueños. Cuéntame el tuyo.

—Pero... —dudo por un instante, pero leo en sus ojos que de verdad le interesa saberlo, así que doy un trago a mi café y comienzo a hablar sin meditar demasiado lo que estoy diciendo—. Siempre he querido comunicar. Comunicar de verdad, ¿sabes a lo que me refiero? Contar historias que merezca la pena escuchar. No me importa sobre qué, solo... solo historias que emocionen. Historias reales.

—Por eso estudiaste periodismo.

—Sí, pero me di cuenta de que era un mundo despiadado, en muchas ocasiones.

—Todo tiene su parte fea.

Asentimos con una sonrisa y me imagino que ella sabe bien de qué hablo, aunque sea sobre un mundo completamente distinto.

—Exacto. Comencé a investigar sobre la mala prensa cuando aún era solo una becaria en una empresa de comunicación digital. Hice algunos enemigos. Perdí oportunidades por mis principios. Me echaron por denunciar un caso de manipulación mediática del que no debía hablar.

La puerta se abre a mi espalda y me vuelvo para saludar al que debe de ser Levi. Trae el pelo, demasiado largo, cubierto de una suave humedad. Vaqueros, camisa de franela sobre la camiseta interior y un gorro. Un auténtico hombre de las montañas. Sus ojos son tan azules que me incomoda un poco cuando me mira y me saluda con ellos.

—Levi, siéntate. Ella es Jennifer, la periodista de San Francisco. Me estaba hablando de sus sueños.

Él sonríe a medias y comparte con Violet una mirada cargada de significado antes de sentarse a su lado y dejarle un beso en el cuello. Trago saliva por la intimidad del gesto y continúo, pese a que no comprendo del todo por qué han cambiado las tornas en apenas minutos y soy yo la que parece estar siendo entrevistada. Supongo que Violet es una de esas personas capaces de conseguir todo lo que se propongan.

—Trabajé un tiempo como *freelance*, pero no me fue muy bien. No sabía qué hacer hasta que una casualidad me llevó a conocer a Heaven Payne.

La mirada de Violet se pierde en los recuerdos. He leído tanto sobre ellas dos que casi puedo verlas juntas, pese a que lleven años sin tener relación. Dos chicas sin nada que perder que vivían tensando una cuerda entre fiestas, rumores y excesos. Podría afirmar sin riesgo a equivocarme que, a diferencia de Heaven, queda muy poco de aquella Violet.

—¿Cómo le va? —me pregunta con verdadera curiosidad.

—Acaba de estrenar...

—No. Me refiero a de verdad.

Sonrío y le contesto lo que necesita escuchar.

—Bien. Sigue limpia y sale desde hace algún tiempo con un empresario francés. Creo que es feliz.

Violet suspira con alivio, supongo que después de la muerte de Damon Kim por sobredosis hace un par de años es una gran noticia para ella, y me indica con un asentimiento que puedo continuar.

—Heaven me concedió un par de entrevistas que me ayudaron a conseguir otras colaboraciones. Y entonces recibí la oferta editorial y Heaven me habló de ti.

Levi se retira el pelo de la cara y entonces escucho su voz por primera vez. Es profunda, un poco áspera y calmada, aunque intensa.

—Violet me lo ha explicado, pero me gustaría que lo hicieras tú. No quiero que esto...

Asiento, porque lo comprendo. No quiere perder lo que tienen o que el proyecto pueda cambiar su vida ni un ápice. Observo la cabaña, ese halo de serenidad que nos rodea, y me digo que es lógico que quieran protegerlo.

Luego me centro en ellos de nuevo y les explico las razones de que nos hayamos conocido.

—Me han ofrecido escribir un libro. La editorial quiere que recopile información sobre los supuestos juguetes rotos de la industria. Pero yo no. Yo quiero enfocarlo desde un punto de vista real e íntimo, no desde la frivolidad y el morbo. Quiero que seáis vosotros los que contéis vuestra historia, no los demás a través de lo que la prensa inventa, que es mucho. Quiero que la gente comprenda que detrás de Vida Rose hubo una persona más allá del personaje; una persona que sentía, que sufría, que lloraba y amaba.

Violet sonríe a Levi con emoción y él parece complacido por mis intenciones. Coge su mano bajo la mesa y es ella la que toma la iniciativa.

—Adelante, Jennifer. Hagámoslo.

• V •

Horas después me despido de Levi en la entrada y Violet se ofrece a acompañarme hasta el coche. Ha anochecido y el camino no está iluminado. *Storm* nos sigue cuidando nuestras espaldas.

Me siento exhausta pero satisfecha. También agradecida. Un poco descolocada.

Miro a Violet; se resguarda bajo una manta de lana. Lleva botas de invierno y un gorro amarillo. Es un ser humano fascinante. Eso es lo que me parece.

Después de escuchar la historia de su vida me parece aún mucho más deslumbrante de lo que era sobre una alfombra roja. Y no tiene que ver con sus películas, ni con lo que consiguió sin apenas tener nada ni con sus relaciones; es ella misma. Su fuerza. Su modo de entender las cosas. Esos ojos mágicos que es fácil ver en cuanto la tienes delante.

—¿Por qué lo dejaste? —me atrevo a preguntarle; necesito entender cómo una persona puede luchar tanto por algo para después abandonarlo.

Violet suspira con la mirada perdida y niega con la cabeza sin ocultar una leve sonrisa.

—Porque ya no tenía nada que hacer allí. Fueron unos años increíbles, pero había cumplido mis objetivos. Además, mi sitio está aquí.

Sonríe y su mirada se ilumina. Sé que está pensando en el hombre parco en palabras que la espera en la cabaña. Y lo entiendo. Comprendo que merezca la pena dejarlo todo por lo que ahora la hace feliz.

—Pero podías haberlo compaginado. Podías haber... —Aparto la mirada, un poco avergonzada por mi ímpetu—. Lo siento, solo intento entenderlo.

—No era real, Jennifer. Aquello... fue mi vida durante un tiempo, pero la chica que lo vivió ya no existe.

—Para muchos que aún te admiran sí.

—Eso tampoco es cierto. No tardaron nada en olvidarme. En sustituirnos a Heaven y a mí por otras chicas que encajaban en el molde. Lo que queda son solo recuerdos.

Caminamos unos metros en completo silencio. Solo lo rompen nuestros pasos sobre la gravilla. De vez en cuando, la observo de reojo, porque su explicación me ha sabido a poco. A pesar de que me ha contado toda su vida, siento que Vida Rose sigue siendo una completa desconocida.

—¿Por qué lo haces? —le digo, casi como un reproche.

—¿Perdona?

—¿Por qué has aceptado contarme todo esto? Y a cambio de nada. ¡No lo entiendo! Es tu historia. Vuestra historia.

Sonríe como si guardara un secreto. Quizá lo haga. De repente pienso que puede que no me hayan contado ni una verdad y solo hayan jugado conmigo, pero en cuanto veo su expresión feliz mirando al cielo me digo que eso es imposible, porque si algo es Violet Cassavetes es una persona que va de frente.

—Te la hemos contado a ti, Jennifer. Eres tú la que debe decidir qué hace con ella.

—No me conoces. No deberías confiar en mí.

Violet se encoge de hombros e ilumina con la linterna mi coche a unos metros de distancia. De pronto me golpea la inesperada sensación de que no quiero irme. Me gustaría volver y charlar de la vida con ella frente a una taza de café. Su magnetismo es indiscutible. Quiero saber más. Quiero conocer qué es la felicidad a través de esos ojos que algunos llamaban «mágicos»; quizá así se me pegue un poco.

—Sé lo que es tener un sueño y querer protegerlo —susurra con suavidad, como si estuviera hablando de algo tan delicado que tuviera miedo de romperlo—. Tú tienes el tuyo. Te he dado la posibilidad de cumplirlo. Ahora eres tú la que decide, Jennifer.

Medito sus palabras y siento la emoción en las tripas.

Porque significan demasiado. Una vez alguien creyó en Violet, pese a que solo era una niña encerrada en un hogar difícil, y ahora ella cree en mí. Caigo en la cuenta de lo importante que es eso y de lo que me está regalando sin conocerme. También de que, hasta este instante, nadie lo había hecho antes.

Noto las lágrimas en los ojos que solo se derraman cuando ella me abraza.

—Gracias, Violet.

—De nada. Solo espero que nos envíes un ejemplar del libro dedicado.

Nos reímos y subo al coche mientras ella empieza a andar de vuelta a su casa.

Cuando salgo a la carretera principal, me los imagino. Violet entrando y calentándose las manos en el fuego. Levi abrazándola por detrás y susurrándole cosas bonitas que solo ellos comprenden. *Storm* dormitando sobre la alfombra, aceptando el amor de su hogar entre sueños. Solos. Aislados del mundo. De ese que un día ella tuvo a sus pies. Viviendo de nuevo, desde cero, con sus propias reglas y sin necesitar nada más que los brazos del otro.

¿Es posible que la felicidad quepa en un espacio tan pequeño?

Freno el coche en el entrante de una finca y cojo el teléfono. Me tiemblan las manos, pero siento que debo hacerlo. Siento que es lo que ellos merecen. Quizá sea tarde para realizar una llamada de trabajo, pero los editores nunca duermen. Marco el número de la mía y siento los latidos veloces golpeándome el pecho.

—¿Jennifer?

—Ellie, siento llamarte a estas horas. Es sobre el proyecto.

—¿Qué tienes?

Cierro los ojos y me lanzo. Como Levi, elijo saltar. Como

Vi, me agarro al vértigo de luchar por las cosas en las que uno cree. Sonrío entre dientes y me digo que es la decisión correcta. Que si he llegado hasta aquí es nada menos que para contar la historia de Levi y Vi.

—Todo. Lo tengo todo. Pero no quiero escribir una biografía como tal. Tengo algo mejor. Algo mucho mejor.

—¿Qué propones?

Cojo aire y cruzo los dedos en mi cabeza para que salga bien.

Entonces recuerdo las figuras talladas de Levi en cada rincón de la cabaña y sonrío al pensar en ellos como si su amor fuera un trozo de madera que moldear. Uno que corta bajo manos inexpertas, que tiene fallos, astillas y partes irregulares. Una pieza repleta de defectos, pero que cuanto más se trabaja y más paciencia y empeño se ponen en ella, más se acerca a lo imaginado.

Tan perfecto en su imperfección como la historia del chico de las preguntas y la de la chica que creía tener todas las respuestas. Tan intenso y único como no he conocido otro igual.

Cuando hablo, tengo la certeza de que estoy donde debo estar.

—Quiero escribir una historia de amor.

Agradecimientos

Una novela no es solo la historia que cuenta ni quién lo hace, sino que es mucho más. Una novela es la gente que te ayuda a no enloquecer, que no te suelta cuando más te pierdes, que te escucha y te presta sus manos para darle forma cuando sientes que tú no sabes seguir.

Esta novela también pertenece a esas personas. Sabéis quiénes sois y lo que os necesito en mi vida. Pero, por si acaso dudáis, Alice, Saray, Abril, Dani y Elsa, gracias por ponerme los pies en el suelo cuando vuelo demasiado y por empujarme cuando no me atrevo a saltar.

A María Martínez, millones de gracias por tu apoyo y confianza; da gusto contar con compañeras siempre dispuestas a echar una mano.

Gracias también a mi familia, a Hugo, Julieta, Neo y Lola, a los que robo momentos para perderme en otros mundos.

Al equipo de Crossbooks, por darme una oportunidad y trabajar en este proyecto con tanta ilusión como yo. En especial, a Anna, por creer en mí.

Y a ti, que estás leyendo esto, gracias por darme alas.